BEFORE

ANNA TODD

BEFORE

Chroń mnie przed tym, czego pragnę

tłumaczenie
Krzysztof Skonieczny

OMG books

Tytuł oryginału
Before

Opieka redakcyjna
Joanna Bernatowicz
Alicja Gałandzij
Ewa Polańska

Opracowanie tekstu i przygotowanie do druku
MELES-DESIGN

ISBN 978-83-240-3572-4

OMG Books, www.omgbooks.pl
ul. Kościuszki 37, 30-105 Kraków
E-mail: omgbooks@znak.com.pl

Książki z dobrej strony: www.znak.com.pl
Dział sprzedaży: tel. 12 61 99 569, e-mail: czytelnicy@znak.com.pl

Wydanie I, Kraków 2016
Druk: Read Me

Wszystkim moim cudownym czytelnikom,
którzy inspirują mnie bardziej, niż mogliby się domyślić.

Playlista Hessa:

The Fray, *Never Say Never*
Imagine Dragons, *Demons*
The Civil Wars, *Poison & Wine*
Ed Sheeran, *I'm a Mess*
The 1975, *Robbers*
One Direction, *Change Your Ticket*
The Weeknd, *The Hills*
Andrew Belle, *In My Veins*
The Cab, *Endlessly*
Halsey, *Colors*
Kelly Clarkson, *Beautiful Disaster*
Passenger, *Let Her Go*
A Great Big World, feat. Christina Aguilera, *Say Something*
Hunter Hayes, *All You Ever*
Bon Iver, *Blood Bank*
One Direction, *Night Changes*
Ron Pope, *A Drop in the Ocean*
John Mayer, *Heartbreak Warfare*
Jon McLaughlin, *Beautiful Disaster*
One Direction, *Through the Dark*
Coldplay, *Shiver*
Kodaline, *All I Want*
Sia, *Breathe Me*

część pierwsza

PRZED

Kiedy chłopiec był mały, śnił o tym, kim będzie, gdy dorośnie.

Może policjantem albo nauczycielem. Przyjaciel mamusi Vance zawodowo czytał książki i wydawało się to fajne. Ale chłopiec nie był pewien własnych zdolności, nie miał żadnych talentów. Nie potrafił śpiewać jak Joss z jego klasy, nie umiał dodawać ani odejmować wielkich liczb jak Angela, ledwo był w stanie wydusić z siebie słowo przy innych uczniach, w przeciwieństwie do zabawnego i wygadanego Calvina. Jedyne, co lubił robić, to czytać książki, strona po stronie. Czekał, aż Vance je przyniesie – jedną na tydzień, czasem więcej, czasem mniej. Zdarzało się, że przyjaciel matki nie przychodził przez pewien czas – wtedy chłopiec zaczynał się nudzić i jeszcze raz wertował podarte strony swoich ulubionych dzieł. Ale nauczył się ufać, że miły mężczyzna zawsze wróci z książką w dłoni. Chłopiec rósł i mądrzał – zdawało się, że o dwa centymetry i jedną książkę co tydzień.

Jego rodzice zmieniali się jak pory roku. Tata stawał się coraz bardziej hałaśliwy i niezdarny, mama – co dzień bardziej zmęczona, a jej coraz głośniejsze szlochy wypełniały noce. Zapach tytoniu i jeszcze gorszych substancji zaczynał wypełniać przestrzeń niewielkiego domu. To, że w zlewie będzie stała góra niepozmywanych naczyń, było tak samo pewne jak to, że oddech jego taty będzie pachniał szkocką. W miarę upływu miesięcy chłopiec czasami zapominał, jak w ogóle wygląda jego tata.

Vance przychodził teraz częściej i chłopiec ledwo zauważył, kiedy zmienił się ton nocnych szlochów jego mamy. Chłopiec znalazł sobie przyjaciół. Cóż, jednego przyjaciela. Później ten przyjaciel się wyprowadził i chłopiec nie zadał już sobie trudu szukania nowych przyjaciół. Czuł, że ich nie potrzebuje, że nie przeszkadza mu samotność.

Mężczyźni, którzy przyszli tamtej nocy, sprawili, że w chłopcu nastąpiła głęboka przemiana. Kiedy zobaczył to, co stało się jego mamie, zhardział i stał się bardziej gniewny – a jego tata zmienił się w kogoś obcego. Niedługo później w ogóle przestał wtaczać się nocami do niewielkiego, brudnego domu. Zniknął, a chłopiec poczuł ulgę. Koniec ze szkocką, koniec roztrzaskanych mebli i dziur w ścianach. Jedyne, co po nim zostało, to chłopiec pozbawiony ojca i salon pełen na wpół pustych paczek papierosów.

Chłopiec nienawidził smaku pozostawionych przez tatę papierosów, ale uwielbiał to, jak dym wypełnia jego płuca i zapiera mu dech. Wypalił je wszystkie, co do jednego, a później kupił więcej. Znalazł sobie przyjaciół, jeśli można tak nazwać grupkę buntowników i młodocianych przestępców, którzy sprawiali więcej kłopotów, niż byli tego warci. Wracał do domu coraz później, a niewinne kłamstwa i nieszkodliwe psikusy grupki zaczęły się przekształcać w coraz poważniejsze przestępstwa. Zmienili się w coś mroczniejszego – wszyscy wiedzieli, że dzieje się coś złego w najpoważniejszym sensie tego słowa – ale uważali, że po prostu dobrze się bawią. Czuli, że mają do tego prawo, i nie mogli się oprzeć adrenalinowemu hajowi towarzyszącemu poczuciu mocy. Zawsze gdy udało im się pozbawić kogoś niewinności, w ich żyłach pulsowało więcej arogancji, więcej zachłanności i mniej zahamowań.

Chłopiec wciąż był najbardziej niewinny z nich wszystkich, ale stracił sumienie, które niegdyś sprawiało, że marzył o zostaniu strażakiem albo nauczycielem. Model relacji z kobietami, jaki sobie wypracował, nie był typowy. Pragnął ich dotyku, ale unikał jakiegokolwiek kontaktu emocjonalnego. Traktował tak również mamę, której przestał mówić nawet proste „kocham cię". I tak prawie w ogóle jej nie widywał. Niemal cały swój czas spędzał na ulicach, a dom zaczął się dla niego stawać zaledwie miejscem, do którego od czasu do czasu przychodziły paczki. Pod nazwiskiem Vance'a na przesyłkach widniał adres ze stanu Waszyngton.

Również Vance go zostawił.

Dziewczyny zwracały na niego uwagę. Uczepiały się go, a ich długie paznokcie wydrapywały półksiężyce na jego ramionach, kiedy je okłamywał, całował, pieprzył. Po seksie większość z nich próbowała się do niego przytulać. Odsuwał je i nie całował ani nie pieścił ich skóry. Zazwyczaj znikał, zanim zdołały złapać oddech. We dnie był naćpany, a w ciągu nocy był na jeszcze większym haju. Niemal cały swój czas spędzał w alejce za sklepem monopolowym albo w sklepie taty Marka, marnując życie. Włamywał się do sklepów z alkoholem, kręcił niewybaczalne filmy, poniżał naiwne dziewczyny. Przestał być zdolny do odczuwania jakichkolwiek emocji poza arogancją i gniewem.

Kiedy trafił do więzienia, jego mama uznała, że ma dosyć. Zabrakło już jej pieniędzy i cierpliwości na radzenie sobie z jego destruktywnym zachowaniem. Jego tacie zaoferowano pracę na uniwersytecie w Stanach Zjednoczonych. W Waszyngtonie, dokładnie rzecz ujmując. W tym samym stanie, w którym mieszkał Vance, nawet w tym samym mieście.

Dobry mężczyzna i zły mężczyzna znów byli razem w tym samym miejscu.

Mama nie sądziła, że usłyszał, jak rozmawia z jego tatą o przeniesieniu go tam. Podobno stary wyszedł na prostą, chociaż chłopiec nie był pewien. Nigdy nie był pewien. Tata miał też dziewczynę, miłą kobietę, o którą chłopiec był zazdrosny. Mogła zobaczyć zalety jego nowej osobowości. Jadł z nią na trzeźwo wspólne posiłki i mówił miłe słowa, których chłopiec nigdy nie miał szansy usłyszeć.

Kiedy dotarł na uniwersytet, na złość staremu wprowadził się do domu bractwa. Ale chociaż mu się tam nie podobało, poczuł delikatną ulgę, kiedy przeniósł swoje pudła do dość dużego pokoju, w którym miał mieszkać. Pokój był dwa razy większy od jego sypialni w Hampstead. Nie było tam dziur w ścianie, a po umywalce w łazience nie biegały karaluchy. Wreszcie miał dość miejsca na wszystkie książki.

Na początku był zamknięty w sobie i nie zaprzątał sobie głowy poszukiwaniem przyjaciół. Jego grupa zebrała się powoli i wraz z nią zaczął powielać znajome mroczne wzorce.

Daleko od domu, w Ameryce, spotkał kogoś niemal bliźniaczo podobnego do Marka, co kazało mu myśleć, że właśnie tak powinien wyglądać świat. Zaczął akceptować to, że zawsze już będzie sam. Dobrze mu wychodziło ranienie ludzi, wyrządzanie im krzywdy. Zranił kolejną dziewczynę, jak poprzednią, i znów poczuł szalejącą w górę i w dół kręgosłupa burzę, która groziła zniszczeniem jego życia swoją nieposkromioną energią. Zaczął pić tak jak jego tata, zmieniając się w najgorszego hipokrytę.

Nie obchodziło go to jednak – był otępiały i miał przyjaciół, którzy pomagali mu ignorować fakt, że w jego życiu nie ma nic prawdziwego.

Nic tak naprawdę nie miało znaczenia.

Natalie

Kiedy poznał niebieskooką dziewczynę o ciemnych włosach, wiedział, że pojawiła się w jego życiu, żeby przetestować go na nowe sposoby. Była miła – miała najłagodniejszą duszę, jaką dotąd spotkał... i była nim zauroczona.

Zabrał tę naiwną dziewczynę z jej czystego, nieskalanego świata i zamiótł jak kurz na szufelkę, a później rozsypał po mrocznym i bezlitosnym świecie, który był jej zupełnie obcy. Jego bezduszność sprawiła, że stała się wyrzutkiem – najpierw wygnano ją z Kościoła, a później z rodziny. Zaczęły się szerzyć ostre plotki, a pełne potępienia, ściskające Biblię w dłoniach kobiety zaczęły szeptać między sobą. Jej rodzina nie zachowała się lepiej.

To, co jej zrobił, było dla jego matki kroplą, która przelała czarę goryczy. Przeniosła go do Ameryki, do stanu Waszyngton, żeby zamieszkał z człowiekiem, który podobno był jego ojcem – to, jak potraktował Natalie, spowodowało, że został wygnany z Londynu. Wewnętrznie samotny był już od dawna – teraz również został całkiem sam.

Na szczęście, jak dowiedział się później, dziewczyna okazała się twarda i w końcu znalazła wybawcę w mężczyźnie, który zakochał się w niej i traktował tak, jak na to zasługiwała. Urodziła zdrowe dziecko w domu pełnym miłości, a chłopiec zawsze będzie wdzięczny losowi za to, że sobie poradziła, że jej nie zniszczył.

Kościół jest dziś pełen, są nas całe rzędy, a wszystkich łączy pragnienie modlitwy w to gorące lipcowe popołudnie. Co tydzień pojawiają się tu ci sami ludzie – wszystkich znam z imienia i nazwiska.

Moja rodzina żyje jak arystokracja w jednym z najmniejszych domów Jezusa.

Moja młodsza siostra, Cecily, siedzi przy mnie w pierwszym rzędzie – drobnymi dłońmi szczypie zniszczoną drewnianą ławkę. Nasz kościół właśnie otrzymał grant na renowację części wnętrza, a nasza grupka młodzieży pomagała zebrać zaopatrzenie, zachęcając lokalną społeczność do składania darów. W tym tygodniu naszym zadaniem miało być zdobycie farby i pomalowanie tych ławek w ciągu następnego tygodnia. Przez całe wieczory chodziłam od jednego sklepu z narzędziami do drugiego i prosiłam o datki.

Jak gdyby podkreślając poczucie daremności, które ogarnia mnie w związku z tym zadaniem, rozlega się łagodne pęknięcie, a ja spoglądam na Cecily, która oderwała kawałek drewna od swojego siedzenia. Jej paznokcie u rąk są pomalowane na różowo i pasują do kokardy w jej ciemnobrązowych włosach, ale – rany! – potrafi być strasznie destruktywna.

– Cecily, mamy je naprawić w przyszłym tygodniu. Proszę, nie rób tego.

Łagodnie biorę jej drobne dłonie w swoje, a ona robi minkę.

– Możesz nam pomóc je pomalować, żeby znów były piękne. Chciałabyś tego, prawda?

Uśmiecham się do niej. Odwzajemnia uśmiech, uroczo szczerząc szczerbate zęby, i kiwa głową. Jej loki poruszają się wraz z nią, sprawiając, że moja mama czuje się dumna z pracy, którą wykonała dziś rano prostownicą.

Pastor niemal skończył już kazanie, a rodzice trzymają się za ręce, patrząc w kierunku frontu niewielkiego kościoła. Pot zbiera się na mojej szyi i spływa mi lepkimi kroplami po plecach, kiedy przez moją głowę przebiegają słowa o grzechu i cierpieniu. Jest tu tak gorąco, że makijaż mamy zaczął lśnić na jej szyi, a wokół oczu pojawiły się rozmazane ciemne kręgi. Powinien to być ostatni tydzień, który musimy przetrwać bez klimatyzacji. I lepiej niech tak będzie – nawet ja mogłabym zacząć udawać chorobę, żeby uniknąć tej duchoty, jeśli tak się nie stanie.

Po mszy mama wstaje, żeby porozmawiać z żoną pastora. Mama bardzo podziwia tę kobietę – trochę za bardzo, jak na mój gust. Pauline, pierwsza dama naszego Kościoła, to twarda kobieta niemająca dla innych wiele empatii, więc w gruncie rzeczy rozumiem, dlaczego moja mama się do niej garnie.

Macham do Thomasa, jedynego chłopca w moim wieku, który jest w naszej młodzieżowej organizacji parafialnej. Kiedy mnie mija, on i cała jego rodzina, idąca w tłumie ludzi wychodzących z kościoła, odwzajemnia gest. Gotowa na odetchnięcie świeżym powietrzem, wstaję i ocieram dłonie o bladoniebieską sukienkę.

– Możesz zabrać Cecily do samochodu? – pyta tata ze znaczącym uśmiechem.

Podobnie jak każdej niedzieli będzie próbował sprawić, żeby mama przestała mówić. Jest jedną z tych kobiet, które gadają i gadają, żegnając się w międzyczasie przynajmniej trzykrotnie.

Nie mam tego po niej. Próbuję się wzorować raczej na tacie, w którego kilku słowach najczęściej kryje się mądrość całego życia. I wiem, że mój tata jest zachwycony tym, że tyle po nim odziedziczyłam, od cichego zachowania się przez ciemne włosy i niebieskie oczy – cechy, dzięki którym nasze podobieństwo najbardziej rzuca się w oczy – aż po wzrost. Czy raczej jego brak. Mamy ledwo po metr sześćdziesiąt pięć, choć on jest odrobinę wyższy od de mnie. Mama żartuje sobie z nas, mówiąc, że Cecily nas przerośnie, zanim skończy dziesięć lat.

Kiwam tacie głową i biorę siostrę za rękę. Idzie szybciej ode mnie – ekscytacja właściwa młodości każe jej się przepychać przez pozostałą część niewielkiego tłumu. Chcę ją odciągnąć, ale kiedy odwraca się do mnie z szerokim uśmiechem, mogę tylko pobiec razem z nią. Przechodzimy do sprintu, pędząc po schodach na trawnik. Cecily unika zderzenia z parą staruszków, a ja śmieję się, gdy piszczy i ledwo udaje jej się nie przewrócić Tylera Kentona, najbardziej niemiłego chłopca w naszej parafii. Słońce świeci jasno, a gęste od żaru powietrze wypełnia moje płuca, kiedy biegnę szybciej i szybciej, goniąc ją, aż upada na trawę. Klękam, żeby sprawdzić, czy nic jej się nie stało. Pochylam się i odgarniam jej włosy z twarzy. Wygląda, jakby lada chwila miała wybuchnąć płaczem, a jej dolna warga intensywnie drży.

– Moja sukienka…

Klepie drobnymi rączkami białą sukienkę, skupiając się na plamach trawy na materiale.

– Zniszczyła się! – Wtula twarz w brudne rączki, a ja po nie sięgam i kładę na jej udzie.

Uśmiecham się i mówię łagodnie:

– Nie zniszczyła się. Można ją wyprać, kochanie.

Ocieram kciukiem łzę próbującą spłynąć po jej policzku. Pociąga nosem, nieskora, by mi uwierzyć.

– To się zdarza co chwila. Mnie zdarzyło się co najmniej trzydzieści razy – zapewniam ją, choć to kłamstwo.

Kąciki jej ust wędrują do góry, kiedy walczy z uśmiechem.

– Nieprawda – łapie mnie na tym, że plotę androny.

Obejmuję ją ramieniem i pomagam wstać. Zerkam na jej blade ramiona, by się upewnić, że niczego nie przeoczyłam. Wszystko dobrze. Wciąż ją obejmuję, kiedy idziemy po dziedzińcu kościoła na parking. Moi rodzice zbliżają się do nas z drugiej strony – tacie wreszcie udało się sprawić, że mama skończyła plotki.

Podczas podróży do domu siedzę z tyłu z Cecily, malując motylki w jej ulubionej kolorowance, podczas gdy tata rozmawia z mamą o problemie z szopami, które grasują przy śmietnikach za domem. Mój tata zostawia włączony silnik, kiedy parkuje na podjeździe. Cecily daje mi szybkiego całusa w policzek i wypełza z tylnego siedzenia. Wysiadam za nią i przytulam mamę, a później daję się pocałować w policzek tacie i siadam za kółkiem.

Tata spogląda na mnie.

– Ostrożnie, żuczku. Przy tak dobrej pogodzie będzie dziś dużo ludzi na ulicach.

Unosi dłoń, osłaniając zmrużone oczy. To najbardziej słoneczny dzień w Hampstead od dłuższego czasu. Było ciepło, ale słońce się nie pokazywało. Kiwam głową i obiecuję tacie, że będę ostrożna.

Czekam ze zmianą stacji, aż nie wyjadę z naszej okolicy. Pogłaśniam radio i śpiewam wszystkie piosenki po drodze do centrum miasta. Moim celem jest zdobycie trzech puszek farby z każdego z trzech sklepów, które zamierzam odwiedzić. Będę zadowolona, jeśli dostanę po jednej, ale chcę zdobyć trzy, żeby wystarczyło nam na pomalowanie wszystkiego.

Pierwszy sklep, Mark's Paint and Supply, słynie z najniższych cen w miasteczku. Właściciel Mark ma naprawdę dobrą reputację w naszej okolicy i jestem zachwycona, że mogę go poznać. Parkuję na niemal pustym parkingu – poza mną na całym placu stoi tylko klasycznie wyglądający wóz pomalowany na jaskrawoczerwono oraz minivan. Budynek jest stary i zrobiony z drewnianych desek oraz pokryty łuszczącym się tynkiem. Szyld wisi krzywo, a literę M ledwo da się odczytać. Kiedy otwieram drewniane drzwi, skrzypią i odzywa się dzwonek. Z kartonowego pudła zeskakuje kot i ląduje na czterech łapach tuż przede mną. Chwilę głaszczę futrzastego stwora, a później podchodzę do kasy.

We wnętrzu sklepu panuje taki sam nieład jak na zewnątrz i z powodu piętrzących się gratów nie widzę chłopca stojącego przy kasie, kiedy podchodzę. Jego obecność nieco mnie szokuje. Jest wysoki i ma szerokie ramiona – wygląda, jakby od lat uprawiał sport.

– Mark... – mówię i urywam, próbując sobie przypomnieć jego nazwisko. Wszyscy nazywają go po prostu Mark.

– To ja jestem Mark – powiedział ktoś za atletycznie zbudowanym chłopcem. Delikatnie pochylając się na bok, zauważam kolejnego chłopaka, całego ubranego na czarno. Jest znacznie szczuplejszy niż poprzedni, a jednak z jakiegoś powodu robi o wiele większe wrażenie niż on. Ma ciemne włosy, lekko zapuszczone po bokach, i niewielką grzywkę delikatnie zachodzącą na czoło. Jego ramiona zdobią tatuaże, przypadkowo rozrzucone plamy ciemnego tuszu na morzu opalonej skóry.

To naprawdę nie mój typ, ale zamiast spojrzeć na niego krytycznie, potrafię tylko myśleć o tym, że wydaje się, że wszyscy się tego lata opalili oprócz mnie.

– To nie on, tylko ja – słyszę trzeci głos.

Spoglądam na pierwszego chłopca i po jego drugiej stronie widzę szczupłego chłopaka średniego wzrostu, ostrzyżonego bardzo krótko maszynką.

– Tyle że jestem Mark Junior. Jeśli szukasz mojego starego, to dziś go nie ma.

Trzeci chłopak również ma kilka tatuaży, chociaż są one mniej chaotyczne niż te u chłopaka o zmierzwionych włosach – ma też kolczyk w brwi. Pamiętam, że kiedyś spytałam rodzinę, czy mogłabym przekłuć sobie pępek, i do dziś nie mogę się powstrzymać od śmiechu, gdy przypominam sobie ich pełne przerażenia reakcje.

– Jest lepszym z dwóch Marków – cedzi powoli, niskim głosem chłopak o zmierzwionych włosach. Uśmiecha się, a na jego policzkach pojawiają się dwa głębokie, piękne dołeczki.

Wybucham śmiechem, podejrzewając, że niewiele ma to wspólnego z prawdą.

– Jakoś w to wątpię – droczę się.

Wszyscy śmieją się wraz ze mną, a Mark Junior podchodzi bliżej z uśmiechem na ustach.

Chłopiec na krześle wstaje. Jest taki wysoki, że jego obecność staje się teraz jeszcze bardziej dominująca. Podchodzi i staje obok, wyraźnie ode mnie wyższy. Jest atrakcyjny, a jego twarz ma silnie zarysowane kontury. Wyraźna linia szczęki, ciemne rzęsy, bujne brwi. Jego nos jest smukły, a usta jasnoróżowe. Przyglądam mu się, a on odwzajemnia spojrzenie.

– Czy szukasz mojego taty z jakiegoś konkretnego powodu? – pyta Mark.

Kiedy nie odpowiadam od razu, Mark i atletycznie zbudowany chłopak spoglądają to na mnie, to na swojego znajomego.

Dochodzę do siebie i, trochę zawstydzona, że przyłapali mnie na tym, jak się gapię, zaczynam gadkę.

– Jestem z Kościoła baptystów w Hampstead i zastanawiałam się, czy moglibyście podarować nam farbę lub inne materiały remontowe. Remontujemy kościół i potrzebujemy darów…

Przerywam, ponieważ czarujący chłopak z różowymi ustami pogrąża się w dyskusji, szepcząc coś do kolegów tak cicho, że nie mogę go dosłyszeć. Później milkną, wszyscy chłopcy spoglądają na mnie jednocześnie i widzę rząd trzech uśmiechów.

Mark mówi pierwszy:

– Stanowczo możemy to dla ciebie zrobić.

Jego uśmiech przypomina mi kota, choć nie mogę do końca zrozumieć dlaczego. Znów się do niego uśmiecham i zaczynam mu dziękować.

Odwraca się do przyjaciela z wielkim statkiem wytatuowanym na bicepsie.

– Hardin, ile tam jest puszek?

Hardin? Bardzo dziwne imię, nigdy takiego nie słyszałam.

Czarna koszula Hardina ledwo przykrywa dolną połowę tatuażu z drewnianym statkiem. Jest dobrze zrobiony – szczegóły i cienie zostały atrakcyjnie oddane. Kiedy podnoszę wzrok i zatrzymuję go na chwilę na jego ustach, czuję, że płoną mi policzki. Gapi się prosto na mnie i dostrzega, że intensywnie analizuję jego twarz. Widzę, że Mark i Hardin nawiązują kontakt wzrokowy, ale nie zauważam, co Mark usiłuje przekazać znajomemu ruchami warg.

– A może ci coś zaproponujemy? – mówi Mark, kiwając do Hardina.

Jestem zainteresowana tym, co ma do powiedzenia. Ten Hardin wydaje się zabawny, trochę dziwny, ale jak na razie mi się podoba.

– A co?

Zatapiam palce we włosach i czekam. Hardin wciąż się we mnie wpatruje. Jest w nim pewna skrytość. Czuję to z drugiego końca niewielkiego sklepu. Łapię się na tym, że jestem ciekawa tego chłopca, który tak z całych sił próbuje wydawać się twardy. Wzdrygam się na myśl o tym, co pomyśleliby moi rodzice, jak by zareagowali, gdybym przyprowadziła go do naszego domu. Mama uważa, że tatuaże są dziełem Szatana, ale ja tego nie wiem. Nie do końca je lubię, lecz uważam, że mogą stanowić sposób na wyrażenie siebie, a w tym bez wątpienia zawsze jest piękno.

Mark drapie się po ogolonej szczęce.

– Jeśli wybierzesz się na dwie randki z moim przyjacielem Hardinem, dam ci czterdzieści litrów farby.

Spoglądam na Hardina, który patrzy na mnie z uśmieszkiem igrającym w kącikach ust. Ust, które są takie ładne. Jego delikatnie kobiece rysy bardziej sprawiają, że jest atrakcyjny, niż czarne ubrania czy zmierzwione włosy. Zastanawiam się, o czym właśnie szepczą. Podobam się Hardinowi?

Kiedy rozmyślam nad tym, Mark podnosi stawkę:

– Dowolny kolor. Dowolny, matowy czy z połyskiem, jaki tylko chcesz. Na koszt firmy. Dziesięć galonów.

Zdolny z niego sprzedawca.

Mlaskam, dotykając językiem podniebienia.

– Jedna randka – kontruję.

Hardin wybucha śmiechem. Jego jabłko Adama się porusza, a dołeczki w policzkach robią się głębsze. Dobrze, jest bardzo, bardzo atrakcyjny. Nie wierzę, że nie zauważyłam tego od razu, kiedy weszłam do sklepu. Byłam taka skupiona na zdobywaniu farby, że ledwo spostrzegłam, jak zielone są jego oczy pod fluorescencyjnymi światłami sklepu.

– Jedna może być.

Hardin wkłada rękę do kieszeni, a Mark spogląda na dżentelmena obciętego maszynką.

Czuję radość z tego, że udało mi się coś wytargować, uśmiecham się i wymieniam kolory, których potrzebuję, by pomalować ławki, ściany, schody, przez cały czas udając, że nie wyczekuję randki z Hardinem, pełnym rezerwy chłopcem o zmierzwionych włosach, tak niewinnym i nieśmiałym, że jest gotów dać mi dziesięć galonów farby za jedną randkę.

Molly

Kiedy był mały, mama opowiadała mu historie o niebezpiecznych dziewczynach. Im dziewczyna jest dla ciebie bardziej niemiła, im dalej od ciebie ucieka, tym bardziej jej się podobasz. Powinieneś się nią zainteresować – tak uczy się młodych chłopców.

Dorastając, ci aroganccy chłopcy dowiadują się, że najczęściej, jeśli nie podobasz się dziewczynie, to po prostu jej się nie podobasz. Ta dziewczyna dorastała bez kobiety, która mogłaby jej pokazać, jaką być. Jej mama marzyła o szybkim życiu, na które nie było ją stać. Dziewczyna nauczyła się, jak powinni zachowywać się mężczyźni, obserwując zachowanie tych, którzy ją otaczali.

Dorastając, dziewczyna szybko zorientowała się w zasadach gry i została jej mistrzynią.

Obciągam sukienkę, skręcając w ciemny róg i wchodząc w alejkę. Słyszę, że siatkowa tkanina rozrywa się, kiedy ją szarpię, i przeklinam się za to, że znów to zrobiłam.

Wsiadłam do autobusu jadącego do centrum, mając nadzieję osiągnąć… coś.

Co? Nie jestem całkowicie pewna, ale jestem już tak bardzo, bardzo zmęczona tym, że tak się czuję. Pustka każe nam robić rzeczy, o które nigdy byśmy się nie podejrzewali, a to zachowanie to jedyny sposób, żeby zapełnić tę ogromną pierdoloną dziurę we mnie. Satysfakcja przychodzi i odchodzi, kiedy mężczyźni gapią się na to, jak jestem ubrana. Czują się, jakby mieli prawo do mojego ciała, skoro ubieram się w sposób, który ich celowo zachęca. Są obrzydliwi i całkowicie się mylą, ale pogrywam sobie z ich pożądaniem i dopinguję ich, by nadal się tak zachowywali, mrugając do nich okiem. Wiele można zdziałać wstydliwym uśmiechem, gdy trafi się na samotnego mężczyznę.

Niedobrze mi się robi przez to, że potrzebuję tej uwagi. To więcej niż ból, to palący, rozgrzany do czerwoności płomień we mnie.

Kiedy idę za kolejny róg, zbliża się czarny samochód. Odwracam wzrok, gdy mężczyzna za kółkiem zwalnia, żeby na mnie spojrzeć. Ulice są ciemne, a ta zygzakowata alejka znajduje się na tyłach jednej z najbogatszych części Filadelfii. Wzdłuż ulic stoi mnóstwo sklepów, a każdy z nich ma tu zaplecze.

W Main Line jest zbyt dużo pieniędzy i nie dość łagodności.

– Chcesz się przejechać? – pyta mężczyzna, kiedy jego automatyczne okno otwiera się z łagodnym bzyczeniem.

Ma delikatnie pomarszczoną twarz, a jego piaskowobrązowe, siwiejące włosy są rozdzielone równym przedziałkiem i zaczesane w dół po bokach. Czarująco się uśmiecha i dobrze wygląda jak na swój wiek, ale w każdy weekend, kiedy przemierzam tę drogę, kiedy z jakiegoś powodu powtarzam tę stałą trasę godną zombie, w mojej głowie rozbrzmiewa ostrzeżenie. Uprzejmość w jego głosie jest równie fałszywa, co moja torba Chanel. Jego uśmiech bierze się z pieniędzy – teraz już to wiem. Mężczyźni w czarnych samochodach, które są tak czyste, że lśnią nawet w świetle księżyca, mają pieniądze, ale nie mają sumienia. Żony nie pieprzyły się z nimi od tygodni –

a nawet miesięcy – więc samotni przemierzają ulice Main Line w poszukiwaniu uwagi, której ich pozbawiono.

Ale nie chcę jego pieniędzy. Moi rodzice je mają – aż za dużo.

– Nie jestem prostytutką, ty pojebie!

Kopię butem na koturnie w kierunku jego głupiego lśniącego samochodu i zauważam błysk obrączki na palcu.

Jego oczy podążają za moimi, a on chowa dłoń pod kierownicą. Sukinsyn.

– Taa, jasne. Wracaj do żony... jestem pewna, że wymówka, jaką jej podałeś, zaraz straci ważność.

Zaczynam się oddalać, a on mówi do mnie coś jeszcze. Odległość między nami chwyta ten dźwięk i odwiewa w noc, bez wątpienia w jakiś ciemny zaułek. Nawet nie zadaję sobie trudu, by znów na niego spojrzeć.

Ulica jest niemal pusta, ponieważ jest już prawie dziewiąta w poniedziałkowy wieczór, światła na tyłach budynków są przyciemnione, a powietrze spokojne i ciche. Mijam zaplecze restauracji, z której dachu bucha para, a zapach węgla drzewnego wypełnia moje zmysły. Pachnie cudownie i przypomina mi grille na podwórku, które urządzaliśmy sobie z rodziną Curtisa, kiedy byłam młodsza. Kiedy wydawali mi się drugą rodziną.

Mrugam, by odegnać myśli, i odwzajemniam uśmiech kobiety w średnim wieku, która ma na sobie czapkę szefa kuchni i wychodzi tylnymi drzwiami z restauracji na Line. Płomień z jej zapalniczki jasno świeci w nocy. Zaciąga się trzymanym w dłoni papierosem, a ja znów się uśmiecham.

– Uważaj na siebie, dziewczyno – ostrzega mnie ochrypłym głosem.

– Zawsze uważam – odpowiadam z uśmiechem, machając dłonią.

Potrząsa głową i wkłada papierosa z powrotem do ust. Dym roznosi się w zimnym powietrzu, a czerwony ogieniek na końcu papierosa trzaska w ciszy nocy, zanim kobieta nie wyrzuca go na beton i głośno nie przydeptuje.

Idę dalej, a powietrze staje się zimniejsze. Mija mnie kolejny samochód i przechodzę na bok alejki. Samochód jest czarny... spoglądam i uświadamiam sobie, że to znów ta sama lśniąca czerń co poprzednio. Kiedy samochód zwalnia, czuję zimny dreszcz na plecach – pod jego oponami szeleszczą śmieci pokrywające alejkę.

Przyspieszam kroku, postanawiając wejść za kontener na śmieci, żeby oddalić się od nieznajomego najbardziej, jak to możliwe. Moje nogi przyzwyczajają się do nowego tempa i odchodzę kawałek dalej.

Nie wiem, dlaczego mam dziś taką paranoję – robię to przecież niemal co weekend. Ubieram się w ohydny, workowaty strój, całuję tatę w policzek i proszę o pieniądze na autobus. Marszczy brwi i mówi, że spędzam za dużo czasu sama i że muszę powrócić do świata, zanim życie przeleci mi przez palce. Gdyby powrót do świata był tak prosty, nie przebierałabym się szybko w sukienkę i nie wciskała workowatego stroju do torebki, żeby móc przebrać się z powrotem podczas drogi do domu.

Wrócić do świata. Jak gdyby to było takie proste.

– Molly, masz dopiero siedemnaście lat, musisz wrócić do prawdziwego życia, zanim zmarnujesz swoje najlepsze lata – mówi mi za każdym razem.

Jeśli to są najlepsze lata mojego życia, to nie widzę wielkiego sensu, żeby dłużej to ciągnąć.

Zawsze kiwam głową z uśmiechem, zgadzając się z nim, a jednocześnie mam cichą nadzieję, że przestanie porównywać swoją stratę do mojej. Różnica polega na tym, że moja mama chciała odejść.

Dzisiejszy wieczór wydaje się z jakiegoś powodu inny, być może przez to, że ten sam mężczyzna zatrzymuje się teraz obok mnie po raz drugi w ciągu dwudziestu minut.

Zaczynam biec, pozwalając, by strach poniósł mnie przez pełną dziur alejkę w kierunku bardziej uczęszczanej ulicy. Taksówka trąbi na mnie, kiedy zataczam się na drogę i wskakuję z powrotem na chodnik, próbując złapać oddech.

Muszę wracać do domu. Natychmiast. Czuję żar w klatce piersiowej i z trudem łapię zimne powietrze. Wchodzę z powrotem na chodnik i rozglądam się dookoła.

– Molly? Molly Samuels, czy to ty? – krzyczy za mną jakaś kobieta.

Odwracam się i widzę znajomą twarz ostatniej osoby, na którą mam ochotę wpaść. Walczę z potrzebą pobiegnięcia w przeciwnym kierunku, kiedy spoglądam w jej oczy. Ma w rękach dwie brązowe torby z zakupami i idzie w moją stronę.

– Co robisz w tej okolicy, i to tak późno? – pyta pani Garrett, a kosmyk włosów opada jej na policzek.

– Po prostu spaceruję.

Staram się zakryć sukienką większą część ud, zanim znów na nie spojrzy.

– Sama?

– Pani też jest sama – odpowiadam więcej niż defensywnym tonem.

Wzdycha i przekłada torby z zakupami do jednej ręki.

– Chodź, wsiadaj do samochodu.

Zaczyna iść w kierunku brązowego vana zaparkowanego na rogu.

Naciska przycisk, drzwi od strony pasażera otwierają się, a ja z wahaniem wsiadam do środka. Wolę już być w tym samochodzie z nią i jej osądami niż na ulicy z facetem w czarnym aucie, który chyba nie zna znaczenia słowa „nie".

Moja tymczasowa wybawicielka wsiada od strony kierowcy i patrzy przez chwilę prosto przed siebie, a później odwraca się do mnie.

– Wiesz, że nie możesz się tak zachowywać do końca życia.

Jej stwierdzenie kończy się mocnym tonem, ale dłonie drżą jej na kierownicy.

– Nie…

– Nie udawaj, że nic się nie stało. – Jej odpowiedź daje mi wyraźnie do zrozumienia, że nie ma ochoty na zabawę w towarzyskie uprzejmości. – Jesteś ubrana zupełnie inaczej niż kiedyś, z pewnością inaczej, niż podobałoby się twojemu ojcu. Masz różowe włosy zupełnie nieprzypominające twojego naturalnego blondu. Jesteś tu w nocy sama. Nie tylko ja cię zauważyłam, wiesz? John, który chodzi do mojego kościoła, widział cię kilka nocy temu. Powiedział nam przy wszystkich.

– Ja…

Zbywa mój protest machnięciem dłoni.

– Nie skończyłam. Twój tata powiedział mi, że nie zamierzasz nawet wybrać się do college'u Ohio State, chociaż przez całe lata przygotowywaliście się z Curtisem, żeby tam studiować.

Imię, które wypowiedziała, przeszywa mnie, przełamując twardą skorupę, do której zamieszkiwania się przyzwyczaiłam. Grubą warstwę nicości, za którą się chroniłam. Wspomnienie twarzy jej syna przesłania mi umysł, a jego głos wypełnia moje uszy.

– Proszę przestać – udaje mi się wydusić mimo cierpienia.

– Nie, Molly – mówi pani Garrett.

Kiedy na nią spoglądam, widzę, że jest czerwona, jakby miała w sobie całe butelki emocji, które były wstrząsane przez ostatnie sześć miesięcy, a teraz są już na skraju eksplozji.

– Był moim synem – mówi. – Więc nie siedź tu i nie udawaj, że masz większe prawo do cierpienia niż ja. Straciłam dziecko… jedynaka… i teraz siedzę tu i patrzę na ciebie, słodka Molly… Widziałam, jak dorastasz, a teraz ty też się zatracasz… i nie zamierzam już milczeć. Musisz wziąć się w garść i dostać do tego college'u, wyrwać się z tego miasta, tak jak planowaliście z Curtisem. Żyć dalej. Wszyscy musimy to zrobić. A jeśli mnie się to udaje, choć nie przychodzi mi to łatwo, to ty, do cholery, też potrafisz.

Kiedy pani Garrett kończy mówić, czuję się tak, jakby przez ostatnie dwie minuty wiązała mi żołądek w supły. Zawsze była cichą kobietą – zazwyczaj to jej mąż mówił – ale w ciągu ostatnich pięciu minut w jakiś sposób stała się mniej wrażliwa. Jej zazwyczaj łagodny głos nabrał nowego tonu determinacji, co mi imponuje. Sprawia też, że czuję się załamana tym, że pozwoliłam, aby moje życie przeistoczyło się w tę widmową egzystencję.

Ale to ja prowadziłam ten samochód.

Zgodziłam się pojechać miniciężarówką Curtisa nocą przed otrzymaniem prawa jazdy. Byliśmy podekscytowani, a on uśmiechał się przekonująco. Kochałam go każdą cząsteczką swojego ciała, a kiedy umarł, rozpadłam się na atomy. Był moim spokojem, pewnością, że nie skończę jak moja matka, kobieta, która ze wszystkich sił pragnęła być kimś więcej niż czyjąś żoną w wielkim domu, w bogatej dzielnicy. Przez całe dnie malowała i tańczyła w naszym wielkim domu, śpiewała piosenki i obiecywała mi, że uda nam się uciec z tego banalnego miasta.

– Nie umrzemy tu... Pewnego dnia uda mi się przekonać twojego ojca – powtarzała zawsze.

Dotrzymała słowa tylko połowicznie i odeszła w środku nocy dwa lata temu. Nie mogła sobie poradzić ze wstydem, który najwyraźniej niosło ze sobą bycie matką i żoną. Większość kobiet miałoby kłopot z tym, żeby znaleźć w tej sytuacji powód do wstydu, ale nie moja mama. Chciała, żeby całą uwagę poświęcać jej – potrzebowała, by ludzie znali jej imię. Obwiniała mnie, kiedy tak nie było, mimo że próbowała temu zaprzeczać. Zawsze się mnie wstydziła i wciąż przypominała mi, co zrobiłam z jej ciałem. Wielokrotnie mówiła mi, jak cudownie wyglądało, zanim się nie pojawiłam. Zachowywała się, jakbym z własnej woli postanowiła się znaleźć w jej egoistycznym łonie. Pewnego dnia pokazała mi ślady, jakie zostały po mnie na jej brzuchu, i wraz z nią wzdrygnęłam się na widok rozstępów. Chociaż przeszkadzałam jej wieść wymarzone życie, obiecywała mi cały świat. Mówiła mi o jasnych miastach z wielkimi billboardami – żałowała, że nie jest dość ładna, by się na nich znaleźć.

Pewnego dnia wcześnie rano, wysłuchawszy tego, jak opowiedziała mi poprzedniego wieczoru o świecie, którego pragnęła, patrzyłam przez grubą metalową poręcz schodów, jak ciągnie swoją walizkę po dywanie w kierunku drzwi frontowych. Przeklinała i sczesywała włosy z ramion. Ubrała się jak na rozmowę o pracę, miała pełny makijaż i ułożone, wysuszone włosy – musiała pewnie zużyć pół opakowania lakieru, żeby je tak ułożyć. Była podekscytowana i pewna siebie, dotykając włosów, żeby delikatnie je poprawić.

Chwilę przed wyjściem rozejrzała się po swoim pięknie urządzonym salonie i na jej ustach pojawił się najbardziej promienny uśmiech, jaki kiedykolwiek u niej widziałam. Później zamknęła drzwi – wyobrażałam sobie, że uszczęśliwiona opiera się o nie z zewnątrz, wciąż się uśmiechając, jak gdyby szła do raju.

Nie płakałam, schodząc na palcach po schodach i próbując zapamiętać to, jak wyglądała i jak się zachowywała. Chciałam pamiętać każdą interakcję, każdą rozmowę, każdą chwilę, kiedy mnie obejmowała. Nawet wtedy uświadamiałam sobie, że moje życie znów się zmienia. Patrzyłam przez okno w salonie, gdy wsiadała do taksówki. Po prostu gapiłam się na podjazd. Chyba zawsze wiedziałam, że nie można na niej polegać. Mój ojciec może i się boi opuścić miasto, w którym dorastał, gdzie ma fantastyczną pracę, ale można na nim, kurwa, polegać.

Pani Garrett ostrożnie dotyka końcówek moich różowych włosów.

– Zanurzenie głowy w różowym barwniku spożywczym nie cofnie tego, co się stało.

Uśmiecham się, słysząc jej dobór słów, i mówię pierwsze, co mi przychodzi do głowy:

– Nie przefarbowałam włosów ze względu na to, że widziałam, jak pani syn się przy mnie wykrwawia – warczę, przypominając sobie ciemnoróżową farbę, która wyglądała jak krew, kiedy spływała przez odpływ.

Odpycham jej dłoń i tak, moje słowa są ostre, ale kim ona, do kurwy nędzy, jest, żeby mnie osądzać?

Kiedy analizuje moje słowa, jestem pewna, że wyobraża sobie pogruchotane ciało Curtisa, przy którym siedziałam przez dwie godziny, zanim ktokolwiek przybył nam na pomoc. Próbowałam wyrwać jego pas z siedzenia dla kierowcy, ale to było niemożliwe. Po tym, jak uderzyliśmy w barierkę, metalowe części wygięły się tak, że nie mogłam poruszać rękami. Próbowałam jednak i krzyczałam, kiedy poszarpany metal wbijał się w moją skórę. Mój ukochany nie poruszał się, nie wydawał z siebie żadnego dźwięku, a ja krzyczałam na niego, na samochód, na cały wszechświat, usiłując nas ratować.

Wszechświat, który mnie zdradził i zgasł, kiedy jego twarz zbladła, a ręce zwiotczały. Teraz jestem wdzięczna za to, że moje ciało wyłączyło się chwilę po tym, jak umarł, i nie byłam zmuszona siedzieć i patrzeć na ten przedmiot, który nie był już nim, patrzeć i mieć nadzieję, że wróci do życia.

Pani Garrett z łagodnym westchnieniem uruchamia samochód i wyjeżdża z parkingu.

– Rozumiem twój ból, Molly… jeśli ktokolwiek go rozumie, to właśnie ja. Ja także próbowałam odnaleźć sposób, by dalej żyć, ale ty niszczysz swoje życie przez coś, nad czym nie miałaś kontroli.

Jestem zdumiona i próbuję się skupić, gładząc dłonią plastikową część drzwi samochodu.

– Nie miałam kontroli? Prowadziłam samochód.

Dźwięk poskręcanego metalu trafiającego w drzewo, a później w metalową barierkę, wypełnia mi uszy i czuję, że dłonie trzęsą mi się na udzie.

– Miałam kontrolę nad jego życiem i go zabiłam.

Był życiem, samą jego definicją. Był jasny, ciepły i wszystko kochał. Curtis potrafił odnaleźć radość w najgłupszych, najprostszych rzeczach. Nie byłam taka jak on. Byłam bardziej cyniczna, zwłaszcza po odejściu mojej matki. Ale on wysłuchiwał mnie za każdym razem, kiedy popełniałam jakiś błąd spowodowany gniewem. W swoje urodziny pomógł mojemu tacie posprzątać pokój, w którym malowała matka, po tym, jak zdemolowałam go, rozlewając czarną farbę po cennych obrazach, które dla nas zostawiła. Nie pytał, dlaczego niejednokrotnie życzyłam jej śmierci.

Nigdy mnie nie oceniał i trzymał mnie w jednym kawałku w sposób, w który nie mogłabym tego dokonać sama. Zawsze uważałam, że to dzięki niemu uda mi się przetrwać college i zdobyć przyjaciół w nowym mieście. Nigdy nie byłam dobra w ukrywaniu tego, co myślę o ludziach, więc znajdowanie przyjaciół nie było dla mnie najłatwiejszą rzeczą na świecie. Zawsze mówił mi, że nic nie szkodzi, że jestem dobra taka, jaka jestem, tyle że mam w sobie zbyt dużo bolesnej szczerości i to on będzie musiał na siebie wziąć rolę kłamcy w naszym związku. Udawał, że lubi bogate dzieciaki z naszej szkoły, chodzące ze swetrami obwiązanymi wokół bioder. Zawsze był miłym gościem, tym, którego wszyscy uwielbiali. Ja byłam jego osobą towarzyszącą. Pojawialiśmy się razem na tyle często, że wszyscy zaczęli akceptować mnie i moje nastawienie do życia. Pewnie nadrabiał za mnie swoim urokiem. Stanowił moją wymówkę wobec świata, ponieważ najwyraźniej coś we mnie widział. Był jedyną osobą, która kiedykolwiek mnie zaakceptowała i pokochała, ale później również on mnie zostawił. To była moja wina, podobnie jak – jestem tego pewna – moja mama odeszła, bo miała dosyć tego miasta, normalności mojego taty i swojej blond córki z kokardą we włosach.

Ostatni gram potrzeby udawania kogoś normalnego zniknął, kiedy umywalka spłynęła różem i zniknął mój blond.

– Mam wpływowego znajomego na zachodzie, w Waszyngtonie.

Niemal zapomniałam, gdzie jestem, przeżywając w głowie wszystkie beznadziejne doświadczenia z całego mojego życia w niecałe dziesięć minut.

– Mogłabym go spytać, czy nie zechciałby wykorzystać swoich wpływów, żebyś dostała się tam do dobrej szkoły. Tam jest ładnie. Świeżo, zielono. Jest już dość późno, ale spróbuję, jeśli tego chcesz – oferuje.

Waszyngton? Co, do diabła, jest w Waszyngtonie?

Zastanawiam się nad jej ofertą, rozważając, czy w ogóle jeszcze chcę iść do college'u. I podczas gdy to pytanie kręci się w mojej głowie, uświadamiam sobie, że naprawdę pragnę się wydostać z tego zapomnianego przez Boga miasteczka, więc może powinnam się zgodzić. Kiedy byłam młodsza, myślałam o innych miastach. Mama mówiła mi o Los Angeles i o tym, że pogoda sprawia, iż każdy dzień jest tam doskonały. Mówiła o Nowym Jorku i o tym, że ulice są pełne ludzi. Mówiła mi o cudownych miastach, w których chciała mieszkać. Jeśli ona potrafiła sobie w nich poradzić, ja z pewnością poradzę sobie w Waszyngtonie.

Ale to daleko, po drugiej stronie kraju. Mój tata zostałby tu sam… chociaż może to by mu posłużyło. Już prawie nie ma przyjaciół, bo wciąż tak się martwi o mnie, usiłując sprawić, że będę szczęśliwa. Przestał już nawet próbować martwić się o swoje życie. Może to, że wyjadę do college'u, pomoże mu. Może sprawi, że odzyska jakiegoś rodzaju normalność.

Możliwe też, że i ja znajdę przyjaciół. Moje różowe włosy mogą nie być tak onieśmielające dla ludzi żyjących w odrobinę bardziej światowym miejscu. Moje skąpe stroje mogą nie być tak groźne dla dziewczyn w moim wieku w innym mieście.

Mogłabym zacząć od nowa i sprawić, że pani Garrett będzie dumna.

Mogłabym też dać powód do dumy Curtisowi.

Waszyngton mógłby być dokładnie tym, czego mi trzeba.

Siedząc w samochodzie tej kobiety, tej miłej, dobrej matki chłopca, którego kochałam i utraciłam, przysięgam więc, w tej chwili, że będę lepsza.

Nie będę jeździła autobusami do szemranych dzielnic w Waszyngtonie.

Nie będę się pławiła w przeszłości.

Nie poddam się.

Będę robiła tylko to, co pomoże mojej przyszłości – i gówno mnie będzie obchodziło, co ktokolwiek mi powie po drodze.

Melissa

Nie docenił tej dziewczyny, kiedy ją poznał. Nie wiedział wtedy o niej nic i właściwie do dziś tak naprawdę nie wie zbyt dużo. Na początku poznał jej brata i spędził kilka wieczorów na upijaniu się z nim i poznawaniu, jak okropnym człowiekiem był ten gość. Jej brat był wężem wijącym się po kampusie, jakby było to jego osobiste łowisko – wciąż szukał kolejnych ofiar.

Ale dzięki ciągłej obserwacji zauważył, że ten wąż miał jedną słabość – swoją siostrę, która była siłą, wysoka, o kruczoczarnych włosach i opalonej skórze. Kiedy zaczął nienawidzić węża, zauważył, jak przywiązany był do swojej słabości, jak dbał o tę dziewczynę, jakby nic więcej na Ziemi się nie liczyło, oczywiście poza jego własnymi pokrętnymi pragnieniami. I wmówiwszy sobie, że wąż wymyka się spod kontroli, że rozprzestrzenia swój brud niczym dumna zaraza, którą należy powstrzymać, chłopak nakreślił plan.

Tego potwora należało obalić, a siostra stanowiła jedynie konieczną ofiarę wojny.

Dom jest bardzo pusty jak na piątkowy wieczór. Tata jest na bankiecie ze względu na awans w szpitalu, a wszyscy moi znajomi są na kolejnej imprezie. Żadna z tych opcji nie wydaje się pociągająca.

Impreza byłaby nawet w porządku, gdyby nie odbywała się w domu bractwa studenckiego, w którym wciąż przesiaduje mój brat. Nie mogę nawet się tam dobrze bawić, bo jest okropnie nadopiekuńczy. To strasznie frustrujące.

Bankiet może być lepszą opcją, ale tylko odrobinę. Mój tata, najbardziej ceniony lekarz w tym mieście, jest lepszym lekarzem niż rodzicem… ale się stara. Jego czas jest cenny i drogi, nie mogę współzawodniczyć z chorymi ludźmi – płacą mu za leczenie, dzięki czemu kupił wielki dom, w którym teraz siedzę i narzekam.

Czując się odrobinę winna, biorę telefon i piszę esemesa do taty, że jednak przyjdę. Później zauważam, że jest już po dziewiątej, a bankiet zaczął się o ósmej, więc uświadamiam sobie, że tylko bym tam przeszkadzała i dawała młodej dziewczynie mojego taty kolejny powód do tego, by na mnie narzekać. Tasha ma zaledwie trzy lata więcej ode mnie i spotyka się z moim tatą od ponad roku. Byłabym bardziej wyrozumiała, gdyby nie to, że chodziłam z nią do liceum i pamiętam, jaka z niej była suka. Albo gdyby nie udawała, że mnie nie pamięta, mimo że cholernie dobrze wiem, jak jest naprawdę.

Nieważne, jak bardzo jest dla mnie niemiła, nie narzekam na nią tacie. Uszczęśliwia go. Uśmiecha się, kiedy na nią patrzy. Śmieje się z jego kiepskich dowcipów. Wiem, że nie zależy jej na nim tak, jak powinno, ale widziałam, jak mój tata przekształca się w lepszą wersję samego siebie, od kiedy weszła do jego gabinetu ze złamanym palcem i jędrnymi cyckami. Tata przeżył rozwód znacznie gorzej niż mama, która szybko powiedziała nam, że przeprowadza się z powrotem do Meksyku, by mieszkać z moimi dziadkami, dopóki nie stanie na nogi.

Nie wiem, kogo ona próbuje oszukać. Dostała w ugodzie wystarczająco dużo pieniędzy, żeby do końca życia było ją stać na kryształowe pantofelki.

Zamiast męczyć Tashę i tatę, piszę do Dana. Spotyka się ostatnio z dziewczyną, z którą chodziłam do liceum. W przeciwieństwie do mnie ona wciąż jest w liceum. Mój brat jest do bólu opiekuńczy i lojalny, ale jest totalną świnią. Niech powtórzę: totalną świnią. Próbuję z całych sił trzymać się z dala od jego randkowych gierek. Jego znajomi to też świnie – zazwyczaj są młodsi i jeszcze gorsi od niego. Lubi się otaczać ludźmi, którzy są równie gówniani, co on, żeby móc się czuć ze sobą lepiej. Chyba chce zostać królem szczurów.

Dan odpowiada szybko: „Przyjadę po ciebie za dwadzieścia minut".

Odsyłam mu uśmiechniętą buźkę i wyskakuję z łóżka, żeby się przygotować. Bose stopy i szary T-shirt z logo WCU nie wystarczą. Powinnam wyglądać lepiej. Tak czy inaczej, muszę uważać z doborem stroju, żeby mój brat nie narzekał całą noc.

Grzebię w szafie, przeszukując morze czerni i cekinów. Mam zbyt wiele sukienek. Mama zawsze oddawała mi swoje sukienki po tym, jak je raz założyła. Tata lubił próbować ją uszczęśliwić lśniącymi sukienkami i czerwonym samochodem sportowym, ale jej szczęście jakoś nigdy nie nadeszło. Kiedy odchodziła, zaproponowała mi, żebym wróciła razem z nią do Meksyku. Ale, chociaż może brzmi to śmiesznie, po prostu nie potrafiłam zrezygnować z pływania dla mojej drużyny. To dla mnie ważniejsze niż cokolwiek innego tu, w Waszyngtonie. Była to jedyna rzecz – poza moim tatą i Danem – za którą bym tęskniła. Dan rozważał powrót, ale nie chciał mnie tu zostawić. Albo nie mógł, bo wciąż chce mnie mieć na oku.

Po przymierzeniu dwóch sukienek i wrzuceniu ich do szafy wyciągam kombinezon, którego jeszcze nie miałam na sobie. Cały czarny, poza drobnymi wzorami na grubych ramiączkach. Jest wystarczająco obcisły, żeby podkreślać mój tyłek, i zakrywa wystarczająco dużo ciała, żeby mój brat trzymał gębę na kłódkę.

Właśnie w chwili, gdy kończę się przygotowywać, słyszę na zewnątrz okropny klakson Dana, więc chwytam torebkę i zbiegam po schodach. Jeśli się nie pospieszę, sąsiedzi znów będą narzekać na hałas. Szybko wpisuję kod alarmu i wypadam przez drzwi, a kiedy docieram do audi Dana, uświadamiam sobie, że przywiózł ze sobą kilku swoich zjebanych znajomych.

– Logan, wpuść ją z przodu – mówi Dan.

Spotkałam Logana już kilkakrotnie i zawsze był dla mnie miły. Na jakiejś imprezie nawet mnie podrywał. Gdy wstałam z kanapy, na której siedziałam, i uświadomił sobie, że jestem od niego przynajmniej dziesięć centymetrów wyższa, powiedział, że będziemy świetnymi przyjaciółmi. Ze śmiechem się z nim zgodziłam, będąc pod wrażeniem jego delikatnie złośliwego żartu. Od tego czasu najbardziej go lubię z bandy idiotów otaczających mojego brata.

– W porządku, mogę usiąść z tyłu – mówię, kiedy Logan odpina pas.

Przesuwam się na tylne siedzenie i zajmuję miejsce obok kolesia, którego twarz jest skryta za ciemnymi, kręconymi włosami. Są zaczesane na bok w dziwaczny sposób, jakby był emo, ale doskonale pasują do kolczyków w jego brwi i wardze. Nie podnosi wzroku znad telefonu, kiedy siadam i mówię mu „cześć".

– Zignoruj go – mówi Dan, spoglądając mi w oczy we wstecznym lusterku.

Przewracam oczami i wyciągam własny telefon. Ja też mogę się zabawić podczas jazdy.

Przy domu bractwa nie ma gdzie zaparkować. Dan proponuje, że wysadzi mnie obok, żebym nie musiała iść. Wyskakuję, ale kiedy zamykam drzwi, słyszę, że te z drugiej strony również się zamykają. Podnoszę wzrok i widzę, że gość z tylnego siedzenia idzie w kierunku domu.

– Pojeb! – krzyczy do niego Dan.

Nieznajomy unosi dłoń z wyciągniętym środkowym palcem.

– Wydaje mi się, że wolałby, żebyś przyszedł z nimi – mówię mu, idąc za nim po trawniku.

Grupka dziewcząt gapi się na niego, kiedy przechodzimy – jedna z nich szepcze coś do drugiej i wszystkie spoglądają na mnie.

– Macie jakiś problem? – pytam je, patrząc w ich wypacykowane, zdesperowane twarze.

Wszystkie trzy potrząsają głowami w sposób, z którego wynika, że nie spodziewały się, że się do nich odezwę.

Cóż, myliły się. Nie reaguję za dobrze na napuszone blondyny, które obgadują innych, żeby same mogły się poczuć ważne.

– Pewnie właśnie poszczały się w gacie – mówi do mnie gość o kręconych włosach.

Ma niski, bardzo niski głos i przysięgam, że usłyszałam angielski akcent. Zwalnia kroku, ale nie odwraca się, żeby na mnie spojrzeć. Ma ramiona pokryte tatuażami. Nie potrafię rozpoznać, co na nich jest, ale widzę, że wszystkie są wykonane czarnym tuszem – nie ma na nich ani trochę koloru. Pasuje mu to do czarnych dżinsów i podobnego T-shirtu. Odgłosy jego ciężkich butów są przytłumione przez miękką trawę.

Próbuję dotrzymać mu tempa, ale robi zbyt wielkie kroki. Jest wysoki, z dziesięć centymetrów wyższy ode mnie.

– Mam nadzieję – mówię mu i jeszcze raz spoglądam na dziewczyny.

Zmieniły już obiekt zainteresowania, gapią się na pijaną dziewczynę w krótkiej sukience, która mija je chwiejnym krokiem.

Nie mówi do mnie ani słowa, dopóki nie wchodzimy do domu. Nie ogląda się na mnie, kiedy wchodzi do kuchni ani kiedy odkręca butelkę whisky i upija solidny łyk. Jestem teraz nim zaciekawiona, więc gdy Dan i Logan wkraczają do salonu, postanawiam poznać tajemnice tego wytatuowanego nieznajomego. Biorę butelkę wina z sokiem z wiaderka stojącego na blacie i idę do brata.

Siedzi na kanapie z piwem w dłoni. Już pachnie trawką, a kiedy na mnie spogląda, widzę, że ma nabiegłe krwią oczy.

– Kim był ten gość z tylnego siedzenia? – pytam go.

Jego wyraz twarzy zmienia się.

– Kto, Hardin?

Nie jest zadowolony, że spytałam. Poza tym: Hardin? Co to w ogóle za imię?

– Trzymaj się od niego z daleka, Mel – ostrzega mnie Dan. – Mówię poważnie.

Przewracam oczami i uznaję, że to nie jest coś, o co warto się kłócić z bratem. Nigdy nie tolerował żadnego z moich chłopaków, a jednak próbował mnie umawiać ze swoim najlepszym kumplem Jace'em – bez wątpienia najbardziej obrzydliwym ze swoich znajomych. Najwyraźniej standardy mojego brata są równie chwiejne, co wyże i niże jego poziomów alkoholu i trawki we krwi.

Kiedy mój brat poklepuje puste miejsce przy sobie, siadam cicho i przez pewien czas przyglądam się ludziom. Muzyka staje się głośniejsza, ludzie coraz bardziej poddają się drinkom, humorom, nastrojowi.

Kilka minut później, kiedy Logan pyta mojego brata, czy chce jeszcze zapalić, zaczynam się rozglądać po domu w poszukiwaniu Hardina. Nie sądzę, że kiedykolwiek przyzwyczaję się do tego imienia.

Zauważam, że nadal jest w kuchni – stoi sam, oparty o blat. Butelka whisky jest znacznie mniej pełna, niż kiedy widziałam go ostatnim razem, jakieś piętnaście minut temu.

W takim razie lubi się zabawić. Dobrze.

Szybko wstaję z kanapy – zbyt szybko. Dan chwyta mnie za rękę i uświadamiam sobie, że muszę błyskawicznie znaleźć wymówkę dla wyjścia z pokoju. Jeśli mu powiem, że idę szukać Hardina, wiem, że pójdzie za mną.

– Dokąd idziesz? – pyta.

– Siusiu – kłamię.

Nienawidzę tego, że zawsze zaprasza mnie na te imprezy, ale zachowuje się jak mój tata, kiedy mam go odstąpić na krok.

Gapi się na mnie chwilę, spoglądając mi w oczy i usiłując przyłapać na kłamstwie, ale odwracam się. Czuję jego wzrok na sobie, gdy przechodzę przez salon, więc idę w kierunku schodów. Wszystkie łazienki w tym ogromnym domu są na górze, co oczywiście nie ma sensu, ale tak już bywa z domami bractw.

Idę na górę powoli, a kiedy tam docieram, znów spoglądam na brata, a później odwracam się i wpadam na czarną ścianę.

Tyle że to nie ściana – to klatka piersiowa Hardina.

– Cholera, sorry! – wykrzykuję, usiłując zetrzeć mokrą plamę z jego koszulki. – Przynajmniej nie będzie widać – prowokuję go.

Jego oczy są jasnozielone, a wzrok tak intensywny, że muszę się odwrócić.

– Ha, ha – mówi monotonnie.

Niemiły.

– Mój brat mnie ostrzegał, żebym się do ciebie nie zbliżała – rzucam bezmyślnie.

Jego spojrzenie jest tak intensywne, że utrzymywanie kontaktu wzrokowego doprowadza mnie do szału, ale nie chcę mu ustąpić. Mam wrażenie, że jest do tego przyzwyczajony. Czuję, że w taki właśnie sposób się z nim przegrywa.

Unosi brew, w której tkwi kolczyk.

– Tak powiedział?

Tak, to stanowczo angielski akcent. Chcę go skomentować, ale wiem, jakie to wkurzające, kiedy ludzie mówią ci, jak brzmisz. Wciąż mi się to przytrafia.

Kiwam głową, a Brytyjczyk otwiera usta, by znów coś powiedzieć.

– A niby dlaczego?

Nie wiem… ale chcę wiedzieć.

– Musisz być dość zły, jeśli Dan cię nie lubi – żartuję.

Nie śmieje się.

Moje ramiona są teraz napięte – energia Hardina już mnie pochwyciła.

– Gdybyśmy ufali jego ocenie charakteru, wszyscy mielibyśmy przejebane – mówi.

Pierwszy odruch każe mi się z nim kłócić, powiedzieć mu, że mój brat nie jest taki zły, po prostu jest niezrozumiany. Powinnam go bronić przed tą zniewagą.

Ale później przypominam sobie dzień, kiedy cała rodzina ostatniej dziewczyny Dana pokazała się w domu – biedna dziewczyna w ciąży chowała się za wściekłym ojcem. Mój tata wypisał im czek i wszyscy zniknęli bez śladu z moją bratanicą czy moim bratankiem. Jakaś część mnie ma świadomość, że w moim bracie tkwi coś mrocznego, ale nie chcę tego przyznać.

Mama jest tak daleko, a ojciec tak skupiony na zachciankach Tashy, że Dan to wszystko, co mam.

Śmieję się.

– Z pewnością ty jesteś znacznie lepszy.

Hardin unosi wytatuowaną dłoń i sczesuje włosy z czoła.

– Nie, jestem gorszy.

Spogląda prosto w moje brązowe oczy i w jakiś sposób wiem, że mówi poważnie. Czuję ostrzeżenie kryjące się w jego słowach, ale kiedy proponuje mi na wpół pustą butelkę whisky, upijam duży łyk.

Whisky pali tak bardzo jak jego oczy…

I ogarnia mnie uczucie, że Hardin cały składa się z benzyny.

Steph

Kiedy poznał dziewczynę o ognistych włosach i ramionach pokrytych tatuażami, zauważył w niej coś mrocznego. Wyczuł nutę współzawodnictwa w tym, jak gapiła się na przyjaciółkę o jaśniejszych włosach. Porównywała wszystko, co robiły, i zauważył to desperackie pragnienie uwagi, które w sobie nosiła. Przypominała mu dziewicę imieniem Rousette z bajki, którą czytał, kiedy był dzieckiem. Rudowłosa księżniczka była zazdrosna o młodsze siostry, które wychodziły za mąż za książęta, choć ona miała wyjść za admirała. Nie wystarczyło jej to jednak – kandydat nie był dość dobry, ponieważ nie sprawiał, że była lepsza niż jej siostry. Dziewczyna nienawidziła tego, że miałaby stracić wszystko, nawet jeśli rzeczy, do których rościła sobie prawo, nie należały do niej. Nie potrafiła znieść tego, że ktoś jest od niej lepszy, i była głodna uwagi innych ludzi. Nie mogła wytrzymać, że ktoś miałby dostać to, na co ona, jak czuła, sama zasługiwała, i wierzyła, że to, na co zasługiwała, to co najmniej wszystko pod słońcem.

Mój tata znów spóźnia się z pracy. Co wieczór się spóźnia, a ja miałam pojechać w tym tygodniu jego samochodem po suknię na studniówkę. Wszystkie moje przyjaciółki kupiły suknie miesiąc temu i zaczynam panikować. Jeśli nie będę miała sukni na studniówkę, totalnie mi odpierdoli. Jestem taka sfrustrowana, i to kompletnie zjebane, że ojciec znów się spóźnia, a matka jest zbyt zajęta doglądaniem mojej siostrzenicy, żeby słuchać moich słusznych skarg.

Wszystko kręci się wokół mojej siostry i jej dziecka. Ludzie ciągle gadają te bzdury o tym, że najmłodsze dziecko zawsze pozostaje dzieckiem. Brzmi to ładnie, ale ja zawsze dostawałam tylko ubrania po siostrze i organizowane na ostatnią chwilę przyjęcia urodzinowe, na których nie pojawiał się nikt poza moją najbliższą rodziną. Jestem rodzinnym wyrzutkiem, dziwadłem, które stało się duchem we własnym domu. I nawet nie jestem pewna dlaczego.

Ostatnio, kiedy moja mama powiedziała mi więcej niż dwa słowa, poplamiłam umywalkę na górze na czerwono tanią farbą do włosów. Wściekła się, ponieważ miałam doskonałe wyczucie chwili – wieczór przed przyjęciem z okazji narodzin dziecka Olivii. Może przypadkiem wylało mi się trochę na matę łazienkową i możliwe, że wykorzystałam ich wyszywane ręczniki, żeby zasłonić ramiona, kiedy pozwalałam czerwonej jak wóz strażacki farbie wsiąkać w moje kosmyki.

Ale przecież nie chciałam zniszczyć koszulki Olivii z czasów, kiedy była w moim wieku.

To kolejna rzecz, której nienawidzę słyszeć: „Kiedy Olivia miała siedemnaście lat, była przewodniczącą samorządu uczniowskiego" albo „Kiedy Olivia miała siedemnaście lat, miała same piątki i powszechnie lubianego chłopaka, za którego wyszła zaraz po liceum".

Tak bardzo jestem zmęczona porównaniami do siostry – była złotym dzieckiem, a ja mam wrażenie, że nie mogę zrobić nic, żeby zostać chociaż srebrnym. Nie mogę się doczekać wyjazdu do college'u. Ze względu na ciągłą presję rodziców idę do Washington Central, który Olivia ukończyła z wyróżnieniem.

Nigdy nie obchodził ich ten college, póki moja siostra do niego nie poszła, a ja nigdy nie dorosnę do porównań z nią, ale mam dosyć próbowania i łatwiej po prostu zgodzić się na to, żeby tam pójść i stamtąd spieprzyć.

Kiedy tylko jeep mojego taty wjeżdża na podjazd, chwytam torebkę, ostatni raz spoglądam w lustro i biegnę po schodach. Niemal wpadam na mamę – nie żeby zauważyła moje kabaretki czy top z czerwonej skóry. Mamrocze tylko coś, patrząc na czytnik e-booków. Tylko to wciąż robi.

Otwierają się drzwi frontowe i do salonu wchodzi moja siostra wraz z tatą. Sierra, moja siostrzenica, śpi na ramionach swojej matki.

– Jestem taka zmęczona – mówi Olivia w przestrzeń, przechodząc powoli przez pokój.

Moja mama pojawia się natychmiast – zamyka tablet i kładzie go nieprzytomnie na gzymsie kominka. Oczywiście dla Olivii może sobie zrobić przerwę od bezcennego ekranu.

– Stephanie może cię zawieźć do domu, kochanie – proponuje w moim imieniu tata.

– Tato, muszę pojechać po suknię na studniówkę, a zamykają za pół godziny!

Przerzucam torbę przez ramię i sięgam po jego kluczyki.

– Olivia i Sierra mogą pojechać z tobą.

Siostra przerywa:

– Nie mam nic przeciwko. Daj mi tylko chwilę, skorzystam z łazienki.

Jej miękkie brązowe włosy poruszają się, kiedy mówi. Ma na sobie chinosy i koszulę z krótkim rękawem z namalowanymi jasnymi kwiatami. Mój tata uśmiecha się, jakby jego najstarsza córka była najbardziej troskliwą i liczącą się z innymi dziewczyną na świecie.

To megawkurzające.

– Dobra – prycham. – Ale to ostatni dzień, kiedy mogą ją dla mnie trzymać, więc jeśli nie będę mogła pójść na studniówkę, to będzie twoja wina. – Rzucam siostrze nienawistne spojrzenie. Olivia kiwa głową, a ja przepycham się obok taty, żeby wyjść na zewnątrz. – Będę w samochodzie.

Uruchamiam silnik i czekam na Olivię. Mija pięć minut. Mija dziesięć minut. Wysyłam jej dwa esemesy, a ona nie odpowiada. Dzięki ikonce na moim telefonie wiem, że je przeczytała. A jednak wciąż jest w domu. Pewnie po raz czwarty przytula się na do widzenia z moją mamą. Tak samo jest, kiedy jesteśmy w domu mojej babci – mama potrzebuje kilkakrotnie się przytulać, żeby zaspokoić swoją potrzebę bliskości. Mija dwanaście minut i wreszcie wychodzę z samochodu, żeby wrócić do domu.

Właśnie kiedy zaczynam zamykać drzwi, moja siostra wychodzi na zewnątrz powolnym krokiem z nieświadomym uśmiechem na twarzy. A jeszcze musi przypiąć Sierrę do fotelika.

– Olivia, musimy jechać – mówię, żeby się pospieszyła.

Wzdycha i mamrocze nieszczere przeprosiny.

Jest 20.03, kiedy parkuję przed zaciemnionym sklepem. Szyld na drzwiach jest odwrócony na stronę „zamknięte", a światła są wyłączone.

No i nie dostanę sukni. Dziś był ostatni dzień, a termin przedłużano mi już dwukrotnie. Błagałam raz po raz, ale powiedziano mi kilkakrotnie, że to mój ostatni dzień. Ale beznadzieja.

– Przykro mi, Stephanie – mówi Olivia, kiedy opieram głowę o kierownicę.

Odwracam się i spoglądam na nią z niezadowoloną miną.

– To nie moja wina – mówi, mając czelność wyglądać na zaskoczoną. – Tata chciał zabrać mnie na zakupy po nowe buty dla Sierry, tak szybko z nich wyrasta…

Nowe buty dla małej? Serio, kurwa? Nie udało mi się dostać sukni na studniówkę, bo jej dzieciak potrzebował nowych butów? Przecież nawet nie umie chodzić!

– Dlaczego tata nie mógł cię po prostu zabrać wtedy, kiedy byliście razem na mieście? Wrócilibyście znacznie szybciej – mówię, podnosząc głowę i głos.

– Wtedy nie byłam zmęczona... nie wiem.

Wzrusza ramionami, jakby mój czas nic dla niej nie znaczył. Jakby nic się nie stało.

– To wszystko gówno!

Potrząsam głową i ukrywam twarz w dłoniach.

– Nie używaj takich słów przy dziecku! – krzyczy szeptem moja siostra.

Jęczę i wycofuję z parkingu. Obie milczymy przez całą drogę do domu. Olivia nie uważa, że zrobiła cokolwiek nie tak, a ja jestem zbyt wściekła, by z nią teraz rozmawiać. Mam tak dość tego, że wszystkiego mnie pozbawia – a na dodatek Sierra płacze, jakby chciała mi rozpołowić mózg.

Nienawidzę swojego życia.

Kiedy docieramy do domu Olivii, dziękuje mi za to, że ją podwiozłam. Nie mam najmniejszej chęci wchodzić do jej nowego domu, więc cieszę się, że nie zaprasza mnie do środka. Jestem niemal pewna, że moi rodzice pomogli jej i Rogerowi kupić ten dom. Jej mąż jest cichy – nie mówi za dużo przy mojej rodzinie. Olivia pewnie mu tak kazała. Na pewno wszystkim czyta tabliczkę ostrzegawczą, zanim pojawią się w moim towarzystwie.

Naprawdę nie chcę wchodzić do środka, ale muszę się wysikać, a do domu moich rodziców mam jeszcze piętnaście minut drogi. Wchodząc do domu Olivii, od razu zauważam, że bardzo mocno pachnie cynamonem. Olivia w każdym pokoju pali świeczki zapachowe.

Roger siedzi na kanapie z pilotem w dłoni i laptopem na kolanie. Kiedy zauważa nasze wejście, uśmiecha się do żony, a później grzecznie pyta mnie, jak się miewam. Odpowiadam, że tak jak ostatnio, chociaż nie pamiętam ostatniego razu, gdy się z nim widziałam.

Po kilku minutach niezręcznej rozmowy o błahostkach Olivia mówi nam, że idzie położyć dziecko do łóżka. Wchodzi na górę z pluszowym misiem w jednej dłoni i butelką w drugiej. Roger ledwo na mnie spogląda, kiedy przechodzę obok niego i zaczynam patrzeć na wszystkie te ich głupie obrazki rodzinne na gzymsie sztucznego kominka. Roger wstaje i wychodzi do kuchni, bez wątpienia usiłując uniknąć dalszej rozmowy ze mną.

Na ostatnim zdjęciu, oprawionym w drewnianą ramkę, ich doskonała rodzinka pozuje w pasujących do siebie biało-czarnych strojach. Idąc w kierunku kuchni, zauważam, że na ścianie korytarza wisi oprawione w dużą metalową ramę zdjęcie Olivii i Rogera w dniu ślubu. Jest na tym zdjęciu taka doskonała – doskonałe włosy, doskonały makijaż i piękna suknia. Delikatna, jedwabna biała suknia, która w dystyngowany sposób dotyka podłogi. Wygląda jak księżniczka, jakby została stworzona do tej sukni.

Jej suknia jest dokładnym przeciwieństwem mojej niedoszłej sukni na studniówkę. Ta, którą miałam dziś odebrać, jest uszyta z czarnej bawełny i tiulu. Górę ma ciasną, obszytą koronkowym tiulem wzdłuż krawędzi spódnicy w kształcie gwiazdy. Dzięki Olivii nigdy nie będę miała tej sukni. Zaczynam żałować, że nie miałam słoika czarnej farby, żeby zniszczyć jej głupią, doskonałą suknię. Spoglądam na kolejne zdjęcie na ścianie i mój wzrok zatrzymuje się na wizerunku Rogera obejmującego ciążowy brzuszek Olivii.

Zniszczyła moją suknię na studniówkę. Zniszczę jej suknię ślubną.

Kiedy wchodzę do kuchni, Roger stoi przed lodówką, a jego głowa ukryta jest za drzwiami. Stukam dłonią w kamienny blat, żeby zwrócić na siebie jego uwagę. Gdy tylko się odwraca, ciągnę za rąbek topu, odsłaniając przed Rogerem dość duży kawałek dekoltu. Jednocześnie robi wdech i delikatnie kaszle.

Uśmiecham się. Jestem pewna, że moja siostra nie pieprzyła się z mężem od momentu, kiedy wydała z siebie jego dziecko.

– Przepraszam.

Uśmiecham się i owijam sobie włosy wokół palca, podczas gdy Roger usiłuje nie spoglądać na moje nogi i nie rozkoszować się widokiem moich kabaretek.

– Cześć – mówię, idąc dalej w jego kierunku.

Serce bije mi jak szalone i nie wiem co, do kurwy nędzy, robię, ale jestem wkurwiona na siostrę i mam zajebiście dość tego, że to ona wszystko dostaje, i myślę o tym, że wszystko zawsze kręci się wokół doskonałej Olivii i że nic nigdy nie jest moje, więc ona również nie powinna mieć niczego, co ma. Zwłaszcza nie uroczego i lojalnego szczeniaczka za męża.

– Co… co ty robisz, Stephanie? – pyta Roger, którego twarz jest teraz znacznie bledsza niż przed kilkoma sekundami.

– Nic, tylko rozmawiam.

Chwytam pasek spódnicy i podciągam ją wyżej, do połowy brzucha, pokazując mu moje koronkowe majtki, a kiedy Roger się cofa, wpada plecami na drewniane szafki, zamykając z trzaskiem drzwi jednej z nich.

– Co się stało? – pytam ze śmiechem.

Mam ściśnięty żołądek i czuję, jakbym w każdej jebanej sekundzie miała zemdleć, ale jednocześnie czuję się cudownie silna. To musi być adrenalina. Uwielbiam ją. I chcę więcej. Podchodzę jeszcze bliżej i sięgam do zamka mojego topu.

Roger zakrywa twarz.

– Przestań, Stephanie.

Jebać to, naprawdę jest lojalnym szczeniaczkiem, tak jak myślałam. To, że to wiem, powoduje, że zazdrość pali mnie jeszcze bardziej.

– Dalej, Roger, nie bądź takim…

– Stephanie! Co ty, do cholery, robisz? – w kuchni rozbrzmiewa głos Olivii.

Spoglądam na drzwi i widzę, że opiera się o framugę. Przebrała się we flanelową piżamę z niebieską lamówką. Jest wkurzona.

Po kilku sekundach odwraca się do męża.

– Roger?

– Nie wiem, skarbie, ona po prostu tu weszła i zaczęła próbować się rozbierać.

Wyrzuca dłonie w powietrze, gorączkowo błagając tym gestem, by zobaczyła, jak bardzo oszalała jej zdzirowata siostra.

Olivia odwraca się w moim kierunku i przeszywa mnie spojrzeniem na wylot.

– Wynoś się, Stephanie.

– Nawet mnie nie spytałaś, czy to prawda – mówię jej, bardzo się na to wkurzając.

Przerzucam torebkę przez ramię i obciągam spódnicę, żeby zakryła moje ciało.

– Znam cię – mówi obojętnie.

Zna mnie? Tak naprawdę to nic o mnie nie wie. Gdyby było inaczej, wiedziałaby, że nie powinna się zachowywać jak samolubna pizda.

– I…?

Spoglądam na Rogera, a on cofa się, jakbym była wężem. Jakby on mógł mnie oceniać? Gdyby się nie bał, że zostanie przyłapany, gwarantuję, że już opierałby mnie o ich lśniący granitowy blat.

– Cóż, próbowałaś się przystawiać do mojego męża, czy nie?

Usta Olivii drżą; powstrzymuje łzy. Powinnam zaprzeczyć, odwrócić sytuację i zrzucić winę na niego. On jest na tyle żałosny, że ona by mi uwierzyła. Potrafię też płakać na zawołanie i gdybym chciała, przekonałabym ją o wszystkim.

No proszę.

– Jesteś taką rozpieszczoną suką! – krzyczy na mnie, a Roger przechodzi przez kuchnię i obejmuje żonę.

Ja jestem rozpieszczoną suką? Czy ona mówi poważnie? Dostaje wszystko, czego, kurwa, chce, a teraz jeszcze pieprzy głupoty. Mam dosyć bycia drugą po niej. Ma szczęście, że nie zrobiłam nic gorszego. Mogłam zranić jego albo ją znacznie poważniej. Niektóre myśli przychodzące mi teraz do głowy zaskakują mnie... i podoba mi się to.

– Wynoś się, Stephanie.

Olivia potrząsa głową, podczas gdy jej mąż głaszcze jej roztrzęsione dłonie.

Robię właśnie to. Już niedługo będę musiała znosić to całe gówno.

Wkrótce wyjeżdżam do college'u.

A jak już tam będę, sama będę rządziła na tym jebanym kampusie.

część druga

PODCZAS

Hardin

Był całkowicie zagubiony i szedł przez życie z minimalnymi wymaganiami wobec samego siebie. Za bardzo się przyzwyczajał do mieszkania w tym obcym miejscu – zaczynał nawet sądzić, że jego akcent nieco się rozmywa wraz z każdą nocą spędzoną poza domem. Sprawił, że jego życie przeistoczyło się w mechaniczną pętlę takich samych działań, takich samych reakcji, takich samych konsekwencji. Kobiety zlewały się w jedno, a ich imiona stały się niekończącą się pętlą Sar, Laur i Anonimów.

Nie był pewien, jak jego życie może tak dalej trwać, dzień za dniem.

A później, w pierwszym tygodniu nowego semestru, poznał ją. Została strategicznie umieszczona na uniwersytecie Washington Central przez kogoś lub coś potężniejszego od niej – żeby sobie z niego zadrwić. Ten ktoś – lub coś – wiedział, kim był, za jaką osobę go uważano, i miał plan. Chłopiec postanowił skraść kolejną niewinność, zniszczyć życie kolejnej dziewczyny. Uznał, że tym razem nie będzie tak źle. Nie będzie się zachowywał tak ekstremalnie jak poprzednio. To była inna sytuacja, bardziej szczeniacka. To wszystko tylko dla zabawy.

I tak właśnie rzeczy się miały, dopóki wiatr nie rozwiał jej włosów i nie zarzucił ich jej na twarz. Dopóki szarość jej oczu nie zaczęła prześladować go w snach, a różowość jej warg doprowadzać do szału. Zakochiwał się w niej – z początku działo się to tak szybko, że nie był pewien, czy naprawdę to czuje, czy tylko sobie wyobraża. Ale czuł to... czuł, że rozrywa go to niczym lwi ryk. Zaczął czuć, że od niej zależy każdy jego oddech, każda myśl.

W miesiącach, które nadeszły później, zdobył ją, stracił i znów odzyskał. Po prostu wciąż coś mu się nie udawało. Kochał ją. Jego miłość dla niej płonęła jaśniej niż jakakolwiek gwiazda i zakreślał fragmenty dziesięciu tysięcy jej ulubionych powieści, by jej to pokazać. Dała mu wszystko, a on patrzył, jak się w nim zakochuje, mając nadzieję, że przestanie przynosić jej zawód. Jej wiara w niego sprawiała, że chciał być dla niej dobry. Chciał udowodnić, że ona ma rację, a wszyscy inni się mylą. Sprawiła, że poczuł ten rodzaj nadziei, której nie czuł nigdy wcześniej. Nie wiedział nawet, że istnieje.

Jej obecność sprawiała, że przestawał odczuwać niepokój; ogień w jego sercu ostygł i chłopiec zaczął się od niej uzależniać. Pragnął jej, póki jej nie posiadł, i później żadne z nich nie mogło przestać. Jej ciało stało się jego bezpieczeństwem, jej umysł jego domem. Im bardziej ją kochał, tym bardziej ją ranił. Nie mógł trzymać się od niej z daleka, a podczas ich starć i wspólnej drogi ona stała się normalnością, której pragnął przez całe życie.

Jego relacja z tatą zaczęła się powoli przekształcać w coś zbliżającego się do serdeczności. Po kilku rodzinnych obiadach nienawiść, którą czuł do tego człowieka, zaczynała się kruszyć. Widział siebie z innej perspektywy, co pomogło mu zobaczyć błędy jego ojca w inny sposób. I właśnie wtedy potrzebował, by go zakotwiczyła, ponieważ jego życie znów się zmieniło, a układ rodzinny się przeistoczył. Zaczynał się troszczyć o dom pełen nieznajomych w sposób, w jaki obiecał sobie nigdy tego nie robić.

Nie było mu łatwo walczyć z dwudziestoma latami destrukcyjnych wzorców i podstawowych zwierzęcych reakcji.

Musiał każdego dnia opierać się wezwaniu, jakie alkohol kierował do jego krwi, gniewowi, o którym próbował zapomnieć... ale nie wiedział jak. Przysięgał, że będzie o nią walczył – i tak robił. Przegrał kilka bitew, lecz nigdy nie stracił z oczu zwycięstwa w wojnie. Nauczyła go śmiechu i miłości – powiedział jej to wielokrotnie i nigdy nie miał przestać.

Padający śnieg coraz grubszą warstwą pokrywał beton, kiedy siedział sam na parkingu. Jego dłonie ściskały kierownicę starego forda capri i ledwo co widział, nie mówiąc już o racjonalnym myśleniu. Jak mógł to zrobić? W jaki sposób to zaszło tak daleko w tak krótkim czasie? Nie był pewien, ale wiedział, czuł głęboko w sobie, że nie powinien był tego robić i że będzie tego żałował. Już tego żałował.

Miała być łatwym celem. Piękna dziewczyna o niewinnym uśmiechu i oczach o dziwnym kolorze, które kryły za sobą głębię czy znaczenie. Nie miał się w niej zakochiwać, a ona nie miała sprawiać, że zechce być kimś lepszym.

Myślał, że wcześniej było z nim wszystko w porządku.

Dobrze sobie radził, zanim popełnił piękny błąd polegający na tym, że pozwolił jej stać się jego całym światem. A jednak ją kochał, kochał ją tak mocno, że przerażało go to, że mógłby ją utracić, ponieważ jej utrata oznaczała utratę samego siebie, i wiedział, że nie zdoła tego znieść po tym, jak przeżył całe życie, nie mając nic do stracenia.

Kiedy zacisnął mocniej dłonie, jego kłykcie zbielały, kontrastując z czernią kierownicy, a jego myśli zaczęły się coraz bardziej plątać. Stawał się coraz bardziej irracjonalny i zdesperowany, i uświadomił sobie w tamtej chwili, gdy cisza panująca na parkingu spowijała jego lęki, że zrobiłby wszystko – absolutnie wszystko – by zatrzymać tę dziewczynę na zawsze.

Rozdział pierwszy

Ostatnie dni wakacji są zawsze najlepsze. Wszyscy są zajebiście rozgorączkowani i usiłują na ostatnią chwilę wprowadzić w życie letnie plany i marzenia. Na imprezach pojawia się więcej osób, dziewczyny stają się bardziej szalone... ale mimo wszystko nie mogę się, kurwa, doczekać początku semestru. Nie dlatego, że jestem jakimś idiotą pierwszoroczniakiem, podekscytowanym cudownym światem uniwersytetu. Nie, zależy mi, żeby już się zaczął, bo jeśli dobrze to rozegram, to skończę college wiosną, cały rok przed czasem.

Nie najgorzej jak na młodocianego przestępcę, po którym nikt się nie spodziewał, że w ogóle pójdzie na studia, a co dopiero skończy je wcześniej.

Moja mama tak bardzo obawiała się o moją przyszłość, że wysłała mnie na drugi koniec cholernego świata do wielkiego stanu Waszyngton, żebym mieszkał blisko ojca. Wykorzystała gówniane wytłumaczenie, według którego chciała, żebym „odzyskał z nim kontakt", ale nie dałem się oszukać. Wiedziałem, że po prostu nie mogła i nie chciała już znosić moich wybryków, więc musiałem się wybrać do Ameryki, jak jakiś kolonista-purytanin w dawnych czasach.

– Kończysz już?

Różowe włosy i nabrzmiałe usta wyzierają spomiędzy moich nóg. Prawie zapomniałem, że tu jest.

– No.

Obejmuję dłońmi jej ramiona i zamykam oczy, pozwalając, by fizyczna przyjemność, jaką mi daje, przejęła nade mną kontrolę. Jest tylko rozrywką. Jak wszystkie.

Ciśnienie w moim kręgosłupie narasta i nie próbuję nawet udawać, że cieszę się jej obecnością z powodów innych niż przyjemność seksualna, kiedy spuszczam się w jej ciepłe usta.

Kilka sekund później ociera je wierzchem dłoni i wstaje.

– Wiesz…

Molly sięga po torebkę i wyciąga z niej czarną szminkę.

– Mógłbyś przynajmniej udawać, że jesteś zainteresowany, dupku.

Zaciska usta i ściera palcem nadmiar szminki z warg.

– Tak właśnie jest. – Chrząkam. – To znaczy, udaję.

Przewraca oczami i pokazuje mi środkowy palec. Jestem zainteresowany – przynajmniej seksualnie. Dość dobrze się pieprzy i od czasu do czasu da się z nią wytrzymać. Jesteśmy całkiem podobni. Oboje odrzuceni przez rodziny. Nie wiem za dużo o jej przeszłości, ale wiem wystarczająco wiele, by się domyślić, że musiało się z nią stać coś zjebanego, skoro uciekła ze swojego bogatego miasteczka w Pensylwanii aż do Waszyngtonu.

– Chuj – mruczy pod nosem, zamykając szminkę. Wygląda lepiej z naturalnie różowymi ustami, nabrzmiałymi od trzymania w nich mojego kutasa.

Molly to moja znajoma. Cóż, przyjaciółka z bonusem, mógłbym powiedzieć. Nasza „przyjaźń" nie jest ekskluzywna, w najmniejszym stopniu, i oboje mamy pełną wolność, możemy robić wszystko z kimkolwiek tylko nam się podoba. Przez większość czasu mnie nienawidzi, ale nie przeszkadza mi to. Czuję to samo.

Nasi pozostali znajomi robią nam z tego powodu wyrzuty, ale to działa. Jestem znudzony, a ona jest pod ręką. Dobrze robi laskę i nie zostaje ze mną za długo. Doskonała sytuacja dla mnie. Wydaje się, że dla niej też.

– Będziesz tu dziś, na imprezie? – pyta.

Również wstaję, podciągając bokserki i dżinsy.

– Mieszkam tu, nie?

Unoszę brew.

Nienawidzę tego miejsca i codziennie zastanawiam się, dlaczego właściwie, do kurwy nędzy, trafiłem do bractwa.

Przez mojego pierdolonego dawcę spermy. Oto dlaczego. Ken Scott to zjeb pierwszej klasy, najgorszego sortu. Pojebany alkoholik, który zniszczył mi całe dzieciństwo tylko po to, żeby zmienić swoje życie i zamieszkać z jakąś panną i jej synem, przegrywem tylko dwa lata młodszym ode mnie.

To pewnie jego druga szansa. Ken Scott dostaje drugą szansę, a ja mogę być w idiotycznym bractwie w college'u, którym właściwie rządzi. Na dodatek prawie błagał mnie o to, żebym się wprowadził do jego domu, jak gdyby sądził, że zamieszkam pod jego dachem, pod jego kontrolą. Kiedy odmówiłem, założyłem, że wynajmie mi mieszkanie, czego oczywiście nie zrobił. I oto jestem w tym idiotycznym domu. Naprawdę go to wkurwiło, że wybrałem ten śmietnik zamiast jego czystego, nieskazitelnego pałacu.

To gówniane bractwo ma w gruncie rzeczy kilka zalet. Wielki dom, w którym prawie co wieczór są imprezy, ciągły napływ niekończących się cipek. A najlepsze jest to, że nikt ze mną nie zadziera.

Żadnego z tych kutafonów z bractwa nie obchodzi, że gówno robię, żeby je reprezentować. Nie noszę ich głupich bluz ani nie przyklejam ich durnych nalepek na moim samochodzie, a z całą pewnością nie biegam naokoło, wykrzykując nazwę tego szajsu. Robią trochę nie najgorszych rzeczy dla społeczności studentów, ale kiedy nie obchodzi to żadnej ze stron, nic z tego nie ma znaczenia.

Gdy rozglądam się po pokoju, dostrzegam, że jestem sam. Musiałem nie zauważyć tego, że Molly wyszła.

Wstaję i otwieram okno, żeby wywietrzyć pokój, zanim znów zostanie dziś wykorzystany. Wszystkie te puste pokoje w domu działają na moją korzyść, bo nie potrafię znieść, by ktokolwiek u mnie był. To zbyt osobiste albo coś. Nie wiem, w każdym razie mi się to nie podoba i wszyscy w taki czy inny sposób nauczyli się tu nie przychodzić. Molly i jakiekolwiek inne dziewczyny, które do mnie wpadają, wiedzą, że trafimy do jednego z tych pustych pokojów, a nie do mojego.

Kiedy podchodzę do drzwi, widzę Logana – idzie niepewnie korytarzem z niską dziewczyną o kręconych włosach uczepioną jego ramienia. Nie kryje tego, co zamierza z nim zrobić, a ja nie kryję obrzydzenia.

– Znajdźcie sobie jakiś jebany pokój! – krzyczę do nich.

Laska chichocze i pokazuje mi fucka, a ja zamykam drzwi i zasuwam zatrzask. Właśnie tak to się tu odbywa. Wszyscy mnie w pewnym sensie ignorują albo po prostu w ten czy inny sposób każą się odpierdolić. Nie przeszkadza mi to. Stanowczo wolę siedzieć sam tu, w swoim pokoju, i czekać na kolejny sztuczny haj.

Przesuwam palcami po zakurzonych półkach mojego regału z książkami. Nie mogę zdecydować, w świecie której powieści mam się ochotę teraz zanurzyć... może coś Hemingwaya? Może mi dać dobrą dawkę cynizmu. Może środkowa siostra Brontë? Przyda mi się teraz gówniana historia o dysfunkcyjnej miłości. Chwytam *Wichrowe Wzgórza* i ściągam buty, a potem kładę się na łóżku.

Nie wiem, co takiego jest w tej książce, że czuję potrzebę czytania jej na nowo tak wiele razy, ale co chwila łapię się na tym, że przeglądam stronice tej mrocznej opowieści. To naprawdę pojebane – dwoje ludzi schodzi się, a później upada. Niszczą się i wszystkich dookoła siebie, ponieważ byli zbyt egoistyczni i uparci, żeby się pozbierać.

Ale dla mnie to najbardziej zajebisty rodzaj opowieści. Chcę coś czuć, kiedy czytam, a ckliwe historyjki o różach i świetle słońca sprawiają, że mam ochotę narzygać na ich stronice i spalić dowody.

– Kurwa, tak! – słyszę kobiecy pisk przez cienkie jak papier ściany.

– Zamknij mordę! – walę pięścią o stare drewno, a później chwytam poduszkę i przyciskam do uszu.

Jeszcze jeden jebany rok. Jeden rok gównianych przedmiotów i łatwych egzaminów. Jeszcze jeden rok nudnych imprez pełnych ludzi, którzy stanowczo za bardzo się przejmują tym, co wszyscy o nich myślą. Jeszcze jeden cholerny rok izolowania się od innych i mogę brać dupę w troki i wracać do Londynu, gdzie moje miejsce.

Rozdział drugi

Do dziś pamięta zapach wanilii, który wypełniał niewielki pokój w akademiku, gdy po raz pierwszy był z nią sam na sam. Jej włosy były przemoczone, a dookoła jej krągłego ciała owinięty był ręcznik. Wtedy pierwszy raz zwrócił uwagę na to, jak skóra na jej dekolcie się czerwieni, kiedy jest wściekła. Miał ją widzieć wściekłą jeszcze wielokrotnie, tak bardzo wściekłą, więcej razy, niż mógłby zliczyć, ale nigdy, przenigdy nie miał zapomnieć tego, jak z początku próbowała być dla niego miła. Wziął jej uprzejmość za dumę. Pomyślał, że to kolejna uparta dziewczynka, która udaje kobietę. Obca dziewczyna wciąż była tak cierpliwa, jak tylko mogła. Bez żadnego powodu. Nie była mu nic winna, wciąż nie jest, a on może tylko mieć nadzieję, że będzie na niego wściekła raz po raz, do końca jego życia.

Trzyma się kurczowo wspomnień tych dni teraz, kiedy siedzi sam w pułapce własnych błędów. Te wspomnienia jego gniewu, jej gniewu, należą do jedynych rzeczy, które pozwalają mu utrzymać się na powierzchni po tym, jak go zostawiła.

Pierwszy dzień semestru jesiennego zawsze jest najlepszy, jeśli chodzi o obserwowanie ludzi. Tylu jebanych idiotów biega tam i z powrotem jak kurczaki z obciętymi głowami, tyle dziewczyn ubranych w swoje ulubione stroje w desperackiej próbie zyskania uwagi mężczyzn.

Ten sam cykl odbywa się co roku w każdym college'u na całym świecie. Po prostu tak się złożyło, że zostałem skazany na Washington Central University. W miarę go lubię – jest łatwo, a profesorowie dają mi fory. Poza tym, że mam wszystko gdzieś, jestem całkiem niezły pod względem akademickim. Gdybym „bardziej się przykładał", mógłbym być jeszcze lepszy, ale nie mam czasu ani energii, które mógłbym marnować na obsesyjne martwienie się o oceny, plany albo cokolwiek, o co mógłbym się obsesyjnie martwić. Nie jestem taki głupi, jak profesorowie zawsze się po mnie spodziewają. Mogę przegapić cały tydzień zajęć i świetnie zdać egzamin. Nauczyłem się, że dopóki potrafię to robić, zostawią mnie w spokoju.

Dziedziniec budynku, w którym ma siedzibę związek studentów, stanowi doskonały punkt obserwacyjny. Najbardziej chyba lubię siedzieć tu i patrzeć na wszystkich rodziców we łzach. To dla mnie zabawne, ponieważ wydawało mi się, że moja matka nie mogła się doczekać, by się mnie pozbyć, a niektórzy rodzice zachowują się, jakby ktoś im obcinał ich cholerne dłonie, kiedy ich dzieci – niech wam przypomnę, dorosłe dzieci – idą do college'u. Powinni być szczęśliwi, a nie łkać jak wkurzające bachory, że ich dzieci naprawdę robią coś ze swoim życiem. Gdyby przeszli się po okolicy, w której kiedyś mieszkałem, całowaliby ziemię Washington Central University za to, że daje ich dzieciom szansę.

Kobieta z wielkimi sztucznymi cyckami i tlenionymi włosami przytula się do swojego maleńkiego syna w koszuli w kratę, a ja szczerzę zęby, kiedy zaczyna płakać matce w rękaw. Jebana pizda. Jego tata stoi z tyłu, z dala od tego żałosnego widoku, i patrzy na drogi zegarek, czekając, aż jego syn i żona skończą beczeć.

Nie mogę sobie wyobrazić, jak by to było, gdyby moi rodzice mieli obsesję na moim punkcie. Moja mama nawet całkiem się przejmowała, kiedy nie pracowała od świtu do zmierzchu i nie zostawiała mnie samemu sobie, próbując zadośćuczynić za brak zdrowego rozsądku mojego beznadziejnego ojca. Próbowała zadośćuczynić najlepiej, jak mogła, ale nie da się zrobić za wiele, kiedy tak dużo zostało już stracone. A ja sprzeciwiałem się jej pomocy. Na każdym kroku. Nie akceptowałem jej wtedy i nie zaakceptuję jej teraz. Ani od niej, ani od nikogo innego.

– Hej, stary.

Nate siada naprzeciwko mnie przy stoliku piknikowym i wyciąga papierosa z kieszeni.

– Jaki plan na dziś? – pyta, przesuwając palec po zapalniczce.

Wzruszam ramionami i wyciągam telefon z kieszeni, żeby sprawdzić czas.

– Nie wiem, mamy się spotkać ze Steph w jej pokoju.

Paląc, Nate męczy mnie wystarczająco długo, żebym zgodził się pójść do pokoju Steph z budynku związku studentów. Nie jest daleko, jakieś piętnaście minut piechotą, ale zdecydowanie wolałbym pojechać samochodem, niż przepychać się przez masy nadgorliwych uczniów wystrojonych na pierwszy dzień college'u.

Po drodze Nate bez przerwy gada o imprezie w ten weekend. W każdy weekend dzieje się dokładnie to samo. Czym tu się podniecać?

Wszystko jest zawsze dla mnie takie samo. Ta sama grupka znajomych, ta sama ilość seksu, te same imprezy, to samo gówno, zmienia się tylko data.

Już prawie otwieram drzwi, kiedy Nate mi przypomina:

– Powinniśmy zapukać. Pamiętasz, jak bardzo się ostatnim razem wkurzyła?

Śmieję się w duchu. Tak, pamiętam ten dzień. W poprzednim semestrze wszedłem do pokoju w akademiku Steph bez pukania. Zastałem ją na kolanach przed jakimś dupkiem. Nazywam go dupkiem, ponieważ... cóż, miał na sobie japonki. Wyrośnięty dzieciak w japonkach według mojej definicji jest dupkiem. Był zawstydzony, a Steph wkurzona. Kiedy chyłkiem wychodził, rzuciła w moim kierunku chyba wszystkie przedmioty, jakie miała.

Jej przerażenie poprawiło mi humor na cały tydzień. Wciąż jeszcze naśmiewam się z niej z tego powodu.

Przestaję się śmiać na to wspomnienie, dopiero kiedy słyszę, że woła, byśmy weszli.

Kiedy to robię, wita mnie widok blondyna w kardiganie, stojącego na środku pokoju Steph. Steph stoi pomiędzy Nate'em a mną, patrząc na nowo przybyłych z rozbawieniem igrającym w oczach. Potrzebuję chwilę, aby zauważyć, że jest z nimi wyglądająca na sztywniarę kobieta i młodsza dziewczyna. Laska jest gorąca... pożeram ją wzrokiem: wysoka, długie blond włosy, spoko cycki.

– Cześć, jesteś współlokatorką Steph? – pyta Nate, a ja wreszcie mogę się dokładnie przyjrzeć dziewczynie.

Jest całkiem niezła – wydęte wargi, długie blond włosy. Tyle mniej więcej mogę zauważyć, bo laska ma na sobie trzy rozmiary za duże ubrania. Widzę, że jej spódnica dosłownie dotyka podłogi, i krzywię się wewnętrznie. Wystarczy spojrzenie, bym wiedział, że college nie będzie przyjemnym doświadczeniem dla tej dziewczyny. Świadczy o tym choćby to, że gapi się na swoje stopy, nerwowa jak cholera. Co z nią nie tak?

– Hmm... tak. Mam na imię Tessa – mamrocze. Jej głos jest tak cichy, że aż mnie wkurza.

Spoglądam na Steph, która uśmiecha się złośliwie i siada na łóżku, nie spuszczając wzroku z dziewczyny.

Nate odpowiada z uśmiechem – zawsze był przyjaźniejszy ode mnie.

– Jestem Nate, nie denerwuj się tak.

Nie widzę sensu gadania o niczym, zwłaszcza z tą małą myszką. Gapi się na Nate'a szeroko otwartymi oczami, a on sięga, żeby dotknąć jej ramienia.

– Na pewno ci się tu spodoba – dodaje.

Ale pieprzy.

Współlokatorka Steph wydaje się przerażona, przebiegając wzrokiem po plakatach zespołów wiszących na ścianie. Ta dziewczyna nie mogłaby być gorszą parą dla niej. Jest cicha, nieśmiała i najwyraźniej boi się świata. Ma szczęście, że jestem dziś uprzejmy – w przeciwnym razie sprawiłbym, że poczułaby się jeszcze bardziej niezręcznie.

– Chłopaki, jestem gotowa – mówi Steph, energicznie wstając z łóżka.

Zakłada swoją niby-torebkę na ramię i idzie w kierunku drzwi. Blondyn – pewnie brat nowej laski – gapi się na mnie, a ja rzucam mu nienawistne spojrzenie.

– Do zobaczenia, Tesso.

Nate macha dziewczynie na pożegnanie, a ja zauważam, że się na mnie gapi. Przenosi wzrok z kółka w brwi na kolczyk w wardze, tam i z powrotem między moimi ramionami. Później zauważam, że kobieta i koleś robią to samo.

Co, nigdy wcześniej nie widzieliście tatuaży? – mam ochotę spytać, ale mam poczucie, że jej matka nie jest tak miła jak cycki, którymi się chwali, więc lepiej, żebym się zachowywał. Jak na razie.

W chwili gdy wychodzimy na korytarz, słyszę, że kobieta krzyczy:

– Załatwisz sobie nowy pokój!

Steph wybucha śmiechem, a Nate i ja dołączamy do niej, idąc korytarzem.

Rozdział trzeci

Następnego ranka nie chce mi się iść na pierwsze zajęcia, więc zamiast tego idę do pokoju Steph. Prawdopodobnie wciąż śpi, ale nudzi mi się, a jej pokój jest bliżej moich następnych zajęć niż kogokolwiek innego z ekipy. Piszę jej esemesa, że jestem w drodze, ale nie czekam na odpowiedź.

Korytarz starego budynku jest niemal pusty – tylko kilku rozgorączkowanych maruderów przebiegło obok mnie z naręczami książek. Pukam, by Panna Pruderyjna nie dostała ataku serca, i nie słysząc odpowiedzi, otwieram drzwi kluczem, który dała mi Steph.

Żeby nie zasnąć na gównianym materacu Steph, przerzucam standardowe programy kablówki. Właśnie w chwili, gdy jakiś sztywny „doktor" udziela porad małżeńskich dwojgu idiotom, otwierają się drzwi i wbiega współlokatorka Steph. Ma na sobie mokry ręcznik, a jej długie, mokre włosy lepią się jej do twarzy w niemal komiczny sposób. Kiedy jej oczy rozszerzają się z zaskoczenia, wyłączam telewizor i spoglądam na okaz, który mam przed sobą.

– Hmm... Gdzie jest Steph? – niemal piszczy. Wbija wzrok w podłogę, później patrzy na mnie i znów na podłogę.

Uśmiecham się na widok jej zawstydzenia i nic nie odpowiadam.

– Słyszałeś, co mówię? Pytałam, gdzie jest Steph.

Jej głos jest teraz łagodniejszy i grzeczniejszy.

Mój uśmiech się rozszerza.

– Nie wiem.

Nie ma pojęcia, gdzie się podziać, a sądząc po tym, jak mocno ściska brzegi ręcznika, chyba zaraz podrze materiał. Włączam z powrotem telewizor i siadam.

– Tak? Cóż, czy mógłbyś... wyjść albo coś, żebym mogła się ubrać?

Cóż, nie zamierzam wychodzić. Nie kiedy właśnie odnalazłem jedyną komfortową pozycję na tym łóżku.

Odwracam się i zakrywam twarz dłońmi, żeby jej dogodzić.

– Nie pochlebiaj sobie, przecież nie będę na ciebie patrzył.

Jest bardzo zadufana w sobie, jeśli myśli, że siedziałbym i się na nią gapił.

Cóż... dobra, pewnie bym się gapił, zwłaszcza że ręcznik, który ma na sobie, cholernie ponętnie oplata jej ciało.

Słyszę, że się krząta, że zapina stanik i ciężko oddycha. Wciąż jest nerwowa i chciałbym zobaczyć wyraz jej twarzy, kiedy próbuje się ubrać najszybciej, jak może. Odkryłbym oczy tylko po to, żeby ją wkurzyć, ale jestem w nie najgorszym nastroju. Poza tym zobaczę się z tą dziewczyną tylko kilka razy, więc mogę równie dobrze zachowywać się w sposób w miarę cywilizowany.

– Skończyłaś? – przewracam oczami, wciąż zakrywając je dłońmi.

– Jesteś w stanie zachowywać się jeszcze bardziej niegrzecznie? Co ja ci zrobiłam? O co ci chodzi?! – krzyczy.

Co, do chuja? Nie spodziewałem się, że tak niewinnie wyglądająca dziewczyna może być tak wyszczekana. Próbuje z całych sił być wobec mnie cierpliwa, a ja próbuję z całych sił sprawić, żeby wybuchła. Nie mogę się powstrzymać od śmiechu.

Wciąż patrząc na wkurzoną współlokatorkę Steph, zaczynam czuć się dziwnie, że śmieję się w taki sposób, tak mocno, ale wyraz jej twarzy jest po prostu, kurwa, bezcenny. Jest strasznie wkurzona.

Drzwi otwierają się na oścież i wchodzi Steph, ubrana w to samo, co miała na sobie wczoraj wieczorem.

– Przepraszam za spóźnienie. Mam gigantycznego kaca – jęczy.

Znów przewracam oczami. Oczywiście, że ma kaca. Ciekawe, kiedy go nie miała.

– Przepraszam, Tess, zapomniałam ci powiedzieć, że przyjdzie Hardin.

Wzrusza ramionami. Jakby ją to obchodziło.

– Twój chłopak jest niegrzeczny – warczy blondynka.

To mnie rozwala i znów wybucham śmiechem. Steph patrzy na mnie i unosi brew, zdziwiona tym, jak bardzo się śmieję.

– Hardin Scott nie jest moim chłopakiem! – wykrzykuje, być może z przesadnym naciskiem, i zaczyna dusić się ze śmiechu razem ze mną.

Pieprzyliśmy się trochę, ale nigdy nie chodziliśmy na randki. Nie chadzam na randki.

– Coś ty jej nagadał?

Steph odwraca się do mnie i kładzie dłonie na biodrach, podejmując nieudaną próbę skarcenia mnie. Później odwraca się do dziewczyny.

– Hardin ma… wyjątkowe zdolności konwersacyjne.

Konwersacja? Nawet nie próbuję rozmawiać z żadną z nich. Wzruszam ramionami i wracam do szukania jakiegoś programu dla bezmózgów, który mógłbym obejrzeć.

– Dziś wieczorem jest impreza. Powinnaś iść z nami, Tesso – słyszę głos Stephanie.

Jasne, ta laska miałaby iść na imprezę? Biorę kolczyk w wardze między zęby, żeby powstrzymać się od ponownego wybuchnięcia śmiechem. Patrzę prosto przed siebie w telewizor.

– Nie przepadam za imprezami. Poza tym muszę sobie kupić parę rzeczy na biurko i ściany.

– Daj spokój... to tylko jedna impreza! Jesteś teraz w college'u, jedna impreza na pewno ci nie zaszkodzi – niemal błaga Steph, próbując przekonać współlokatorkę. – Zaraz, a jak dojedziesz do sklepu? Myślałam, że nie masz samochodu.

– Zamierzałam pojechać autobusem. Poza tym nie mogę iść na imprezę... Nikogo tam nie znam – odpowiada. Znów się śmieję. – Chciałam trochę poczytać i porozmawiać na Skypie z Noah.

W związku z tym, że chodzenie do sklepu to dla niej taka dobra zabawa, założę się, że robi zakupy w jebanym Targecie – wydaje się tym typem dziewczyny. A jej randka na Skypie... założę się, że pokaże kostkę swojej nędznej namiastce chłopaka.

– Wierz mi, nie chcesz wsiadać do autobusu w sobotę! Są niemiłosiernie zatłoczone. Hardin podrzuci cię po drodze do siebie... prawda, Hardin?

Steph zerka na mnie.

Nikogo nigdzie nie zamierzam podwozić.

– A na imprezie będziesz znała mnie – ciągnie dalej Steph. – Przyjdź... proszę.

– Sama nie wiem... i nie, nie chcę, żeby Hardin podwiózł mnie do sklepu – jęczy wstrętnie dziewczyna.

Zmieniam pozycję i uśmiecham się do nich obu – tylko tyle mogę zrobić, ponieważ obie wkurzają mnie do zerzygania.

– O nie! A ja naprawdę miałem nadzieję, że spędzimy razem trochę czasu – mówię. – Daj spokój, Steph, przecież wiesz, że ta dziewczyna nie pójdzie na żadną imprezę.

Milknę, żeby spojrzeć na to, jak jej biały T-shirt opina jej piersi i biodra. Powinna się tak ubierać, a nie nosić tę w chuj długą spódnicę, którą miała na sobie poprzednio. Jej szorty khaki i tak są zbyt długie, ale nie można mieć wszystkiego.

– W sumie z chęcią przyjdę – mówi dziewczyna... ma na imię chyba Tessa. Tak, tak jest. Słyszę piski i krzyki, a to, że dziewczyny zaczynają się przytulać, to dla mnie sygnał do wyjścia.

– Super! Będziemy się świetnie bawić! – obiecuje dziewczynie Steph, kiedy wychodzę z pokoju.

Jadę dalej w głąb kampusu i spędzam resztę dnia na zajęciach. Później dostaję esemesa od Nate'a, żeby spotkać się z nim i Tristanem w Blind Bob's, więc jadę tam. Podkręcam muzykę w samochodzie i otwieram okno. Jako nastolatek myślałem, że ludzie, którzy głośno słuchają muzyki przy otwartym oknie, to jebani pozerzy, ale teraz to rozumiem. Niekiedy po prostu chcę zagłuszyć świat dookoła mnie, a muzyka i czytanie to jedyne rzeczy, które mi na to pozwalają. Każdy ma coś swojego – dla mnie to właśnie to.

Kiedy potrzebuję ciszy, hałas pomaga.

Pewnie lepsze to niż pół litra jacka. Moja mama, płacząca do telefonu w środku nocy, tak by powiedziała.

– Co ci zajęło tyle czasu?

Tristan gryzie hamburgera, a połowa dodatków spada na talerz przed nim.

– Korki jak cholera.

Wchodzę do budki obok Nate'a. Nasza stała kelnerka kiwa mi głową i chwilę później pojawia się przy stole ze szklanką wody.

– Nadal trzeźwy, co? – pyta Nate, uważnie omijając wzrokiem moją szklankę, kiedy popija swoje piwo.

– Tak. Nadal trzeźwy.

Upijam pół szklanki wody, próbując nie myśleć o tym, jak smakowałoby na moim języku lodowate piwo.

– Posłuży ci to, stary. Wiem, że wszyscy dopierdalają się do ciebie z tego powodu, ale myślę, że to, kurwa, fantastycznie, że masz tyle samokontroli.

Słysząc pochwałę Nate'a, poruszam się niezręcznie.

Tristan wybucha śmiechem, ocierając brodę serwetką.

– Samokontroli? Słyszałem, jak Molly wczoraj wykrzykiwała twoje imię.

– Cóż, odstawił alkohol. Ale lasek, oczywiście, nie.

Nate przyłącza się do jego śmiechu, szturchając mnie ramieniem, a ja jestem wdzięczny za zmianę tonu rozmowy. Jak na mój gust, robiła się zbyt osobista.

Nate ostatecznie przekonuje mnie, żebym dał mu poprowadzić mój samochód. Wypił tylko jedno piwo, a ja tak naprawdę nie lubię jeździć, więc pozwalam mu na to, jeśli zawiezie mnie po Steph i jej współlokatorkę.

– Pisze do mnie bez przerwy, twierdzi, że jej nie odpowiadasz – mówi Nate, kiedy wyjeżdżamy z parkingu.

Przewracam oczami.

– Powiedziałem jej godzinę temu, że je podwiozę.

Steph potrafi być naprawdę wkurwiająca.

– Napisałem jej właśnie, że jedziemy. Cieszę się, że ta Tessa z nią będzie – mówi i otwiera okno po stronie kierowcy.

– Dlaczego?

– Bo wydaje się miła i stanowczo powinna częściej wychodzić. Steph mówi, że Tessa uważa swojego chłopaka za jedynego przyjaciela, czy coś takiego.

– Chłopaka? Mówisz o męskiej wersji Matki Teresy? – drwię.

Zaraz, blondyn z akademika? Wyglądają na rodzeństwo, a nie chłopaka i dziewczynę. To z nim skajpuje? W takim razie na pewno pokazują się sobie w pełni ubrani – może z dodatkową marynarką dla ochrony.

– Tak, był tam z nią, ten laluś.

– Kto by pomyślał.

Śmieję się i pogłaśniam muzykę. Tess i jej nadętemu chłopakowi wyglądającemu jak model marki Gap na pewno by się nie spodobała. Pogłaśniam jeszcze bardziej.

Kiedy wjeżdżamy na parking akademika Steph, dzwoni mój telefon. To Molly, więc odrzucam połączenie.

– Drogie panie – mówi Nate, gdy podchodzą do samochodu.

Steph ma na sobie spódniczkę z siatki, a wlokąca się z nią dziewczyna ubrała się w coś przypominającego brązowy worek. Nie rozumiem. Widziałem kontury jej ciała pod ręcznikiem – dlaczego nosi takie ohydne łachy?

– Wiesz, że idziemy na imprezę, a nie do kościoła, prawda, Thereso? – mówię, kiedy wsiada do samochodu.

– Proszę, nie nazywaj mnie Theresą. Wolę: Tessa – odpowiada zwięźle. Snobka.

Wiedziałem, że będzie miała na imię Theresa. Przeczytałem wystarczająco wiele książek, żeby do tego dojść. Chyba nastąpiłem jej na odcisk.

– Nie ma sprawy, Thereso – mówię wyzywającym tonem.

Podczas jazdy zerkam kilkakrotnie w lusterko, żeby na nią spojrzeć. Nie wydaje się wkurzona, kiedy nie widzi na sobie mojego wzroku. Dom jest blisko – musimy tylko przesiedzieć kilka minut w niezręcznej ciszy, dopóki nie dojedziemy. Nate parkuje przed domem za rzędem samochodów.

Wzdycha i przewraca oczami.

– To bardzo duży dom. Ile osób tam będzie? – pyta Theresa.

Czy to, że jest ich pełno na trawniku, o czymś nie świadczy?

– Cała masa, więc się pospiesz – mówię jej, zamykając drzwi samochodu.

Ona po prostu siedzi – chyba jest w szoku – a ja idę w kierunku domu.

Rozdział czwarty

Wiedział od dawna, od ich pierwszego spotkania i pierwszego razu, kiedy mu odpyskowała, że poczuł w jej przypadku coś innego. Nie był pewien... nie, nie miał jebanego pojęcia, że płonący w niej ogień osłabnie, a później zostanie ugaszony przez to, że ma zwyczaj popełniania błędu za błędem. Teraz często łapie się na tym, że siedzi sam i na nowo przeżywa dni, kiedy płonęła. Kiedy jej głos i uczynki były wypełnione tak wielką namiętnością, że powietrze między nimi ciemniało od dymu. Powinien był wiedzieć, że tak wielka namiętność doprowadzi do zniszczenia, do spalenia jej duszy i tego, że każdy gram jej ducha rozpadnie się w proch, zabierając dziewczynę, którą kochał, dziewczynę, bez której nie mógł i wciąż nie może oddychać, i że będzie musiał patrzeć, jak się oddala wraz z kilkoma ostatnimi chmurami szarego dymu.

Idę przez tłum na przyjęciu, przepychając się przez grupkę schlanych dupków grających w jakąś imprezową grę, żeby zająć czas i jednocześnie próbować desperacko dopasować się do innych. Ich nabiegłe krwią oczy i głupie uśmiechy przyprawiają mnie o mdłości, kiedy ich mijam. Jeden po drugim częstują mnie tym samym spojrzeniem, mówiącym „to dupek", a jednocześnie wrzucają plastikowe piłeczki do wypełnionych piwem kubków, ciesząc się, jak gdyby wygrali jakiś medal za to, że ich mózgi są tak zlasowane, że piją najtańsze piwo ze wspólnych kubków.

Kiedy dochodzę do pełnego ludzi korytarza, zauważam Steph i dziewczynę, która się jej uczepiła. Blondynka wygląda na zdezorientowaną, zupełnie nie może znaleźć sobie miejsca w roju poruszających się ciał. Ktoś wsadza jej w dłoń drinka, a ona uśmiecha się grzecznie, chociaż go nie chce. Widzę to po jej spojrzeniu. A jednak bierze jednorazowy kubek i unosi do ust.

Kolejna niewolnica. Co za niespodzianka.

– Halooo! Ziemia do Hardina!

Głos Molly przebija się przez panujący w pomieszczeniu hałas. Spoglądam na nią i zauważam podenerwowany wyraz jej twarzy, kiedy kładzie dłoń na biodrze. Patrzy na Tessę i Steph.

– Na co się gapiłeś? – pyta napiętym głosem.

– Na nic. Pilnuj własnego nosa.

Idę dalej po schodach i w kierunku mojego pokoju. Za sobą słyszę wyjątkowo irytujący brzęk kiczowatej i zbyt obfitej biżuterii. Odwracam się z powrotem do Molly i patrzę w jej oczy szczeniaczka.

– Idziesz za mną z jakiegoś powodu?

Zgarnia różowe włosy z ramienia.

– Nudzę się – narzeka.

– No i…?

Wyciągam telefon z tylnej kieszeni i udaję, że jestem zajęty i jej nie słucham.

Molly gładzi mnie po ręce.

– Zabaw mnie, dupku.

Mierzę ją wzrokiem z góry na dół, ciesząc oczy tym, jak jej króciutka spódniczka podkreśla wszystko to, co już widziałem. Wbija paznokcie w moje ramię i uśmiecha się szerzej.

– No dalej, Hardin, kiedy ostatnio się spuściłeś?

Nie ma wstydu. Lubię to.

– Cóż, biorąc pod uwagę to, że dwa dni temu mi obciągnęłaś...

Przyciska swoje usta do moich, zanim udaje mi się wypowiedzieć kolejne słowo. Cofam się, a ona prze do przodu.

Ech, niech będzie. Nie jest zła, a ja mógłbym robić gorsze rzeczy ze swoim czasem. Jak Steph, która całą noc spędzi ze świętoszkowatą Theresą. To uśpiłoby każdego.

Molly prowadzi mnie do ostatnich drzwi po prawej – wie już, że lepiej nie próbować wchodzić do mojego pokoju. Nikt nie wchodzi do mojego pokoju. Drzwi zamykają się za nią i po chwili się na mnie rzuca. Jej wargi są gorące, a usta pomalowane lepkim błyszczykiem.

Dotykanie, czy to Molly, czy kogokolwiek innego, pozwala mi na ucieczkę. Nie ma to dla mnie za dużo sensu, ale kiedy mój umysł jest na chwilę wyłączony, łatwiej mi się myśli. Daje mi to kopa – to jedyny czas, gdy tak naprawdę coś czuję.

Molly prowadzi mnie do pustego łóżka – na tym cholerstwie nie ma nawet prześcieradła. Te szczegóły nie mają znaczenia, kiedy niczego się nie czuje. Molly kładzie swoje ciałko na moim i zaczyna się ocierać o moją nogę. Biorę jej różowe włosy w garść i odrywam jej usta od swoich.

– Nie – mówię ostrzegawczym tonem.

Jęczy, jak zwykle kiedy przypominam jej, żeby mnie nie dotykała.

– Ale z ciebie dupek – narzeka, jednak zmienia pozycję i siada na mnie okrakiem.

Drzwi otwierają się cicho i Molly przestaje poruszać biodrami. Odwraca się i prostuje, a ja opieram się na łokciach.

– Mogę ci jakoś pomóc? – ton Molly jest ostry od niecierpliwości i pragnienia.

I oczywiście – oczywiście – okazuje się, że w drzwiach stoi Tessa, współlokatorka Steph, której wyraz twarzy wskazuje, że jest bardziej zażenowana niż ja i Molly razem wzięci.

– Och... nie. Przepraszam, ja... – jąka się. – Szukam łazienki, ktoś wylał na mnie drinka.

Marszcząc brwi, spogląda na brudną sukienkę, jakby była ona na coś dowodem. Wydaje się, że ta dziewczyna spędza dużo czasu na spoglądaniu w dół.

– Dobra, w takim razie szukaj dalej – mówi drwiąco Molly, wyganiając ją machnięciem dłoni. – Szukaj dalej.

Tessa natychmiast wychodzi z pokoju i zamyka drzwi.

Ale kiedy Molly zaczyna całować mnie w szyję, widzę cień stóp Tessy pod drzwiami. Czy ona nas podsłuchuje? To zajebiście dziwne. Kilka sekund później znika i Molly sięga między moje nogi.

– Boże, ta dziewczyna mnie irytuje – narzeka.

Jak na kogoś, kto sam nie jest szczególnie lubiany, Molly ma całkiem sporą listę ludzi, którzy ją „irytują".

– Może trzeba było jej zaproponować, żeby się przyłączyła?

Wzruszam ramionami, a Molly się krzywi.

– Fuj. Nie ma mowy. Bianca i Steph może, ale ta Theresa to pasztet, nie ma mowy. Nie jest nawet atrakcyjna, waży prawie dwa razy więcej niż ja.

– Suka z ciebie, wiesz?

Potrząsam głową. Tessa, choć jest zwyczajna, ma niezłe ciało – mężczyźni uwielbiają takie ciała, to ciało, które pożarłbym w sekundę, jeśli nauczyłaby się kontrolować ten swój charakterek.

– Nieważne. Podobają ci się po prostu jej cycki.

Usta Molly przysysają się do mojej szyi.

– Ona mi się nie podoba – mówię, czując potrzebę, by się bronić.

– Cóż, jasne, że ci się nie podoba.

Molly podnosi się, żeby spojrzeć mi w oczy. Uśmiecha się, jakbyśmy mieli wspólny sekret albo coś.

– Co nie znaczy, że nie chciałbyś się z nią pieprzyć.

Jej wargi zniżają się do mojej szczęki i zaczynają skubać moją skórę. Chwyta mnie jedną dłonią za kutasa, nadal ocierając się o mnie swoim drobnym ciałem.

– Dość gadania.

Sięgam pomiędzy jej rozwarte uda i muskam ją palcami. Jęczy, trzymając usta przy mojej szyi, a ja skupiam się na przyjemności, którą mi daje. Molly przypomina mnie znacznie bardziej, niż jest gotowa przyznać. Dla niej również dni są blade i nieekscytujące. Ona też wykorzystuje doznania zmysłowe do tego, żeby uciec od myśli, które siedzą w jej głowie. Nie wiem tak naprawdę o niej za dużo i nic mi nigdy nie powie, ale widzę, że było jej ciężko.

Ciało Molly drży, kiedy zaczynam poruszać w niej palcami – wiem teraz, jak ją szybko zaspokoić. Pośród jej jęków słyszę imię „Lou", ale szybko wyrywa się z zapomnienia i zaczyna powtarzać moje.

Lou? Co, do kurwy nędzy? Próbuję nie śmiać się z tego, że mówi o Loganie, powtarzając jego ksywkę, kiedy ją pieszczę. Doskonale wie, że nie poświęciłby jej nawet chwili. Jest dla niej dość miły – po prostu dlatego, że jest miłym gościem – ale ma standardy.

Gdyby mnie to obchodziło, powiedziałbym jej, że wszystko słyszałem, ale po prostu mnie to jebie. Wykorzystuję ją, a ona wykorzystuje mnie – oboje to wiemy. Myślami przenoszę się na imprezę wciąż trwającą na dole. Zastanawiam się, ile razy płakała już współlokatorka Steph. Jest strasznie emocjonalna – jej narzekania i butne nastawienie skrywają słabość.

Molly szarpnięciem odpina guzik moich dżinsów, a ja zamykam oczy, gdy jej ciepłe usta obejmują mojego kutasa.

Po wszystkim nie mówi ani słowa, podobnie jak ja, kiedy ociera palcami nabrzmiałe wargi. Molly wstaje, obciąga sukienkę, żeby przykryć tyle ciała, ile się da tym kawałeczkiem materiału, i wychodzi z pokoju.

Przez kilka minut leżę jeszcze na tym łóżku, które nie jest moje, i gapię się w sufit, a później wychodzę na korytarz. Impreza wciąż trwa – podłogi z każdą minutą robią się coraz brudniejsze. Obok mnie przechodzi grupka trzech pijanych dziewczyn.

– Jesteście moimi najlepszymi przyjaciółkami – mówi najniższa.

Jedna z nich, w niebieskim swetrze, ma nabiegłe krwią oczy i idzie po korytarzu niepewnym krokiem, niemal przewracając się o własne nogi.

– Kocham was obie! – odpowiada, a jej oczy wypełniają się łzami.

Pijane dziewczyny i ich płacz i „przyjaźnienie się" ze wszystkimi...

Na końcu korytarza pojawia się Logan z krzywym uśmiechem i drinkiem w obu dłoniach. Podaje mi jednego, ale potrząsam głową.

– Nalałem ci wody – mówi, trzymając plastikowy kubek pomiędzy nami.

Biorę go od niego i unoszę do nosa, żeby powąchać płyn.

– Hmm, dzięki.

Upijam łyk zimnej wody i ignoruję to, jak Logan w milczeniu osądza mnie za picie wody.

– Dom jest wypchany po brzegi, stary – mówi do mnie, chrząkając z grymasem. – Ta tania wódka piekielnie pali.

Nic nie odpowiadam, tylko pozwalam wzrokowi błądzić po korytarzu, kiedy schodzimy po schodach.

– O, właśnie, widziałem, jak ta cała Tessa wchodzi do twojego pokoju – mówi za mną.

Odwracam się.

– Co?

– Weszła tam razem ze Steph. Steph zrobiło się niedobrze i rzyga w łazience.

– Po co właziły do mojego pokoju? – podnoszę głos.

Mógłbym przysiąc, że zamknąłem drzwi. Nikt nie wchodzi do mojego pokoju. Nieważne, czy mu niedobrze, czy nie. A zwłaszcza nikt nie może tam wchodzić, żeby rzygać na moje rzeczy.

Wzrusza ramionami.

– Nie wiem. Tylko cię ostrzegam.

Logan znika w tłumie, a ja idę w kierunku mojego pokoju. Steph dobrze wie, że nie wolno tam wchodzić. Dlaczego nie ostrzegła swojej małej przylepki?

Wchodzę wkurzony i oczywiście widzę, że obok mojego regału z książkami stoi Tessa. Natychmiast zauważam, że trzyma dłoń na najstarszym egzemplarzu *Wichrowych Wzgórz*. Wytarte strony wskazują, jak intensywnie go używałem.

– Co, do cholery, robisz w moim pokoju? – usiłuję się dowiedzieć.

Nawet się nie krzywi. Łagodnym gestem zamyka trzymaną w dłoniach książkę.

– Pytałem, co, do cholery, robisz w moim pokoju – powtarzam równie ostro, co poprzednio. Przechodzę przez pokój, zabieram jej książkę i wrzucam na półkę, gdzie jej miejsce. Tessa wciąż mi nie odpowiedziała. Stoi tylko przy moim łóżku z szeroko otwartymi oczami i zamkniętymi ustami.

– Nate powiedział, żebym przyprowadziła tu Steph... – szepcze.

Macha dłonią w kierunku mojego łóżka. Steph leży na nim nieprzytomna, co mnie ani trochę nie cieszy.

– Za dużo wypiła, a Nate powiedział...

Słyszałem już dość.

– Usłyszałem za pierwszym razem – przerywam jej spokojnie.

– Należysz do tego bractwa? – pyta, a w jej głosie słychać zaciekawienie i odrobinę potępienia.

Nie żeby mnie to w jakikolwiek sposób zaskakiwało. Przyzwyczaiłem się już do tego, że ktoś mnie ocenia – a zwłaszcza bogate, wyniosłe dzieciaki. Ale ona nie wygląda mi na bogatą. Jej sukienka sprawia wrażenie, jakby była ze sklepu wysyłkowego, a nie z galerii handlowej, co z jakiegoś powodu mnie zaskakuje.

– Tak, i co z tego?

Robię krok w kierunku wścibskiej dziewczyny, a ona się cofa, wpadając na regał.

– Zaskoczyłem cię, Thereso?

– Przestań mnie tak nazywać – warczy.

Zadziorna.

– Przecież tak masz na imię, prawda?

Z westchnieniem odwraca się ode mnie. Zerkam w kierunku mojego łóżka, kiedy próbuje wyjść z pokoju.

– Ona nie może tu zostać – mówię.

Nie ma mowy, żeby Steph spała całą noc w moim łóżku.

– Dlaczego? Myślałam, że się przyjaźnicie.

Taka słodka... taka naiwna.

– Tak, ale nikt nie ma prawa przebywać w moim pokoju.

Krzyżuję ręce na piersi i dobrze się jej przyglądam. Przebiega wzrokiem po tatuażach na moich ramionach. Podoba mi się to, jak na mnie patrzy i próbuje mnie przejrzeć. To nawet ekscytujące, że ktoś przygląda mi się tak badawczo... to oczywiste, że jest zaintrygowana.

Otrząsa się z napadu gapienia się.

– Och... rozumiem – prycha. – Czyli tylko dziewczyny, z którymi się obściskujesz, mogą wchodzić do twojego pokoju?

Nie mogę się powstrzymać od uśmiechu, słysząc tę pierwszoroczniaczkę z charakterkiem. Długie blond włosy i zabójcze krągłości ukryte pod tym ohydnym ubraniem... Ale ta dziewczyna z jakiegoś powodu irytuje mnie na głębszym poziomie niż Steph, a nawet Molly. Nie mogę do końca tego rozgryźć, lecz dość szybko zaczyna mi się podobać i muszę zrobić coś, żeby to się skończyło.

– To nie był mój pokój. A jeśli próbujesz mi powiedzieć, że chcesz się ze mną obściskiwać, to sorry, ale nie jesteś w moim typie.

Uśmiecham się i patrzę, jak jej twarz wykrzywia się w grymasie zawstydzenia i gniewu.

– Jesteś… jesteś…

Czuję się niezręcznie, kiedy z wysiłkiem szuka obraźliwych słów.

– Cóż… w takim razie ty przenieś ją do innego pokoju, a ja poszukam drogi powrotnej do akademika.

Ja? Jest tak pewna siebie, że z każdą chwilą coraz bardziej mnie wkurza.

Nie zostawiłaby tak naprawdę Steph tutaj. Prawda? Otwiera drzwi i wychodzi.

Cholera, ma więcej odwagi, niż myślałem. Trochę mi to imponuje. Wkurza, ale i imponuje.

– Dobranoc, Thereso! – krzyczę, kiedy trzaska drzwiami mojej sypialni.

Omiatam wzrokiem pokój, patrząc, co jeszcze mogło zostać naruszone. Moją uwagę przykuwa wiszące na ścianie lustro, głównie dlatego, że ledwo rozpoznaję odbicie, które w nim widzę. Nie wiem, kim się stałem w ciągu ostatnich kilku lat.

Ale jeszcze bardziej zaskakujący jest mój głupi uśmiech – nie mam pojęcia, skąd się wziął.

Jestem przyzwyczajony do sprzeczek ze wstrętnymi ludźmi podczas tych imprez. Dlaczego bawiłem się teraz lepiej niż zwykle? Czy to z powodu tej nowej dziewczyny? Normalnie nie znalazłaby się na moim celowniku, ale dobrze się bawiłem, przekomarzając się z nią.

Mój pokój wypełnia hałas dobiegający z dołu – póki Steph leży w moim łóżku, nie mam co tu robić. Będę musiał przyprowadzić Nate'a, żeby pomógł mi ją stąd zabrać i zostawić w korytarzu, jeśli będzie trzeba. Z pewnością spała w gorszych miejscach. Łapię się na tym, że myślę o Tessie i jej charakterku. O tym, jak butnie położyła dłoń na biodrze i nie chciała mi ustąpić.

Wychodzę na korytarz i namawiam jakiegoś nowego członka bractwa, żeby przeniósł ze mną Steph do pustego pokoju na końcu korytarza. Przez chwilę obserwuję, czy nie zostanie tam z nią, a kiedy wychodzi z pokoju, idę w kierunku mojego.

Mijając łazienkę, słyszę przez drzwi gorączkową rozmowę. To Tessa – od razu poznaję jej głos.

– Tak. Nie. Poszłam na głupią imprezę z moją współlokatorką i teraz utknęłam w domu bractwa. Nie mam gdzie spać ani jak wrócić do siebie.

Całkiem się rozryczała. Powinienem po prostu odejść od drzwi. Nie mam energii ani żadnego interesu w tym, żeby zajmować się płaczącą, nadwrażliwą dziewczyną.

– Ale ona...

Nie rozpoznaję słów padających pomiędzy szlochami. Przyciskam ucho do ściany.

– Nie o to chodzi, Noah... – słyszę.

Próbuję otworzyć drzwi. Nie jestem nawet pewien, dlaczego to robię, więc to pewnie dobrze, że są zamknięte.

– Chwileczkę – mówi głośno, tracąc cierpliwość.

Znów pukam.

– Powiedziałam przecież chwil...

Gwałtownym ruchem otwiera drzwi i wytrzeszcza oczy na mój widok. Odwracam wzrok, kiedy mija mnie szybkim krokiem. Sięgam do jej ramienia i delikatnie zatrzymuję.

– Nie dotykaj mnie! – krzyczy i wyrywa się.

– Płakałaś? – pytam, chociaż znam już odpowiedź.

– Po prostu mnie zostaw, Hardin – mówi bez przekonania w głosie.

Wydaje się taka wyczerpana. Z kim rozmawiała przez telefon? Ze swoim chłopakiem?

Otwieram usta, żeby powiedzieć coś złośliwego, ale unosi palec.

– Hardin, proszę. Błagam cię, jeśli masz w sobie chociaż resztki przyzwoitości, zostaw mnie w spokoju. Każdy podły komentarz, który przychodzi ci do głowy, możesz zachować na jutro. Proszę.

Jej szaroniebieskie oczy lśnią od łez, a niegrzeczna uwaga, którą chciałem wygłosić, nagle przestała być dla mnie atrakcyjna.

– Na końcu korytarza jest pokój, w którym możesz się przespać. Położyłem tam Steph – mówię jej.

Gapi się na mnie, jakby wyrosły mi trzy głowy.

– Okej – odpowiada po chwili.

– To trzecie drzwi po lewej.

Idę w kierunku swojego pokoju. Czuję wszechogarniającą potrzebę, by jak najszybciej uciec od tej dziewczyny.

– Dobranoc, Thereso – mówię i wchodzę do pokoju.

Zamykam drzwi i opieram się o nie plecami.

Kręci mi się w głowie. Nie czuję się dobrze. Logan popamięta, jeśli mnie oszukał i nasypał mi jakiegoś gówna do wody.

Podchodzę do regału i biorę *Wichrowe Wzgórza*. Otwieram książkę mniej więcej w połowie. Catherine to najbardziej irytująca postać kobieca, o której kiedykolwiek czytałem, i za nic nie potrafię zrozumieć, dlaczego Heathcliff z nią wytrzymuje.

On też jest dupkiem, ale ona jest najgorsza.

Przez dłuższy czas nie mogę zasnąć, a kiedy już mi się to udaje, śnię o Catherine, a raczej młodej blond wersji tej bohaterki, która trafia do college'u. Ale budzi mnie dźwięk krzyków matki i nagle się prostuję, pot przesiąka przez moją koszulę, włączam światło.

Kiedy to gówno się skończy? Minęło już tyle lat, a te koszmary wciąż się powtarzają.

Po kilku kolejnych niespokojnych godzinach gapienia się w sufit i ściany i próbach wmówienia sobie, że na pewno część z tego czasu przespałem, biorę prysznic i schodzę do kuchni. Chwytam worek na śmieci i postanawiam, że raz w życiu pomogę posprzątać. Może jeśli zrobię dla innych coś miłego, to kiedyś uda mi się przespać całą noc.

W kuchni zastaję Tessę – wciąż tu jest, śmieje się, opierając o blat.

– Co cię tak bawi? – pytam, zbierając kilka pustych kubków z blatu do torby.

– Nic… Czy Nate też tu mieszka? – pyta mnie.

Ignoruję ją.

Jej łagodny głos zyskuje na głośności.

– Im szybciej mi powiesz, czy Nate tu mieszka, tym szybciej będę mogła wyjść.

– Dobra, już cię słucham.

Robię krok w jej kierunku, żeby sprzątnąć z blatu stos papierowych ręczników. Uśmiecham się do wkurzonej dziewczyny.

– Nie, nie mieszka tutaj. Wygląda na chłopaka z bractwa?

– Nie, tak jak i ty – drwi.

Nie odpowiadam. Cholera, ale w tym domu rozpierdol.

– Zatrzymuje się tu gdzieś autobus?

Stuka stopą po podłodze jak dziecko, a ja przewracam oczami.

– No, przecznicę dalej.

– Możesz mi powiedzieć gdzie?

– Jasne. Przecznicę dalej.

Coś w sposobie, w jaki szybko wpada w irytację, sprawia, że się uśmiecham.

Odwraca się na swoich płaskich butach i odchodzi w pośpiechu. Śmieję się do siebie i ignoruję to, jak Logan uśmiecha się do mnie złośliwie z drugiego końca kuchni. Zaczynam do niego podchodzić, ale zmieniam kierunek, kiedy widzę, jak Tessa podchodzi do Steph.

– Nie jedziemy cholernym autobusem. Jeden z tych dupków odwiezie nas do akademika – słyszę głos Steph. Wchodzi do kuchni, wyglądając jak huragan Katrina. Jej ciemny makijaż jest rozmazany pod oczami. Spoglądam na Tessę, która nie jest prawie w ogóle umalowana, i zauważam różnicę.

– Hardin, możesz nas już odwieźć? Głowa mi pęka.

– Tak, jasne, dajcie mi tylko chwilę.

Upuszczam torbę ze śmieciami na podłogę i śmieję się do siebie, słysząc kpinę Tessy. Tak łatwo zaleźć tej dziewczynie za skórę.

Tessa i Steph spotykają się ze mną przy samochodzie, a ja nie mogę się powstrzymać od puszczenia jednej z moich ulubionych metalowych piosenek, *War Pigs*, w drodze na kampus. Otwieram wszystkie okna i cieszę się wiatrem.

– Mógłbyś je zamknąć? – pyta Tessa z tylnego siedzenia.

Zerkam w lusterko wsteczne i wciągam kolczyk w wardze pomiędzy zęby, żeby powstrzymać się od wybuchnięcia śmiechem na widok tego, jak jej blond włosy uderzają o jej twarz. Udaję, że jej nie słyszę, i podkręcam głośność.

Kiedy radosna podróż się kończy i wychodzą z samochodu, mówię:

– Wpadnę później, Steph.

Widzę jej majtki pod ubraniem, ale podejrzewam, że właśnie taki jest sens noszenia kabaretek.

– Cześć, Thereso.

Uśmiecham się, a ona przewraca oczami. Łapię się na tym, że śmieję się, odjeżdżając.

Rozdział piąty

Obudził się pewnej nocy, kilka miesięcy po tym, jak ją poznał. Przewrócił się na bok i zastał ją przy sobie – jej nogi były splecione z jego nogami. Nigdy wcześniej nie czuł niczego podobnego, jego ból wydawał się o wiele mniejszy, ale serce i umysł jednocześnie takie naelektryzowane – jeszcze nie zdarzyło mu się doświadczyć czegoś takiego. Chciał ją obudzić, chciał tej nocy wyznać swoje grzechy swojemu aniołowi, ale zbudziła się dokładnie wtedy, kiedy miał poprosić ją o wybaczenie... i nie miał siły.

Był tchórzem i kłamcą, i wiedział o tym. Mógł tylko mieć nadzieję, że ona się nad nim zlituje. Jej powieki zatrzepotały, a później zaczęła szukać go wzrokiem – i poczuł na sobie druzgocący ciężar. Nie mógł zniszczyć jej wyobrażenia o nim, ale desperacko lękał się o ich wspólną przyszłość, ponieważ jako dziecko dowiedział się, że każde kłamstwo wypowiedziane po ciemku staje się złośliwą prawdą w świetle dnia.

Odgłosy śmiechu i szczekającego psa budzą mnie z trzygodzinnego snu. I tak za dużo nie sypiam, ale doceniłbym odrobinę ciszy w korytarzach, zwłaszcza że jest poniedziałek, a ja mam zajęcia za... Sięgam po telefon i sprawdzam czas.

8.43.

Ja pierdolę.

Mam mniej niż pół godziny na to, żeby dotrzeć na zajęcia z literatury – i skąd, do cholery, wziął się w tym domu pies?

Biorę wczorajsze czarne dżinsy z podłogi i wciągam je, delikatnie się chwiejąc i przeklinając ciasny materiał. Moje nogi są po prostu zbyt długie, żebym mógł nosić workowate dżinsy, nie wyglądając jak jebany klaun. Rzuciłem wczoraj wieczorem kluczyki na ziemię, więc muszę zaliczyć torturę przekopywania się przez stos moich rzeczy, żeby je znaleźć. Czarne T-shirty, brudne czarne dżinsy i poplamione skarpetki zapełniają podłogę.

Przechodzę przez dom, ignorując widoczne oznaki wczorajszej imprezy. Macha do mnie Logan – ma worki pod oczami i energy drinka w dłoni.

– Beznadziejnie się czuję, stary – jęczy, siląc się na uśmiech.

Zawsze się uśmiecha, a ja nagle zaczynam się zastanawiać, jak by to było. Być bez przerwy szczęśliwym, jak on. Nawet tak skacowany. Nigdy mi się to nie udawało.

– Dobrze robisz, że nie pijesz.

Podchodzi do lodówki. Wyciąga dwulitrową butlę mleka i pije prosto z niej.

– Ładnie.

Potrząsam głową, a on się uśmiecha i wypija jeszcze trochę. Kuchnia zaczyna się wypełniać innymi członkami bractwa, a w związku z tym, że nie należę do tej kliki, biorę kawałek pizzy z pozostałości po ich pijackiej decyzji, żeby zamówić dziesięć pizz o czwartej nad ranem.

Kiedy wychodzę z pokoju, słyszę, że Nate pyta wszystkich, czy chcą iść do jakiejś restauracji dziś przed imprezą. Nie spodziewałem się, że mnie zaproszą... nigdy tego nie robią. Nie to, żebym kiedykolwiek miał ochotę spotykać się z grupką zidiociałych chłopaków z bractwa, którzy mają za dużo żelu we włosach, poza imprezą czy dwoma.

Mama zawsze męczy mnie o to, bym „znalazł sobie przyjaciół", ale nic nie rozumie. To nie jest, kurwa, proste ani zabawne. Dlaczego miałbym starać się szukać aprobaty ludzi, których nie mogę znieść, tylko dlatego, żeby poczuć się w życiu odrobinę ważniejszym? Nie potrzebuję przyjaciół. Mam małą grupkę ludzi, których mogę z trudem tolerować, a to mi w zupełności wystarcza.

Kiedy docieram na kampus, parking jest prawie pełen i muszę wepchnąć się przed jakiegoś dupka w beemce, aby zająć jego miejsce.

Profesor już paple, gdy wchodzę do sali wykładowej. Rozglądając się po pomieszczeniu w poszukiwaniu wolnego miejsca, zauważam dziewczynę w pierwszym rzędzie. Niemal rozpoznaję jej długie blond włosy, ale to długa spódnica do ziemi potwierdza moje pierwsze wrażenie. To Tessa, świętoszkowata współlokatorka Steph.

Siedzi obok Landona Gibsona. Oczywiście, że tak. To powinno być zabawne: Tessa uwięziona ze mną w sali wykładowej i wolne miejsce obok niej. Ten moment właśnie stał się najprzyjemniejszym z całego dnia.

Kiedy się zbliżam, ogląda się i na mój widok wytrzeszcza oczy. Szybko się odwraca, a ja przyspieszam kroku, żeby usiąść obok niej. Zgodnie z moimi przewidywaniami ignoruje mnie. Ma na sobie niebieską zapinaną koszulę, która musi być przynajmniej dwa rozmiary za duża, a włosy ma upięte tak, że odsłaniają jej twarz.

Gdy podchodzę, telefon wibruje mi w kieszeni.

Esemes od mojego dawcy spermy: „Karen robi coś dobrego na kolację, powinieneś wpaść".

Odjebało mu? Spoglądam na Landona, który, tak się składa, jest doskonałym synem Karen, tak świeżego w swojej koszulce polo.

Cholera, nie ma mowy, nie idę. Jakbym kiedykolwiek mógł pójść do jego lśniącego nowego domu na kolację z jego dziewczyną i Landonem. Doskonały Landonek, który uwielbia sport i całuje wszystkich po dupach, żeby stać się najmilszym, najlepiej ułożonym chłopcem w całym kraju. Fuj.

Czekam, aż mój drogi „brat" Landon coś mi powie, ale milczy. I tyle po obietnicy mojego taty, żeby „zbliżyć do siebie rodzinę". Skurwiel.

– To chyba będą moje ulubione zajęcia – mówi mu Tessa.

Co dziwne, to mogą być również moje ulubione zajęcia, chociaż tak naprawdę siedzę tu tylko dla zabawy. Udało mi się wybrać je także w tym roku, chociaż już na nie chodziłem.

Odwraca się do mnie, kiedy zauważa, że do nich podszedłem.

– Czego chcesz, Hardin?

Już działa.

Uśmiecham się do niej niewinnie, jakbym nie próbował zaleźć jej za skórę.

– Nic. Nic. Po prostu cieszę się, że mamy razem zajęcia.

Wynagradza mój złośliwy ton i sarkazm wywróceniem oczu. Gapię się w jej kierunku przez całe zajęcia i jestem podjarany za każdym razem, kiedy prycha albo wierci się niezręcznie. Tak łatwo sprawić, że się nakręca – uwielbiam to. Zajęcia mijają szybciej, niżbym tego chciał, a Tessa zaczyna pakować torbę, jeszcze zanim profesor pozwala nam wyjść. Nie tak szybko.

Skaczę na równe nogi, gotów wyjść za nią i Landonem z budynku. Nie jestem jeszcze gotowy na koniec zabawy. Gdy docieramy na korytarz, Landon odwraca się do Tessy. Wygląda na podenerwowaną sytuacją, kiedy oboje przed nią stoimy.

– Do zobaczenia później, Tesso – mówi Landon, do mnie nie odzywa się słowem.

– Oczywiście musiałaś się zaprzyjaźnić z najbardziej beznadziejną osobą z całego roku – wyzłośliwiam się, kiedy Landon znika w tłumie pierwszoroczniaków próbujących odnaleźć się na kampusie.

Wyobrażam sobie mamę Landona i mojego tatę, jak trzymają się za ręce w radosnym geście mówiącym „patrzcie, jak bardzo się kochamy". To, że dłoń jego mamy trzyma dłoń mojego ojca, Kena Scotta, alias Pojebanego Ojca Roku, sprawia, że się krzywię. Nie pamiętam, żeby kiedykolwiek trzymał w ten sposób dłoń mojej mamy.

– Nie mów tak o nim, to uroczy chłopak. W przeciwieństwie do ciebie – warczy.

Odwracam się do niej, zaskoczony jej zaciętą lojalnością wobec niego. Czy już go zna? Czy on zna ją? Czy on jej się podoba?

Z jakiego jebanego powodu miałoby mnie to obchodzić?

Odpycham to pytanie z dala od swojego umysłu i czuję elektryczny impuls, by jeszcze ją podręczyć.

– Z każdą naszą rozmową stajesz się bardziej zadziorna, Thereso.

Zaczyna iść szybciej, żeby ode mnie uciec, więc przyspieszam i zrównuję się z nią.

– Jeśli jeszcze raz nazwiesz mnie Theresą…

Jej pełne usta się zaciskają i próbuje obrzucić mnie pełnym nienawiści wzrokiem. Ale jej oczy ocieplają się w połowie spojrzenia, przechodząc z szarości do lodowatego zimna, i napięcie odpływa z moich ramion. Czuję to – coś wspina mi się po kręgosłupie, kiedy moje ciało zaczyna się rozluźniać.

Otrząsam się z tego dziwnego uczucia. Wciąż się na mnie gapi. Zmieniłem zdanie – sądziłem, że podoba mi się to, jak na mnie patrzy i próbuje rozszyfrować, ale teraz czuję, że jej oceniający wzrok pełznie po mojej skórze. Teraz patrzy na moje wytatuowane ramiona tak, jak moja babcia. Nie potrzebuję, by oceniała mnie i moje jebane wybory.

– Przestań się na mnie gapić! – żądam i odchodzę.

Skręcam za róg i czuję, że brak mi tchu. Przypomina mi to te noce, kiedy wypalałem stanowczo zbyt wiele papierosów. Już nie palę, już tego nie robię – muszę sobie przypomnieć i opieram się o ceglaną ścianę, żeby odetchnąć.

Przedziwna jest ta blondynka z wybujałym charakterkiem.

Cały tydzień był gówniany. Impreza za imprezą, co chwila hałasy. Wszystkie dźwięki nieszczęścia.

W ciągu ostatniego tygodnia spałem w sumie najwyżej dwadzieścia godzin, więc jestem dziś wyczerpany. Głowa boli mnie tak, że ledwo widzę, i nie mogę znaleźć kluczyków. Jestem w chuj poirytowany i mam ochotę na kłótnię.

Podczas gdy wywracam mój pokój do góry nogami, ktoś puka do drzwi. Zastanawiam się, czy go nie zignorować, ale pukanie powtarza się, tym razem głośniejsze.

Kiedy otwieram drzwi, zastaję na progu dziewczynę w koszulce WCU – ma czerwone oczy i policzki.

– Mogę wejść? – pyta.

Trzęsą jej się ręce.

– Nie, sorry.

Zamykam jej drzwi przed nosem. Kilka sekund później słyszę kolejne pukanie. Cholera. Nie wiem, kim jest ta laska, ale musi sobie znaleźć jakieś inne drzwi do pukania. Wciąż gorączkowo stuka, więc szarpnięciem otwieram.

Przede mną staje Neil, jeden z największych dupków w bractwie. Jego blond włosy są zmierzwione i brudne i pachnie piwem i cipą.

– Czego, do kurwy nędzy, chcesz? – pytam go i wchodzę z powrotem do pokoju, rzucając w jego kierunku parę dżinsów.

– Wi... widziałeś Candy?

Mówi dziwnym tonem, niewyraźnie wypowiadając słowa.

– Kogo?

– Dziewczynę, z którą byłem wczoraj w nocy. Widziałeś ją?

Myślę o dziewczynie o zaczerwienionych oczach ubranej w koszulkę i o tym, jak wałęsała się po korytarzach, i potrząsam głową.

Z początku myślałem, że jest naćpana, i może tak było, ale nie warto ufać pierwszym wrażeniom.

– Wyszła i nie wróci. Zostaw ją w spokoju.

Biorę książkę z półki i rzucam w jego kierunku.

Z jękiem nazywa mnie kutasem i wychodzi.

Wciąż jestem wkurzony, jadąc na kampus, i kontynuuję mój nowy zwyczaj irytowania współlokatorki Steph.

– Jestem bardzo podekscytowany tymi zajęciami. Słyszałem o nich naprawdę dobre rzeczy – mówi jej Landon, kiedy podchodzę do nich z tyłu.

Muszą być bliższymi przyjaciółmi, niż sądziłem. Ona odpowiada mu cichym głosem, a on się do niej uśmiecha. Jej uśmiech jest ciepły – tak ciepły, że odwracam na chwilę wzrok.

Czy oni się sobie podobają? Ona przecież ma swojego chłopaka manekina. A on dziewczynę, z tego co wiem. Patrzy na Tessę tak, że chyba musieli zerwać.

Landon wychodzi w połowie zajęć, a Tessa odsuwa swoje krzesło od mojego.

– W poniedziałek zaczniemy całotygodniową dyskusję na temat *Dumy i uprzedzenia* Jane Austen – ogłasza studentom profesor taki-czy-inny.

Spoglądam na Tessę, która się uśmiecha. Właściwie nie tyle uśmiecha, ile szczerzy od ucha do ucha.

Oczywiście, że tak. Laski uwielbiają *Dumę i uprzedzenie.* Nigdy nie mają dość Darcy'ego i jego cholernej dumy przekutej w urok.

Patrzę, jak Tessa zbiera swoje rzeczy – wielki segregator i wszystkie podręczniki, jakie można kupić na kampusie. Próbuję udawać, że się ociągam, ale tak naprawdę nawet to jest trudne, biorąc pod uwagę, jak długo zajmuje jej wzięcie wszystkiego i poukładanie na nowo w torbie.

Wychodząc za nią na zewnątrz, mówię:

– Niech zgadnę: jesteś szaleńczo zakochana w panu Darcym.

Muszę się z niej z tego powodu powyśmiewać. Muszę.

– Jak każda kobieta, która przeczytała tę książkę – odpowiada. Z ust wystaje jej koniuszek języka, a wzrok usiłuje się skoncentrować na wszystkim, tylko nie na mojej twarzy. Idę za nią dalej i patrzę, jak rozgląda się w obie strony przed przejściem przez jezdnię na skrzyżowaniu.

– Ależ oczywiście, że tak.

Śmieję się i przerywam na moment, bo uświadamiam sobie, że przeszła już przez niemal pół ulicy beze mnie. Cholera, szybko chodzi.

– Do ciebie na pewno urok pana Darcy'ego nie przemówił – próbuje mnie obrazić, kiedy do niej dołączam, ale tylko znów się śmieję.

– Człowiek tak nieuprzejmy i nieznośny romantycznym bohaterem? To śmieszne. Gdyby Elizabeth miała rozum, powiedziałaby mu na samym początku, żeby się odpieprzył.

Panna Pruderyjna odwraca się do mnie i ku swojemu zaskoczeniu słyszę jej łagodny chichot. Jeden z tych niewinnych i niezamierzonych chichotów, które, wydawałoby się, zniknęły już z dzisiejszego świata. Zakrywa usta w chwili, gdy staje się słyszalny, ale i tak go słyszałem. Słyszałem, jakby przeszył mnie na wylot.

– Zgadzasz się więc, że Elizabeth to idiotka? – naciskam.

– Nie, to jedna z najsilniejszych i najbardziej złożonych postaci w historii literatury.

Broni Elizabeth Bennet, wypowiadając się w sposób, w jaki nigdy nie potrafiłaby tego zrobić większość osiemnastolatek, a jeszcze dorzuca cytat z filmu z Tomem Hanksem. Łapię się na tym, że wybucham śmiechem – szczerym śmiechem – a ona się do mnie przyłącza. Jej śmiech jest miękki jak bawełna.

Co ja, do kurwy nędzy, właśnie…

Natychmiast przestaję się śmiać i odwracam od niej wzrok. To jest zbyt dziwaczne.

Ona jest dziwaczna. I wstrętna.

– Do zobaczenia, Thereso – spławiam ją i idę w przeciwnym kierunku.

Miękki jak bawełna? Jej chichot przeszył mnie na wylot? Co to, do kurwy nędzy, było?

Spycham te bzdury na dalszy plan i idę do samochodu. Dziś będzie następna impreza, jak zwykle, a ja ucieknę od tego gówna, zanurzając się w ciasnej, mokrej…

Wibracje telefonu w kieszeni wyrywają mnie z perwersyjnych rozmyślań. Wyciągam go i widzę na ekranie imię Jace'a, więc szybko odbieram.

Nie było go przez pewien czas i z radością spotkam się z nim znów. Każdy ma kogoś takiego, kto sprawia, że poprawia mu się przy nim stosunek do samego siebie. Dla mnie kimś takim jest Jace. To dupek – kutas pierwszej klasy, zapytajcie kogokolwiek – ale jest zabawny i zawsze można z nim dobrze spędzić czas.

Rozdział szósty

Im bardziej się do niej zbliżał, tym większą miał potrzebę, by ją lepiej poznać. Gdy złapał się na tym, że zastanawia się, kiedy się obudziła i jak dużo czasu potrzebuje na przygotowanie się do wyjścia, wiedział, że odegra w jego życiu rolę kogoś więcej niż przechodnia. Nagle stała się czymś ważniejszym niż gra, którą prowadził. Na swój własny, chory sposób cieszył się, że mógł wykorzystać zakład jako wymówkę, by spędzić z nią więcej czasu. Miał możliwość i powód, aby dowiedzieć się o niej wszystkiego, czego tylko się da, unikając podejrzeń znajomych. Miał pretekst, żeby spędzać z nią tak wiele godzin, jak tylko mógł.

Przecież musiał to robić, żeby wygrać, prawda?

– Dlaczego ona musi znów tu przyłazić? – pyta Molly małą grupkę znajomych, zaciągając się papierosem.

– Bo jest współlokatorką Steph, a Steph z jakiegoś dotąd niewyjaśnionego powodu ją lubi, więc bierze ją ze sobą – tłumaczy Nate.

– Ale jest totalną suką. Zajebiście paskudną – jęczę, pocierając głowę.

Irytuje mnie nawet wtedy, gdy nie ma jej w pobliżu. Molly najwyraźniej podoba się moja reakcja, ponieważ pochyla się do mnie.

Zanim zdoła mnie dotknąć, odsuwam się, udając, że nie wiedziałem, o co jej chodzi.

Pieprzyłem się z nią przez całe popołudnie, ale zatapiając w niej swojego kutasa, myślałem o kimś innym. Czułem miękkie krągłości jej bioder, jej pełne piersi. Słyszałem w głowie, jak wypowiada moje imię. Zanurzyłem dłonie w różowych włosach, które wyobrażałem sobie jako blond, i mocno spuściłem się w prezerwatywę. Molly była z siebie taka dumna, że wreszcie zaspokoiła mnie bez użycia ust.

Gdyby tylko wiedziała.

– Ale niezła z niej laska – dodaje Nate.

Czy wszyscy już zauważyli, jaka Tessa jest niezła?

– Niezła? Nieprawda – kłamię w żywe oczy.

Opalona ręka prześlizguje się po włosach ułożonych na żelu.

– Jest naprawdę niezła, koleś – mówi Zed z zaskakującą pewnością. – Wziąłbym ją w tej sekundzie.

– Chciałbyś. To totalna cnotka niewydymka, przecież to oczywiste. No wiesz, kto jest dziewicą w college'u? – naśmiewa się z Tessy Molly.

Nate wybucha śmiechem.

– Jasne… jesteście tak dobrymi przyjaciółkami, że ci o tym powiedziała?

Molly spogląda na niego z grymasem niezadowolenia.

– Ja? Nie gadałabym z nią, ale Steph musi i podobno słyszała coś o tym, kiedy „Księżniczka" rozmawiała ze swoim chłopakiem.

– Może dlatego z niej taka suka, że nikt jej porządnie nie wyruchał? – mówię i odsuwam się o kilkanaście centymetrów od Molly, mając nadzieję, że nie będzie się już do mnie zbliżać.

– W takim razie może ja będę musiał to zrobić – mówi Zed, próbując wszystkich rozśmieszyć.

Bezskutecznie.

– Taa, jasne. Nie udałoby ci się, nawet gdybyś się postarał – rzucam wyzywającym tonem.

– A tobie może by się udało? Miałbym większą szansę niż ty! – kontruje.

Chyba nie mówi poważnie. Nie pamięta swojej kochanej Samanthy?

– Co przegapiłem?

Jace siada na betonie i wyciąga z kieszeni jointa.

– Steph ma za współlokatorkę totalną snobkę, a Zed i Hardin kłócą się o to, kto ją pierwszy przeleci – informuje go z jęknięciem Molly.

Czy Zed naprawdę uważa, że ona by się z nim przespała? Rozglądam się po grupie, wkurzony, że wszyscy myślą o niej w taki sposób. Jeśli jej ciało jest tak czyste, jak mówią, mogę sobie tylko wyobrazić, jak zadziałałby na nią najmniejszy dotyk. Sprawiłbym, że cała by przy mnie drżała i błagała o więcej. Zed nigdy nie mógłby jej dać takiego orgazmu jak ja.

Ale czy pozwoliłaby mu próbować? Czy gdybyśmy grali na takich samych zasadach, czy Tessa wybrałaby jego zamiast mnie?

– Wiesz... moglibyśmy sprawić, że ta sytuacja stanie się znacznie bardziej interesująca. Wchodzisz w to? – zwracam się do Zeda.

Uśmiecha się.

– To zależy.

– Hmm... okej, więc zobaczmy, kto pierwszy da radę się z nią przespać.

Po co mi to? – pytam sam siebie w chwili, gdy wypowiadam te słowa.

Inna część mnie odpowiada: Może być zabawnie. Przynajmniej będę miał co robić i da mi to powód, żeby jeszcze ją powkurzać.

– Nie wiem... – w głosie Zeda słychać zwątpienie.

Myślałem, że będzie miał wielką ochotę w czymś mnie pokonać, zważywszy na naszą przeszłość i niewypowiedzianą urazę, jaką do mnie żywi.

– Dalej, nie bądź pizdą. To nie będzie takie trudne. Namówimy Steph, żeby upewniła się, że Tessa przyjdzie na następną imprezę, a później jakoś ją oswoimy – wyjaśniam. – Jest młoda i naiwna, łatwo pójdzie.

Robiłem już wcześniej podobne rzeczy – gra toczyła się o inną stawkę i z inną ofiarą, ale tak czy inaczej była to gra.

– To głupie. Kogo obchodzi, kto może rozdziewiczyć jakąś przypadkową laskę? – prycha Molly, narzekając jak zwykle.

– Jeśli jesteś taki pewny, że dasz radę to zrobić, dam ci tydzień.

Jace krztusi się trzymanym w płucach dymem i podaje jointa Molly.

– Tydzień? Stary, jest megazrzędliwa, no i już kiepsko się dogadujemy. Chyba będę potrzebował więcej czasu. Jest niemiła i zajebiście bezczelna.

– To jak długo? Dwa tygodnie? Słuchaj, jeśli uda ci się zrobić to w miesiąc, dam ci pięć stówek – mówi Zed, opierając się plecami o beton.

– Pięćset dolarów? – pyta Molly, wytrzeszczając oczy.

Jej furia jest przezabawna. Uwielbia być w centrum uwagi i nienawidzi Tessy za to, że skradła jej zainteresowanie.

– A ja dodam jeszcze trzy. Osiem stów. Myślisz, że dasz radę? – pyta Jace, którego oczy nabiegły już krwią.

– Jasne, oczywiście, że dam radę. Mam tylko nadzieję, że nie zacznie świrować i się do mnie przylepiać – mówię, zastanawiając się, czy chwalić się tym, ile razy wygrałem takie zabawy w przeszłości. Postanawiam tego nie robić. Zadziwia mnie, jak łatwo przychodzi mi przywołanie na usta uśmieszku, z którego byłem najbardziej znany, tego, który Mark, mój stary przyjaciel z Hampstead, nazywał „pieczęcią". To wyraz twarzy, który przybieram, kiedy wiem, że zdobędę coś albo kogoś. No i proszę, uśmiecham się do Zeda i knuję, podczas gdy grupa czeka, aż ktoś spuści ze mnie powietrze.

– Wątpię – śmieje się Nate, zapalając kolejnego papierosa.

– Nie poleci na ciebie. Nie wydaje się aż taka głupia – mówi Zed, rzucając mi nienawistne spojrzenie.

Jace śmieje się i spogląda prosto na mnie.

– Więc będziemy potrzebowali dowodu, kiedy już to zrobisz.

Dowodu? To nie powinno być zbyt trudne. Potrafię być kreatywny.

– Może film? Przydałby mi się jakiś nowy materiał.

Jace odchyla się w tył, wciąż mi się przyglądając.

– Nie, nie. To zbyt ryzykowne – oponuję.

Przechodziłem już przez to i chcę się od tego trzymać jak najdalej.

– Spokojna głowa, dostaniecie swoje dowody bez takich rzeczy.

Spoglądam wprost na Zeda, a na moich ustach znów pojawia się charakterystyczny uśmieszek.

– Nigdy nie pieprzyłem się z dziewicą. To powinno być zabawne.

Uśmiecham się fałszywie i unoszę palce do kolczyka w wardze, jakbym próbował go ukryć.

Wtrąca się Molly:

– Czekajcie, jak właściwie zamierzacie się do tego zabrać, idioci? To nie ma sensu: nagle obaj po prostu będziecie próbowali ją przelecieć? – Zarzuca włosy na ramię w geście irytacji. – Przynajmniej rozegrajcie to, kurwa, inteligentnie – marudzi i wyciąga dłoń, żeby pożyczyć zapalniczki Nate'a.

– Masz rację – mówi Jace. – Co powiecie na grę?

– Grę? – Zed wygląda na zaintrygowanego.

– Coś jak „Prawda czy wyzwanie". Moglibyśmy zadawać jej pytania o seks, by potwierdzić, że jest dziewicą. Wtedy od razu byście wiedzieli, że nie marnujecie czasu.

Jace wskazuje dłonią to na Zeda, to na mnie.

– „Prawda czy wyzwanie"? Chyba cię pojebało – jęczę.

Nikt już nie gra w to gówno.

– Głupi pomysł.

Nate potrząsa głową, a na jego twarzy igra wyraz udawanego rozczarowania.

Nikt, kto skończył szóstą klasę, nie chciałby grać w „Prawdę czy wyzwanie".

– W sumie to dobry pomysł. Mało oczywisty – dodaje Steph. – Jest taka naiwna, że pomyśli, że to właśnie robi się dla zabawy w college'u. To wystarczająco niegrzeczne dla niej, żeby wydawało się niebezpieczne, i wystarczająco dziecinne, żeby zrozumiała.

Rozglądam się po grupie, a wszyscy kiwają głowami ze śmiechem. Banda idiotów.

Wzruszam ramionami, przystając na ten pomysł, ale tylko dlatego, że nie mam lepszego.

– W takim razie „Prawda czy wyzwanie" – podsumowuje Jace.

Na imprezie jest tłoczno, nawet bardziej niż w zeszłym tygodniu, a ja jak zwykle jestem trzeźwy. Siedziałem w pokoju, słuchając, jak muzyka robi się coraz głośniejsza, a później postanowiłem zejść na dół.

Kiedy przechadzam się po salonie, szukając Nate'a, przystaję, gdy widzę siedzącą na kanapie Tessę. Cóż, przynajmniej myślę, że to Tessa. Jest ubrana inaczej niż poprzednio. Zupełnie inaczej. Intrygujące szaroniebieskie oczy bardziej przyciągają spojrzenie, kiedy są podkreślone makijażem, a jej ubrania ciasno otulają krągłości jej ciała.

Jest zajebista. Nie powiedziałbym jej tego, ale, cholera, jest zajebista.

– Wyglądasz… inaczej.

Nie mogę przestać na nią patrzeć, kiedy wstaje. Jej biodra… cholera, te wykurwiste biodra powinny mieć na sobie odciski moich palców.

– Naprawdę dobrze wyglądasz w tych ciuchach – mimowolnie się śmieję, ale to nie miał być żart.

Przewraca oczami i podciąga górę koszuli, żeby zakryć swój niewiarygodny dekolt.

– Dziwię się, że cię tu widzę – mówię do niej, ciągle mierząc ją wzrokiem.

Wzdycha.

– Sama się dziwię, że znów tu przyszłam.

Odchodzi ode mnie bez ostrzeżenia, a ja przez chwilę się waham, czy powinienem za nią pójść. Znam plan, a teraz, kiedy jest tak ubrana, jestem jeszcze bardziej gotowy go wdrożyć. Postanawiam za nią nie iść, jeszcze nie. Pozwalam jej na trochę zagubić się w tłumie.

Kilka minut później opieram się o blat w kuchni, gdy podchodzi do mnie Molly.

– Chcesz się bawić w te bzdury czy nie? – pyta.

Jest poirytowana i zazdrosna, że ktoś inny znalazł się w centrum zainteresowania. Rozumiem to. Przyzwyczaiła się do tego, że płeć przeciwna zwraca na nią uwagę – dzięki temu czuje się potrzebna.

Rozumiem to lepiej niż ktokolwiek inny.

– A ty? – pytam, unosząc brew.

Przewraca mocno umalowanymi oczami.

– Każę Steph ją znaleźć i przyprowadzić do salonu, skoro najwyraźniej na ciebie nie można liczyć.

Kiedy siadam z kubkiem wody w dłoni, Tessa właśnie dołącza do grupy. Czuję się niepewny, ale z jakiegoś powodu podekscytowany, gdy gra się zaczyna. Próbuję nie myśleć o Natalie, Melissie ani żadnej z pozostałych. To nie ich wina, że urodziły się w społeczeństwie pełnym szumowin takich jak ja.

– Zagrajmy w „Prawda czy wyzwanie" – zaczyna Zed, a nasza mała grupka wytatuowanych znajomych zbiera się dookoła kanapy.

Molly puszcza w obieg butelkę wódki, a ja odwracam od niej wzrok, popijając wodę, jak gdyby paliła mi gardło w znajomy sposób.

Steph, Nate, jego współlokator Tristan, Zed i Molly piją po kolei. Tessa patrzy na nich, ale nie pije. Nie biorę jej za nałogowca takiego jak ja. Może po prostu nie lubi pić. Nawet na imprezie w college'u.

– Też powinnaś zagrać, Tesso – mówi jej Molly z uśmiechem.

Znam ten uśmiech. Nie oznacza niczego dobrego. Wciąż nie mogę uwierzyć, że gramy w tę gównianą grę dla dzieciaków.

– Nie, dziękuję.

Tessa dłubie przy swoich paznokciach, a ja zerkam na Zeda. Wygląda na nieco zmartwionego. Może onieśmiela go to, że dziewczyna co chwila spogląda na mnie, a nie na niego.

– Żeby zagrać, musiałaby chociaż na pięć minut przestać być taką cnotką – prowokuję ją.

Wybuchają śmiechem wszyscy oprócz Steph, która świetnie udaje. Nie oszuka mnie – za dobrze ją znam.

Patrzę, jak Tessa walczy z presją otoczenia, gotowa, by się poddać, a później pochylam się do Zeda.

– To będzie łatwe. Równie dobrze możesz mi już zapłacić – mówię mu.

Może ta gra to był jednak dobry pomysł.

Podczas pierwszych kilku tur Zed musi wypić piwo, a Molly pokazać swoje kolczyki w sutkach. Szalenie mnie bawi patrzenie, jak oczy Tessy rozszerzają się, a jej policzki przybierają kolor głębokiej czerwieni, kiedy patrzy na Molly. Nie mogę sobie nie wyobrażać pełnych piersi Tessy, sprężystych i miękkich, ozdobionych ćwieczkami.

– Prawda czy wyzwanie, Thereso? – pyta Nate, przyspieszając bieg spraw. Wreszcie.

– Prawda?

Wydaje się niepewna. Nie umyka mi to, że nie poprawiła Nate'a, kiedy nazwał ją Theresą, choć za każdym razem, gdy ja to robię, zachowuje się, jakby chciała oderżnąć mi jaja i nakarmić nimi swojego chłopaka-pieska kanapowego.

– Oczywiście – kpię.

Rzuca mi nienawistne spojrzenie, a Nate zaciera ręce, próbując udawać, że nie ustaliliśmy już, o co ma spytać.

– Dobra. Jesteś… dziewicą? – pyta wreszcie Zed.

Tessa wytrzeszcza oczy jeszcze bardziej niż zwykle, a z jej gardła dobiega cichy głos, jakby się dusiła. Jest zaszokowana, przerażona i urażona, że nieznajomy zadał jej tak osobiste pytanie. Czerwieni się na szyi i dekolcie. Jej dłonie zaczynają drżeć i mam przeczucie, że zastanawia się, czy go zwyzywać, czy uciec z pokoju.

– No? – pytam, cały czas wyobrażając sobie jej nagie ciało pod moim. Sprawiłbym, że swoim subtelnym i łagodnym głosem zaczęłaby wydawać dźwięki, których nie słyszał jeszcze żaden mężczyzna. Ta fantazja jest zajebiście intrygująca, ale również pojebana, skoro nie mogę nawet odezwać się do tej dziewczyny, nie stając się ofiarą jej snobizmu.

Wreszcie ta niewinna dziewczyna szybko, w milczeniu kiwa głową.

Każde z nas myśli o naszym zakładzie i o tym, że ta słodka, niewinna i krańcowo naiwna dziewczyna właśnie stała się jego głównym przedmiotem.

Tessa jest dziewicą – przed chwilą przyznała to nam wszystkim. Wiedziałem, że tak jest, jeszcze zanim to potwierdziła. Poznałem po tym, jak drżała podczas samych naszych rozmów. Myślenie o tym, że mógłbym być pierwszym, który ją ma, który pokaże jej, co ją ominęło, sprawia, że mój kutas zaczyna drżeć. Wyobrażam sobie, co ma pod ubraniem. Miękka skóra, pełne cycki, sutki, które twardnieją pod moim dotykiem. Teraz gra się zaczęła i krew intensywniej płynie mi w żyłach. Nie mogę się doczekać, aż się w niej znajdę.

Siedząc po drugiej stronie naszego kółka, bawi się włosami, a ja wyobrażam sobie, jak owijam je sobie wokół dłoni, przyciągając ją bliżej do siebie, kiedy pieprzę ją od tyłu. Dawałbym jej klapsy w jej krągłą dupę, mając nadzieję, że zostawię na niej ślad swojej ręki. Jej różowe, nabrzmiałe usta jęczałyby moje imię. Brzmiałoby w nich tak dobrze. Poprawiam spodnie i znów spoglądam na Tessę.

Oblizuje wargi, a ja bezgłośnie jęczę.

Zastanawiam się, ile kutasów miała już w gardle. Zastanawiam się, czy poznała już smak spermy, a w dalszej części rozmowy dowiaduję się, że nie robiła prawie nic, jeśli chodzi o seks, i zamierzam pokazać jej z najdrobniejszymi szczegółami to, co przegapiła.

Rozdział siódmy

W życiu można popełnić bardzo wiele błędów, a on popełnił je wszystkie. Każdy gram szacunku, który dla niej miał, wydawał się niknąć we mgle jego pomieszanego umysłu. Kochał ją i cenił bardziej niż własny oddech, ale wciąż nie umiał jej tego okazać. Pamiętać o niej wtedy, kiedy to się liczyło. Bawił się z nią, grał w dziecinne gry, nie pokazywał jej swojej prawdy. Prawdy ukrytej, szczelnie zamkniętej i chronionej przez to, jak go wychowano, przez to, że tak rzadko przytulano go i doceniano, kiedy był mały. Nie próbował znajdować dla siebie wymówek, po prostu był do tego przyzwyczajony. Wciąż winił wszystkich innych, nigdy nie przyjmował odpowiedzialności za swoje uczynki i słowa. Tak było łatwiej.

Ale w końcu dostał lekcję.

– Wyzwanie.

Przewracam oczami, wciąż grając w tę infantylną grę. Jakby ktokolwiek myślał, że mógłbym wybrać inaczej.

Wpatruję się w Tessę, obserwując, jak ta Matka Theresa z trudem usiłuje wymyślić dobre wyzwanie.

– Ja... hmm... Wyzywam cię, żebyś...

Nie udaje jej się dokończyć. Wszyscy czekają z niecierpliwością na to, co powie, podczas gdy ona wpisuje się w nasz plan.

– Żebym co? – naciskam, by pospieszyła się z tym gównem.

Biedna dziewczyna – nie wie nawet, w jakie tarapaty się wpakowała z tą bandą szakali... Wciąż siedzi w ciszy, rozglądając się po grupie, panikując teatralnie. To tylko gra imprezowa, ale widzę, że dziewczyna nie lubi przegrywać, nawet jeśli chodzi o coś tak głupiego. Zabawnie jest patrzeć, jak przejmuje się taką błahostką. Ma zwyczaj przygryzania dolnej wargi w podobny sposób, jak ja bawię się kolczykiem. Przez moment wyobrażam ją sobie z kolczykiem w wardze. Wyglądałaby zajebiście seksownie.

– Zdejmij koszulkę i nie wkładaj jej przez całą grę! – mówi Molly za Tessę.

A policzki Tessy czerwienią się. To było do przewidzenia.

– Jakie to dziecinne.

Ściągam T-shirt przez głowę i łapię Tessę na tym, że przygląda się mojemu ciału. Gapi się intensywnie – tak intensywnie, że nawet nie zauważa, że to widzę. Steph szturcha ją łokciem, a ona odwraca wzrok, rumieni się i wbija oczy w ziemię.

Oficjalnie znalazłem się na prowadzeniu. Zed nie ma szans.

Gra trwa dalej, a ja siedzę na wpół ubrany i patrzę, jak Tessa z trudem próbuje oderwać ode mnie wzrok. Nie mogę odczytać z wyrazu jej twarzy, czy jest obrzydzona moimi tatuażami, czy nimi zaintrygowana. Jej szczęka wciąż drży – ledwo siedzi w bezruchu.

Interesujące.

– Tessa, prawda czy wyzwanie? – pyta Tristan.

Pochylam się w tył, opierając na dłoniach.

– Po co pytasz? Wiemy, że wybierze prawdę...

– Wyzwanie – mówi przekornie dziewczyna, zaskakując mnie swoim tonem.

Brzmi wyzywająco, inaczej, niż uznałbym za możliwe zaledwie kilka chwil temu.

– Hmm... Tessa, wyzywam cię, żebyś... wypiła kieliszek wódki – mówi z uśmiechem Tristan.

– Ja nie piję.

Wysuwa brodę w geście odmowy.

Tak też myślałem, ale cieszy mnie, że tak jest. Wszyscy dookoła nie mogą się doczekać kolejnego haju – to odświeżające znaleźć kogoś, kto tego nie potrzebuje.

– Właśnie na tym polega wyzwanie – nie daje za wygraną Tristan.

– Posłuchaj, jeśli nie chcesz tego robić... – zaczyna Nate.

– Ale z niej pizda – mówi mi do ucha Molly.

Pizda? Dlatego że nie chce pić?

– Dobrze, jeden kieliszek – odpowiada.

I w ten sposób Panna Och-Nie-Robię-Tego-Czy-Owego łatwo się poddaje.

Szczerze mówiąc, jestem trochę zawiedziony. Nie jestem pewien dlaczego, ale myślałem, że jest inna. Myślałem, że nie przypomina reszty z nas, desperacko żebrzących o uwagę rówieśników.

Najwyraźniej się co do niej myliłem.

– To samo wyzwanie – mówi jej Zed i upija duży łyk, a później podaje jej wódkę.

Wkurza mnie, że piją z tej samej butelki – to w gruncie rzeczy obrzydliwe.

Gra toczy się dalej, drink po drinku, a ona krzywi się i ociera z ust palący płyn. Ma czerwone oczy i płoną jej policzki. Wygląda, jakby była zagubiona i nie mogła utrzymać równowagi nawet na siedząco.

Znów unosi butelkę do ust, a ja mimowolnie wyciągam rękę, chwytam ją i jej zabieram. Nie próbuje mnie powstrzymywać – czy czuje, że dość już wypiła?

Czy uważa, że właśnie po raz pierwszy smakuje wolności? Dziewczyna wychowywana pod kloszem, która znalazła się w wielkim, złym świecie ludzi, którzy piją, żeby popaść w otępienie i nie czuć tego, co przekazali im ich gówniani rodzice. Może w jej przypadku, tak jak w moim, chodzi o zaniedbanie? Czy tę dziewczynę też zaniedbywano? Przenoszę wzrok na równo wyprasowany kołnierzyk jej koszuli. Nie, z całą pewnością nie była zaniedbywana. Możliwe, że jej niższa samoocena to tylko faza. Chce się uwolnić od swoich kontrolujących rodziców i pokazać sama sobie, że i ona potrafi być szaloną dziewczyną. Jest w pełni zdolna do tego, żeby bawić się ze złymi dzieciakami i pić do porzygu.

Inna możliwość jest taka, że nasza grupka po prostu jest dobra w ściąganiu innych na dno.

– Myślę, że masz już dość – mówię i podaję butelkę Nate'owi.

Ale Tessa szybko ją łapie i upija kolejny łyk. Na jej pełnych ustach pojawia się ślad uśmieszku, kiedy oblizuje je do czysta. Przyglądam się jej gardłu, gdy wyzywająco przełyka, i chcę rozewrzeć jej wargi i wypić wódkę z jej ust.

Otrząsam się z tej myśli. Molly zerka na mnie, obracając palcem w powietrzu, by pokazać mi, że oszalałem.

Może tak właśnie jest.

– Nie mogę uwierzyć, że nigdy dotąd się nie upiłaś, Tesso. To fajne, co nie? – pyta ją Zed.

Dziewczyna chichocze, a ja przewracam oczami.

– Hardin, prawda czy wyzwanie? – pyta Molly.

– Wyzwanie.

Czy musiała pytać? Może powinienem zrobić to, co zrobiła Tessa, tylko po to, żeby im coś udowodnić.

– Pocałuj Tessę.

Pomalowane usta Molly wykrzywiają się w uśmiechu, a ja słyszę, jak Tessa gwałtownie chwyta powietrze.

Odzywa się, zanim udaje mi się cokolwiek powiedzieć:

– Nie. Mam chłopaka.

– Więc? To tylko wyzwanie. Po prostu to zrób – mówi Molly, grzebiąc w paznokciach.

– Nie – Tessa podnosi głos. – Nikogo nie całuję.

Wstaje i przechodzi przez pokój. Upijam łyk wody i patrzę, jak znika za drzwiami frontowymi. Patrzyła na mnie przez całą noc, gapiła się na moją nagą klatkę piersiową, a jednak tak bardzo obrzydza ją myśl, że mogłaby mnie pocałować, że strzela focha i ucieka? Czy też możliwe jest, że pocałunek znaczyłby dla niej więcej niż poddanie się wyzwaniu?

– I tyle po niej, panie i panowie! – śmieje się Nate, pochylając się w moją stronę.

Piwo w jego kubku przelewa się przez krawędź i rozchlapuje na dywan przed nim. Nie zadaje sobie trudu, żeby je wytrzeć. Te podłogi widziały już znacznie gorsze rzeczy.

– Lepiej biegnij za nią, bo jeszcze przegrasz – mówi Steph kpiącym głosem.

Jezu, ależ jest ostatnio zdzirowata; zastanawiam się, jaki ma problem.

– Który z was będzie ją gonił, skurwysyny? – pyta Nate.

Rozglądam się po zatłoczonym pokoju. Nie ma jej nigdzie w zasięgu wzroku. Zed przypatruje mi się, obserwując moją reakcję na jej mały napad wściekłości. Utrzymuję neutralny wyraz twarzy, nie zdradzając ani odrobiny zainteresowania, kiedy znów rozglądam się po pokoju. Nie ma mowy, żebym pozwolił mu na to, by dotarł do niej pierwszy. Jest wkurzona, bo wyzwali ją, żeby mnie pocałowała. Ta idiotyczna gra i tak nie była moim pomysłem i odniosła skutek odwrotny do zamierzonego. Mówiłem im, kurwa, że to zły pomysł. Kiedy Logan odwraca uwagę Zeda, pochylam się do przodu, żeby sprawdzić kuchnię. Zauważam Tessę i zaczynam wstawać z podłogi.

– Dokąd idziesz? – Molly chwyta mnie pod ramię, gdy wstaję.

– Hmm... dolać sobie wody.

Spoglądam na mój prawie pełny kubek – gówno mnie obchodzi, czy zauważy mój podstęp.

Przechodząc pomiędzy ludźmi, rozglądam się po pokoju w poszukiwaniu blond włosów Tessy. Kiedy wchodzę do kuchni, stoi przy blacie z butelką jacka w dłoniach. Unosi ją, a ja czuję na dnie gardła znajome, bolesne pragnienie.

Jestem zbulwersowany tym, że ta dziewczyna mogłaby tak szybko zacząć powielać złe wzorce. To, jak szczelnie zamyka oczy, i odgłosy krztuszenia się, które wydaje, kiedy kończy... Alkohol pali ją i sprawia, że jej niedobrze, ale i tak wypija kolejny łyk. Czy będzie go pragnęła? Czy da jej zapomnienie, sprawi, że jej umysł pozostanie obojętny na niektóre wspomnienia, tak jak działo się ze mną? Czy ta dziewczyna w ogóle ma wspomnienia, na które powinna się zobojętnić? Wygląda na to, że to możliwe.

Wciąż się jej przyglądam – odkręca kurek i szuka szklanki. Otwiera szafkę i zerka w kierunku drzwi. Cofam się, żeby nie mogła mnie zauważyć.

Co ja tu robię? Chodzę za nią i przyglądam się jej nagłemu entuzjazmowi dla zapomnienia, jakie daje alkohol?

Szybko się odwracam i idę z powrotem do mojej grupy. Molly kpi z Logana i jego wczorajszej randki, a Nate zapala papierosa, kiedy siadam z powrotem na brudnej podłodze.

– Zabierajmy się stąd. Nudzę się i widzę, że ty też – czuję na szyi gorący oddech Molly, która próbuje mnie objąć. Strącam jej dłonie ruchem ramion i potrząsam głową. Znów się na mnie wiesza.

– Idę na górę – mówię jej.

Jej ramiona ciążą mi jak stal, ściągając mnie w dół.

– Dobry pomysł.

Przyciska usta do mojej szyi.

Przez mój szybki ruch i to, że za dużo wypiła, opada z powrotem na dywan, kiedy znów próbuje mnie objąć, a ja wstaję.

– Oj. Aż żal patrzeć – mówi złośliwie Logan.

Molly pokazuje mu fucka i odwraca się do mnie.

– Serio, Hardin? – jęczy.

– Serio, Molly.

Odwracam się od niej i zaczynam wchodzić po schodach.

Kiedy docieram na piętro, telefon zaczyna mi dzwonić w przedniej kieszeni. Na ekranie miga imię Kena, więc przyciskam „ignoruj". Nie jestem w nastroju, żeby się z nim zadawać. Zazwyczaj tak właśnie się czuję. Po prostu chcę być sam, z dala od tej muzyki i wszystkich tych głosów. Chcę, żeby mój gówniany erzac ojca przestał próbować się ze mną „łączyć". Chcę zagubić się w świecie powieści, której postaci mają gorsze problemy niż ja, dzięki czemu poczuję się odrobinę normalniejszy, niż jestem.

Ale kiedy dochodzę do pokoju, zauważam, że drzwi są otwarte – szpara jest wystarczająco duża, bym widział, że coś jest nie tak. Zawsze zamykam te cholerne drzwi na klucz – czyżbym tym razem zapomniał?

Dostrzegam, że w środku, na moim łóżku siedzi Tessa z jedną z moich książek w dłoni. Telefon znów wibruje. Mój gniew przenosi się z Kena na nią. Myśli, że może po prostu robić, co jej się żywnie podoba? Może wchodzić do mojego pokoju więcej niż raz bez pozwolenia?

Dlaczego tu jest? Już ją ostrzegałem. Co z nią nie tak?

Podchodzę do niej.

– Którego wyrazu w zdaniu „Nikt nie wchodzi do mojego pokoju" nie zrozumiałaś?

Zaskoczona prostuje ramiona.

– Prze-przepraszam. Ja… – Jej głos waha się, a oczy stają się szersze, nie ze strachu… tylko z gniewu.

Znów próbuje tego samego – chce być ze mną naprawdę cierpliwa.

Wskazuję gestem na drzwi.

– Spadaj.

– Nie musisz zachowywać się jak dupek! – krzyczy na mnie.

– Znów jesteś w moim pokoju – przypominam jej, dostosowując głośność swojego głosu do jej słów. – Chociaż ci tego zabroniłem. Spadaj!

– Dlaczego mnie nie lubisz? – pyta.

Widzę, że próbuje być twarda, ale jej głos traci moc, a wielkie oczy sprawiają, że puls mi przyspiesza.

Rozdział ósmy

Odważne i przenikliwe pytanie zaskoczyło go i sprawiło, że uświadomił sobie, że stoi na krawędzi przepaści. Wystarczyłby jeden powiew wiatru, by do niej wpadł.

Dlaczego miałaby zadawać takie pytanie? Czy to nie oczywiste, dlaczego jej nie lubię? Jest cholernie wkurzająca. Jest...

No...

Jest przesadnie krytyczna. Wciąż mnie krytykuje i dokucza mi z powodu mojego podejścia, kiedy coś z nią zaczynam. I...

Nie jest chyba taka zła.

– Dlaczego mnie o to pytasz? – usiłuję się dowiedzieć, próbując zachować spokojny ton.

Wbija we mnie gniewny wzrok. Odwzajemniam go, wpatrując się w nią równie intensywnie. Myśli, że zdoła mnie onieśmielić? Jest w moim pokoju, zadaje głupie pytania i dziwnie się na mnie gapi...

– Nie wiem... bo od początku byłam dla ciebie miła, a ty dla mnie nie. A naprawdę myślałam w pewnym momencie, że moglibyśmy zostać przyjaciółmi.

Wzrok jej nabiegłych krwią oczu jest mocny i kryje się za nimi tyle tego, czego o niej nie wiem. I co mnie nie obchodzi.

Zaprzyjaźnić? Czy ona, kurwa, mówi poważnie? Nie mam przyjaciół. Nie potrzebuję ich.

– My? Przyjaciółmi? – zmuszam się do śmiechu. – Czy to nie jest oczywiste, dlaczego nie możemy zostać przyjaciółmi?

– Nie dla mnie – odpowiada po prostu, a ja z początku prawie biorę to za żart. Ale przekonanie w jej głosie podpowiada mi, że ona mówi poważnie. Ta dziewczyna jest zupełnie szalona. Myśli, że ktoś taki jak ja mógłby się przyjaźnić z kimś takim jak ona? Czy nie wie, że ledwo potrafię znieść ludzi w ogóle, a co dopiero moją grupkę „przyjaciół"?

Od czego mam zacząć moją listę powodów, dla których to nigdy nie zadziała?

– Hmm… po pierwsze, jesteś za sztywna… Dorastałaś pewnie w jakimś idealnym małym domku, który wygląda jak wszystkie inne domki w dzielnicy – zaczynam, myśląc o czarnej pleśni pokrywającej sufit pokoju, w którym spałem jako dziecko. – Twoi rodzice na pewno kupowali ci wszystko, o co tylko poprosiłaś, i nigdy nie musiałaś niczego pragnąć. I do tego jeszcze te twoje głupie plisowane spódnice. – Spoglądam na ubrania, które ma teraz na sobie, ignorując to, jak materiał opina jej pełne biodra. – Serio, kto się tak ubiera w wieku osiemnastu lat?

Jej usta się otwierają i robi krok w moim kierunku. Mimowolnie się cofam. Widzę po burzliwej szarości jej oczu, że mi się dostanie.

– Nic o mnie nie wiesz, ty protekcjonalny dupku! Moje życie wcale takie nie jest! Mój ojciec alkoholik zostawił nas, gdy miałam dziesięć lat, a moja matka urabiała sobie ręce po łokcie, żebym mogła pójść do college'u. Sama poszłam do pracy, gdy skończyłam szesnaście lat, żeby jej pomóc opłacać rachunki, i tak się składa, że lubię moje ubrania… – Macha rękami, wskazując na swoje ciuchy. Teraz już krzyczy i jest tak sfrustrowana, że jej drobne dłonie się trzęsą. – Wybacz, że nie ubieram się jak dziwka, jak wszystkie dziewczyny wokół ciebie! Jak na kogoś, kto tak bardzo się stara wyróżnić z tłumu i być inny, bardzo łatwo osądzasz ludzi, którzy różnią się od ciebie!

I z tymi słowami odwraca się ode mnie w kierunku drzwi.

Czy mówi prawdę? Czy ta doskonała dziewczyna naprawdę trzyma się w kupie dzięki nieszczęśliwemu cyklowi zachowań właściwych dzieciakom, które muszą dorastać zbyt szybko? Jeśli tak, to dlaczego się uśmiecha za każdym razem, kiedy ją widzę?

Krytyczny? Mówi, że jestem krytyczny po tym, jak określiła dziewczyny, które ubierają się w pewien sposób, jako dziwki? Teraz gapi się na mnie i czeka na reakcję, ale nic dla niej nie mam. Nie mogę wydusić słowa przez tę ognistą, krytyczną, intrygującą kobietę.

– Wiesz co, i tak wcale nie chcę się z tobą przyjaźnić, Hardin – mówi, zanim mój umysł otrząsa się z osłupienia.

Tessa sięga po gałkę u drzwi, a ja myślę o Secie, pierwszym przyjacielu w moim życiu. Jego rodzina też nie miała pieniędzy, ale kiedy zmarł jeden z jego bogatych dziadków, których nie znał, dostał sporo grosza. Jego złachane buty zamieniły się na białe ze światełkami na podeszwach. Wydawało mi się, że są strasznie *cool*. Poprosiłem kiedyś mamę o takie na urodziny. Uśmiechnęła się do mnie smutno, a rankiem w dzień moich urodzin podała mi pudełko z butami. Byłem taki podekscytowany, gdy je otwierałem – spodziewałem się tych cholernych adidasów. W pudełku rzeczywiście tkwiła para butów, ale nie miały tych ładnych światełek na spodzie. Widziałem, że ten podarunek sprawił, że mama posmutniała, ale nie rozumiałem tego do końca, dopóki nie minęło kilka miesięcy i nie zacząłem widywać Setha coraz rzadziej, aż pewnego dnia zobaczyłem go, kiedy przechodził obok mojego domu z nowymi znajomymi – wszyscy mieli świecące buty.

Był moim pierwszym i ostatnim przyjacielem, a moje życie było znacznie prostsze bez przyjaźni.

– Dokąd idziesz? – pytam Tessę, dziewczynę, która myślała, że moglibyśmy się zaprzyjaźnić.

Milczy, zdezorientowana. Podobnie jak ja.

– Na przystanek, żeby pojechać do domu i już nigdy, przenigdy tu nie wrócić. Mam już dość prób zaprzyjaźnienia się z wami.

Czuję się jak kompletny dupek. Z jednej strony, jeśli mnie znienawidzi, na dłuższą metę będzie to lepsze, ale z drugiej... Cóż, chciałbym, by lubiła mnie chociaż na tyle, żeby się ze mną pieprzyć.

Może mnie znienawidzić po tym, jak wygram Zakład.

– Jest za późno, żebyś sama jechała autobusem – mówię.

Biorąc pod uwagę jej wygląd i to, że piła przez cały wieczór, samotny spacer na przystanek autobusowy byłby naprawdę złym pomysłem.

Odwraca się na pięcie i staje naprzeciwko mnie, a ja po raz pierwszy uświadamiam sobie, że ma łzy w oczach.

– Chyba nie będziesz mnie teraz przekonywał, że się zmartwisz, jeśli coś mi się stanie – mówi Tessa ze śmiechem, potrząsając głową.

– Nie mówię, że tak... Po prostu cię ostrzegam. To zły pomysł – odpowiadam jej.

Zerkam w kierunku regału z książkami, porównując ją do Catherine, głównej postaci kobiecej w książce, którą czytała, kiedy wszedłem. Ma z nią wiele wspólnego – jest humorzasta i ma za dużo do udowodnienia. Elizabeth Bennet jest taka sama – zawsze otwiera usta po to, żeby dowieść swojej racji. Podoba mi się to. Dzisiejsze dziewczyny w college'u chyba straciły butę. Chcą tylko sprawiać przyjemność mężczyznom, a nie sobie – a gdzie w tym zabawa?

– Cóż, Hardin, nie mam innych opcji. Wszyscy są pijani... ja również.

Znów zaczyna beczeć.

Trochę łagodnieję. Dlaczego płacze? Wydaje się, że bez przerwy ryczy.

Próbuję ją pocieszyć w jedyny sposób, w jaki umiem – sarkazmem:

– Zawsze płaczesz na imprezach?

– Tylko na tych, na których ty jesteś. A skoro tylko na takie chodzę…

Tessa otwiera drzwi mojego pokoju, ale kiedy zaczyna wychodzić, chwieje się i chwyta mojej komody.

– Thereso… – mój głos jest łagodny, łagodniejszy, niżbym się po nim spodziewał. – Dobrze się czujesz? – pytam.

Kiwa głową. Wygląda na zdezorientowaną, wkurzoną i olśniewającą – ale głównie na wkurzoną.

Czy obchodzi mnie to, jak się czuje? Jest chora i pijana i nie ma możliwości, że będę dziś próbował zarobić jakieś punkty w walce z Zedem. Nie chcę, poza tym to i tak byłoby oszustwo – jest stanowczo zbyt pijana.

– Może posiedzisz przez chwilę, a potem pójdziesz na przystanek? – sugeruję.

Może uda mi się zarobić kilka punktów za bycie miłym gościem.

– Myślałam, że nikomu nie wolno przebywać w twoim pokoju.

Jej głos jest łagodny i pełen ciekawości, kiedy siada na podłodze. Gdyby wiedziała, jaki syf był na tej podłodze, nie siedziałaby na niej – jestem tego pewien.

Łapię się na tym, że się uśmiecham, i kiedy sobie to uświadamiam, natychmiast przestaję. Odzyskuję panowanie nad sobą. Kiwa głową i czka, jakby miała za chwilę zwymiotować.

– Jeśli zwymiotujesz w moim pokoju… – ostrzegam ją.

Sama będzie to czyścić, nie ma żadnych wątpliwości.

– Chyba potrzebuję tylko trochę wody – mówi mi Tessa.

Podaję jej mój kubek.

– Masz.

Odpycha dłonią kubek i wkurzona przewraca oczami.

– Powiedziałam wody, nie piwa.

– To jest woda. Ja nie piję.

Prycha.

– Zabawne. Chyba nie będziesz tu siedział i mnie niańczył?

Cholera, właśnie że będę. Nie zamierzam zostawiać jej tu samej, żeby wpierdalała się w moje rzeczy albo rzygała na moje książki.

– Budzisz we mnie najgorsze instynkty.

Jej komentarz zaskakuje mnie i wyrywa z milczenia.

– Ostre słowa – warczę na nią.

Budzę w niej najgorsze instynkty? Nawet mnie nie zna. Ciągnę dalej:

– Owszem, zamierzam tu siedzieć i cię niańczyć. Upiłaś się pierwszy raz w życiu i masz dziwny nawyk dotykania moich rzeczy, gdy nie ma mnie w pobliżu.

Siadam na łóżku, a ona ostrożnie popija moją wodę. Tak myślałem. Pokój prawdopodobnie już dookoła niej wiruje. Biedna dziewczyna. Patrzę uważnie, jak łyka wodę. Na to, jak zamyka oczy i oblizuje usta, kiedy kończy, i jak zbyt ciężko oddycha. Nie zauważa tego, że się na nią gapię, a ja z całych sił próbuję nie zastanawiać się zbyt długo nad tym, dlaczego właściwie to robię.

Jest po prostu tak cholernie dużo rzeczy, których o niej nie wiem, tak dużo rzeczy, które chcę wiedzieć.

Z zewnątrz wydaje się łatwa do przejrzenia. Jest blondynką, piękną tak po prostu, a po staromodnym sposobie, w jaki się wypowiada, widzę, że spędza całe godziny z nosem w książce. A jednak jej charakterek i przewrażliwienie sprawiają, że zastanawiam się, co się pod tym wszystkim kryje.

– Mogę cię o coś zapytać? – mówię bez zastanowienia.

Próbuję się do niej uśmiechać, ale mam przeczucie, że wyglądam jak jakiś oblech.

Ściąga brwi.

– Jasssne – odpowiada przeciągle.

O co ja ją, do cholery, spytam? Chyba założyłem, że każe mi iść do diabła.

Wybieram najprostsze pytanie, jakie udaje mi się wymyślić.

– Co chcesz robić po college'u?

Wiem, że powinienem był spytać o coś bardziej osobistego, coś, co pomogłoby mi wygrać ten zakład z Zedem.

Tessa wydaje się zastanawiać nad pytaniem i stuka się palcem po brodzie przed udzieleniem odpowiedzi.

– Cóż, chcę być pisarką lub wydawcą, cokolwiek wydarzy się najpierw.

Doskonale to do niej pasuje.

Nie mówię jej, że mam dokładnie takie same plany. Zamiast tego przewracam oczami, a później patrzę bezbarwnym wzrokiem przed siebie.

– To wszystko twoje książki?

Macha dłonią w kierunku mojego regału.

– Tak – mruczę.

– Którą lubisz najbardziej?

Jezu Chryste, ale wścibska.

– Nie bawię się w takie rzeczy – kłamię.

Zaczyna zadawać zbyt osobiste pytania, a poza tym długo już tu siedzi. To, że pozna moje ulubione książki, nie pomoże mi dostać tego, czego chcę.

Muszę odwrócić sytuację, sprawić, że stanie się mniej osobista. Muszę ją wkurzyć.

– Pan Rogers wie, że znów jesteś na imprezie?

Mój uśmieszek pasuje do jej grymasu. Zadanie wykonane.

– Pan Rogers?

– Twój chłopak – wyjaśniam. – To największy kretyn, jakiego w życiu spotkałem.

– Nie mów tak o nim, on jest.... on jest... miły.

Nie mogę się powstrzymać od śmiechu, kiedy patrzę, jak z trudem znajduje sposób, by powiedzieć coś miłego o swoim chłopaku w mokasynach.

Grozi mi palcem.

– Nie możesz nawet marzyć o tym, żeby być taki jak on.

– Miły? To pierwsze słowo, które przychodzi ci do głowy, gdy myślisz o swoim chłopaku? To twój „miły" sposób mówienia, że jest nudny – mówię ze śmiechem.

– Nie znasz go – upiera się z naprawdę imponującą nieustraszonością.

– No, wiem, że jest nudny. Od razu poznałem po jego sweterkach i mokasynach.

Teraz już się śmieję, naprawdę się śmieję. Nie mogę się powstrzymać. Kiedy spoglądam na jej wkurzony wyraz twarzy, śmieję się jeszcze mocniej, wyobrażając sobie, jak ta ludzka lalka Ken narzeka na dziurę w swoim kaszmirowym swetrze.

– Nie nosi mokasynów.

Tessa zakrywa usta, by ukryć to, że ma ochotę się roześmiać. Rozumiem to. Sam bym się roześmiał. Upija kolejny łyk mojej wody, a ja ciągnę dalej.

– Hm, chodzi z tobą od dwóch lat i jeszcze cię nie przeleciał, więc musi być ciotą.

Kiedy moje słowa rozbrzmiewają, Tessa wypluwa wodę z powrotem do kubka.

– Coś ty, do cholery, powiedział?

– Słyszałaś mnie, Thereso.

Uśmiecham się do niej, dolewając oliwy do jej gniewu.

– Jesteś dupkiem, Hardin.

Rany, cholernie podoba mi się to, jaka się robi ognista…

Zimna woda rozpryskuje się na mojej twarzy.

Łapię powietrze, zaskoczony jej odwagą. Myślałem, że dobrze się bawimy, wymieniając niegrzecznymi komentarzami. Celowo ją irytowałem, ale wydawało się, że bawi ją to, że się podkręca, tak jak mnie bawiło podkręcanie jej.

Po zdegustowanym wyrazie jej twarzy poznaję, że może tak nie było.

Dlaczego w ogóle wspominałem o jej chłopaku? Jestem cholernym idiotą. Wszystko było w porządku, siedziała w moim pokoju i śmiała się ze mną, a ja musiałem to zepsuć.

Tessa szybko opuszcza mój pokój, podczas gdy ja ocieram wodę z twarzy i idę do drzwi, patrząc, jak zbiega ze schodów po dwa stopnie naraz.

Kiedy wracam do pokoju, jedynym dźwiękiem, który dotrzymuje mi towarzystwa, jest ciche brzęczenie mojego wentylatora na suficie. Siadam na łóżku i po raz pierwszy od czasu, gdy się tu wprowadziłem, żałuję, że jestem sam w tym pokoju.

Rozdział dziewiąty

Kiedy jej wargi po raz pierwszy zetknęły się z jego wargami, poczuł to. Poczuł zmianę gdzieś głęboko w środku, w jakimś ukrytym i przysypanym kurzem miejscu. Było ono całkowicie nietknięte, odkąd pamiętał, prawdopodobnie od zawsze. Przebudziła go, przyniosła mu światło, śmiech i tęsknotę i od chwili, gdy jej usta dotknęły jego ust, wiedział, że nigdy nie będzie taki sam.

Tessa właśnie chlapnęła mi wodą w twarz i wybiegła z mojego pokoju, prychając, wzdychając i przewracając oczami. A jednak zbiegam za nią po schodach zaledwie po kilku minutach siedzenia w swoim pokoju, narzekając pod nosem jak małe dziecko, które wpadło w histerię, bo jego ulubiona zabawka się zepsuła.

Tyle że Tessa to nie moja ulubiona zabawka – jest zbyt lśniąca, zbyt nowa, żeby bawiły się nią moje brudne dłonie.

Próbowałem tylko poprawić jej nastrój, rozweselić ją, ale najwyraźniej mi się to nie udało. Powinienem był wiedzieć, że wspomnienie o jej ciamajdowatym chłopaku tylko sprowokuje tę dziewczynę z charakterkiem.

Jest taka wkurzająca. Uważa, że wszystko jej się należy, i jest strasznie humorzasta. Nadwrażliwa i zajebiście wkurzająca. Kto wylewa drinka… może wodę, ale i tak… na czyjąś twarz? Jak na kogoś, kto ma o sobie takie dobre zdanie, zachowuje się jak strasznie nadąsany dzieciak.

Kiedy docieram do końca schodów, Tessa jest w kuchni i popija z butelki z alkoholem. Rozgląda się za kimś po pomieszczeniu, a gdy na nią patrzę, telefon wibruje mi w kieszeni – to kolejny esemes od Kena: „Karen robi dziś kolację, jeśli chcesz wpaść. Chcę z tobą o czymś porozmawiać. Nie odpowiedziałeś na moje pozostałe wiadomości, więc stwierdziłem, że jeśli wyślę kolejną o trzeciej, przynajmniej trafię na moment, kiedy nie śpisz".

Chce ze mną o czymś porozmawiać? Mam lepsze rzeczy do roboty, na przykład pokazanie Zedowi, kto tu naprawdę jest królem. Znów spoglądam na miejsce, gdzie stoi Tessa, i zauważam, że dołączył do niej Zed.

Oczywiście, że ten oblech znalazł się przy niej zaraz po tym, jak się ode mnie oddaliła.

Tessa wciąż pije. Nie powinna tyle pić. Jutro będzie się czuła beznadziejnie. Oczywiście właśnie tak Zed planuje ją zdobyć.

– Zobacz, jacy są razem słodcy – słyszę obok siebie i spoglądam w stronę, z której dobiega głos. Obok mnie stoi Steph, trzymając w dłoni wino z sokiem. Jej rude włosy są w nieładzie i opadają jej na twarz.

Spoglądam z powrotem na Zeda i Tessę, tym razem zwracając baczniejszą uwagę na to, jak wzdycha, patrząc prosto w jego oczy. Chyba czuje się komfortowo – jej ramiona są rozluźnione, a wzrok łagodny. Przy mnie się tak nie zachowuje. Nie zna Zeda lepiej niż mnie, więc skąd ta różnica? Czy to dlatego, że w przeciwieństwie do mnie opiera się o blat, skupiając wzrok jedynie na jej oczach? Nie pozwala na to, by jej piersi odwróciły jego uwagę. Pochyla się w jej stronę, kiedy się do niego uśmiecha. Wydaje się, że wciela się w dobrego gliniarza, zostawiając mi rolę złego.

Cholera, jest lepszy, niż sobie wyobrażałem.

Tessa spogląda w kierunku drzwi, a Steph odskakuje w tył, ciągnąc mnie za ramię. Strząsam jej dłonie.

Oczy Steph są przekrwione, jej źrenice wyglądają jak maleńkie czarne kropki w morzu czerwieni.

– Nie mów jej, że tu jestem. Mam dość opiekowania się nią – mówi i przewraca oczami.

Steph nawet nie próbuje udawać miłej, kiedy Tessy nie ma w pobliżu. Suka pierwsza klasa.

Mija mnie pijana blondynka w obcisłej sukience i puszcza mi oko. Pamiętam ją… chyba?

– Sama ją tu przyprowadziłaś – przypominam Steph, utrzymując swobodny ton.

Ale zupełnie mnie to nie interesuje. Tak naprawdę nie jestem nawet pewien, dlaczego o tym wspomniałem.

– No i? Na dziś mi się już znudziła, poza tym to wy dwaj macie się z nią bawić, pamiętasz?

Wzrusza ramionami i odchodzi.

Cóż…

– Przegrasz, jeśli będziesz tak po prostu stał jak jakiś oblech! – krzyczy Steph, dochodząc do drzwi frontowych, i bierze za rękę tego dziwaka, na którego narzekała ledwo tydzień temu.

Przegram?

Proszę was. Nie ma szans.

Ale nie zamierzam też stać w tych drzwiach jak cholerny oblech.

Wracam do salonu i znajduję miejsce na kanapie. Poczekam, aż Tessa sama do mnie przyjdzie. Znudzi się Zedem i jego głupim gadaniem o roślinach, ratowaniu świata po jednym kwiatku naraz i całym tym gównie. Podejrzewam, że on może w to wierzyć, ale w przypadku tego gościa nigdy nie da się do końca powiedzieć, jak jest. Bardziej prawdopodobne jest to, że na jakimś podświadomym poziomie wie, że tylko kwiaty potrafią z nim wytrzymać.

W swoim czasie Tessa znajduje drogę do salonu – Zed uczepił się jej boku jak cholerny zagubiony szczeniaczek. Dziewczyna nie zauważa nawet, że jestem w tym samym pokoju, kiedy siada na podłodze z moją ekipą, zaledwie dwa metry ode mnie.

Czuję, że ktoś ściska mój biceps, i odwracam się dokładnie w chwili, gdy blondynka, którą dopiero co minąłem, obejmuje mnie na wysokości brzucha i mocno ściska.

– Hardinnnn.... – mówi z pijanym zaśpiewem, przez który nie jestem w stanie poznać, czy próbuje się do mnie dobrać, czy po prostu sprawić, by pokój nie wirował. – Dobrze cię znów widzieć. A jeszcze lepiej poczuć...

Odpycham ją delikatnie, chcąc skłonić ją do tego, by dała mi spokój. Ale alkohol zmienił ją w nieustępliwą ośmiornicę i dziewczyna chwyta mnie ponownie. Wreszcie przysuwam się bliżej jednego z „braci", którego imienia nigdy nie mogę sobie przypomnieć, i kładę jedną z jej rąk na jego ramieniu. Reszta jej ciała oczywiście szybko daje się przekonać i blondynka bełkocze:

– S...Steeeve, dawno się nie widzieliśmy... – a ja ukradkiem się oddalam. Z każdym krokiem po poplamionym parkiecie jestem coraz bardziej rozdrażniony przez tę noc.

– Czy autobusy kursują przez całą noc? – słyszę głos Tessy, która wyraźnie nie jest już tylko podchmielona, a całkowicie pijana. Jej głos stał się mniej wyraźny. Patrzę na jej wargi – dolna jest bardziej wydęta niż górna. Mówi powoli, balansując na granicy bełkotu.

Zmuszam się do tego, by przestać jej słuchać, i wracam do kuchni. To nie mój problem – nie mam powodu przejmować się tym, czy jest pijana, czy nie. Mniej niż dziesięć sekund później wychodzę zza rogu, wracam do salonu i staję tuż przed siedzącą na podłodze Tessą.

Kiedy ta zadzierająca nosa dziewczyna mnie widzi, przewraca oczami. Wydaje się, że robi to cholernie często.

Ale nie w obecności Zeda. Nigdy przy nim.

– Ty i Zed, tak?

Unoszę brew, a ona, chwiejąc się, wstaje. Ile wypiła? Ma przytomny wzrok, kiedy spogląda mi w oczy, więc trudno powiedzieć.

Sięgam do jej ramienia, gdy próbuje się obok mnie przepchnąć.

– Puść mnie, Hardin!

Wyrzuca dłonie w powietrze, a ja staram się nie śmiać z jej dramatycznego gestu. Gorączkowym wzrokiem przeszukuje pokój, jakby chciała znaleźć coś, czym może we mnie rzucić.

– Pytałam tylko o autobus.

Przepycha się obok mnie, wpadając na mnie ramieniem, a ja delikatnie ją za nie chwytam, żeby pomóc jej odzyskać równowagę.

– Uspokój się... jest trzecia nad ranem. Nie ma żadnych autobusów.

Puszczam jej ramię i patrzę, jak powoli uświadamia sobie znaczenie moich słów.

– Twój nowy pijacki styl życia znów cię tutaj uziemił.

Nie da się zaprzeczyć, że to zabawna sytuacja. Tak bardzo się zapiera, że nie cierpi tego miejsca, a jednak kolejny raz spędza tu noc.

Patrzy na mnie bezbarwnie swoimi wielkimi oczami i wydyma wargi, a ja korzystam z chwili, by posypać jej rany solą.

– Chyba że pójdziesz do domu z Zedem... – kiwam głową w kierunku salonu, a ona się krzywi.

Oddala się bez słowa.

Jaki jest sens tego wszystkiego? Biegam za nią tam i z powrotem, próbując zabawić się jej kosztem? To nie ma sensu, poza tym to naprawdę strata mojego czasu. Wydaje się grać w tę grę równie dobrze jak ja.

Kiedy wracam do pokoju, biorę książkę z półki, ściągam koszulkę przez głowę, rzucam ją na kupkę ubrań na podłodze i dodaję do kompletu dżinsy. Otwieram powieść na przypadkowej stronie i zaczynam czytać:

> Mój gniew i perswazje nie mogły zwalczyć jej głupiej łatwowierności. Rozstałyśmy się tego wieczoru nieprzyjaźnie, ale zaraz następny dzień ujrzał nas na drodze do Wichrowych Wzgórz, moją krnąbrną panienkę i mnie obok, pieszo. Nie mogłam znieść jej rozpaczy. Nie mogłam patrzeć na jej bladą, znękaną twarzyczkę i zapłakane oczy. Ustąpiłam ze słabą nadzieją, że może Linton sam swoim powitaniem dowiedzie, jak niewiele prawdy było w opowiadaniu jego ojca*.

Blondynka Catherine siedziała na granicy wrzosowiska z włosami związanymi kokardą czerwoną jak krew płynąca w jej żyłach. Nie myślała – była zagubiona. Zwróciła się do niego, a jej głos rozbrzmiewał w dzielącym ich powietrzu.

– Hardin?

Głos Catherine jest donośny, tak donośny, że przebija się przez mój sen. Czy ja śnię?

„Hardin! Hardin, proszę, otwórz!"

Wyskakuję z łóżka, zdezorientowany i spanikowany, kiedy widzę, że ktoś szarpie gałką moich drzwi. Ktoś dobija się pięściami.

– Hardin! – słyszę krzyk tego samego głosu.

Czy to…?

Przekręcam klucz i szarpnięciem otwieram drzwi. Stoi w nich Tessa, której twarz jest zaczerwieniona z przerażenia, a oczy oszalałe ze strachu. Włosy na karku stają mi dęba i natychmiast wchodzę w rolę obrońcy.

– Tess?

Przecieram oczy, żeby dojść do siebie, próbując rozwiać sen i skupić się na tym, co się dzieje.

---

* E. Brontë, *Wichrowe Wzgórza*, tłum. J. Sujkowska, Wrocław 1990, s. 241.

– Hardin, proszę, czy mogę wejść? Ten chłopak…

Tessa spogląda za siebie na korytarz, więc wychodzę z pokoju, żeby zobaczyć, czego się tak boi.

W naszym kierunku idzie Neil – jego oczy nabiegły krwią, a koszula jest poplamiona. Jest obrzydliwy. A kiedy zatacza się na ścianę, widzę dokładnie, jak bardzo się nawalił.

Dlaczego Tessa przed nim ucieka? Czy on…

Neil zauważa mnie i od razu się zatrzymuje. Jeśli wie, co dla niego dobre, odwróci się i stąd spierdoli. Jeśli nie, Tessa i wszyscy pozostali ludzie w korytarzu – ludzie, którzy nie wyglądają, jakby chcieli jej pomóc – będą świadkami niezłego przedstawienia.

Szybko na nią spoglądam, by się upewnić, że Neil nie zrobił nic, co zmusiłoby mnie do ukrycia jego ciała przed przyjazdem policji.

– Znasz go? – pyta łamiącym się głosem.

Czuję, że zaczynają mi drżeć ręce.

– Tak, wchodź.

Prowadzę ją do pokoju i siadam na łóżku. Przypatruje mi się intensywnie swoimi szarymi oczami, a ja znów przecieram powieki.

– Nic ci nie jest? – pytam.

Wygląda w porządku – może jest roztrzęsiona, ale nie płacze. To dobry znak… chyba?

– Nie – zaprzecza łagodnie – nie. Przepraszam, że tutaj przyszłam i cię obudziłam. Nie wiedziałam, co… – mówi Tessa pospiesznie, łamiącym się głosem.

Przeprasza, że mnie obudziła?

Przeczesuję dłonią włosy, odgarniając je z czoła.

– Nie przejmuj się.

Zauważam, że jej dłonie, podobnie jak moje, trzęsą się, i zadaję pytanie, które nie dawało mi spokoju od chwili, gdy otworzyłem drzwi.

– Tknął cię?

Mordercze pomysły przebiegają przez mój umysł. Nikt nie tęskniłby za Neilem – to pewne.

– Nie – zaczyna, a potem się waha. – Ale próbował. Byłam na tyle głupia, żeby zamknąć się w pokoju z pijanym nieznajomym, więc podejrzewam, że to moja wina.

Jej wina? Co, do kurwy nędzy?

– To nie twoja wina. Nie jesteś przyzwyczajona do takich... sytuacji.

Próbuję mówić spokojnym głosem i nie straszyć jej jeszcze bardziej. Wiele razy w życiu widziałem, jak ktoś to robi dziewczynom. Od mojej własnej mamy po pijane laski na imprezach. Dopiero co w zeszłym roku uratowałem dupę pijanej Molly przed Neilem. Myślałem, że nauczył się czegoś po tym, jak złamałem mu nos i wybiłem ramię, ale chyba jednak nie. Najwyraźniej trzeba mu zrobić kurs dokształcający. Logan mi pomoże, podobnie jak ostatnim razem.

Tessa podchodzi do mnie, a ja poklepuję miejsce obok siebie na łóżku. Dziewczyna siada i kładzie dłonie na udzie. Jej niepewny wyraz twarzy nagle sprawia, że uświadamiam sobie, iż mam na sobie tylko czarne bokserki. Chcę założyć coś jeszcze, ale nie chcę zwracać jej uwagi na to, że jestem prawie nagi, i nie chcę, żeby czuła się jeszcze bardziej niekomfortowo, skoro przyszła tu w poszukiwaniu ucieczki, spokoju.

– Nie planuję się do nich przyzwyczajać. Naprawdę po raz ostatni przyszłam tutaj i w ogóle na jakąkolwiek inną imprezę. Nie wiem, po co się starałam. A ten chłopak... był taki...

Drży, a po jej policzkach zaczynają spływać łzy.

– Nie płacz, Tess – szepczę i unoszę dłoń do jej policzka.

Ścieram kciukiem łzy, a Tessa pociąga nosem. Brzmi tak niewinnie i bezradnie, że próbuję odwrócić wzrok, ale nie mogę.

– Nie zauważyłem dotąd, jakie masz szare oczy – wyznaję.

Aż do tej chwili nie zwracałem zbyt wielkiej uwagi na szczegóły, poza jej piersiami i wrażliwością na moje zagrywki. Byłem zbyt zajęty, zbyt płytki.

Ale nagle się opamiętuję. Nie, kłamię. Zwracałem uwagę na najmniejsze szczegóły dotyczące tej dziewczyny od chwili, gdy zobaczyłem ją po raz pierwszy.

Moja dłoń zatrzymuje się na jej policzku, a ona wciąż się na mnie gapi z delikatnie rozwartymi pełnymi ustami. Wciągam metalowy kolczyk pomiędzy zęby i pociągam za niego, jak to zwykle robię. Nie spuszcza wzroku z moich ust i właśnie wtedy, kiedy zaczynam odsuwać dłoń, pochyla się do mnie i przyciska swoje usta do moich.

Całkowicie zaskoczony, robię gwałtowny wdech. Co ona wyprawia? Co ja, do kurwy nędzy, wyprawiam?

Ale nie przestaję. Nie potrafię przestać. Muskam językiem jej miękkie usta, łapczywie łykam delikatne oddechy, ujmując jej policzki w dłonie. Wzdycha do moich ust, jak gdyby czuła ulgę, że mnie całuje. Jej skóra jest gorąca, usta łagodne i zalęknione. Przesuwam dłonie na jej biodra.

Kiedy czuję smak wódki na jej języku, cofam się.

– Tess... – szepczę w jej usta.

Wzdycha, a ja przesuwam językiem po jej wargach, znów je rozwierając. Nagle łapię powietrze, próbując oczyścić umysł. Jak doszło do tego, że to robimy?

Jest mi chłodno – to przeciwieństwo płonącego we mnie ognia. To miłe uczucie. Ulga od ciągłego gorąca. Nigdy wcześniej nie czułem tego rodzaju spokoju – ogarnia mnie poczucie zagrożenia.

Mój umysł już nie rządzi – całą władzę nade mną przejął dotyk jej ust na moich. Przyciągam ją bliżej, zwiększając uścisk na jej biodrach, i kładę się na materacu. Wdrapuje się na mój tors i kładzie dłoń na mojej klatce piersiowej. Jej język pieści mój, ani na chwilę nie opuszczając moich ust. Jest w tym taka dobra. Kurwa, ale jest dobra.

Jej włosy opadają na moją skórę, a ja oddalam swoje usta od jej warg. Cichy jęk, jaki z siebie wydobywa, kiedy to robię, sprawia, że od razu mi staje. Pragnie mnie. Jej dłonie poruszają się teraz w górę i w dół mojej klatki piersiowej – widzę, że sprawdza swoje granice.

Nie pozwolę, by to zaszło za daleko. Nie dziś. Piła, a to nie mój styl. Pragnę jej – cholera, pragnę ją pieprzyć raz za razem. Będę ją czuł, całą. Ale nie dziś. Jest dziewicą, ale jak daleko zaszła ze swoim chłopakiem? Czy miał ją w taki sposób, czy dosiadała go, kiedy miał na sobie tylko bokserki, poruszając na nim biodrami, drażniąc go? Czy z nim naprawdę jest taka, a jest pruderyjną cnotką tylko dla świata zewnętrznego?

Czy jego język muskał miękką skórę na jej szyi? Sądząc po tym, jak wzdycha przy dotyku mojego języka na swojej skórze, powiedziałbym, że nie. Jęczy, a ja trzymam ją za włosy, całując jej szyję. Przesuwam usta niżej, delikatnie skubię jej obojczyki, a ona znów jęczy, niemal bezgłośnie wypowiadając moje imię.

Zbliżam jej usta do swoich, a ona wciąż się na mnie kołysze. Wiem, że czuje, jak bardzo jestem twardy, jak gorąco jej pragnę.

– Hardin… przestań – jęczy, a jej język wciąż delikatnie ociera się o mój. – Hardin! – powtarza.

Cofam się i spoglądam na nią. Ma obrzmiałe usta – są grzesznie różowe – i ma rozbiegane oczy.

– Nie możemy – mówi.

Jej dłonie opuszczają moją skórę, a stłumiony płomień zmienia się w lód.

Wiedziałem, że to nie potrwa długo – po prostu daliśmy się na chwilę ponieść emocjom. Chciałem, by ta chwila trwała, ale wszystko musi się kiedyś skończyć. Unoszę się na łokciach, a ona schodzi ze mnie i kładzie się na drugim końcu łóżka.

– Przepraszam, przepraszam.

Jej głos jest niski, zachrypnięty, i z całą pewnością nie jest jej przykro, sądząc po tym, jak ciężko oddycha przez usta, i tym, że najwyraźniej nie może oderwać wzroku od moich warg.

Spoglądając na nią, myślę o pewnej książce, w której kobiety w miasteczku zobowiązują się do tego, by przestać przepraszać w życiu codziennym. To było dość interesujące – uświadomiły sobie, że w dziewięćdziesięciu procentach przypadków nie były odpowiedzialne za to, za co przepraszały. Gdyby Tessa mieszkała w tym mieście, doskonale by się dopasowała.

– Za co mnie przepraszasz? – mówię tak spokojnie, jak to tylko możliwe, i przekopuję się przez zabałaganioną szufladę pełną czarnych T-shirtów. Zakładam na siebie jeden z nich i widzę, że mierzy mnie wzrokiem, który zatrzymuje się na moich bokserkach. I się czerwieni.

– Za to, że cię pocałowałam...

Dlaczego miałaby przepraszać za to, że mnie pocałowała? Jeśli nie chce nic ze mną robić, to nie chcę, by to robiła, ale nie dałem jej żadnego sygnału, że nie pragnę tego samego.

– To był tylko pocałunek. Ludzie całują się przez cały czas.

Celowo mówię obojętnym tonem, ponieważ nie chcę, żeby poczuła się jeszcze gorzej. Już zaczęła tego żałować i jest gotowa w każdej chwili uciekać, gdzie pieprz rośnie. Wiem o tym – a jeśli to zrobi, będę musiał ją gonić. Nie mogę wycofać się z gry tak wcześnie, zwłaszcza że zrobiłem już postępy. Miałem na sobie jej dłonie, posmakowałem jej języka. Już dyszała i chciała więcej. Mam teraz przewagę nad Zedem i nie mogę pozwolić, żeby mi się wymknęła. Tessa zrobi z tego znacznie większy problem, niż powinna. Jeśli teraz ją pocieszę, jest o wiele większa szansa, że mi zaufa, a to zaufanie sprawi, że będę miał kolejną szansę, by następnym razem zajść jeszcze dalej.

Gapi się w podłogę. Znów. Jest już tak przepełniona żalem, że nie może nawet na mnie spojrzeć? Nie podoba mi się to, jak się z tym czuję.

Nie może już tego żałować – jeśli nie uda jej się przez to przejść, mam przejebane i Zed wygra.

– Czy w takim razie możemy nie robić z tego wielkiej sprawy? – pyta Tessa.

– Wierz mi, ja też nie chcę, żeby ktokolwiek się o tym dowiedział. A teraz przestań już gadać.

Krzywi się, słysząc moje słowa, a ja żałuję, że nie mogę ich cofnąć. Jestem w tym beznadziejny.

– Rozumiem, że ponownie jesteś sobą?

Jej wzrok staje się ostrzejszy – gotuje się do walki. Chcę na nią warknąć, ale nie otwieram ust.

Nic o mnie nie wie. Wkurza mnie to, że myśli, że po kilku spotkaniach ze mną jest jakimś jebanym ekspertem w temacie Hardina Scotta. Myśli, że jest o tyle lepsza ode mnie, i jest przerażona, że ludzie mogliby się dowiedzieć, że mnie pocałowała, ponieważ... cóż, jestem mną, a ona jest Paniusią Doskonałą. Nie potrafię trzymać gęby na kłódkę.

– Nigdy nie byłem nikim innym... – mówię jej. – Nie myśl, że tylko dlatego, że mnie pocałowałaś, w sumie wbrew mojej woli, połączyła nas jakaś więź.

Czuję, że moje słowa wbijają się w nią jak cholerny taran, a ona zrywa się na równe nogi. W jej rozszerzonych oczach wyraźnie widać furię. Współczesna Joanna d'Arc, szykująca się, żeby spalić mnie na stosie.

– Mogłeś mnie powstrzymać – kipi.

Jej dłonie zaciskają się ciasno w pięści – myśli chyba, że są zrobione z płomieni.

Moje usta reagują, zanim zdołam pomyśleć nad tym, co odpowiedzieć.

– Nie bardzo.

Tessa wzdycha i unosi dłonie, by zakryć twarz. Odwracam wzrok. Jest taka emocjonalna, ale nie to mnie dziwi. To chyba normalne, że przeżywa się emocje, lecz ona jest na nie tak otwarta. Nie jestem jej przyjacielem ani członkiem rodziny, a oto kipi emocjami na prawo i lewo, jakbym znał ją całe życie. Nie boi się pokazać mi, jak się czuje – wydaje się, że nie przeszkadza jej to, że prezentuje mi się z tak wrażliwej strony.

Theresa Young to dla mnie taka rozwścieczająca tajemnica. Tak otwarta i wrażliwa, a jednocześnie pełna rezerwy i ostra jak szkło. Nie mogę jej rozszyfrować. To cholernie dziwne. Swoboda, jaką wydaje się czuć, kiedy pozwala mi widzieć się w tym stanie, jest nawet ujmująca, ale wciąż dziwna.

– Możesz tu zostać, skoro nie masz dokąd pójść – oferuję cicho.

Tessa potrząsa głową, trzymając dłonie na pełnych biodrach, i patrzy na mnie z gniewem. Chcę jej powiedzieć, że może mi przykro, że byłem dla niej szorstki, może czasem pieprzę głupoty, których nie powinienem mówić, ale dlaczego marnować tyle energii na kogoś obcego? Nie zna mnie i nigdy nie pozna.

– Nie, dziękuję.

Kiedy znika w głębi korytarza, zaciskam dłoń na framudze drzwi i w myślach życzę jej, żeby spała spokojnie, wiedząc, że mnie to nie czeka.

– Tessa – wołam za nią cicho, niepewny, czy naprawdę chcę, by usłyszała.

Rozdział dziesiąty

Był uparty od samego początku. Ona trafiała w jego czułe punkty, o których istnieniu nie wiedział, i sprawiła, że zaczął myśleć o świecie w inny sposób. Nigdy nie spodziewał się, że cokolwiek wyjdzie z jego gry, i nawet nie zauważył, że każde jej spojrzenie, każdy uśmiech, którym go nagradzała, zmienia go. Bardzo szybko zaczął być wobec niej opiekuńczy, ale nie zauważył, kiedy ta opiekuńczość zmieniła się w kontrolę. Próbował z tym walczyć, lecz nie był wystarczająco silny, dopóki nie było za późno.

Minęło dwadzieścia minut, od kiedy wybiegła z pokoju, a ja nie mogę jej nigdzie znaleźć. Dlaczego nie może być jak Molly albo którakolwiek z pozostałych dziewczyn, z którymi się bzykałem, i sama przybiec z powrotem? Jak może mieć taką silną wolę?

Znając ją – mając tę namiastkę wiedzy o tej dziewczynie – zaczynam wierzyć, że rozbije wszystkie przekonania, które miałem na temat dziewczyn w ogóle.

Zajebiście. Będzie zabawnie.

– Wyszła, koleś.

Logan wchodzi do kuchni z butelką wódki w dłoni.

Wyszła? Nie mogła naprawdę wyjść. Nawet nie wie, jak wrócić na kampus, a jej przestarzały telefon w niczym jej nie pomoże, kiedy się zgubi.

– Nie ma mowy.

Potrząsam głową i sięgam po pusty kubek. Gdy odkręcam wodę, Nate patrzy na mnie z uniesioną brwią i głupim uśmiechem na twarzy.

– Co, pojebie? – pytam go, popijając.

– Nic, stary – mówi ze śmiechem i wymienia z Loganem gówniane spojrzenia.

– Czy coś tu przegapiłem?

Macham dłonią pomiędzy nimi dwoma.

– Nie.

Logan kładzie mi dłoń na ramieniu, a ja się od niego odsuwam.

– Dlaczego właściwie jej szukasz?

– A jak sądzisz? – mówię szybko, nie będąc pewnym, czy ich okłamuję, czy wchodzę z powrotem w tryb Zakładu.

Tak, wciąż kręci mnie gra, ale w tej chwili chcę tylko wiedzieć, gdzie, do kurwy nędzy, ona poszła.

– Jasne.

Nate szturcha Logana tak, jak szturchałem się kiedyś z moimi kolegami, gdy byliśmy w podstawówce.

– Cóż, w każdym razie jej nie ma. Widziałem, jak wychodzi frontowymi drzwiami.

– I po prostu jej pozwoliłeś?

– Pozwoliłem? Dlaczego miałbym się przejmować, czy sobie poszła? Ciebie też nie powinno to obchodzić... przynajmniej tak sądziłem – mówi Nate, zerkając na Logana.

– Gdzie Zed? – pytam ich.

Mam nadzieję, że pytanie sprawi, że zaczną myśleć, że bardziej przejmuję się tym, czy będzie miał nade mną przewagę, niż czymkolwiek innym.

Obaj potrząsają głowami i wzruszają ramionami, a później wracają do gadania o niczym, jakby już stracili zainteresowanie tematem.

Kiedy od nich odchodzę, moje dłonie zaciskają się w pięści. Może zadzwoniła do przyjaciółki, żeby po nią przyjechała? Czy ta dziewczyna w ogóle ma jakichś przyjaciół? Wydaje się przesadnie krytycznym typem, z którym nikt tak naprawdę nie chciałby się przyjaźnić. W tym sensie przypomina mnie. Tyle że troszkę łatwiej ją polubić. Troszkę.

Jestem pewien, że nie jest aż tak głupia, żeby iść pięć kilometrów do swojego pokoju.

Aż tak głupia? Nie.

Aż tak uparta? To, kurwa, tak.

Jeszcze raz przechodzę przez korytarze na górze, by upewnić się, że naprawdę wyszła z domu. Mój pokój jest pusty – miałem nadzieję, że znów będzie wkurzająca i włamie się do niego. W jakimś sensie miałem nadzieję, że przyłapię ją, jak siedzi na moim łóżku z jedną z moich książek w dłoni.

Ale nie, oczywiście, że musiała okazać się idiotycznie trudna i wyjść z domu. Sama.

Sama.

Kurwa mać, chodzi po tych cholernych ulicach sama.

Co za… niech to diabli, ale mnie wkurza. Czy mogliśmy wybrać trudniejszą dziewczynę do Zakładu? Mało, kurwa, prawdopodobne.

– Nate! – przekrzykuję muzykę, zbiegając po schodach.

– Co? Spieszy ci się? – pyta, a na jego twarzy powoli pojawia się uśmieszek.

Zwalniam, dotarłszy na dół.

– Nie, po prostu…

Sczesuję włosy z czoła.

– Szukam tej brunetki… tej w czarnej koszulce bez rękawów, z wielkimi cyckami.

Wyciągam dłonie przed klatkę piersiową, udając, że mam ciało tej zmyślonej kobiety.

Nate opuszcza wzrok i się uśmiecha. Ledwo widzę słowa wytatuowane na jego dolnej wardze, kiedy mówi:

– Ach. Rozumiem.

Puszcza oko, a Logan się śmieje.

– Cóż, pójdę ją znaleźć…

Szybko się od nich odwracam. Ledwo słyszę, że mnie obgadują, kiedy się oddalam. Wychodzę z domu, nie oglądając się za siebie, i wsiadam do samochodu. Ulice są puste. Całkowicie, kurwa, puste – a jej nigdzie nie ma.

Po kilku kolejnych rundach dookoła kwartału postanawiam po prostu pojechać do jej akademika. Musi tam już być. Musi.

Kiedy docieram do akademika, uświadamiam sobie, że szukam jej już od jakichś dwóch godzin. Drzwi jej pokoju otwierają się bez oporu i trafiam na Steph i Tristana leżących na łóżku. Ona nie ma na sobie koszulki i pieści dłońmi jego nagi tors. Odrywa swoje usta od jego ust i siada.

– Mogę w czymś pomóc?

Steph oblizuje wargi, rozmazując resztki szminki.

– Gdzie Theresa? – pytam.

Tristan sięga po koszulkę, a Steph mu ją odbiera i rzuca na podłogę.

– No? – naciskam.

– Tu jej nie ma. Minęliśmy ją po drodze.

Steph wsysa się w szyję Tristana, a ja mam odruch wymiotny.

– Minęliście ją? Widzieliście, że idzie sama, i nie wzięliście jej do samochodu?

Schylam się i chwytam koszulkę Tristana, rzucam ją do niego – przykrywa twarze obojga. Tristan wstaje z łóżka, a ja cofam się w kierunku drzwi.

– Steph powiedziała, żebym się nie zatrzymywał – mówi, ubierając się.

– Co, do kurwy nędzy? – Odwracam się do niej.

Chichocze.

– Nic jej nie będzie, przyda jej się spacer.

– Hej!

Tristan ją szturcha z wyraźnie ganiącym spojrzeniem.

Steph przewraca oczami.

– Ubierajcie się, oboje, i wychodźcie. Powinna tu być niedługo – mówię im.

– To mój pokój. Nigdzie nie idę – odpowiada Steph.

– No dalej. – Desperacko szukam powodu, żeby sobie poszła. – Potrzebuję spędzić z nią trochę czasu sam na sam.

Steph wybucha śmiechem.

– Po co? Żeby ją przelecieć?

– Żeby nad tym popracować, tak.

– Chodźmy po prostu do mnie. Nate'a prawdopodobnie tam nie będzie – mówi Tristan i zaczesuje Steph włosy za ucho. Ona w odpowiedzi uśmiecha się i kiwa głową na zgodę.

Kiedy pokój jest już pusty, siadam na łóżku Tessy. Gdy próbuję zdecydować, czy z ciekawości przejrzeć jej rzeczy, drzwi się otwierają. Stoi w progu, wyglądając na wyższą o kilka centymetrów. Ma zaciśnięte pięści. Jej oczy są rozszerzone, a z trudem utrzymywana w ryzach irytacja rozsadza ją od środka. Kiedy się do niej uśmiecham, jej oczy nabiegają łzami.

– Chyba żartujesz! – Jej głos jest wysoki i głośny, gdy unosi dłonie w powietrzu.

– Gdzie byłaś? – pytam spokojnym tonem, który jest przeciwieństwem ognia szybko narastającego w jej wnętrzu. – Jeździłem po okolicy przez prawie dwie godziny, próbując cię odnaleźć.

– Co? Dlaczego? – pyta mnie, a na jej twarzy rozdrażnienie miesza się z dezorientacją.

Jej policzki są różowe od zimnego jesiennego powietrza, a jej rozwiane włosy nie przypominają starannie podkręconego mopa, który przyzwyczaiłem się widzieć na jej głowie.

Usiłuję znaleźć słowa, żeby wszystko wyjaśnić, ale udaje mi się wpaść tylko na to, by powiedzieć:

– To nie jest dobry pomysł, żebyś włóczyła się sama w środku nocy.

Wybucha śmiechem. Akurat śmiechem. Co z nią nie tak? Jej śmiech jest oszalały, stanowi całkowite przeciwieństwo kontrolowanych uśmiechów i fałszywych śmieszków. Wydaje się na wpół obłąkana.

– Wynoś się, Hardin… po prostu się wynoś! – mówi, kiedy jej śmiech łagodnieje.

– Thereso, ja…

Ale przerywa mi walenie w drzwi.

– Thereso! Thereso Young, natychmiast otwórz te drzwi! – słychać kobiecy krzyk, ostro rozchodzący się w powietrzu.

– O mój Boże, Hardin, właź do szafy – szepcze Tessa, łapiąc mnie za ramię i szarpnięciem podnosząc z łóżka.

– Nie schowam się do szafy. Masz osiemnaście lat – spieram się.

Tessa podbiega do lustra, z bliska przyglądając się swojej twarzy i gładząc zmierzwione włosy. Biegnie na drugą stronę pokoju z tubką pasty do zębów w dłoni, wyciska porcję i wciera ją sobie w język. Czuję się, jakbym patrzył na nastolatkę, którą przyłapano na tym, że próbuje się wymknąć z domu mamusi. Jest cała rozgorączkowana, kiedy podchodzi do drzwi. Ręka jej się trzęsie, gdy przekręca mosiężną gałkę.

– Cześć. Co tu robicie? – pyta Tessa mamę, która przechodzi przez drzwi. Jej matka rozgląda się władczym wzrokiem po pokoju, a później dołącza do nas kolejna osoba.

To ten gość, co wcześniej. Noah.

Widzę, że matka Tessy idzie prosto w moim kierunku, ale jestem zbyt skupiony na chłopaku. Chłopaku Tessy, osławionym Noah. Jego blond włosy są o kilka odcieni jaśniejsze niż Tessy, a jego kardigan bez jednej zmarszczki opiera się o świeżo wyprasowane spodnie khaki. To dość zdumiewające, że od samego rana tak bardzo przypomina dopiero co odlaną figurkę superbohatera, wciąż znajdującą się w opakowaniu.

Ale dlaczego tu jest? Są ze sobą tak bardzo na poważnie?

Zadzwonił do jej matki jak jakaś policja moralności?

Jej stara bierze głęboki wdech, a później wszystko z siebie wyrzuca:

– To dlatego nie odbierasz telefonu? Bo masz tego… – Wymachuje rękami dokładnie tak jak jej córka – tego… wytatuowanego… awanturnika w pokoju o szóstej rano?!

Wytatuowany awanturnik? Czy tym kobietom odbiło z ich obelgami rodem z podstawówki?

Tessa prostuje ramiona i patrzę, jak jej plecy się wyprostowują, jest gotowa do walki.

Cóż, teraz wiem, po kim Tessa odziedziczyła swoje gówniane krytyczne nastawienie. A także po kim ma figurę, krągłości i ogień. Strzela w kierunku swojej matki płomieniami z oczu, ale kobieta wydaje się nie zauważać, że jej córka wbija sobie paznokcie we wnętrza dłoni z taką siłą, że powstają na nich ślady w kształcie półksiężyców. Albo tego, że skóra na jej szyi nabrała nieco różowego odcienia. Tego zdaje się nie widzieć. Podobnie jak Pan Rogers.

Irytuje mnie to – że mają pretensję do Tessy o to, że zachowuje się jak normalna dziewczyna z pierwszego roku college'u. Jeśli już, to jest znacznie spokojniejsza niż ktokolwiek, kogo znam. Jej matka powinna być z niej dumna.

– Tym się zajmujesz w college'u, młoda damo? Nie śpisz przez całą noc i sprowadzasz sobie chłopaków do pokoju? – kipi kobieta. –

Biedny Noah zamartwiał się o ciebie; przejechaliśmy całą tę drogę tylko po to, żeby znaleźć cię z tymi obcymi ludźmi.

Obcymi? To, jak Noah powoli i mimowolnie cofa się do drzwi, w miarę jak krzyki kobiety stają się głośniejsze... mam przeczucie, że ma jeszcze bardziej wyprany mózg niż najmilsza Tessa.

Nie mogę się powstrzymać. Odzywam się, zanim Tessa ma szansę cokolwiek odpowiedzieć.

– W sumie dopiero tu przyjechałem. A ona nie zrobiła nic złego.

Tessa patrzy na mnie z otwartymi ustami, jakby sprzeciwianie się jej matce świadczyło o chorobie psychicznej. Jeśli chodzi o jej matkę, to i ona chyba nie może w to uwierzyć. A ich niedowierzanie sprawia, że śmieję się wewnętrznie – ci ludzie nie mają pojęcia, do czego jestem zdolny.

– Słucham? Na pewno nie mówiłam do ciebie. Nie mam pojęcia, co ktoś twojego pokroju robi w pokoju mojej córki.

Dupek w rogu stoi w ciszy, tak jak powinien.

– Mamo... – mówi Tessa, próbując być tak groźna, jak tylko się da.

Spogląda na mnie przez chwilę, a jej wzrok jest ostrzejszy niż zwykle. Nie wiem, czy ten ogień bierze się z zawstydzenia, czy z gniewu.

Na jej matce nie robi to wrażenia.

– Tesso, zachowujesz się skandalicznie – mówi przez zęby. – Stąd czuję od ciebie alkohol. Zakładam, że to wpływ tej twojej uroczej współlokatorki i jego – dodaje, patrząc wprost na mnie. Wskazując mnie palcem.

Gdyby mnie znała, natychmiast opuściłaby ten palec.

– Mam osiemnaście lat, mamo – zaczyna Tessa, ale już brzmi, jakby była przegrana. – Nigdy wcześniej nie piłam i nie zrobiłam nic złego. Robię tylko to, co wszyscy studenci. Przykro mi, że padła mi bateria w komórce i musieliście pokonać całą tę drogę, ale nic mi nie jest.

Tessa siedzi na krawędzi krzesła. Nie podoba mi się to, jak bardzo niezręcznie się przez nich czuje. Wydaje mi się zupełnie obca, kiedy tak siedzi i nieśmiało czeka na kolejny cios tej suki.

Nie poruszam się. Nawet gdy huragan w oczach tej kobiety skupia się znów na mnie.

– Młody człowieku, czy mógłbyś nas na chwilę zostawić samych?

Tak naprawdę nie prosi. A jej „młody człowiek" może brzmieć grzecznie, ale tak naprawdę po prostu próbuje tego zdzirowatego zagrania, kiedy mówi do mnie z góry, usiłując wydawać się racjonalna. Wyrosłem obok bogatych dzieciaków, znam te numery.

Spoglądam na Theresę i upewniam się, że rozumie, że nigdzie się nie ruszę, jeśli nie jest gotowa stawić czoła matce i chłopakowi sama. Kiwa głową, ale widzę w jej szarych oczach dezorientację.

Wychodzę zgodnie z jej prośbą, czując ogień w klatce piersiowej.

Rozdział jedenasty

Kiedy zaczął widywać ją w snach, był przerażony. Połykała go teraz w całości, odbierając mu każdy gram i uciekając z nim. Przerażało go, gdy myślał o rzeczach, jakie mogłaby mu zrobić, kiedy wejdzie w jego jaźń. Nie chciał na to pozwolić, ale nie miał sił, by z tym walczyć. Zawsze myślał o sobie jako kimś silnym, rządził wszystkim, dopóki nie weszła do jego życia i nie odebrała mu korony.

Czekam i czekam, aż drzwi pokoju w akademiku Tessy się otworzą, a jej matka i jej przydupas wyjdą. Mijają kolejne minuty, a ja zaczynam podawać w wątpliwość swoje zdrowie psychiczne.

Dlaczego na nią czekam? Co ja jej właściwie powiem, kiedy goście wyjdą? Czy w ogóle będzie chciała ze mną rozmawiać? Może będzie, jeśli przeproszę za to, że pozwoliłem jej się pocałować. To może rozwiązać wszystkie nasze problemy.

Wreszcie drzwi się otwierają, a jej matka wychodzi, rzucając mi władcze spojrzenie, kiedy zauważa, że opieram się o drzwi jednego z sąsiednich pokoi. Krok w krok za nią idzie Tessa, której dłoń opatula dłoń Noah.

Podnoszę się, niepewny, co mam powiedzieć, ale czując, że muszę coś powiedzieć, zrobić, cokolwiek.

– Idziemy do miasta – mówi mi Tessa, i co mogę zrobić, jeśli nie kiwnąć głową i pozwolić im pójść w swoją stronę?

Nie mogę przestać patrzeć na dłoń Tessy w dłoni jej chłopaka. Dziewczyna się czerwieni i przyspiesza kroku, kiedy jej matka częstuje mnie najsztuczniejszym uśmiechem, jaki kiedykolwiek widziałem.

– Naprawdę nie lubię tego chłopaka – słyszę głos Pana Rogersa.

– Ja też nie – odpowiada cicho Tessa.

I bardzo dobrze. Bo ja też naprawdę jej nie lubię.

Kiedy docieram do samochodu, widzę, że mój telefon wibruje w stojaku na kubki. Sięgam po niego i odbieram, gdy dostrzegam na ekranie imię Molly. Mówi cztery słowa – „Ciągnij mnie za włosy" – i odkłada słuchawkę.

Pięć minut później wchodzę do mieszkania Molly bez pukania, a jej współlokatorka obrzuca mnie nienawistnym spojrzeniem, wypuszczając z ust kłąb dymu. Pod ciężkim makijażem migają białka jej oczu, kiedy kolejny raz zaciąga się papierosem.

– Jest w swoim pokoju.

Molly leży w łóżku z głową opartą na stosie poduszek i szeroko rozłożonymi gołymi nogami. Jej pokój jest mały, a jego jasnoniebieskie ściany pokrywają plakaty wycięte z magazynów modowych. Głównie czarno-białe zdjęcia, które wycięła i przykleiła taśmą. Jej łóżko stoi przy ścianie najdalszej od drzwi, a pokój nie ma okien. Nie chciałbym być więźniem pokoju bez okien. Nic dziwnego, że nigdy jej tu nie ma.

Gestem wskazuje, żebym dołączył do niej na łóżku. Jej różowe włosy są w nieładzie, związane na szczycie głowy.

– No, no, no, kogo my tu mamy – mówi szyderczo, kiedy siadam obok niej. Podnosi spódniczkę wyżej, ukazując czarne majtki. Przesuwa dłońmi po udach, okrężnymi ruchami przebiegając wzdłuż koronkowych krawędzi.

– Sama do mnie zadzwoniłaś – przypominam jej.

– A ty przyjechałeś – świergocze sarkastycznym i dumnym tonem.

– Nie podniecaj się za bardzo. Nudziłem się, a ty powiedziałaś, że jesteś dostępna.

Wzruszam ramionami i spoglądam na nią. Marszczy brwi i udaje, że ją uraziłem.

– To prawda.

Śmieje się, a ja potrząsam głową, widząc jej bezwstydne zachowanie.

Czuję chłód dłoni Molly, kiedy obejmuje moje ramię i przyciąga bliżej do siebie. Blizny na jej nadgarstku lśnią w półświetle lampy stojącej na stoliku przy jej łóżku.

Wargi Molly wpijają się w moją szyję, a ja próbuję nie wyobrażać sobie pełnych ust Tessy. Molly schodzi w dół mojego ciała, sięgając dłońmi do guzików moich dżinsów. Szybko je rozpina i ściąga mi spodnie i bokserki. Podnoszę się, żeby pomóc jej mnie rozebrać, próbując jednocześnie sam siebie przekonać, że tego chcę. To dobra zabawa. Właśnie takie rzeczy ludzie tacy jak ja robią dla zabawy. Ludzie tacy jak ja i Molly, pojebani. Mam swoje problemy, a ona swoje – o których na szczęście nawet nie próbowała mi powiedzieć, które nie obchodzą mnie na tyle, że nawet się nie zastanawiam, czy ją o nie spytać. Wiem, że jest taka jak ja. Tyle tylko potrzebuję wiedzieć.

Jej język muska główkę mojego kutasa, drażniąc mnie. Nie uznaję drażnienia się, dlatego chwytam garść jej różowych włosów i naprowadzam jej usta, by objęły mnie całego. Delikatnie się krztusi, więc ją puszczam. Wiem, że lubi ostro – tak naprawdę ostrzej, niż kiedykolwiek chcę to z nią robić.

Trzymając gęste włosy Tessy w dłoni, ciągnę mocniej. Jej usta są tak mokre, tak ciepłe. Jej język porusza się po mnie z większą agresją, niżbym sobie wyobrażał. Jej dłonie przesuwają się po moich udach – ma dłuższe paznokcie, niż pamiętałem.

– Hardin – jęczy i znów mnie liże, a później wciąga do ust. Jej głos jest wysoki i jakiś dziwny.

– Kurwa, Tessa.

W chwili, gdy wypowiadam te słowa, z pełnych ust Tessy uchodzi powietrze.

Molly natychmiast sztywnieje i odsuwa się ode mnie.

– Serio?

Chrząkam.

– Co?

Przewraca oczami.

– Słyszałam cię.

– Nic nie słyszałaś, a nawet jeśli tak było, nie zachowuj się, jakbyś nie nazwała mnie Log…

– Zamknij się.

Unosi dłoń i dramatycznie nią macha.

– Chcesz, żebym dokończyła?

I ot tak, wraca do żartobliwego tonu, a ja uświadamiam sobie, że patrzy na mnie z prawdziwym współczuciem, jakby robiło się jej mnie żal albo coś.

Ten pomysł doprowadza mnie do szału. Jest równie samotna i pojebana, jak ja… jakie ma prawo do tego, by mi współczuć?

– Nie.

Podciągam z powrotem spodnie, a kiedy wstaję i wkładam telefon do kieszeni, cały czas patrzy na mnie w ten sposób. Mój gniew nic dla niej nie znaczy.

– Nie odprowadzę cię do drzwi – mówi ze śmiechem, wracając do typowego dla siebie nihilizmu. Ale później dodaje: – Uważaj z tym gównem. Dziewczyny takie jak ona nigdy nie lądują z pojebami takimi jak ty.

W jej oczach widzę jeszcze większy smutek z mojego powodu i mam ochotę obrzygać cały jej czarny dywan. Wiem, że nawet nie próbuje mnie obrażać – mówi szczerą prawdę, ale nie potrzebuję jej rady.

Nie chcę „wylądować" z Tessą. Chcę ją przelecieć i wygrać. To wszystko.

Bez słowa wychodzę i jadę z powrotem do domu.

Rozdział dwunasty

Walenie do drzwi nie chce się skończyć. Mężczyzna stojący za nimi woła moje imię, a ja próbuję tak cicho, jak mogę, otworzyć drzwi szafy i schować się w środku. Zamykam drzwi i czekam, zatykając uszy, kiedy walenie staje się coraz głośniejsze.

– Wyłaź tu natychmiast! – krzyczy tubalnym głosem.

Mój ojciec znów jest pijany – upija się teraz co wieczór.

Jego pięść ostatnim uderzeniem roztrzaskuje drzwi, a dźwięk pękającego drewna sprawia, że dreszcz przechodzi mi po plecach. Nienawidzę tego, że się go boję – nie powinienem się bać. Mam dwanaście lat i jestem dość wysoki jak na mój wiek. Powinienem umieć sam się obronić.

Dlaczego się boję? Bo jestem taki żałosny.

Jego głos miesza się z głosami innych mężczyzn… znów tu są? Nie jestem pewien. Nie powinno ich tu być, kiedy on tu jest, ale może i tak by nas nie ochronił.

Drzwi szafy otwierają się, a ja przysuwam się do ściany, aż nie mam się gdzie schować.

Budzę się z wrzaskiem – krzyczę w pustą, samotną przestrzeń. Siedzę w tym pokoju już od prawie trzech dni bez przerwy i nikt nie zadzwonił, nikt nie zapukał do moich drzwi. Ale udało mi się sporo popracować. Nie chcę na nią wpaść. Nie chcę widzieć Zeda ani pozostałych. Oni też się nie odzywali.

Właśnie tak się dzieje, kiedy jesteś niewidzialny – wszystkich gówno obchodzisz i nie masz nikogo, kto by ciebie gówno nie obchodził.

Sięgam po brudną czarną koszulkę leżącą na podłodze przy łóżku i ocieram nią zlaną potem twarz. Moje włosy są mokre i nie widzę wyraźnie: przed oczami teraźniejszość miesza się z przeszłością – brak przyszłości w tej chwili znajduje się poza tym bałaganem.

Chyba nie powiedziałbym „brak". Będę jednym z tych mężczyzn, którzy zbyt dużo pracują, zbyt dużo się pieprzą i wracają co noc do pustego domu. Odniosę sukces finansowy i kupię sobie dom jeszcze większy niż Kena, i ani razu go nie zaproszę, dokładnie jak Don Draper. Tylko po to, żeby coś udowodnić.

Nie jestem pewien co, ale coś tam mam do udowodnienia. Gdzieś.

Kurwa, dziś wstanę z tego łóżka.

Kiedy docieram na kampus, od razu zaczynam szukać Tessy. Minęło trochę czasu, odkąd ją widziałem. Zastanawiam się, czy Zed się z nią widział… czy zdobył kilka punktów, gdy siedziałem w odosobnieniu? Jest późny ranek, więc powinna właśnie wychodzić z zajęć z literatury. Chyba że z nich uciekła…

Jakby mogła coś takiego zrobić. Docieram do budynku na koniec wykładu, dokładnie w chwili, gdy wychodzi z sali. Trochę zmieniła fryzurę. Chyba po prostu podcięła włosy? Dobrze wyglądają, prawie tak samo, ale zmiana jest wystarczająco duża, żebym ją zauważył. Zastanawiam się, czy ktokolwiek inny to spostrzegł… ale kiedy widzę, że jej wierny towarzysz Landon wychodzi za nią, uświadamiam sobie, że z pewnością zauważył.

Podchodzę do nich z tyłu i mówię:

– Obcięłaś włosy, Thereso.

Zaskoczyłem ją, ale odwraca się i szybko mnie wita słowami „Cześć, Hardin", a później przyspiesza kroku. Jej płaskie buty popiskują, ślizgając się po kaflach podłogi. Dokąd się tak spieszy...?

I nagle to pojmuję – nie chce, żeby jej anielski kolega dowiedział się, że mnie pocałowała. Że właściwie się na mnie rzuciła.

Jej dyskomfort jest jak wyzwanie, którego nie mogę zignorować.

– Jak ci minął weekend? – pytam z szerokim uśmiechem.

W odpowiedzi chwyta ramię Landona i przyciąga go bliżej do siebie, oddalając się ode mnie jeszcze szybciej.

– Dobrze. Cóż, to do zobaczenia! – woła przez ramię.

Wyciąga ich na zewnątrz przez główne drzwi, a ja pozwalam im odejść – moje pragnienie widzenia jej przemija.

Przechadzam się po ulicach kampusu, powoli wracając do samochodu. Pójście na zajęcia wydaje się teraz zbyt trudne.

Po kilku minutach zauważam Zeda, który siedzi na ławce przed budynkiem nauk ścisłych z papierosem w ustach.

Podnosi wzrok, spogląda na mnie i wypuszcza dym ustami.

– Cześć.

– Cześć.

Nie wiem, czy powinienem usiąść, czy odejść.

– Zrobiłeś jakieś postępy z laską? – pyta.

– Tak, trochę – kłamię. – A ty?

Czekam z niecierpliwością, kiedy ponownie się zaciąga.

– Tak sobie. Trochę dziwnie mi w tej sytuacji. A tobie?

– Tak sobie – powtarzam słowa, których używa zbyt często. Zawsze to czy tamto jest „tak sobie", jakby nic nigdy nie było wystarczająco dobre, żeby przyciągnąć jego uwagę, i dość istotne, by powiedział na ten temat coś konkretnego.

Zed wzrusza ramionami, a ja postanawiam znaleźć Tessę teraz, kiedy on tu siedzi, zachowując się jak cipa i paląc zbyt wiele papierosów. Nienawidzę ich zapachu – przypominają mi dom mamy. Dorastając, ledwo mogłem oddychać przez gęste chmury ich dymu, i niemal czuję niezdrową żółć sadzy pokrywającej wyblakłe tapety w salonie.

Żeby zabić trochę czasu, zatrzymuję się na kawę, ale ostatecznie wychylam cały kubek w mniej niż dwie minuty. Gardło piecze mnie od gorącego płynu i zastanawiam się, dlaczego jestem taki zaniepokojony.

Wstaję bez żadnego konkretnego celu i postanawiam iść do budynku Steph, ale nie spieszę się i po drodze obserwuję wszystkich ludzi błąkających się po kampusie. Pary idące razem i mózgowców w grupkach dyskutujących o czymś z podnieceniem, kilku sportowców z dobrych domów rzucających sobie piłkę. Przerasta mnie to.

Kiedy idę korytarzem akademika, zauważam rude włosy Stephanie.

– Hardin! Szukasz mnie? – pyta z uniesioną dłonią.

– Nie do końca.

Rozglądam się po korytarzu w kierunku drzwi jej pokoju.

– Aaaa, rozumiem. – Śmieje się i poprawia dekolt. – Cóż, znajdę sobie coś do roboty, żeby dać ci chwilę z nią.

Gdy odchodzi z powrotem do wyjścia, odwraca się przy końcu korytarza i krzyczy:

– Proszę bardzo, dupku!

– Nie zamierzam ci dziękować – mamroczę pod nosem i pukam do jej drzwi.

Słyszę dźwięk przerzucanych papierów i zamykanej książki. Tessa robi sześć kroków w kierunku drzwi, a ja wydycham powietrze w T-shirt, żeby sprawdzić, czy nie mam nieświeżego oddechu.

Czy ja naprawdę właśnie…

– Steph jeszcze nie wróciła – mówi Tessa, kiedy tylko otwiera drzwi.

Co dziwne, nie spogląda na mnie ani razu, zanim nie rusza do swojego łóżka – i nie trzaska mi drzwiami w twarz. To dobry początek.

– Zaczekam.

Siadam na łóżku Steph i spoglądam w stronę części pokoju należącej do Tessy.

– Jak sobie chcesz – odpowiada z jęknięciem i dziecinnie wciąga sobie koc na głowę. Śmieję się i patrzę na jej nieruchome ciało, zastanawiając się, co jej chodzi po głowie. Czy to jakaś odwrócona gra w chowanego, która ma sprawić, że zniknę albo coś?

Stukam palcami w wezgłowie łóżka Steph, mając nadzieję wkurzyć Tessę na tyle, by coś do mnie powiedziała. Bez rezultatu, ale kiedy kilka minut później zaczyna dzwonić budzik, wyciąga dłoń spod koca i wyłącza go.

Idzie dokądś? Z kim?

– Wybierasz się gdzieś? – pytam Tessę.

– Nie.

Podnosi się, a koc opada, ukazując jej twarz.

– Ucięłam sobie dwudziestominutową drzemkę.

– Nastawiłaś budzik, by mieć pewność, że twoja drzemka potrwa tylko dwadzieścia minut?

Śmieję się, marząc skrycie o tym, żebym mógł czasem przespać się trochę dłużej.

– Owszem. A co cię to obchodzi?

Patrzę, jak układa podręczniki zgodnie z harmonogramem zajęć. Nie powinienem rozumieć, że to właśnie robi, ale rozumiem. Najwyraźniej w jakiś sposób dużo o niej wiem. Wyciąga mały segregator i kładzie go obok równego stosiku książek. Zajebiście obsesyjna.

– Masz nerwicę natręctw czy co? – pytam, trochę zdumiony.

– Nie, Hardin. To, że ktoś lubi porządek, nie oznacza, że jest wariatem. Nie ma nic złego w dobrej organizacji.

Jest strasznie protekcjonalna. Tak naprawdę to bardzo nieprzyjemna dziewczyna, chociaż wydaje się słodka. Śmieję się z tego, że pewnie musi myśleć, że jest taka doskonała i wytworna, a tak naprawdę ma jeden z najgorszych charakterków, jakie widziałam, i ocenia ludzi, jakby to należało do jej obowiązków.

Podchodzę bliżej do niej, próbując wymyślić nowy sposób, by zaleźć jej za skórę. Tak łatwo ją zdenerwować, że nie będzie to musiało być nic poważnego. Szybko rozglądam się po jej czystym pokoju i zaczynam się przyglądać doskonale pościelonemu łóżku, przykrytemu równymi stosami kartek i podręczników. Mam cię.

Biorę stosik kartek z jej łóżka w tej samej chwili, kiedy jej wzrok napotyka mój. Spogląda w dół, usiłując wpaść na sposób, jak ze mną negocjować. Sięga po kartki, ale drażnię ją, unosząc je zbyt wysoko, żeby zdołała ich dosięgnąć. Zastanawiając się, na jak dużo mogę sobie pozwolić, cieszę się jej ciężkim oddechem, tym, jak jej piersi się unoszą, a wargi drżą z gniewu. Trochę mnie to podnieca i chcę, żeby potrwało jeszcze troszkę. Nie tak długo, by rzeczywiście ją wkurzyć, ale tak długo, żeby zirytować ją wystarczająco mocno, by móc ją znów zjednać swoim czarem. Wyrzucam papiery w powietrze i patrzę, jak białe kartki wirują po pokoju, a później opadają w bezładnej masie na podłogę. Jej usta się otwierają, a policzki czerwienią od gniewu.

– Pozbieraj to! – warczy.

Uśmiecham się do niej półgębkiem, zastanawiając się, czy naprawdę uważa, że posłucham jej polecenia. Może gdyby zgodziła się włożyć sobie mojego kutasa do ust. Podwyższając stawkę, chwytam kolejną stertę papierów i rozrzucam je po podłodze.

– Hardin, przestań! – jej głos rozbrzmiewa w powietrzu jak groźba.

Znów to robię, a ona zaskakuje mnie tym, że rzuca się przed siebie i odpycha od swojego łóżka.

– Chcesz powiedzieć, że nie lubisz, jak ktoś się bawi twoimi rzeczami? – drażnię ją, zabawiając się jej kosztem.

Jest teraz strasznie zdenerwowana, znacznie bardziej, niż normalna osoba denerwowałaby się czymś tak głupim.

– Nie, nie podoba mi się! – krzyczy i znów mnie popycha.

Karmię się jej gniewem. Jej energia tchnie we mnie życie. Jestem równie wkurzony, co ona – i muszę ją mieć. Natychmiast. Robię szybki krok w jej stronę, chwytam za nadgarstki i przyszpilam do ściany. Patrzy na mnie, nawet nie myśląc o poddaniu się, i widzę, że w jej oczach frustracja zmienia się w głód mnie. Jeśli coś wiem o kobietach, to potrafię poznać, kiedy są podkręcone, a Tessa zdecydowanie jest podkręcona. Ten pełen pasji gniew podnieca ją, podobnie jak mnie. Wpatruje mi się w oczy, a później jej spojrzenie szybko przenosi się na moje usta, i właśnie wtedy mam pewność, że chce, by to się stało. Zajebiście mnie pragnie. Może mnie nie lubić, ale pociągam ją. Chcę jej powiedzieć, że czuję to samo. Odwzajemniam jej spojrzenie, chcąc jej przekazać, że też jej nie lubię, a łączy nas tylko czysta żądza. Że nadajemy teraz na tych samych częstotliwościach. Że to wszystko zwierzęcy głód – bardzo wysoki poziom żądzy, ale jednak żądzy.

– Hardin, proszę – szepcze.

Mówi cicho, jednocześnie chcąc, żebym odszedł i żebym ją pocałował. Wiem to, ponieważ chcę uciec najdalej, jak mogę, od tej dziewczyny, ale jednocześnie oto jestem, z ustami na jej ustach. Jej klatka piersiowa szybko unosi się i opada. Sięgam w górę, potrzebując tylko jej dotknąć, i kiedy moje palce pocierają jej skórę, wzdycha. Wpatruje się we mnie w oczekiwaniu. Puszczam jeden z jej nadgarstków, ale drugą ręką zaraz chwytam go wraz z drugim. Jej język delikatnie wychodzi z jej ust, zakrywając dolną wargę, a ja tracę nad sobą panowanie. Dźwięk, który z siebie wydaje, jest tak nieśmiały, tak słaby, że nawet nie sądzę, by uświadamiała sobie, że to jej głos. A jednak go słyszałem. Słyszałem go i złamał mnie.

Przyciskam swoje ciało do jej ciała, delikatnie przygwożdżając ją do ściany. Jęczy w moje usta, a jej dłonie sięgają do góry i obejmują moje ramiona. Jej język podąża za moim, poruszając się w doskonałej zgodzie z moimi zaborczymi ustami. Zaciskam dłonie na górnej części jej ud i podnoszę ją ku sobie. Gdy przyciskam ją do siebie, serce bije mi tak zajebiście szybko i jestem nią tak podniecony, że nie wiem, kiedy się zatrzymam. Ciało Tessy znów do mnie przywiera, a jej usta nie odrywają się od moich, gdy prowadzę nas do jej łóżka.

Tessa ciągnie mnie za włosy, doprowadzając mnie do pierdolonego szału. Czuję się, jakby każdy centymetr mojego ciała został rozrzucony po tym niewielkim pomieszczeniu, a później, kiedy jęczy, oddychając płytko, szybko i w niekontrolowany sposób, siadam na jej łóżku i przyciągam ją do siebie. Sadzam ją sobie na kolanie, trzymając dłonie na jej pełnych biodrach. Wiem, że moje palce wbijają się w jej skórę – to znak, że moje ciało próbuje zrozumieć, co się dzieje. Robiłem to już wcześniej, zajebiście wiele razy, więc dlaczego nie mogę za tym nadążyć? Nie mogę nadążyć za nią.

– Ja pier... – mamroczę, czując, że mój kutas napiera na moje dżinsy.

Puszczam jej talię i ciągnę za dół jej koszulki. Jęczy, a ja odklejam swoje wargi od jej ust, żeby zacząć ją zdejmować. Mój wzrok odrywa się od jej oczu, schodząc ku jej pełnym, obrzmiałym ustom, a później piersiom. Ukryte są pod czarnym stanikiem bez koronki, bez błyskotek, niczego specjalnego. Tylko znoszony, czarny materiał. Tak niewinny, zwykły i normalny, że wydaje mi się dziwnie pociągający. Przygryzam wargę, próbując zachować nad sobą choć odrobinę kontroli i nie zerwać biustonosza z jej miękkiego ciała. Jej piersi są pełne, nabrzmiałe i nie mieszczą się pod tkaniną. Ma pieprzyk zaraz pod dekoltem i chcę go pocałować. Chcę pokryć całe jej ciało pocałunkami i poczuć smak jej orgazmu na języku, kiedy doprowadzam ją do rozkoszy.

– Jesteś taka seksowna, Tess – szepczę w jej usta.

Wzdycha, a ja połykam ten niewiarygodny dźwięk.

Moja samokontrola jeszcze się zmniejsza, kiedy zaczyna mocniej ocierać się o moje ciało. Obejmuję jej plecy, żeby zbliżyć ją jeszcze bardziej do siebie…

Tessa zeskakuje z moich kolan i sięga po koszulkę. Trans, w którym jesteśmy, został przerwany – wciąga T-shirt przez głowę i zasłania się nim, a ja dopiero wtedy słyszę dźwięk otwierających się drzwi.

Jak mogła to usłyszeć? Czy nie zatraciła się jak ja? Nie ma mowy, żebym przestał – nawet gdyby weszli jej matka belferka i Pan Rogers.

Ale zamiast nich wchodzi Steph z wyrazem udanego szoku na twarzy. Widziałem już tę minę i od razu zaczynam się zastanawiać, czy Zed nie zapłacił jej za to, by wróciła i nam przerwała.

Mam nadzieję, że Tessa nie lubi jej naprawdę i nie wierzy, że jest jej przyjaciółką. Osobowość Steph jest bardziej fałszywa niż jej pofarbowane plakatówką włosy.

– Co przegapiłam, do cholery? – pyta Steph, biorąc się pod boki.

– Nic takiego – odpowiadam, wstając.

Steph puszcza mi oko, podczas gdy Tessa wbija wzrok w ścianę, unikając kontaktu wzrokowego.

Wychodzę z pokoju, nie oglądając się.

Muszę milczeć, inaczej eksploduję.

Klatka piersiowa mi pęka, serce bije mi głośno i czuję się jak maniak.

Jak w transie wracam do domu, do mojego pokoju, i natychmiast postanawiam wziąć najdłuższy prysznic w życiu, żeby spróbować zapomnieć o tym, jak się czuję przy tej nieznajomej, chowanej pod kloszem dziewczynie. Robi się zajebisty bałagan. Nie miało tak być. Nie miałem pragnąć tak samo mocno jej ust i umysłu. Nie miałem myśleć o tym, jak ciasno by mnie obejmowała, kiedy wchodziłbym w jej miękkie ciało. Nie miałem się spuszczać, marząc o tym, że moja ręka jest jej ręką.

Miałem dostać to, czego chciałem, wygrać Zakład i wracać do mojego cholernego życia.

Po nie wiem jak długim czasie kończy się ciepła woda i wreszcie wychodzę na zimne kafelki. Kiedy otwieram szafkę, żeby wyciągnąć ręcznik, uśmiecha się do mnie schowana w niej przez nie wiadomo kogo butelka brązowego alkoholu, przypominając mi o tym, jaką ma nade mną władzę. Tak długo udało mi się wytrzymać bez ulegania przyciąganiu tej szafki – dlaczego skupiam się na nim teraz? Na wpół spodziewałem się, że jeden z chłopaków z domu zdąży ją do tego czasu skończyć, ale też w sekrecie miałem nadzieję, że nikt tego nie zrobi.

Mam nieprzyjemną potrzebę kontrolowania wszystkiego w moim życiu. Jak na razie, od kiedy wytrzeźwiałem, całkiem dobrze wychodziło mi bycie w pełni świadomym i kontrolowanie moich myśli i czynów, ale szare oczy Tessy nie chcą przestać na mnie patrzeć, a jej wspaniały umysł nie przestanie błagać mnie o to, abym wydarł kolejne jej sekrety.

Butelka mnie woła, więc zatrzaskuję szafkę.

Wciąż się kontroluję.

Nie pozwolę Tessie ani tej jebanej butelce się kontrolować.

Nie pozwolę.

Kiedy wreszcie docieram do łóżka, gapię się w sufit i po prostu wiem, że to będzie długa noc.

W tej szafie jest ciemno, tak ciemno. Zmęczyło mnie już chowanie się tu, ale nie mam dokąd iść. Krzyków mojej mamy nic nie zagłuszy i niezależnie od tego, ile razy szukam jej na dole, nie mogę jej znaleźć. Słyszę ją, ale jej nie widzę. Widziałem jednak ich, tych mężczyzn. Widziałem ich i słyszałem ich głosy, które odbijają się echem od ścian tego domku i wnętrza mojej głowy.

Drzwi szafy otwierają się, a ja się kulę, mając nadzieję, że nikt mnie nie zobaczy, ale też chcąc, żeby wreszcie położyli kres krzykom mojej mamy.

Czyjaś dłoń sięga przez niewielkie pomieszczenie, a ja rozglądam się za czymś, czym mógłbym się bronić, poza wieszakiem.

– Hardin? – przywołuje mnie w ciemności łagodny głos.

Wiszące w szafie ubrania rozstępują się, a spomiędzy nich wychodzi ona, patrząc prosto na mnie.

Tessa.

Jest tu? Jak?

– Nie bój się, Hardin.

Siada obok mnie – jej ciało jest ciepłe i pozbawione lęku. Ma za uchem kwiat i sięga po moje dłonie. Za drobnymi paznokciami ma ziemię i pachnie jak kwiaciarnia albo szklarnia.

Krzyki mojej mamy ustały, a moje serce zwalnia od panicznej galopady do spokojnego rytmu, kiedy obejmuje swoją drobną dłonią moją dłoń.

Zanim docieram na kampus, kofeina robi swoje, uderzając mi do głowy – wyostrza mi wzrok i pomaga zapomnieć o pojebanym śnie, który miałem.

Dlaczego tu była? Dlaczego miałbym śnić o Tessie? To nie była nawet Tessa taka, jak jest teraz, tylko jej młodsza wersja – miała zaokrąglone policzki, jasne oczy i koiła mnie swoją przedwczesną kobiecością. To było inne – tak naprawdę zajebiście dziwaczne – i nie podobało mi się to ani trochę.

Za to cudownie było się wyspać. Cudownie było raz w życiu spać, a dziś czuję się… cóż… wypoczęty? Cholera, w każdym razie spokojniejszy.

W sali, w której odbywają się zajęcia z literatury, siadam w pierwszym rzędzie obok dwóch pustych miejsc. Spoglądam na przód sali, czekając, aż zaczną się zajęcia. Walczę z pragnieniem spojrzenia na drzwi, czekania na nią.

Kiedy wreszcie oglądam się kilka minut później, Tessa i Landon wchodzą. Uśmiecha się i skupia tylko na nim. Między nią a tym dzieciakiem zawiązała się przyjaźń, której zupełnie się nie spodziewałem.

Nie byłem zaskoczony, gdy zaczynali się dogadywać… ale nie sądziłem, że przyjaźń Landona będzie mi bardziej zagrażać niż konkurowanie z Zedem w Zakładzie.

Rozdział trzynasty

– Dziś po raz ostatni będziemy rozmawiać o *Dumie i uprzedzeniu* – mówi nam profesor. – Mam nadzieję, że wszystkim się podobało, a jako że przeczytaliście zakończenie, wydaje się właściwe, abyśmy dzisiejszą dyskusję poświęcili używanemu przez Austen chwytowi sugestii literackiej. Pozwólcie, że zapytam: czy jako czytelnicy spodziewaliście się, że Elizabeth i Darcy na końcu będą razem?

Ręka Tessy natychmiast się unosi, a ja rozpieram się na krześle. Zawsze można liczyć, że zachowa się jak mądrala. Podobnie jak Landon... doskonała amerykańska parka.

– Panno Young – wzywa ją do odpowiedzi profesor, a ja widzę, że jej twarz się rozjaśnia.

Naprawdę kręci ją to, że może sprawić, że inni będą z niej zadowoleni lub da im radość. Z pewnością mogę wykorzystać to na swoją korzyść.

Wyłączam swój monolog wewnętrzny i cierpliwie czekam na to, aż zacznie rozprawiać o starej, dobrej *Dumie*. Jeśli jest tak bystra, jak sądzę, powinno być ciekawie.

– Cóż, gdy po raz pierwszy czytałam powieść, do ostatniej strony w napięciu zastanawiałam się, czy będą razem.

Tak, ja byłem pewien, że będą razem, podobnie jak jestem pewien, że Tessa i doskonały Landon będą mieli doskonały związek.

– Nawet teraz, a czytałam książkę co najmniej dziesięć razy, czuję niepokój na początkowym etapie ich związku. Pan Darcy jest taki okrutny i mówi takie straszne rzeczy o Elizabeth i jej rodzinie, że nigdy nie wiem, czy ona zdoła mu wybaczyć, a co dopiero go pokochać.

Tessa uśmiecha się promiennie, kiedy kończy, i starannie składa dłonie na książce. Czeka z niecierpliwością na to, żeby profesor poklepał ją po główce i powiedział, jaką dobrą jest uczennicą. Landon spogląda na nią, spodziewając się, że rozświetli się jak tęcza i wypuści kolorowy brokat z palców.

Zamierzam włożyć jej kij w szprychy.

Mów, Hardin.

Głos więźnie mi w gardle. Wystarczy kilka słów. Mama mi przypominała – „Po prostu oddychaj, Hardin. Możesz mówić przy ludziach" – zawsze mi powtarzała, żebym się nie martwił. „Wiele osób cierpi na lęk społeczny, Hardin. Nie ma się czego wstydzić".

Ale ja nie mam lęku społecznego. Po prostu nie lubię ludzi.

– Co za bzdura.

Mój głos jest donośny i wypełnia cichą salę.

– Panie Scott, chciałby pan coś dodać? – pyta profesor, wyraźnie zaskoczony tym, że biorę udział w zajęciach.

– Pewnie.

Pochylam się do przodu na krześle. Twarz Tessy przypomina maskę – jest zaszokowana, ale dobrze to ukrywa.

– Moim zdaniem to bzdura. Kobiety pragną tego, czego nie mogą mieć. Nieuprzejme zachowanie pana Darcy'ego to właśnie to, co pociąga Elizabeth, więc jest oczywiste, że na końcu będą razem.

Powiedziawszy to, spoglądam w dół i zaczynam skubać naderwane skórki wokół moich paznokci.

– To nieprawda, że kobiety pragną tego, czego nie mogą mieć – wybucha Tessa. – Pan Darcy jest wobec niej niegrzeczny tylko dlatego, że jest zbyt dumny, by przyznać, że ją kocha. Gdy przestał się tak zachowywać, Elizabeth od razu dostrzegła jego miłość.

By podkreślić pełne pasji słowa, wali drżącą dłonią w ławkę.

Rozglądam się po sali pełnej wpatrujących się w nas, mrugających oczu. Siostra mojego znajomego Dana siedzi w pierwszym rzędzie i uśmiecha się do mnie szeroko.

Czuję, że wzrok innych studentów wbija się w moją skórę. Muszę coś odpowiedzieć. Muszę przemówić.

– Nie wiem, z jakimi facetami normalnie się zadajesz, ale myślę, że gdyby ją kochał, nie byłby dla niej taki podły – mówię. Tak jak jestem pewien, że twój obecny chłopak i twój siedzący tu przyszły chłopak Landon by nie byli. Nie stanowiliby dla niej wyzwania.

– Jedyny powód, dla którego w ogóle się jej oświadczył, był taki, że ona bezustannie się na niego rzucała.

Czy Elizabeth rzucała się na Darcy'ego? Nie, wręcz przeciwnie.

Czy Tessa rzuca się na mnie? Znów nie, wręcz przeciwnie.

Ale nie mogłem pozwolić jej po prostu zwyciężyć.

– Nie rzucała się na niego! Wmanipulował ją w myślenie, że jest miły, a potem wykorzystał jej słabość!

– „Wmanipulował" ją? Daj spokój, to ona... – przerywam, bowiem mój pogmatwany tok myślenia utrudnia mi wypowiedź. – To znaczy, tak ją nudziło jej własne nudne życie, że musiała poszukać rozrywek gdzie indziej... i ewidentnie się na niego rzuciła!

Przerywam, nieco zaszokowany tym, że wykrzyczałem do niej te słowa i że moje posiniaczone dłonie ściskają krawędź starego stolika.

– Cóż, może gdyby on nie bzykał panienek na prawo i lewo, zakończyłby to po pierwszym razie, zamiast zjawiać się w jej pokoju!

Kiedy kończy, chichoty, rozdziawione gęby i śmiech wskazują, że wszyscy w sali zrozumieli, o co chodzi w naszym małym przedstawieniu. W korytarzu przed salą powinien wisieć plakat z napisem „Czytanie na żywo".

„Bzyka panienki na prawo i lewo?"

Może i spałem z wieloma laskami na tym kampusie, popełniłem więcej błędów niż ona i zapomniałem o połowie z nich, ale przynajmniej nie jestem napuszoną, krytykancką snobką. Wyobrażam sobie, co by się stało, gdybym nazwał ją w taki sposób, jak ona mnie.

– Dobrze, to bardzo ożywiona dyskusja – mówi profesor, wyglądając na spanikowanego, prawdopodobnie zaniepokojony tym, że ludzkie emocje zepsuły mu doskonale zaplanowane zajęcia. – Myślę, że na tym zakończymy na dzisiaj…

Tessa chwyta torbę, przyciska do piersi i pędzi w kierunku wyjścia. Landon pozostaje na miejscu, jak zawsze niepewny, co robić w jakiejkolwiek stresującej sytuacji. Bo jego życie było takie doskonałe. Jego mama pewnie codziennie rano przed szkołą piekła mu świeże muffiny posypane miłością.

Ja sam karmiłem się zwietrzałymi cheeriosami i musiałem wąchać wnętrze kartonu, żeby sprawdzić, czy mleko się nie przeterminowało. Nie ma sylabusa ani menu, które pozwoliłyby zrozumieć to, co robimy z Tessą.

Sam również wypadam z sali. Nie pozwolę, by Tessa uciekła w obliczu każdego konfliktu, który tworzy. Widzę, że jest przyzwyczajona do tego, że wszystko toczy się po jej myśli.

– Tym razem nie uciekniesz, Thereso! – wołam za nią.

Wszyscy w korytarzu spoglądają w moim kierunku, ale ona wciąż maszeruje i muszę biec, żeby ją dogonić. Kiedy tylko się odwraca, chcąc wyjść przed budynek, łapię ją za ramię, usiłując ją zatrzymać. Szarpie się, a ja rozluźniam i tak lekki uchwyt.

– Dlaczego zawsze musisz mnie dotykać w ten sposób? Złap mnie za rękę jeszcze raz, to cię uderzę! – mówi bardzo głośno wściekłym tonem.

Znów sięgam do jej ramienia. Ani drgnie.

– Czego chcesz, Hardin? Powiedzieć mi, jaka jestem zdesperowana? Wyśmiać mnie za to, że pozwoliłam ci znów się sprowokować? Mam już dość tych twoich gierek…

Mówi i tupie nogą, jak zwykle wymachując dłońmi w powietrzu. Jest tak zła, tak wściekła na mnie, że zupełnie postradała zmysły. Kiedy jest przy Landonie, jest spokojna i uśmiechnięta. Ze mną wypełnia ją gniew i napięcie. Jej oczy się świecą – nie jestem pewien, czy z gniewu, czy ze smutku, ale przynajmniej widzę wyraźnie, że wciąż wywołuję u niej emocjonalną reakcję.

– Naprawdę budzę w tobie to, co najgorsze, prawda?

Bawię się palcami dziurką po papierosie na dole mojego czarnego T-shirtu.

– Nie gram z tobą w żadne gierki.

Widząc, że zbierają się dookoła nas ludzie, przeczesuję włosy dłonią. Dlaczego wszystko, co jej dotyczy, musi być takie dramatyczne?

Tessa masuje opuszkami palców skronie.

– W takim razie co robisz? Bo od tych twoich zmian nastrojów boli mnie głowa.

Sięgam po jej ręce i chwytam je delikatnie, żeby przyciągnąć jej uwagę. Nie opiera się, więc prowadzę ją do niewielkiej uliczki między dwoma budynkami, rzucając gniewne spojrzenia na ludzi w pobliżu, by się oddalili. Nie chcę, aby ktokolwiek słyszał naszą rozmowę, skłaniał ją do tego, żeby nałożyła swoją maskę „perfekcyjnej dziewczyny".

Spoglądam na nią z góry, podziwiając jej bezruch. Wydaje się tak spokojna, tak neutralna, nawet gdy nasze ciała są tak blisko siebie. Widzę szczelinę w jej pancerzu, kiedy jej wzrok napotyka mój – głośno przełyka ślinę, a jej usta drżą.

– Tess… nie wiem, co robię. To ty pierwsza mnie pocałowałaś, pamiętasz? – mówię.

Nieważne, że każdego dnia od tamtej chwili myślałem o smaku jej ust. To ona zrobiła pierwszy krok, więc zawsze będę mógł się posłużyć tym zwycięskim argumentem.

– Tak… byłam wtedy pijana, pamiętasz? – Wbija wzrok w ziemię, zawstydzona. – A wczoraj to ty pocałowałeś mnie pierwszy.

Nigdy nie przyzna, że mnie pragnęła. Zawsze znajdzie się dla niej jakaś wymówka. Coraz bardziej denerwuje mnie jej zaprzeczanie. Czułem, jak rozkwita pod moim pocałunkiem.

Ona może i mnie nienawidzi, ale jej ciało nie.

– Tak… nie powstrzymałaś mnie. – Przerywam na chwilę, patrząc na budzącą się w jej oczach ciekawość. – To musi być męczące.

– Co musi być męczące? – pyta, unosząc brodę w wyraźnie wyzywającym geście.

– Udawanie, że mnie nie pragniesz, chociaż oboje wiemy, że jest inaczej.

Celowo podchodzę o krok bliżej, sprawiając, że opiera się plecami o ścianę.

Jest tak nieruchoma, jakby jej ciało już sobie uświadomiło, czego chce.

Ale wtedy jej umysł znów przejmuje kontrolę i wyrzuca z siebie:

– Co? Wcale cię nie pragnę. Mam chłopaka.

Bardzo się stara mówić spokojnym tonem.

Delikatnie się uśmiecham.

– Chłopaka, z którym się nudzisz. Przyznaj, Tess. Nie dla mnie, ale dla siebie. Nudzisz się przy nim – przeciągam każde słowo tak bardzo, jak tylko mogę, zbliżając twarz coraz bardziej do niej.

Moje usta przyciągają jej wzrok – oczywiście, że tak. Rozważa swoje możliwości. Musi sobie przypominać to, jak ją całuje, ponieważ delikatnie dotyka ust. Znalazła się w pułapce. Jej pragnienie i płonąca seksualna ciekawość wobec mnie nie pozwolą jej odejść, nie tym razem.

– Czy kiedykolwiek czułaś się przy nim tak jak przy mnie? – pytam zuchwale, naprawdę ciekawy, czy tak było.

– C-co? Oczywiście, że tak – próbuje się upierać.

Nie kupuję tego. Brzmiała bardziej szczerze, gdy mówiła o klasycznej powieści, niż kiedy usiłuje mnie przekonać o zdolności swojego cudownego chłopaka do zaspokojenia jej.

– Nie... na pewno nie. Potrafię poznać, że nigdy nie byłaś dotykana... naprawdę dotykana.

Jej usta są teraz delikatnie uchylone i prawie słyszę, jak serce wyskakuje jej z piersi. Zastanawiam się, jak ona mnie postrzega. Czy widzi, że jej urywany oddech i wydatne usta doprowadzają mnie do szaleństwa? Czy w moich oczach jest coś, co mówi jej, że naprawdę chcę zatopić dłoń w jej włosach, odwrócić jej głowę do siebie i pocałować?

Jej ciało wie, jej ciało wie.

– To nie twoja sprawa.

Chyba zupełnie tego nie widzi. Kiedy nosisz maskę przez tak długi czas jak ona, prawie nie możesz jej zdjąć. Albo to, albo to ona czuje się niewidzialna.

– Nie masz pojęcia, jak dobrze możesz się przy mnie poczuć.

Podchodzę jeszcze bliżej. Pozwól mi się przekonać, pozwól, że ci pokażę – chcę ją błagać.

Znów opiera się plecami o ścianę i zaczyna się rozglądać, szukając sposobu, by się ode mnie odrobinę odsunąć. Teraz oddycha już ciężko, wyraźnie pod moim wpływem. Wreszcie.

– Naprawdę nie musisz tego mówić. Ja to widzę.

Bierze głęboki oddech – to pozornie niewinny dźwięk, ale ja wiem swoje. Wiem, że chce więcej – jej ciało i umysł tego pragną.

– Twój puls przyspieszył, prawda? Zaschło ci w ustach. Myślisz o mnie i masz to uczucie... tam w dole. Prawda, Thereso?

Wyobrażam sobie jej nagie ciało rozłożone dla mnie i to, jak przesuwam palcem po wilgoci wydobywającej się z jej cipki. Nagle wciąga powietrze i próbuje oderwać ode mnie wzrok, ale zupełnie się jej to nie udaje.

– Mylisz się.

Wie, że mam rację.

– Nigdy się nie mylę.

Uśmiecham się. Zastyga na chwilę, a później zakłada luźny kosmyk włosów za ucho.

– Nie w takich sprawach.

Tessa nabiera powietrza i wiem, że zaraz mi się dostanie.

– Dlaczego wciąż powtarzasz, że to ja ci się narzucam, skoro teraz to ty zapędziłeś mnie w ten zaułek?

– Bo to ty wykonałaś pierwszy ruch. Nie zrozum mnie źle – śmieję się. – Byłem tak samo zaskoczony jak ty.

– Byłam pijana i miałam za sobą długą noc... jak dobrze wiesz. Czułam się zdezorientowana, bo byłeś dla mnie miły. Oczywiście na swój sposób.

Na swój sposób? Zazwyczaj jestem dla niej miły. Wyjątkowo miły, teraz, kiedy mam powód, by taki być. Zakład kołacze się w zakątkach mojego umysłu i przypominam sobie, żeby stąpać nieco łagodniej, niż zwykle bym to robił.

Tessa przechodzi koło mnie i siada na betonowym krawężniku. Rozglądam się, żeby sprawdzić, czy ktokolwiek się nam przypatruje, ale wydaje się, że nikt nas nie zauważa.

– Nie jestem dla ciebie aż taki wredny – odpowiadam, chociaż zaczynam się zastanawiać, czy naprawdę tak myśli.

– Właśnie że jesteś. Wychodzisz z siebie, żeby mi dokuczyć. Nie tylko mnie, wszystkim. A i tak wygląda to, jakbyś dla mnie się specjalnie wysilał.

Dokuczyć? Nie dokuczam jej bardziej, niż dokuczałbym kociakowi. Traktowałem ją łagodnie.

– To nieprawda. Nie jestem dla ciebie wredniejszy niż dla reszty populacji – żartuję.

W ogóle nie uznaje tego za śmieszne. Gdyby mogła, wysłałaby mnie na księżyc jednym machnięciem nadgarstka.

Tessa skacze na równe nogi.

– Nie wiem, po co marnuję na ciebie czas!

Zaraz sobie pójdzie. Nie chcę, żeby sobie poszła, prawda?

Nie, nie chcę. Nie jestem najlepszy w przeprosinach, szczególnie kiedy nie czuję, że są potrzebne, ale muszę przestać narzekać i po prostu przeprosić. Łatwo ją w ten sposób uspokoić, jak szybko się nauczyłem.

– Hej, przepraszam. Wracaj tutaj – mówię, wykorzystując perswazyjny ton, który, jak wiem z doświadczenia, podoba się dziewczynom.

Wstaje, a ja siadam na krawężniku w pobliżu miejsca, gdzie ona siedzi.

– Siadaj.

Poklepuję miejsce obok siebie. Prycha delikatnie i siada. Krzyżuje nogi i wzdycha. Zaskakuje mnie to, jak wielki spokój odczuwam, uzyskawszy jej wybaczenie.

– Siedzisz strasznie daleko – droczę się z nią. Przewraca oczami. – Nie ufasz mi?

Znam odpowiedź na to pytanie.

Oczywiście, że nie ufa, ale chciałaby zaufać. A ja chcę, żeby mi zaufała, bardziej, niż jestem gotów przyznać.

– Oczywiście, że nie. Dlaczego miałabym ci ufać? – mówi szybko, ostrym tonem.

Cofam się o kilka centymetrów. Ja również jej nie ufam, ale nie musi tak szybko odpowiadać. Najwyraźniej coś ją do mnie ciągnie – w przeciwnym razie nie rozmawialibyśmy teraz. Musi czuć to chociaż w małym stopniu, żeby tu być.

– Możemy po prostu uzgodnić, że albo będziemy trzymali się od siebie z daleka, albo zostaniemy przyjaciółmi? Nie mam siły ciągle z tobą walczyć.

Nie czuję, żebyśmy często się kłócili, po prostu rozmawiamy ze sobą częściej, niż którekolwiek z nas się spodziewało. Kłócę się z nią rzadziej niż z Kenem i więcej z nią rozmawiam. A to już dużo.

Oboje się do tego przyzwyczailiśmy. Dziwna jest myśl, że mógłbym już nie zobaczyć Tessy. Przyzwyczaiłem się do jej butnych wypowiedzi i tego, że jej oczy zdradzają, jak bardzo jest na mnie zła. Jej ogień jest zaraźliwy. Zaczynam się od niego uzależniać, jakby wzywał mnie po imieniu kolejny narkotyk.

– Nie chcę trzymać się od ciebie z daleka – przyznaję.

Nie cierpię tego, że muszę się przy niej cały czas pilnować – jedno potknięcie i ucieka. Chciałbym myśleć, że trochę się dziś do siebie zbliżyliśmy, że może nie będzie tak chętna, by sobie pójść. Mam teraz jej powiedzieć, jak się czuję, otworzyć się bardziej, niż jestem gotów, i nie dostać za wiele w zamian. To jakbym był żonaty, ale bez korzyści w postaci seksu i kolacji co wieczór.

– To znaczy... nie sądzę, żeby to było możliwe, skoro jedna z moich kumpelek jest twoją współlokatorką i w ogóle. To chyba oznacza, że powinniśmy spróbować się zaprzyjaźnić.

Zmieniam znaczenie moich słów, kiedy nie odpowiada. Mam tu grę do wygrania, a ona nie jest najłatwiejszym pionkiem.

– Dobrze, w takim razie przyjaźń? – pyta, naśladując głosem kogoś, kto przeprowadza transakcję biznesową. Mógłbym zaoferować to, że podzielę się z nią wygraną sumą. Co za piękny początek kwitnącej przyjaźni.

Przyjaciele? Może przyjaciele, którzy się pieprzą? Pieprzeni przyjaciele.

– Przyjaźń – wyciągam rękę, żeby mogła ją uścisnąć.

Uśmiecham się przebiegle i na maksa czarująco. Ona orientuje się w sytuacji i potrząsa głową. Czuje odrobinę, że jestem dla niej niebezpieczny, ale niewystarczająco, żeby się ode mnie oddalić.

– Bez żadnych bonusów – upiera się, ale później zdradza ją to, że się czerwieni.

Naprawdę nie miałem pojęcia, jak bardzo atrakcyjna może być jej niewinność.

Sięgam ręką do brwi, żeby pobawić się metalowym kolczykiem nad okiem.

– Skąd ten pomysł?

– Jakbyś nie wiedział. Steph mi powiedziała.

– O mnie i o sobie?

Była w porządku, nawet ciekawie spędzało się z nią czas. Ma swoje problemy jak my wszyscy, ale zatrzymuje je dla siebie i ukrywa przed światem, inaczej niż Molly i ja. Zastanawiam się, co ruda powiedziała Tessie o czasie, który razem spędziliśmy. Czuję, że pewnie przesadziła, gdy paplała o naszych przygodach. Steph zawsze chciała więcej, niż mogłem jej dać, i czerpała energię ze współzawodnictwa, nie wiedząc, kiedy przestać walczyć.

– O tobie i o niej, o tobie i o każdej innej dziewczynie – wykrztusza z siebie.

– Cóż, ja i Steph… to była niezła zabawa.

Uśmiecham się do Tessy, a ona odwraca wzrok.

– Jasne, mam dziewczyny, które pieprzę. Ale co cię to obchodzi, kumpelo?

Oczywiście wyobrażam sobie Tessę jako jedną z tych dziewczyn, leżącą pode mną z ustami otwartymi z rozkoszy. Zamyka oczy i bierze oddech. Wyobrażam sobie, jak go kradnę, kiedy dochodzi pod wpływem moich ust i palców. Jestem pewien, że nikt nigdy nie pieścił jej łechtaczki językiem, jednocześnie powoli przesuwając…

– Nic mnie to nie obchodzi – mówi Tessa, przerywając moje fantazje. – Nie chcę tylko, żebyś myślał, że zostanę jedną z tych dziewczyn.

Odpycha mnie, ale to tylko intensyfikuje fantazje, które chodzą mi po głowie.

– O… jesteś zazdrosna, Thereso?

Znów mnie odpycha.

– Nie, oczywiście, że nie. Żal mi tych dziewczyn.

Tessa potrząsa głową, a ja się śmieję. Nie byłoby jej żal nikogo… czułaby tylko przyjemność, intensywną przyjemność, której nie może sobie nawet wyobrazić.

– Och, niepotrzebnie.

Nie mogę przestać myśleć o jej nagim ciele. Muszę zobaczyć, co skrywa pod tymi workowatymi ubraniami. Nie wiedziałaby, co ze sobą zrobić, gdybym dorwał ją w swoje ręce.

– Wierz mi, doskonale się bawią.

– Dobra, dobra. Rozumiem. Możemy zmienić temat? – Tessa znów zamyka oczy i odchyla głowę w tył. Jęczy, a później mówi: – Spróbujesz być dla mnie milszy?

– Jasne. Spróbujesz nie być taka sztywna i złośliwa przez cały czas? – droczę się.

– Nie jestem złośliwa, za to ty jesteś wstrętny.

Oboje się śmiejemy, kiedy kończy zdanie. Jej śmiech jest miękki, zdaje się opływać mnie ze wszystkich stron. Czuję się puszysty, w dziwaczny, ale miły sposób.

Puszysty? Naprawdę, Hardin?

Muszę się zebrać do kupy i przestawić ten Pociąg Przyjaźni na właściwy tor.

Pochylam się trochę bliżej do mojej nowej kumpeli.

– Spójrz na nas, dwoje przyjaciół.

Tessa prostuje się i wstaje. Otrzepuje spódnicę, a ja odlatuję, wyobrażając sobie, że ją z niej ściągam.

– Ta spódnica jest naprawdę okropna, Tess. Jeśli mamy się przyjaźnić, nie wolno ci jej już więcej nosić.

Nie jest taka zła, ale z pewnością nie jest dobra.

Oczy Tessy błyskają wstydem, a ja uśmiecham się, żeby jej ulżyć. Nie chciałem jej urazić. Tylko się z nią droczyłem. Naprawdę, jeśli tylko chce nosić ubrania, które nie podkreślają jej walorów, droga wolna. Ja wciąż noszę te same kilka par dżinsów i poplamionych T-shirtów.

Telefon Tessy zaczyna wibrować i wyciąga go z torby.

– Muszę wracać do nauki – obwieszcza.

Spoglądam na stary kawałek plastiku w jej dłoni. Czy to nokia?

– Nastawiasz sobie alarm na naukę? – pytam ją, myśląc sobie, że pewnie ma ostatni na świecie telefon z klapką. Jakby z całych sił próbowała być nie na czasie.

Wzrusza ramionami.

– Nastawiam sobie alarmy na wiele rzeczy, tak już mam.

Przyznanie się do tego ją onieśmiela, jakby musiała się wstydzić, że robi coś takiego. Dlaczego miałaby tak myśleć? Najwyraźniej ktoś w jej życiu sprawia, że musi uzasadniać swoje dziwne zachowania. Jestem pewien, że to jej matka. Cóż, ja również w tej chwili to robię, ale ta kobieta wydaje się cholernie obsesyjna. Matka Tessy sprawia wrażenie osoby, która ma taką nieustanną potrzebę kontroli, że pewnie nastawiała jej zegarek, żeby wiedziała, kiedy musi się odlać.

– Hm, w takim razie nastaw alarm dla nas na jutro po zajęciach. Zabawimy się – mówię.

Chcę spędzać z nią czas. Potrzebuję tego.

Spogląda na mnie, ściągając brwi w wyrazie dezorientacji.

– Nie sądzę, żeby nasze wizje zabawy się pokrywały.

Nie myli się. Moja wizja zabawy jest zupełnie inna niż jej. Ona pewnie uważa, że najfajniej byłoby się razem uczyć, ze stosami notatek i ciężkich podręczników leżących na łóżku pomiędzy nami. Akademicki pas cnoty.

Mam całkiem odmienną wizję zabawy. Siedzę na łóżku z plecami opartymi o wezgłowie, podczas gdy Tessa obejmuje ustami mojego kutasa. Dodałbym do tego chętnie szklaneczkę whisky, z jedną kostką lodu pływającą w ciemnym płynie i brzęczącą o szkło, kiedy dziewczyna bierze mnie głębiej w usta.

Ale mam nie pić, więc chyba obciąganie bez whisky będzie musiało wystarczyć.

Zamiast się jej do tego przyznać, mówię:

– Cóż, złożymy w ofierze parę kotów, podpalimy kilka budynków...

Tessa chichocze, a ja nie mogę się powstrzymać od uśmiechu. Ale moja uwaga zostaje nieco odwrócona, kiedy przechodzi obok nas para, trzymając się za ręce i śmiejąc z jakiegoś suchego dowcipu kolesia. Nie wiem dokładnie, co mówili, ale wiem, że było suche, bo mają na sobie takie same pasiaste skarpetki. Subtelnie podtykając swój związek pod nos niewinnym przechodniom. To naprawdę beznadziejne. Tessa wydaje się nawet ich nie zauważać – patrzy tylko w chodnik.

– A tak naprawdę przyda ci się odrobina dobrej zabawy. Skoro teraz się przyjaźnimy, powinniśmy zrobić razem coś fajnego.

Zanim Tessa może mi odmówić, odwracam się od niej i zaczynam odchodzić.

– Dobrze, cieszę się, że się zgadzasz. Widzimy się jutro.

Kiedy przechodzę przez ulicę, oglądam się za siebie i widzę, że siedzi na krawężniku. Nie próbowała mi odmówić, zgodziła się jutro spotkać, a teraz nie wiem, co, do kurwy nędzy, zrobię, bo planowałem, że kilka razy mi odmówi, zanim będę musiał naprawdę zaplanować z nią randkę.

Idąc do samochodu, próbuję się zastanowić, co miałbym robić z Tessą. Nigdy nie wychodzę z domu, oprócz przyjęć w domach innych ludzi. Poza tym jestem albo na kampusie, albo sam w moim pokoju.

Uruchamiam silnik, wciąż usiłując wymyślić jakieś zajęcie. Film? Jakie filmy lubi Tessa? Na pewno coś na podstawie powieści Nicholasa Sparksa. Mógłbym ukradkiem ją objąć. Mógłbym kupić jej popcorn albo przesadnie drogą czekoladę, żeby jej zaimponować. Problem z obejrzeniem filmu jest taki, że nie moglibyśmy podczas niego rozmawiać. Ktoś zacząłby narzekać, a ja wpakowałbym się w jakieś kłopoty.

Rytuały randkowe były w przeszłości znacznie mniej skomplikowane. Gdybyśmy żyli w powieści Jane Austen, mógłbym się do niej zalecać i zabierać ją na randki z przyzwoitką, podczas których chodzilibyśmy po lesie, a ja w przypływie odwagi mógłbym musnąć jej ubraną w rękawiczkę dłoń swoją dłonią. Zaczerwieniłaby się i położyła palec na pełnych wargach, patrząc w kierunku przyzwoitki ostrzegawczym wzrokiem swoich szarych oczu.

Współczesne randki wyglądają zupełnie inaczej – teraz w przypływie odwagi mógłbym po prostu sięgnąć i podrażnić jej sutki przez koszulkę, a ona przeniosłaby moją dłoń do ciepła pomiędzy udami. Bez przyzwoitki i bez zasad.

Plany przerywa mi telefon.

Czy Tessa ma mój numer? No właśnie – muszę zdobyć jej numer od Steph.

Kiedy zauważam imię Kena na ekranie, krzywię się, ale tym razem odbieram. Chyba powinienem nagrodzić jego wytrwałość.

– Tak? – mówię, skręcając na autostradę. Jedynym problemem z moim pięknym fordem capri jest to, że nie obsługuje łącza Bluetooth.

– Hmm, Hardin, cześć – jąka się.

Jest zdezorientowany, że odebrałem. Od czasu do czasu dzwoni do mnie, a ja jestem przekonany, że w swoim mniemaniu spełnia wtedy dobry uczynek. Dzwoni, żeby sprawdzić „co u mnie", bo wie, że nie odbiorę, a on będzie mógł pokazać się z dobrej strony, wyciągając rękę do swojego niezdyscyplinowanego syna. Jego nowa dziewczyna prawdopodobnie go chwali, mocno przytula i zapewnia: „Pewnego dnia się opamięta. Jest teraz po prostu zagniewany".

Sama by się gniewała, gdyby on był jej namiastką ojca.

– Cześć.

Naciskam na guzik z mikrofonem i kładę telefon w stojaku na kubki.

– Jak się czujesz, synu? – pyta i od razu zaczyna działać mi na nerwy.

– W porządku.

Chrząka.

– Dobrze to słyszeć. Chciałem cię zaprosić na jutro na kolację. Karen upiecze kurczaka i naprawdę chcielibyśmy, żebyś wpadł.

Chce, żebym przyjechał na kolację? Dlaczego niby miałby myśleć, że chciałbym przyjechać do jego domu, jeść kurczaka z jego nową rodziną i rozmawiać o tym, jak bardzo wszyscy uwielbiamy nawzajem swoje towarzystwo? Nie, kurwa, dziękuję.

– Mam jutro plany – mówię mu.

Tym razem nie kłamię.

– Ach. Cóż, w takim razie może mógłbyś wpaść, jak załatwisz swoje sprawy? Karen robi też deser.

– Będę zajęty całą noc – odpowiadam.

Zastanawiam się, jaka będzie jutro pogoda. Chmury są szare, jak zwykle w tym gównianym stanie. Słońce musi strasznie nie lubić tej okolicy – dlatego zawsze pada i jest ponuro.

– Ma jutro padać? – pytam Kena.

To łatwiejsze niż sprawdzenie prognozy samemu.

– Nie, ma się zrobić cieplej przez noc, a deszczu nie będzie aż do przyszłego tygodnia.

Gdybym miał normalną relację z człowiekiem, który pomógł mnie stworzyć, mógłbym go spytać o to, co robić na mojej randce. Ale nie mam. Nie mogę.

Potrafię tylko spytać go o to, jakie i kiedy trzeba wypełnić formularze na uniwersytecie. Nie mamy ze sobą nic wspólnego i jesteśmy jak najbardziej odlegli od relacji, która pozwalałaby mi go poprosić o rady w kwestii randek.

Może Vance ma jakieś pomysły? Wolę chyba spytać jego niż kogokolwiek innego.

– Muszę lecieć – mówię do telefonu, a później odkładam słuchawkę i szukam numeru Vance'a.

Odbiera po jednym dzwonku.

– Hardin, co u ciebie?

– Możesz polecić jakieś miejsce, do którego mógłbym kogoś zabrać? – pytam. Wyrzucam z siebie słowa szybko i mój głos brzmi dziwnie.

– Na przykład zwłoki?

Śmieje się do słuchawki. Uśmiecham się. Co za dureń.

– Nie, nie tym razem.

Szukam sposobu, by poprosić go o pomoc, nie wspominając o Tessie.

– Żeby, tak jakby, pospędzać z kimś czas.

– W takim razie randka? – przypuszcza.

– Nie, nie do końca. Ale coś w tym rodzaju.

Nie wiem, jak nazwać to spotkanie z Tessą. To nie randka. Jesteśmy przyjaciółmi.

Przyjaciółmi, dopóki jej nie wyrucham – przypominam sobie.

Jest taką straszną cnotką. Nosi źle dopasowane ubrania i prawie nie przeklina. Gdzie mógłbym ją wziąć, żeby się rozluźniła? Próbuję sobie przypomnieć, co najbardziej mi się podobało, od kiedy przyjechałem do Waszyngtonu.

Strumień przy autostradzie numer 75 jest niezły. Jeśli będzie pogoda, to może zadziałać. Woda jest dość płytka i widać skały na dnie. Czy Tessa chciałaby pływać w niezbyt czystej wodzie strumienia? Pewnie nie, ale mogę spróbować.

– Cóż, jeśli zabierzesz ją na łono przyrody, możesz się założyć, że coś z tego będzie – mówi Vance.

I w ten sposób po raz pierwszy od kilku godzin coś mi przypomina o Zakładzie.

Rozdział czternasty

Kiedy po raz pierwszy był z nią sam na sam, wiedział, że coś w nim buzuje. Myślał, że uda mu się z tym walczyć, że może trochę mięknie, i nie dotyczy to tylko jej, musi przecież dotyczyć wszystkich w jego życiu... był tego pewien. Spędził całe życie w samotności i unikał wszelkich form intymności poza seksem. Nie potrzebował przyjaciół i nie miał funkcjonalnej rodziny, która mogłaby go nauczyć, jak współżyć z ludźmi. Lubił tę twardą stronę siebie – sprawiała, że jego życie było proste. Czuł się osaczony podczas pierwszego spotkania z nią, ale kiedy w miarę upływu czasu zaczął czuć coś więcej, coś, co mogłoby wszystko zmienić, przysiągł utrzymać *status quo*.

Był przyzwyczajony do swojej uporządkowanej samotności, a ta dziewczyna groziła pogrążeniem jej w chaosie.

Już rano, a ja ledwo, kurwa, spałem w nocy. I to nawet nie moje gówniane koszmary nie pozwalały mi zmrużyć oka, tylko Tessa.

Pojawiała się w moich myślach, kiedy zamykałem oczy, i to nie w sposób, którego bym sobie życzył. Zamiast być nago i wydawać z siebie ciche odgłosy, gdy się w nią wbijałem, była wściekła i znudzona podczas wycieczki nad strumień, na którą postanowiłem nas zabrać. W jednej z przypominających sen, przerażających scen autorstwa mojego ogarniętego obsesją umysłu uderzyła się w palec i narzekała przez całe popołudnie. W innej była śmiertelnie znudzona i chciała, żeby jej beznadziejny chłopak przyjechał po nią aż na kampus. Kiedy dojechał, był człowiekiem-kardiganem. Wielkim kardiganowym potworem, jednocześnie przerażającym i beznadziejnym.

To frustrujące, jak dużo czasu zmarnowałem na myślenie o tej dziewczynie. Nic z tego nie będzie miało znaczenia za jakiś miesiąc. Jeśli „randka" pójdzie dobrze, mam nadzieję wygrać Zakład w niecałe dwa tygodnie... Cholera, jeśli uda mi się ją wystarczająco oczarować, może już nad strumieniem...

Po drugiej stronie pokoju dzwoni budzik z telefonu i wychodzę z łóżka, żeby go wyłączyć.

Dziś jest ten dzień. Głowa już mi pęka i denerwuje mnie to, że czuję presję, by sprawić, żeby czas, który z nią spędzę, zadziałał na moją korzyść. Pewnie powinienem wziąć prysznic. Kiedy się ubieram, zastanawiam się przez chwilę, co teraz robi... czy jest równie zestresowana, jak ja? Wyobrażam sobie, że tak – jest wciąż taka spięta, i pewnie zapisała mnie ołówkiem w swoim segregatorze-kalendarzu, w chwili gdy zaproponowałem, żebyśmy spróbowali tej całej przyjaźni.

Po prysznicu przekopuję się przez szufladę, by znaleźć czysty czarny T-shirt. Znajduję pognieciony, ale się nada. Na zewnątrz, kiedy uruchamiam silnik, słyszę chrzęst pod stopą i znajduję pustą butelkę po wodzie pod pedałem gazu. W moim półsennym stanie dźwięk jest tak irytujący, że wychodzę z samochodu i znajduję kosz na śmieci.

Naprawdę chciałbym lepiej spać.

Docieram na kampus trochę za wcześnie i przypadkiem zostawiam podręcznik, część notatek i czarną bluzę na tylnym siedzeniu. Nie uświadamiam sobie tego, dopóki nie jestem w połowie drogi na zajęcia, ale nie ma mowy, żebym szedł całą drogę z powrotem.

Na zajęciach z literatury krzesła Tessy i Landona są puste, kiedy zajmuję miejsce, i to sprawia, że część mnie czuje zajebistą wyższość. Przyjdzie później niż ja i w jakiś sposób wiem, że to ją zirytuje. Cóż, należy znajdować radość w najprostszych sprawach.

Spędzam czas, spoglądając na zmianę na drzwi i listę nieodebranych połączeń i esemesów od Molly, Jace'a oraz jednej dziwnej laski, której imienia nie pamiętam. Kiedy Tessa i Landon wreszcie wchodzą, gadają jak najęci, a ona wygląda na zadowoloną i wypoczętą. Pod jej oczami nie ma fioletowych cieni – najwyraźniej ona doskonale przespała noc.

– Gotowa na naszą wieczorną randkę? – pytam, kiedy biodro Tessy ociera się o mój stolik. Krągłość tego uda jest bardzo pociągająca. Krągłość z przodu kobiecych ud, po stronie bioder, jest jedną z moich ulubionych części żeńskiego ciała... jest po prostu taka seksowna.

– To nie jest randka – mówi mi Tessa, a później odwraca się do Landona i dodaje: – Umówiliśmy się jako znajomi.

– To to samo.

Spoglądam na nią i obserwuję jej dobór ubioru. Ma na sobie dżinsy, wystarczająco ciasne, żebym widział kształt jej ud i dupy. Cholera.

Tessa skutecznie unika mnie przez całe zajęcia. Ja również nie patrzę w jej stronę.

Nie mogę dosłyszeć, co Landon do niej mówi po zajęciach – skurwysyn mówi za cicho – ale słyszę, co ona mu odpowiada:

– Och, my tylko próbujemy się dogadać, bo moja współlokatorka jest jego dobrą koleżanką.

Tylko próbujemy się dogadać, co?

Podchodzę kilka kroków bliżej do Nerdakuli i jego nerdowskiej gorącej dziewczyny. Jebana koszulka polo Landona jest wsunięta w szare spodnie od garnituru. Czy ten gość w ogóle wie, że powinien być biednym studentem college'u? O nie, czekajcie – on nie jest biedny. Mieszka w ładnym, dużym domu, znajdującym się kilka minut drogi stąd, z mężczyzną, który formalnie jest moim ojcem, podczas gdy moja mama mieszka w Anglii w jakiejś dziurze. A to, co nazywam domem, jest starym domem bractwa pełnym niechlujnych facetów, którzy próbują być *cool* i nie robią nic, żeby pomóc tej cudownej społeczności, jak nakazuje im to ich regulamin. Chłopak Tessy pewnie należałby do bractwa. Blond włosy, niebieskie oczy, mokasyny, kardigany. Tak naprawdę byłby to związek idealny.

Cóż, gdyby nauczył się pić o wiele, wiele za dużo...

Landon patrzy mi prosto w oczy i nie próbuje ukrywać swoich słów:

– Wiem, jesteś naprawdę wspaniałą przyjaciółką. Nie wiem tylko, czy Hardin zasługuje na twoją dobroć.

Serio? To na co zasługuję, Landon? Na miłego nowego tatusia, który nie kocha wódy bardziej niż jego jedyny biologiczny syn?

– Nie masz nic innego do roboty, niż mnie obgadywać? Spadaj, człowieku – mówię tak grzecznie, jak tylko mogę.

Gdybym powiedział to, co myślę naprawdę, Tessa z pewnością odwołałaby nasze spotkanie.

Landon mi nie odpowiada, tylko spogląda na Tessę, marszcząc brwi, i znów mówi coś za cicho, żebym usłyszał. Kiedy odchodzi, ona odwraca się do mnie.

– Hej, nie musisz być wobec niego taki okrutny... przecież jesteście praktycznie braćmi.

Niemal pluje ogniem.

Właściwie braćmi? W jak pojebanym świecie musi żyć ta laska, skoro uważa, że Landon i ja jesteśmy praktycznie braćmi? Jesteśmy dwoma nieznajomymi, którzy, tak się składa, mają jednego wspólnego nieznajomego.

– Coś ty powiedziała? – pytam przez zaciśnięte zęby.

Tylko dlatego, że mój nędzny ojciec przeniósł go i jego mamusię do dworu pełnego czekoladowych ciasteczek… zaraz… skąd Tessa o tym wie? Przeczesuję palcami włosy.

– No wiesz, twój tata i jego mama? – odpowiada, wyglądając na bardzo zdezorientowaną.

Kiwa głową do siebie i marszczy brwi, jakby właśnie zdradziła sekret.

Spoglądam w stronę, gdzie zniknął Landon, żeby zobaczyć, czy zdołam jeszcze dogonić tego dupka.

– To nie twoja sprawa.

Dlaczego ten gość myśli, że ma prawo gadać o sprawach mojej rodziny?

– Nie wiem, po co ten dupek ci o tym mówił. Wygląda na to, że będę musiał go uciszyć.

Wyłamuję knykcie, ignorując pieczenie skóry rozdzierającej się na moich wiecznie posiniaczonych palcach.

Rzuca mi gniewne spojrzenie.

– Zostaw go w spokoju, Hardin.

Naprawdę przekonująco wciela się w rolę Wojowniczej Księżniczki.

– Nie chciał mi powiedzieć, sama to z niego wyciągnęłam.

Więc teraz zna historię mojej rodziny? Dlaczego to ma być fair? Nie musi nic o mnie wiedzieć. To zaszło za daleko. Cała ta sytuacja.

– Dokąd dzisiaj idziemy? – pyta.

Zbliża się do mnie za bardzo – jej wścibstwo przeszło na poziom osobisty i zajebiście mi to nie odpowiada. Prawdopodobnie wypytywała go też o inne sprawy na mój temat. Dlaczego nie mieszkam z Kenem i jego nową rodziną, dlaczego nigdy nie rozmawiam z moim tatą – niewątpliwie chciała też wiedzieć, jaki byłem jako dziecko, a Landon prawdopodobnie wypaplał wszystko, co o mnie słyszał. Widzę, że już zaczęła mnie oceniać.

– Donikąd, to był zły pomysł – mówię jej i po prostu zostawiam ją na miejscu.

I tak już za bardzo się do mnie zbliżyła. Jest zbyt nachalna i krytyczna. Nie chcę mieć już nic wspólnego z tym gównem. Muszę się, do kurwy nędzy, trzymać z dala od tej dziewczyny.

Gdy docieram do samochodu, głowa mi pęka i mam spocone dłonie. Kiedy on to zrobił? Dlaczego Landon miałby jej opowiadać o mojej rodzinie? To musi oznaczać, że ona wie wszystko. Albo przynajmniej pozytywne rzeczy, które Landon mógłby jej powiedzieć – że mój ojciec jest rektorem college'u, że był trzeci w swoim roczniku na uniwersytecie, że uwielbia sport.

Nie wie tylko, że był pijakiem – najgorszego, kurwa, sortu – ponieważ słodki Landon tak naprawdę nie zna go od tej strony.

Zastanawiam się, czy w ogóle wie cokolwiek o tym człowieku, cokolwiek prawdziwego. Czy całkiem dał się nabrać mojemu kochanemu staruszkowi.

Chciałbym być tym, który przekaże mu tę wiadomość przy kokosowym cieście jego mamy.

Czuję nagły przypływ klaustrofobii i otwieram okno, żeby odetchnąć. Rączka się blokuje i szarpię ją, wkurzony, że ten piękny samochód jest tak zajebiście stary. Łapię oddech po mniej więcej trzydziestu sekundach i w końcu wyjeżdżam z mojego miejsca parkingowego. Nie wiem, co bym zrobił, gdyby Tessa za mną poszła.

Jestem w swoim pokoju od niecałych dziesięciu minut, kiedy dostaję esemesa od Molly: „Zed jest z Dziewicą Barbie w akademiku. Lepiej się streszczaj, kochasiu".

„Co? Skąd wiesz?" – odpowiadam, zastanawiając się, dlaczego dostaję informację na temat Tessy akurat od Molly…

Czy ona sobie ze mną pogrywa?

„Nie ujawniam swoich źródeł".

Niemal słyszę jej prześmiewczy ton przez ekran, kiedy z powrotem wciskam stopy w czarne buty. Ich wnętrze jest tak przetarte, że tylko czekam, aż podczas któregoś kolejnego spaceru gołą stopą będę szorował ulicę – mam je jednak od roku i nie mogę znaleźć nic wygodniejszego.

Wiem, że z Molly wyciągnąłem już tyle, ile tylko mogłem, więc zanim wyjadę na ulicę, piszę do Steph:

„Czy Tessa jest z Zedem?"

Odpowiada natychmiast: „Nie. Nie ma jej tu :)"

Od razu wiem, że kłamie, i naciskam mocniej na pedał gazu.

Rozdział piętnasty

Kiedy otwieram drzwi, Tessa jest na łóżku Steph z Zedem, a jej własne łóżko jest puste. Na małym łóżku, z Zedem. A także ze Steph i Tristanem, Tessa tylko siedzi, nic więcej, ale to wciąż za dużo. Jest z Zedem. Na łóżku. Na łóżku z Zedem.

Powtarzam sobie to w głowie jak katarynka.

I wkurwia mnie to niepomiernie.

– Jezu, człowieku, mógłbyś chociaż zapukać – mówi Steph, próbując udawać głupią.

Doskonale wiedziała, że przyjdę prosto tutaj. Chciała, żebym to zrobił – dlatego powiedziała Molly. Jestem tego pewien. Dziwi mnie tylko, że Molly mi powiedziała. Steph spogląda mi w oczy i wybucha śmiechem.

– Mogłabym być naga czy coś.

Mogła być? Przed chwilą była, jak mówią mi jej rozbiegane oczy. Tak, widziałem ją kompletnie nagą, więc wiem, że te cycki nie są nawet w połowie tak duże, jak wydają się przez te wypchane staniki, które nosi. Ale trzeba przyznać, że ma jeden z najlepszych tyłków, jakich kiedykolwiek dotykałem…

Wchodzę głębiej do pokoju i stwierdzam:

– Nie zobaczyłbym niczego nowego.

Tessa i Tristan wyglądają, jakby ktoś porannym strumieniem naszczał im do cheeriosów.

– Och, zamknij się – mówi Steph ze śmiechem, ciesząc się z uwagi, której zawsze pragnie.

– Co robicie? – pytam, siadając naprzeciwko wszystkich na łóżku Tessy. Przynajmniej Zedowi nie udało się dotrzeć do jej łóżka. To chyba w jakiś sposób powinno mnie pocieszać.

Zed uśmiecha się z drugiej strony maleńkiego pokoju. Po kiego chuja on się śmieje?

– Właśnie mieliśmy iść do kina – mówi. – Tessa, powinnaś wybrać się z nami.

Tessa spogląda na mnie, a potem na niego. Wydaje się nerwowa. Zgodzi się!

– W zasadzie – przerywam, zanim mogą cokolwiek sfinalizować – mamy już z Tessą plany.

Rzucam Zedowi ostrzegawcze spojrzenie. Mruga powoli, patrząc na mnie wyzywająco. Tristan milczy, kiedy na niego zerkam – nie chce mieć nic wspólnego z naszym dramatem. Tak naprawdę nie jest taki zły, poza tym że spotyka się z tą wiedźmą.

– Co? – mówią jednocześnie Zed i Steph.

– Tak, w sumie przyszedłem po nią.

Ale Tessa siedzi nieruchomo i nic nie wskazuje na to, że ze mną wyjdzie.

– Gotowa? – pytam nonszalancko.

Wygląda na zmieszaną, jakby sama ze sobą walczyła. Kiedy już jestem gotowy, żeby zrobić coś, by spróbować ją przekonać, kiwa głową i wstaje z łóżka.

– Cóż, do zobaczenia później! – mówię zbyt głośno i wypycham Tessę na zewnątrz tak szybko, jakbym był naspidowany albo coś.

Gdy już jesteśmy na zewnątrz, Tessa idzie za mną, robiąc długie kroki, żeby nadążyć. Ma całkiem długie nogi. Jej uda są trochę za grube. Nie mogę przestać myśleć o tym, jak je trzymam, biorąc ją od tyłu, przechyloną przez maskę mojego samochodu. Próbuję nie myśleć o niej, kiedy jest tak blisko. Czuję, że kutas mnie boli, błaga, bym myślał o tym, jak bardzo byłaby miękka, jak bardzo chciałbym po prostu ją ścisnąć…

Wyrywam się z myśli, kiedy uświadamiam sobie, że dotarliśmy do mojego samochodu i na autopilocie otworzyłem Tessie drzwi pasażera. Jednak patrząc na nią, widzę, że z jakiegoś powodu nie wykazuje chęci wejścia do środka. Stoi tylko z rękami skrzyżowanymi przed sobą, unosząc w ten sposób cycki.

Jestem pewien, że próbuje okazać gniew, ale w tej chwili jest po prostu seksowna.

– Hm, będę pamiętał, żeby nigdy więcej nie otwierać drzwi… – mówię, łypiąc na nią sarkastycznie.

Potrząsa głową, a ja wiem, że zaraz zacznie zionąć ogniem.

– Co to było, do cholery? Doskonale wiem, że wcale po mnie nie przyjechałeś… Przecież chwilę temu powiedziałeś, że nie chcesz się ze mną spotkać!

No i wrzeszczy. Rozglądam się po parkingu – nie jest pusty. Nie wydaje się, żeby Tessa zauważała stojących niedaleko ludzi. Nie wygląda mi na osobę, która lubi się kłócić przy ludziach, chociaż kłóciliśmy się już publicznie dwa razy.

Doprowadza mnie do jebanego szału.

– Tak powiedziałem, a teraz wsiadaj do samochodu.

Wskazuję, żeby wchodziła do środka. Wysprzątałem go i w ogóle – niech lepiej wsiada, dla własnego dobra.

– Nie! Jeśli nie przyznasz, że wcale po mnie nie przyjechałeś, wrócę na górę i pójdę z Zedem do kina – mówi wyzywającym tonem.

Co z nią nie tak? Twierdzi, że jestem niegrzeczny, a sama jak do mnie mówi? Krytykancka hipokrytka.

I co, do kurwy nędzy, mam na to odpowiedzieć?

Powinienem jej powiedzieć, że Molly do mnie napisała? Nie ma mowy – Pinkie już nic by mi nie powiedziała. I dlaczego Tessa miałaby mi grozić tym, że będzie spędzać czas z Zedem? Czy wie coś o Zakładzie? Czy jest w zmowie ze Steph?

Prawie nic o niej nie wiem, ale widzę, że coś jest nie tak. Założę się, że Steph jej powiedziała.

– Przyznaj to, Hardin, albo sobie pójdę.

Nie potrafię poznać, czy ze mnie kpi, czy nie. Wygląda na rzeczywiście zdenerwowaną, a jej nozdrza się rozszerzają – to całkiem komiczne. Mogę ścierpieć ten cios wymierzony w moje ego.

– Dobra, w porządku. Przyznaję. A teraz wsiadaj do tego cholernego samochodu. Więcej cię nie poproszę.

Chcę wygrać Zakład, ale ta laska zaczyna być problematyczna, a ja nie zamierzam wkładać w ten projekt za dużo wysiłku – najwyżej oddam zwycięskie trofeum koledze z klasy. Przechodzę na stronę kierowcy, zostawiając drzwi pasażera otwarte, jeśli będzie chciała wsiąść.

Żadna niespodzianka – wsiada.

Jestem wkurwiony jak cholera, wyjeżdżając z parkingu. Zrezygnowałem ze spędzania z nią czasu – udało mi się uciec – a teraz siedzę z nią w samochodzie. Głowa mnie boli, a umysł zdaje się walczyć sam ze sobą. Jakaś część mnie chce krzyczeć i otworzyć okna, żebym mógł się zakrztusić własnym oddechem, ale druga połowa czuje, jakby zakradał się do niej spokój, powoli, spokój wypełniony bezruchem. Pogłaśniam muzykę, żeby wyłączyć swoją głowę – to zazwyczaj działa: kilku facetów wrzeszczących o śmierci i swojej depresji z powtarzającymi się riffami w tle – a do tego grzmiące solówki na perkusji, które jeszcze dodają wściekłości.

Tessie najwyraźniej nie odpowiada Slipknot, bo sięga do pokrętła radia. Co wymaga cholernego tupetu.

– Nie dotykaj mojego radia.

– Jeśli zamierzasz przez cały czas zachowywać się jak dupek, nigdzie z tobą nie jadę – grozi mi Tessa.

Wciska się plecami w skórzany fotel, żeby dodać swoim słowom dramatyzmu.

– Nie zamierzam. Tylko nie dotykaj mojego radia.

Ledwo oddycham, a hałas topi moją panikę. Kiedy na nią spoglądam, gapi się w radio z intensywnym wyrazem wściekłości na twarzy. To wyrywa mnie z mojego nastroju i sprawia, że mam ochotę się roześmiać, choć pewnie nie jest to najlepszy moment.

– Co cię obchodzi, że poszłabym do kina z Zedem? Steph i Tristan też mieli iść – mówi Tessa, wystawiając brodę, żeby podkreślić swoje pytanie.

Ach, jak podwójna randka? Heloł!

– Nie sądzę, żeby Zed miał czyste intencje.

Nie wiem, co jeszcze powiedzieć, więc patrzę na drogę.

Po ciężkiej chwili ciszy Tessa zaczyna się śmiać. Co, do cholery, jest z nią nie tak?

– Och, a ty masz? Przynajmniej Zed jest dla mnie miły.

Wciąż się śmieje. Zed jest dla niej miły? Miły?

Założył się o twoje dziewictwo, skarbie – tego nie mogę powiedzieć.

Bo ja chyba robię to samo.

Milczę, a Tessa wciąż nie opuszcza gardy.

– Możesz to łaskawie przyciszyć? – przekrzykuje muzykę.

Przytakuję. Mogę równie dobrze odrobinę poprawić jej nastrój.

– Ta muzyka jest okropna – narzeka.

Wiedziałem, że się jej nie spodoba – wystarczyło na nią spojrzeć, by się domyślić, że słucha pewnego rodzaju muzyki. Dokładnie odwrotnego niż mój.

Postukuję palcami o kierownicę i zerkam na Tessę, która w roztargnieniu robi to samo na swoim udzie.

– Wcale nie. Bardzo chciałbym jednak poznać twoją opinię na temat tego, co jest dobrą muzyką.

Uśmiecham się, myśląc, jak wyglądał jej odtwarzacz CD, kiedy była nastolatką – z pewnością był po brzegi wypełniony nagraniami 'N Sync, Jessiki Simpson i bez wątpienia kilku z tych horrendalnych girlsbandów, które Matka Anglia regularnie z siebie wypluwa.

– Cóż, lubię Bona Ivera i The Fray – mówi, namyśliwszy się przez kilka sekund.

– Oczywiście, że tak.

Chrześcijańska kapela i na maksa hipsterski zespół. Ani trochę mnie to nie dziwi.

Okej, jasne, robią nie najgorszą muzykę – po prostu to nie mój klimat. Za mało bólu.

– A co z nimi nie tak? Są niewiarygodnie utalentowani, a ich muzyka jest wspaniała – odpowiada z pasją. Kiedy mój wzrok napotyka jej czy, odwraca się i wygląda przez okno.

– Tak... są utalentowani. Mają talent do usypiania ludzi.

Tessa wyciąga dłoń i lekko uderza mnie w ramię. To dziwna rzecz – widzę, że pary robią to co chwila, ale nikt jeszcze nie zrobił tego mnie.

– Cóż, ja ich lubię.

Uśmiecha się z dumą. Chyba nie najgorzej się bawi.

– Dokąd jedziemy?

– Do jednego z moich ulubionych miejsc.

Nie daję jej dokładnej odpowiedzi. Jest zbyt wścibska dla własnego dobra.

– To znaczy?

Nadal naciska, tak jak się spodziewałem. Jest zbyt obsesyjna, żeby tego nie zrobić.

– Naprawdę musisz wiedzieć wszystko, zanim się wydarzy, prawda? – mówię, odwracając sytuację.

– Tak... Lubię... – zaczyna się tłumaczyć.

– Wszystko kontrolować?

Milczy.

Postanawiam na razie dać jej spokój. Nie chcę za bardzo na nią naciskać.

– Cóż, nic ci nie powiem, dopóki nie dojedziemy... czyli jeszcze przez pięć minut.

Kiedy parkuję samochód na kupie starego gruzu obok dawno niekoszonej łąki, Tessa rozgląda się zdezorientowana. Próbuje się zrelaksować, co ułatwia mi sprawę. Czekam przy samochodzie i zauważam, że spogląda na tylne siedzenie.

– Widzisz tam coś, co ci się podoba? – droczę się z nią, a ona potrząsa głową.

Kosmyk długich włosów opada jej na ramię, a ona go odgarnia. Jej włosy wyglądają na takie miękkie. Zastanawiam się, czy jest naturalną blondynką – przypominam sobie, jak wygląda jej matka, i stwierdzam, że na pewno.

– Co to za samochód? – pyta, wbijając wzrok w ziemię i kopiąc kamień trampkiem.

– Ford capri... klasyk – mówię jej.

Kocham swój samochód bardziej niż siebie samego i jestem zajebiście dumny, że go mam. Tessa z łatwością wchodzi w rozmowę, kiedy opowiadam jej o wyremontowanym silniku i niedawno zamontowanym tłumiku. Uśmiecha się i kiwa głową, i chociaż widzę, że zupełnie za mną nie nadąża, jest dziwnie miło pogadać z prawdziwym człowiekiem. Po kilku minutach spoglądam na nią znów, a ona gapi się prosto na mnie. Czuję narastający ucisk na karku, który rozszerza się na cały kręgosłup.

Za blisko. Znalazła się zbyt blisko. To gra, Hardin. Traktuj ją jak jej część.

– Nie znoszę, jak ktoś się na mnie gapi.

Próbuję powiedzieć to z neutralnym wyrazem twarzy.

Jest strasznie ciekawska i uświadamia sobie, że podoba mi się to bardziej, niż powinno.

Rozdział szesnasty

Jadę ostatnią wąską uliczką i parkuję przy końcu niewielkiej łachy gruzu pomiędzy potężnymi drzewami. Bardzo mi się tu podoba – nikt tu nigdy nie przyjeżdża, co jest dla mnie idealne. Zwłaszcza kiedy nie pada, co tak rzadko zdarza się na Półwyspie Olimpijskim. Dorastając w Hampstead, przyzwyczaiłem się do martwego nieba – jesienią rzadko można zobaczyć słońce.

Tessa rozgląda się dookoła, a później marszczy brwi.

– Nie denerwuj się, nie przywiozłem cię tutaj, żeby cię zabić – mówię, próbując ją rozbawić.

Spogląda w stronę pola żółtych polnych kwiatów, a jej ramiona delikatnie się rozluźniają. O czym myśli?

– Co będziemy tu robić? – pyta.

– Hm, najpierw pójdziemy na spacer.

Tessa wzdycha i idzie za mną po ziemistej drodze, która niegdyś była trawiastą ścieżką. Już wygląda na nieszczęśliwą. Co ja sobie myślałem?

– Ale niezbyt długi – dodaję.

Nie ufa mi i wygląda na to, że ma dzisiaj zły nastrój. Kto by pomyślał. Kiedy nie ma złego nastroju? Skupiam uwagę na chmurze kurzu, którą wzbijają moje buty, uderzając o suchy, piaszczysty grunt. Kroków Tessy niemal nie słychać – porusza się niewiarygodnie wolno.

– Cóż, jeśli się pospieszymy, może uda nam się zdążyć do zmroku – wyzłośliwiam się, gdy dochodzimy do drzewa, do którego przypięto łańcuchem stary rower. To znak, że jesteśmy w połowie drogi, która ma jakąś milę. Nie tak źle. Tessa zwalnia, ale jej twarz, kiedy docieramy do wody, wynagradza mi wszystkie stracone chwile. Delikatnie wzdycha, jak gdyby ten prosty strumień pośrodku lasu był magiczny. Jej usta się rozchylają, a oczy rozszerzają.

Czy ona w ogóle lubi pływać? Pewnie należało ją spytać. Milczę i pozwalam jej cieszyć się okolicą, zanim o cokolwiek ją spytam. Teraz, kiedy już jesteśmy sami, nie mogę wymyślić niczego, o czym mógłbym z nią rozmawiać. Może powinienem po prostu wejść do wody? Tessa stoi w tym samym miejscu, w którym była ostatnim razem, gdy na nią spojrzałem. Grzebie butem w ziemi, żeby uniknąć patrzenia na mnie.

Jebać te gówniane niezręczności. Wchodzę do wody. Ściągam T-shirt przez głowę i słucham cichego pisku, który wydobywa z siebie Tessa. Nie mówi dużo, ale bardzo aktywnie dostosowuje ścieżkę dźwiękową do swojego wyrazu twarzy. Uśmiechowi zazwyczaj towarzyszy westchnienie, irytacji prychanie, a podnieceniu dyszenie.

– Zaraz, dlaczego się rozbierasz? – pyta.

Nie sądzę, by zdawała sobie sprawę z tego, jak intensywnie przygląda się mojemu nagiemu torsowi. Chrząka i pyta:

– Masz zamiar pływać? W tym?

Wskazuje wodę z wyrazem obrzydzenia na twarzy. Oczywiście, że Mała Panna Pruderyjna nie chce zamoczyć sobie ubrań ani włosów.

– Tak, i ty też. Ciągle to robię.

Rozpinam guzik spodni, a Tessa nadal narzeka. Robiąc to, patrzy, jak się rozbieram.

– Nie zamierzam w tym pływać.

Woda jest tu tak naprawdę czystsza niż w większości jezior, które kiedykolwiek widziałem. I właśnie dlatego nie znoszę napuszonych snobek, które boją się, że będą miały brud pod swoimi wymanikiurowanymi paznokciami.

– Dlaczego nie? Jest tak czysto, że widać dno.

Wskazuję na skrzącą się wodę. Myślałem, że będzie pod większym wrażeniem. To, że nigdy nie wiem, co myśli, doprowadza mnie do szału.

– W takim razie... pewnie są tu ryby i Bóg jeden wie, co jeszcze – piszczy.

Ryby? Naprawdę? O to się martwi ta dziwna dziewczyna?

– Poza tym nie powiedziałeś mi, że idziemy popływać, więc nie mam kostiumu kąpielowego.

– Chcesz mi powiedzieć, że jesteś jedną z tych dziewczyn, które nie noszą bielizny? – Uśmiecham się do niej, desperacko pragnąc zobaczyć ją w takim wdzianku. – Właśnie, w takim razie wejdziesz do wody w staniku i majtkach.

Nie ma mowy, żeby na to poszła. Widzę, że w jej szarych oczach zaczyna narastać gniew, i nie mogę się doczekać odpowiedzi.

– Nie pływam w bieliźnie, zboczeńcu. – Tessa siada na trawie kilka metrów od brzegu. – Tylko popatrzę.

Uśmiecha się i krzyżuje nogi.

Znów gapi się na moje ciało. Tym razem przygląda się zarysowi mojego kutasa w bokserkach. Czerwieni się i z całych sił próbuje oderwać od niego wzrok i udawać, że skupia się na kępce trawy, którą trzyma w dłoni.

– Ależ z ciebie ponurak. W dodatku nie wiesz, co tracisz – wołam ją, wskakując do zimnej wody.

Kuuuurwa, woda jest zimniejsza, niż myślałem. Płynę w kierunku drugiego brzegu, gdzie przez cały dzień dociera światło słoneczne, i temperatura drastycznie się zmienia.

– Woda jest ciepła, Tess! – wołam do niej.

Podnosi wzrok znad stosiku źdźbeł trawy, który buduje, żeby się czymś zająć. Zajebiście się nudzi, a ja nie mam pojęcia, jak to zmienić. Nie chce nawet wejść ze mną do wody – co mam robić?

– To na razie bardzo nudna przyjaźń…

Tessa przewraca oczami i unosi głowę z powrotem do słońca.

– Zdejmij chociaż buty i zanurz stopy. Jest wspaniale, a niedługo zrobi się za zimno, żeby pływać.

Tessa się zgadza, ściąga buty i układa je równo obok siebie. Dziwne są – wyglądają jak kawałki materiału przyklejone taśmą do wątłego kartonu. Nie ma mowy, żeby były wygodne. Podwija dżinsy i przygryza dolną wargę, kiedy wchodzi do wody.

Czekam, aż zacznie narzekać, ale na jej twarzy pojawia się szeroki uśmiech.

– Fajnie, prawda? – pytam ją.

Odwraca wzrok, wychylając głowę jeszcze dalej do słońca.

– W takim razie wskakuj.

Znów zanurzam głowę w wodzie i moczę włosy, próbując ją przekonać.

Kiedy wynurzam się z powrotem, Tessa potrząsa głową. Nadal nie chce wchodzić do wody. Chryste, ale ta kobieta jest trudna. Chlapię na nią, a ona piszczy i cofa się na trawę. Nigdy nie byłem tu z nikim innym – trochę dziwnie mieć tu towarzystwo.

Jak mogę ją nakłonić, żeby weszła? Cały dzień będzie zupełnie stracony, jeśli nie wskoczy do wody. Muszę z nią negocjować. Ale co by chciała w zamian?

Nie wydaje się kimś, kto chodzi na kompromisy…

– Jeśli wejdziesz do wody, odpowiem na jedno z tych twoich wścibskich pytań. Na każde, jakie chcesz, ale tylko jedno.

Dzielę się z nią tym pomysłem, kiedy tylko przychodzi mi do głowy. Jest taka wścibska, że będzie zachwycona.

– Oferta kończy się za minutę.

Muszę ograniczyć jej czas na decyzję, bo inaczej z pewnością zajmie jej to cały cholerny dzień. Zanurzam się pod wodę i wstrzymuję oddech, przepływając jakieś sześć metrów. Tessa pewnie krzywi się na powierzchni. Myśl o tym mnie rozśmiesza i prawie się krztuszę.

– Tessa – chciałbym, żeby przestała tak cholernie dużo myśleć – przestań tyle myśleć i po prostu wskakuj.

Spogląda na swoje ubranie.

– Nie mam co na siebie włożyć. Jeśli wskoczę w ubraniu, będę musiała iść do samochodu i wracać przemoczona.

– Włóż mój podkoszulek.

Kiedy słyszy moją propozycję, marszczy brwi i spogląda na ubrania leżące niedaleko niej na trawie.

– No dalej, załóż mój podkoszulek. Będzie odpowiednio długi dla ciebie i możesz zostać w staniku i majtkach, jeśli chcesz – dodaję.

Bardzo bym się cieszył, gdyby nie miała na sobie stanika ani majtek, ale oczywiście wybór należy do niej.

Tessa znów się rozgląda, ogarniając wzrokiem wodę i moje na wpół nagie ciało, a później sięga w dół i szybkim ruchem podnosi moją koszulkę z ziemi. Wygrałem.

– Dobrze.

Ale z niej bachor. Opiera dłoń o biodro i kontynuuje negocjacje.

– Ale odwróć się i nie podglądaj, gdy będę się przebierała. Mówię poważnie!

Ryczący kotek powrócił. Śmieję się, a ona przytrzymuje mój czarny T-shirt między kolanami i dziwnie poruszając biodrami, unosi swoją koszulkę nad głowę. Szybko się odwracam. Jestem dżentelmenem. Naprawdę.

– Pospiesz się, albo się odwrócę – stwierdzam niecierpliwie, kiedy kończę liczyć w myślach do trzydziestu.

Spoglądam na nią ukradkiem, gdy schyla się, żeby ułożyć dżinsy idealnie w linii z butami. Co za psychopatka – żeby tak ustawiać buty? Przez kilka sekund zastanawiam się, jak by zareagowała, gdybym wrzucił jej buty do spokojnej wody. Byłaby taka wkurwiona. Przygryzam wargi, żeby się nie uśmiechnąć, i wreszcie patrzę na jej ciało. Ma opalone nogi – to zauważam od razu. Mój T-shirt doskonale ją obejmuje. Kurwa – jej cycki są takie duże, że koszulka ledwo dosięga szczytu jej ud. Wciągam kolczyk w wardze między zęby i rozkoszuję się widokiem, jaki przed sobą mam.

– Hm... wchodzisz do wody, tak? – Usiłuję odchrząknąć i przestać się gapić na górną część jej ud. – Po prostu wskocz!

– Już! Już!

– Rozpędź się.

– Dobra.

Bierze głęboki oddech, a później zaczyna galopować w kierunku wody niezręcznym, sztywnym krokiem. Piszczy i zakrywa twarz, kiedy dociera do brzegu i zatrzymuje się o krok od wody.

– Daj spokój! A tak dobrze zaczęłaś!

Mój śmiech wypełnia powietrze między nami, a ja znów spoglądam na Tessę. Gapi się na mnie, śmiejąc się donośnie w promieniach słońca, co mnie dezorientuje. Co my tu robimy? Śmiejemy się do siebie w strumieniu? Co to ma być?! Jeden z tych filmów na podstawie powieści Nicholasa Sparksa, których bohaterowie kłócą się w sposób tak uroczy, że zwiastun filmu rozprzestrzenia się po internecie jak pożar lasu? Znudzone kobiety myślą, że jakiś bohater literacki przybędzie im na ratunek. To bzdury, a wszystkie te kobiety zawsze kończą z gównianym mężem, który nigdy nie będzie przejmował się nimi i swoją rodziną bardziej niż własnymi zachciankami.

– Nie mogę!

Wygląda, jakby odchodziła od zmysłów. Czy naprawdę boi się wody? Dobry Boże.

– Boisz się? – pytam ją.

– Nie… nie wiem. Chyba.

Brodzę przez wodę, żeby się do niej zbliżyć. Uderzam się w palec o duży kamień na dnie strumienia.

– Usiądź na brzegu, to ci pomogę – proponuję.

Sięgam do niej, kiedy podchodzi bliżej. Próbuje ukryć swoje majtki, ściskając uda – jestem jej za to wdzięczny. Nie potrzebuję, by coś odwracało moją uwagę.

Chwytam ją za uda, a mój kutas od razu reaguje.

Niech ją diabli wezmą za takie miękkie, pociągające uda – nie mogę się doczekać, aż moja twarz znajdzie się pomiędzy nimi.

– Gotowa?

Biorę głęboki oddech i przesuwam dłonie, żeby złapać ją w talii. Jej biodra wpasowują się w moje dłonie i muszę się wysilać, by zachować resztki samokontroli. Dłonie świerzbią mnie, by ścisnąć jej biodra, pochylić ją i wziąć tu i teraz.

Co ze mną nie tak? Nigdy nie zachowuję się jak napalony chłopak z bractwa. Czy to jej niewinność i kuszące do grzechu ciało, czy duch konkurencji, który każe mi wygrać walkę o nią z Zedem?

Czuję ciepło jej skóry, kiedy zanurza się w wodzie, i puszczam ją. Woda sięga jej niemal do klatki piersiowej. Rozkłada przed sobą dłonie i bada wodę dookoła siebie. Jej skórę pokrywa drobna gęsia skórka, doskonale widoczna w słońcu.

– Nie stój tak.

Musisz zacząć się ruszać, żebym nie stał tu tak po prostu i nie gapił się na ciebie cały jebany dzień. Wydaje się mnie nie słyszeć, ale i tak wchodzi głębiej. Kiedy przemierza przezroczystą wodę, T-shirt wydyma się, jakby usiłował nabrać kształtu. Zanim mogę odwrócić wzrok, Tessa obciąga mokry materiał, wygładzając go pod wodą najlepiej jak może.

– Mogłabyś go po prostu zdjąć – mówię.

Na pewno bym nie narzekał.

Tessa marszczy nos i porusza dłonią pod wodą, żeby mnie ochlapać. Ochlapała mnie, kurwa? Wkurza mnie, że uważam to za bardzo zabawne.

– Czy ty mnie właśnie ochlapałaś?

Tessa chichocze i jeszcze raz chlapie uspokajającą się wodą. Strząsam wodę z włosów i przyskakuję do niej. Chwytam ją w talii i wciągam pod wodę. Unosi drobną dłoń i zatyka sobie nos. Zatykać nos w tym wieku? Śmieję się do rozpuku.

– Nie wiem, co jest zabawniejsze: to, że naprawdę dobrze się bawisz, czy to, że musisz zatykać sobie nos pod wodą.

Śmieję się tak mocno, że ledwo mogę mówić.

Tessa podchodzi do mnie, a jej wyraz twarzy świadczy o tym, że się na coś zdecydowała. Unosi ręce nad głowę i próbuje wepchnąć moją głowę pod powierzchnię. To komiczna próba. W najlepszym razie. Usiłowałem wcześniej ignorować to, że mój podkoszulek, który ma na sobie, znów uniósł się w wodzie, odsłaniając jej ciało, teraz jednak nie odwracam wzroku, a ona się śmieje – przyłączam się do niej i aż dostaję skurczów żołądka. Jej śmiech jest łagodny i przypomina mi żółte polne kwiaty, które widziałem na początku naszej niby-randki.

– Jesteś mi winien odpowiedź na pytanie – naciska.

Wiedziałem, że nie zapomni, ale zakładałem, że poczeka trochę dłużej, zanim spyta.

– Jasne, ale tylko jedno.

Pewnie zapyta o coś głupiego, na przykład czy bolało, kiedy robiłem sobie tatuaże. Spoglądam na trawiasty brzeg strumienia i czekam na to, ku czemu skieruje swoje wścibstwo.

Jej głos przerywa ciszę.

– Kogo kochasz najbardziej na świecie?

Co, kurwa?

Co to za pytanie? Zajebiście dziwne. Nie chcę na nie odpowiadać. Nawet nie mam odpowiedzi. Teraz zaczynam być bardziej podejrzliwy wobec jej rozmów o mnie z Landonem. Kochać? Kogo kocham najbardziej na świecie?

Kogo kocham najbardziej? Cóż, kocham moją mamę, chyba. Nie mówiłem jej tego od lat, ale to w końcu moja mama. No i to tyle, nie licząc mnie samego. Siebie kocham najbardziej. Nie sądzę jednak, że „Najbardziej kocham siebie" liczy się jako odpowiedź.

Niemniej jednak:

– Siebie – odpowiadam zgodnie z prawdą.

Nie miałem żadnych dziewczyn jako nastolatek, więc nigdy nie musiałem sztucznie wyznawać nikomu miłości, zanim ja albo ktokolwiek w moim wieku w ogóle się dowiedział, co znaczy to słowo. Nurkuję, żeby zniknąć na kilka sekund, a mózg Tessy przeprowadza rejestr jej przypuszczeń na mój temat.

– To niemożliwe – mówi w tej samej sekundzie, kiedy czuję świeże powietrze na skórze. – A rodziców?

Tego już za wiele. Tessa Young nie potrafi postawić granicy swoim nachalnym osobistym pytaniom. Patrzy na mnie łagodnie i z delikatnie otwartymi ustami czeka na odpowiedź. Nienawidzę tego, jak wyglądają jej oczy, kiedy przepełnia je współczucie.

Dosyć, Thereso.

– Nigdy więcej nie poruszaj tematu moich rodziców, jasne?

– Przepraszam, byłam po prostu ciekawa. Powiedziałeś, że odpowiesz na każde pytanie – mówi cicho. – Naprawdę mi przykro, Hardin. Nigdy więcej już o nich nie wspomnę – przeprasza.

Nie jestem pewien, czy jej wierzę. Coś knuje, czuję to. Ma zbyt dobrą intuicję i jest zbyt bezczelna. Nawet jej nie znam, a ona z całą pewnością nie zna mnie. Dlaczego wciąż uważa, że może zadawać mi tyle gównianych osobistych pytań?

To popołudnie może nam upłynąć na jeden z dwóch sposobów – albo będziemy się kłócić, aż nie popędzi do swojego akademika wkurzona i spanikowana, albo ją oczaruję i sprawię, że będzie chciała być przy mnie.

Postanawiam zachować się grzecznie. Wolę nie spędzać drogi powrotnej w niezręcznej ciszy. Wyciągam ręce w jej kierunku i chwytam ją w talii. Woda sprawia, że jej ciało staje się lekkie – unoszę ją w powietrze i rzucam na bok. Krzyczy, wymachując dłońmi w powietrzu jak ptak. Wynurza się z mokrymi włosami i oszalałym wzrokiem.

Jest szczęśliwa.

To się mogło skończyć różnie, ale jakoś ją uszczęśliwiłem.

– Zapłacisz mi za to! – woła radośnie i brodzi w moim kierunku.

Chyba naprawdę wierzy, że ma szansę się zemścić. Tessa zbliża się coraz bardziej – woda spływa jej strużkami po twarzy. Jej skóra jest mokra i lśniąca… dlaczego wciąż podchodzi coraz bliżej?

To ja powinienem tu rządzić. Wyrywa mi się jęknięcie, kiedy Tessa obejmuje mnie w talii i unosi się, by zrównać swoje ciało z moim.

– Przepraszam.

Sztywnieje i rozluźnia nogi. Nie, nie.

Chwytam je, skłaniając ją, by znów objęła mnie w talii. Jest mi tak dobrze, kiedy się do mnie przyciska, tak ciepło. Kiedy obejmuje mnie drobnymi ramionami za szyję, u dołu kręgosłupa czuję ukłucie paniki. Spoglądam na nią i próbuję odczytać, co myśli. To niemożliwe.

– Co ty ze mną wyprawiasz, Tess? – zastanawiam się, powoli pocierając kciukiem jej drżącą dolną wargę.

Jej gorący oddech przybiera formę niskich, głębokich sapnięć. Moje wspomnienie smaku jej ust wciąż jest bardzo świeże. Chcę posmakować ich jeszcze raz, potrzebuję tego.

– Nie wiem…

Nie wie. Ja też nie wiem. Żadne z nas nie panuje nad sytuacją, która może bardzo szybko się rozwinąć.

Chciałbym, żeby tak było.

Czy ta dziewczyna ma choćby blade pojęcie, jak bardzo jest seksowna? Czy wie, że sam kształt jej ust wystarczy, żebym zaczął snuć w głowie bardzo, bardzo niegrzeczne scenariusze z nią w roli głównej? Wyobrażam sobie Tessę klęczącą przede mną, z szeroko otwartymi pełnymi ustami i mokrym językiem, który pragnie mnie wziąć, sprawić mi rozkosz. Chcę przycisnąć kutasa do jej ust i ją drażnić. Mogę doprowadzić jej ciało do szaleństwa, tak jak ona doprowadza moje. Jej usta są jasnoróżowe, a linia jej górnej wargi jest wyraźna, jak w przypadku ust bohaterów kreskówek. Ale to seksowne, jak u Jessiki Rabbit.

Kurwa, tracę dla niej głowę. To nie może być dobre. Ale to chyba dobrze, że nie mam nic przeciwko temu, że to złe.

– Te wargi… rzeczy, które mogłabyś nimi robić.

Milknę i przypominam sobie, jak ssała moje usta w moim pokoju, a później znów u siebie.

– Chcesz, żebym przestał?

Wpatruję się w nią, szukając śladów podenerwowania. Zaciska na mnie uda, co odbieram jako „nie", ale daję jej kilka sekund na odpowiedź przed posunięciem się dalej.

Przysuwa się jeszcze bliżej, przyciskając swoje ciało do mojego pod wodą.

– Nie możemy być tylko przyjaciółmi. Wiesz to, prawda?

Słysząc moje słowa, wzdycha, a ja pochylam się do niej i delikatnie przyciskam usta do linii jej szczęki niedaleko brody. Jej powieki trzepoczą i zamykają się, a ja przesuwam usta po linii jej szczęki, czule przemierzając jej mokrą skórę. Kiedy dotykam ustami miejsca na jej szyi tuż poniżej ucha, wydobywa się z niej jęk, który mnie zaskakuje.

– Och, Hardin.

Te słowa sprawiają, że przebiega mnie dreszcz. Jej głos jest tak ochrypły, tak spragniony. Mnie. Rozpływa się w moich ramionach, a moje serce bije szybciej, kiedy myślę o tym, że mógłbym się zatopić w jej rozkoszy. Nigdy nikt jej nie przeleciał, chociaż jestem pewien, że przynajmniej sama robiła sobie dobrze.

Chcę słyszeć, jak znów jęczy moje imię – tak samo, jak muszę znów zasmakować jej ust.

– Chcę sprawić, żebyś jęczała moje imię raz po raz, Tesso. Proszę, pozwól mi na to.

Sam nie poznaję swojego głosu, kiedy ją błagam.

W niemal całkowitej ciszy słyszę jedynie jej ciężki oddech i cichy szum obmywającej nas wody. Strumień jest spokojny, tylko delikatnie faluje, opływając dookoła naszych ciał. Tessa kiwa głową.

– Powiedz to, Tesso – nalegam dalej.

Biorę płatek jej ucha pomiędzy zęby i delikatnie przygryzam. Kwili i kołysze się cała, intensywnie kiwając głową.

Kiwnięcie głową nie wystarczy, Thereso. Chcesz tego, to mi powiedz.

– Musisz to powiedzieć, maleńka, głośno, żebym wiedział, że naprawdę tego chcesz.

Wsuwam dłoń pod mój podkoszulek, który ma na sobie, i zaczynam dotykać jej brzucha.

– Chcę... – przyznaje szybko i pełnym desperacji tonem.

Uśmiecham się ustami przyciśniętymi do ciepłej skóry na jej szyi, a ona wzdycha. To jedno słowo wystarczy mi za zaproszenie. Chwytam mocniej jej ciało, a ona się napina – pewnie dlatego, że obawia się, że ją upuszczę. Zaczynam wychodzić z wody, a ona przywiera do mnie. Ma rozwarte uda i przyciska się do mojego twardniejącego kutasa z każdym moim krokiem.

Puszczam ją, kiedy docieramy do brzegu, a ona dramatycznie jęczy. Ten dźwięk sprawia, że krew zaczyna mi napływać prosto do krocza. Wspinam się na brzeg i odwracam się, żeby pomóc jej wyjść z wody. Sięga do mnie, nie odrywając wzroku od mojego nagiego torsu. Patrzę, jak jej oczy spoglądają teraz na tatuaż na moim brzuchu, martwe drzewo wymalowane na mojej skórze.

Pewnie nienawidzi moich tatuaży, pochodzi w końcu z jakiegoś nadętego miasteczka. Jej bogobojna matula zapewne nauczyła ją, że ludzie z tatuażami to zło wcielone i zjedzą jej duszę, albo coś w tym rodzaju.

Tessa pewnie jest przyzwyczajona do patrzenia na tors swojego doskonale zadbanego chłopaka o czystej skórze. Obserwuję ją uważnie, kiedy dalej się gapi, usiłując odszyfrować wzory na moim ciele. Jej chłopak nie ma tatuaży, jestem o tym przekonany. Pewnie nie ma też ani jednej blizny na skórze ani na duszy.

Odsuwam się od niej, a ona stoi w bezruchu, czekając na polecenia.

Nie jestem pewien, co mam z nią zrobić. Wciąż gapi się na moją skórę... Dlaczego wciąż gapi się na moją skórę? Co ważniejsze, dlaczego mi to tak bardzo przeszkadza? Zrobiłem tatuaże dla siebie, a nie dla jakiejś przesadnie krytycznej laski.

Po jaką cholerę się teraz usprawiedliwiam? Zazwyczaj gówno mnie obchodzi, co laski o mnie sądzą, myślę tylko o tym, żeby je pieprzyć, i skupiam się na tym, jak rozpływają się pod moim dotykiem w sposób, który stanowi rozrywkę dla nas obojga.

Przestań myśleć, Hardin. Jestem dokładnie taki jak ona – o wszystkim za dużo myślę. Co ona ze mną robi? Przechodzę do rzeczy:

– Chcesz, żeby to się stało tutaj? Czy w moim pokoju?

Czy powinienem się z nią pieprzyć tutaj? Mógłbym położyć ją na trawie, rozewrzeć jej uda i sprawić, że wykrzyczy moje imię, kiedy będę rysował językiem okręgi na jej łechtaczce.

Tessa wzrusza ramionami, gdy poprawiam bokserki.

– Tutaj – postanawia.

– Taka chętna? – pytam.

Czuję, jak jej ciało przyciąga moje, i zastanawiam się, czy ona również to czuje. Wiem, że ją podniecam, to oczywiste, ale czy czuje to wszechogarniające wezwanie, by mnie dotknąć, tak jak ja czuję to w stosunku do niej?

– Chodź tu – nakazuję.

Posłusznie podchodzi kilka kroków do mnie z zaczerwienionymi policzkami. Szybciej – chcę ją popędzić.

Nie mam teraz cierpliwości, żeby się z nią drażnić – muszę ją poczuć. Ona musi poczuć mnie. Będę ją pieprzył tutaj, na trawie. Położę ją i dotknę każdego centymetra jej niewiarygodnie cudownego ciała. Moja czarna koszulka jest przemoczona i przylega do niej niczym lateksowa rękawiczka. Musi zniknąć.

Chwytam za brzeg podkoszulka i przeciągam go jej przez głowę. Zdjęcie mokrego materiału nie jest proste – najwyraźniej chce na niej pozostać, podobnie jak ja.

Pierwsza część wspólnego dnia upłynęła nam na tym, by robić wszystko tak, jak ona chce – dać jej miły, prosty dzień ze mną. Drugą część spędzimy po mojemu. Nie jestem przyzwyczajony do prowadzenia rozmowy ani odpowiadania na pytanie o to, kogo kocham najbardziej na świecie. Jestem przyzwyczajony do wykorzystywania miękkich ciał, by dawały mi przyjemność.

Rozdział siedemnasty

Rozkładam miękki T-shirt na trawie jako prowizoryczny koc, na którym może się położyć. Moje palce drżą.

– Połóż się – instruuję ją i pomagam jej to zrobić.

Kładę się na boku obok niej i opieram się na łokciu, żeby dobrze się jej przyjrzeć. Jej ciało jest odsłonięte – mogę obserwować jej pełne piersi, a jej delikatnie opalona skóra dosłownie lśni w słońcu. Przypomina soczyste, jasnoczerwone jabłko, które tylko czeka, aż się w nie wgryzę. Widziałem wiele, wiele znacznie bardziej rozebranych kobiet, ale, kurwa, Tessa to zupełnie inna liga. Kiedy podziwiam linię jej ciała prowadzącą od bioder do sprężystych cycków, dwie drobne dłonie usiłują przerwać moją wycieczkę krajoznawczą. Siadam – trawa jest miękka, to jedyna zaleta wciąż padających tu cholernych deszczy.

Chwytam ją za nadgarstki i przyciskam je do jej boków.

– Nigdy się nie zakrywaj – mówię jej. Spogląda mi w oczy, a ja dodaję: – Nie przede mną.

– Ja tylko...

Jej policzki płoną i odwraca wzrok. Nie pozwalam jej skończyć tego absurdalnego stwierdzenia.

– Nie, nie będziesz się zakrywać; nie masz się czego wstydzić, Tess.

Nie wygląda na przekonaną. Kto jej zjebał pewność siebie?

– Spójrz na siebie.

– Byłeś z tyloma dziewczynami…

Oczywiście, że o tym wspomina. Dlaczego przejmuje się tym, że byłem z innymi dziewczynami? Nie jesteśmy parą i nigdy nie będziemy. Żadna z dziewczyn, z którymi byłem, nie przypominała Tessy – kilka było podobnych, ale zazwyczaj nie interesuję się niewinnymi, nigdy wcześniej niepieprzonymi dziewczynami. Wolę, jeśli moje kobiety są na tyle doświadczone, że pieprząc mnie, wiedzą, co robią. Nie zamierzam być niczyim nauczycielem, zwłaszcza w sztuce seksu.

Poza Natalie. Przypomina mi o tym wkurzający głos z tyłu głowy. Natalie, słodka dziewczyna z grupy kościelnej z tyłkiem zbyt dużym, by go nie podziwiać, i włosami czarnymi jak smoła. Była taka niedoświadczona, że nie potrafiła mi nawet założyć prezerwatywy. Chodzenie do szkółki niedzielnej co tydzień, od kiedy opuściła łono matki, nie nauczyło jej tego.

– Żadna nie była taka jak ty – mówię, spoglądając z powrotem na nią.

Wydaje się nerwowa i tak smakowicie nowa, że chcę się w niej zanurzyć.

– Masz prezerwatywę?

Głos Tessy cichnie, kiedy mówi „prezerwatywę". Czy kiedykolwiek w ogóle jakąś widziała? Natalie nie widziała. Po chuja myślę teraz o Natalie?

Mogę teraz przelecieć Tessę i wygrać cały ten Zakład. Mogę utonąć w jej czystym ciele i wziąć to, po co tu przyszedłem. Gapi się na mnie. Czeka. Myśli, że jestem gościem, który zabiera tu laski, żeby pieprzyć je w lesie. Zwłaszcza takie, które nigdy jeszcze nie uprawiały seksu.

– Prezerwatywę? – Śmieję się, postanawiając w tej chwili, że nie będziemy się tu pieprzyć. – Nie będę uprawiał z tobą seksu – mówię, chociaż chciałbym tego.

– Och – odpowiada Tessa zawstydzonym głosem.

– Dokąd się…

Dlaczego przyjęła, że powinniśmy stąd iść, bo nie będę jej pieprzył? Ach tak!

– Och… Nie, Tess, nie to miałem na myśli. Chodziło mi o to, że nigdy nie robiłaś niczego… takiego, więc nie będę z tobą uprawiał seksu.

Próbuję ocenić, czy mi wierzy.

– Dzisiaj.

Z jej policzków ubywa odrobina czerwieni.

– Jest wiele innych rzeczy, które najpierw chcę ci zrobić.

Wykurwiście wiele. Sprawię, że będzie o mnie błagała. Potrzebuję, by jej ciało poddało się mojemu dotykowi. W tej chwili będzie należała do mnie w każdym calu. Leży tu przede mną, jej ciało jest odsłonięte i gotowe, a ja wykorzystam je jak najlepiej, dla niej. Wchodzę na nią, a ona delikatnie się trzęsie, kiedy krople wody spadają z moich włosów na jej twarz. Uśmiecham się i patrzę, jak zamyka oczy, spodziewając się kolejnych kropel.

– Nie mogę uwierzyć, że nikt cię jeszcze nie przeleciał.

Mówię całkowicie szczerze. Chcę przycisnąć moje ubrane ciało do jej ciała, żeby dać jej drobne pojęcie o tym, jak by było, gdybym ją dziś pieprzył. Podpieram się na łokciu i kładę dłoń na szyi Tessy, zsuwam się niżej, by delikatnie muskać samymi opuszkami palców skórę pomiędzy jej obfitymi piersiami. Wyglądają na takie miękkie, wystarczająco duże, żebym mógł je pieprzyć; nie mieszczą się w dłoni, ale nie opadają i są doskonale jędrne. Jej sutki są jak twarde kamyczki, czekające na to, aż zacznę je ssać. Jeśli zatrzymam się w tym miejscu, żeby docenić je moim dotykiem, nigdy nie utrzymam kutasa na wodzy. Dzięki Bogu, ma na sobie stanik.

Muskam palcami miękką, skromną krągłość jej brzucha. Jej skórę pokrywa gęsia skórka. Wzdycha. Zanurzam dłoń w jej majtkach, przez chwilę pocieram kciukiem wewnętrzną stronę materiału. Moje palce błądzą po jej cipce, szukając łechtaczki w jej wilgoci.

– Dobrze ci? – pytam i biorę pączek pomiędzy kciuk i palec wskazujący. Nie odpowiada. Jest mokra i nabrzmiała, a jej ciało poddaje się mi zaledwie po dotyku. Dopiero zacząłem jej pokazywać, jak może się dzięki mnie czuć. Pochylam głowę i przesuwam ustami po jej ustach.

– Lepiej niż kiedy ty to robisz? – pytam.

Puszczam jej łechtaczkę i przebiegam jednym palcem po jej szparce. Zastanawiam się, jak się zaspokaja, gdy jest sama. Czy dochodzi od masowania łechtaczki, czy od palcówki? Mam przeczucie, że woli łechtaczkę – idzie prosto do celu.

– Lepiej? – pytam ponownie.

– C-co?

– Kiedy się dotykasz? Tak samo się czujesz?

Nadal nie odpowiada... Dlaczego nie może po prostu odpowiedzieć? To seksowne, tak zajebiście seksowne wyobrażać sobie, jak leży na łóżku w akademiku z rozłożonymi nogami i robi sobie dobrze. Pewnie musi być cicho, bo jej współlokatorka śpi, ale doprowadza się do orgazmu i zakrywa usta dłonią. Niekiedy, gdy dochodzi wyjątkowo intensywnie, może nawet przygryza swoją pełną wargę i z trudem powstrzymuje westchnienia, kiedy wraca do rzeczywistości. Muszę wiedzieć, jak to robi. Wciąż się na mnie gapi, jakby wyrosła mi dodatkowa głowa. Przecież tylko spytałem, jak się masturbuje.

Ach.

Uświadamiam sobie, że Panna Pruderyjna nigdy nie zrobiła sobie dobrze.

– Zaraz... tego też nigdy nie robiłaś, prawda? – pytam.

Wciąż jej dotykam, ciesząc się kałużą jej podniecenia pokrywającą mój palec.

– Tak szybko na mnie reagujesz, jesteś taka mokra.

Jęczy. Ten dźwięk jest po prostu obłędny. Znów przenoszę uwagę na jej łechtaczkę – delikatnie ją szczypię, a później zaczynam toczyć między moimi wilgotnymi palcami.

– Co? To… było?

Głos Tessy przeistacza się w ciepły szept – cały opór rozpływa się pod moim dotykiem. Powtarzam rozkoszne szczypnięcie i toczenie, jednocześnie zataczając kciukiem powolne kręgi. Tessa dyszy, jej nogi sztywnieją i wiem, że jest blisko. Tak blisko. Nie mogę się doczekać, aż zobaczę, jak się dla mnie zatraca. Nie mogę uwierzyć, że nigdy nie czuła czystej euforii płynącej z seksu. Kurwa, dużo ją ominęło. Wygina plecy, unosząc się z trawy i zbliżając cycki bliżej mojej twarzy. Jedno liźnięcie nie zaszkodzi.

Właśnie że zaszkodzi. Odwróciłoby moją uwagę. Znów ją całuję, tym razem na poważnie, przyznając sobie do niej prawo i dając jej dokładnie to, czego potrzebuje. Daję jej coś, czego nigdy wcześniej nie czuła. Cal po calu opuszcza zwykłą rzeczywistość, a ja jestem tego przyczyną. Mój dotyk. Ja.

Wpycham wolną rękę w jej stanik, obejmując doskonałą pierś. Masuję ją, pozwalając jej poczuć więcej niż jedno doznanie naraz. Jej nogi zaczynają się trząść.

– Właśnie tak, Tesso, dojdź dla mnie – zachęcam ją.

To, że leży na trawie, mocno przygryzając dolną wargę, z zaczerwienionymi policzkami i oczami… te oczy są, kurwa, szalone.

– Spójrz na mnie, maleńka – błagam, przygryzając ciało wylewające się z jej stanika.

– Hardin – jęczy aksamitnym, głębokim głosem, nie pozwalając mi spojrzeć w inną stronę.

Jest tak seksowna, tak erotyczna, ani trochę się nie starając.

– Hardin…

Przyciąga mnie bliżej, wypowiadając moje imię. Oddycha bardzo głęboko, usiłując odzyskać panowanie nad sobą.

– Dam ci chwilę, żebyś doszła do siebie – mówię, powoli wyciągając dłoń z jej majtek.

Śliski ślad jej orgazmu błyszczy na jej brzuchu, gdzie spoczywa moja dłoń. Wzdycha, a ja otrzepuję bokserki, żeby je oczyścić.

Jestem teraz tak twardy, że ledwo widzę. Wciąż leży w tym samym miejscu – jej twarz wygląda, jakby bawiła się właśnie najlepiej na świecie. Chciałaby czegoś więcej, wiem to. Bóg wie, że dałbym jej to od razu. Całym sobą chcę wejść na nią i wsunąć się do środka. Chcę słuchać jej westchnień i czuć, jak się wokół mnie zaciska.

Nie dziś. Dziś nie mogę. Wstaję i biorę dżinsy i buty z ławki. Czuję na sobie wzrok Tessy, kiedy znów się ubieram.

– Wracamy? – pyta głosem cichym i pełnym niepewności. Czy chce, żebym znów ją zaspokoił? Teraz, gdy wie, jaką przyjemność może poczuć jej ciało, zrobiła się zachłanna?

– Tak. Chciałaś zostać dłużej?

– Myślałam... nie wiem. Myślałam, że może ty chciałbyś coś...

Wygląda na poniżoną. Dlaczego? Czy już żałuje, że pozwoliła mi zrobić sobie dobrze?

Powinienem był wiedzieć, że tak będzie.

Tessa zmienia pozycję tak, by się zakryć. Już próbuje ode mnie uciekać. Zaraz, powiedziała, że myśli, że mógłbym czegoś chcieć.

– Och, nie. – Byłoby zajebiście, gdyby twój ciepły język pieścił teraz główkę mojego kutasa, ale to nie jest część tego planu. – Na razie niczego mi nie potrzeba – dodaję, by upewnić się, że wie, że będę bardzo dobrze się bawił, kiedy już do tego dojdzie. Tessa kiwa głową, wsuwa nogi w dżinsy i wkłada koszulkę przez głowę.

Patrzenie, jak się ubiera, sprawia, że mam mętlik w głowie. Chcę do niej podejść i znów ją rozebrać. Kręci się na piętach, jakby było jej niewygodnie między udami. Nie powinna mieć otarć – nawet w nią nie wszedłem. Pewnie po prostu nie jest przyzwyczajona do tego, że ma tam kałużę własnych soków. Myśl o tym jednocześnie mnie rozbawia i cholernie nakręca.

– Czy coś się stało? – pytam Tessę w samochodzie, wjeżdżając na żwirową drogę. Słońce nieco się obniżyło, a powietrze robi się wilgotne. Niedługo nadejdzie deszcz.

– Nie wiem. Dlaczego tak dziwnie się zachowujesz?

Dziwnie? Jak to?

– To nie ja, ty dziwnie się zachowujesz.

– Nie odezwałeś się do mnie ani słowem, odkąd... no wiesz.

Jest zbyt onieśmielona, by powiedzieć to konkretnie.

Mówię to za nią.

– Odkąd dałem ci twój pierwszy orgazm?

– No... tak. Od tamtej pory ciągle milczysz. Ubrałeś się i wróciliśmy. Czuję się przez to, jakbyś mnie wykorzystał albo coś takiego.

Wykorzystał ją? Do czego?

Ach, rzeczywiście ją wykorzystuję. Niech to diabli.

Ale ona o tym nie wie. To tylko jej kompleksy sprawiają, że tak myśli.

– Co? Oczywiście, że cię nie wykorzystuję. Wykorzystałbym cię, gdybym sam coś z tego miał – mówię, niemal się śmiejąc.

Kiedy spoglądam na nią, nie śmieje się. Jej oczy są zaczerwienione, a po jej policzku spływa łza. Kurwa.

Płacze?

– Płaczesz? Co ja takiego powiedziałem?

Nie rozumiem jej. Dlaczego jest taka rozemocjonowana i dlaczego to sprawia, że czuję się tak winny? Każde moje słowo potrafi przeinaczyć tak, że wygląda na niegrzeczne. Nie ma do mnie zbyt wielkiego szacunku i trudno ją za to winić. Jest taka wrażliwa.

– Nie chciałem, żeby to tak zabrzmiało... przepraszam. Nie wiem, co się robi po czymś takim, a poza tym nie zamierzałem tak po prostu zostawić cię w twoim pokoju i odejść. Pomyślałem, że może poszlibyśmy razem na kolację. Na pewno umierasz z głodu.

Ściskam jej udo dłonią. Uśmiecha się do mnie, a ból w mojej piersi bardzo się uspokaja.

– Jakie jedzenie lubisz? – pytam ją.

Nie wiem, dokąd ją zabrać. Nigdy wcześniej nie jadłem sam z kobietą. To smutne, ale większość czasu z kobietami spędzam gdzie indziej.

Tessa zbiera zmierzwione włosy w dłoń, żeby je związać. Myślę, że może mi się podobać ze związanymi włosami... będę miał lepszy widok na jej twarz.

– Cóż, lubię naprawdę wszystko, dopóki wiem, co to jest... i dopóki nie ma w tym keczupu.

– Nie lubisz keczupu? Myślałem, że wszyscy Amerykanie szaleją na jego punkcie.

Co za dziwna z niej dziewczyna.

– Tego nie wiem, ale keczup jest ohydny.

Jest taka pewna siebie, dumna i nieugięta w swojej nienawiści do keczupu. To komiczne.

Śmieje się wraz ze mną.

– W takim razie zjedzmy normalną kolację.

– Co planujesz robić po ukończeniu college'u?

Cholera, już ją o to pytałem. Jestem beznadziejny w prowadzeniu rozmowy.

– Chcę od razu przeprowadzić się do Seattle i mam nadzieję, że znajdę tam pracę w wydawnictwie albo zostanę pisarką. Wiem, że to głupie.

Spogląda na dłonie. To nie jest głupie, mam takie samo marzenie.

– Ale już mnie o to pytałeś, pamiętasz?

– To nie jest głupie. Znam kogoś w Vance Publishing House. To kawał drogi, ale może powinnaś aplikować tam na staż. Mógłbym z nimi porozmawiać.

Vance dałby wiele, żeby mieć w firmie kogoś tak bystrego jak Tessa.

– Słucham? Zrobiłbyś to dla mnie?

Jest całkowicie zdumiona. Słyszę to w jej głosie.

– Jasne, to nic takiego.

Wzruszam ramionami. Nie podoba mi się to, że znalazłem się w centrum uwagi. Dosłownie czuję, jak Tessa chwali mnie z siedzenia obok. Załatwienie komuś stażu w Vance to żadna sprawa. Pomógłbym każdemu. Serio.

– Ojej, dziękuję. Naprawdę. I tak muszę zacząć szukać pracy albo stażu, a to byłoby dla mnie dosłownie spełnienie marzeń!

Zaczyna klaskać w dłonie. Klaszcze jak dziecko, które właśnie wygrało wielkiego pluszaka na festynie. To sprawia, że mam ochotę się uśmiechnąć.

Kiedy parkuję, Tessa wydaje się trochę niepewna wybranej przeze mnie knajpki, a ja zerkam na nią, gdy przygląda się jej podstarzałej fasadzie.

– Mają tu naprawdę wspaniałe jedzenie – zapewniam ją i wysiadam z samochodu.

Bar jest niemal pusty, kiedy siadamy.

Starsza przysadzista kobieta przynosi nam karty dań, a ja próbuję patrzeć gdziekolwiek, byle nie na Tessę. Po tym, jak zamawiamy, zaczyna prowadzić rozmowę. Próbuje zajrzeć do mojego dzieciństwa, ale nie pozwalam jej na to.

– Mój tata dużo pił. Zostawił nas, kiedy byłam mała – wyrywa się Tessie, gdy rozmawiamy.

Nic nie mówię, tylko marszczę brwi, wbijając wzrok w talerz, i usiłuję nie wyobrażać jej sobie jako małej dziewczynki chowającej się przed jej wersją mojego pojebanego ojca.

Podczas drogi powrotnej jestem pogrążony w myślach i skupiam się na rysowaniu drobnych kształtów na nodze Tessy.

– Dobrze się bawiłeś? – pyta, kiedy dojeżdżamy na kampus. Jej pytanie pobrzmiewa oczekiwaniem.

Z pewnością dobrze się bawiłem. Chętnie zabawiłbym się z nią znowu i sprawił, że wyjęczy moje imię, podczas gdy raz po raz będę ją pieprzył palcem.

Ale zamiast tego wszystkiego mówię:

– Tak, w sumie tak... Słuchaj, odprowadziłbym cię do pokoju, ale nie chcę grać w dwadzieścia pytań ze Steph...

Odwracam się na fotelu, by na nią spojrzeć. Jest zawiedziona, chociaż bardzo się stara, żeby z jej twarzy nie zniknął ten sztuczny uśmieszek.

– Rozumiem. Zobaczymy się jutro – mówi z żalem.

Widzę, że nie chce iść – ta myśl sprawia mi przyjemność. Gapi się na mnie, czekając, aż coś powiem. Nic nie mówię, ale sięgam do jej włosów, łapię luźny kosmyk i zaczesuję jej za ucho. Nie mam za dużo do powiedzenia, lecz chcę znów jej dotknąć. Chcę poczuć spokój, który ogarnia mnie, kiedy mnie dotyka. Odwraca policzek tak, że spoczywa w mojej dłoni, i wygląda jak młodsza wersja samej siebie, otwarta i czekająca na mnie. Przyciągam ją do siebie za ramiona, prosząc ją, żeby się zbliżyła. Potrzebuję jej bliskości. Zgadza się i przechodzi nad podłokietnikiem, a później siada na moich udach. Moje ciało jest rozgrzane popołudniowym słońcem, a Tessa łapczywie wodzi dłońmi po tuszu widniejącym na moim brzuchu. Każdy dotyk opuszek jej palców sprawia, że przebiega mnie kolejny intensywny dreszcz.

Pieszczę jej język swoim, biorąc wszystko, co jest gotowa mi dać. Obejmuję jej plecy, przyciągając ją tak blisko, jak to tylko możliwe. Wciąż niewystarczająco. Potrzebuję mieć jej więcej. Wciąż nie mam dosyć tej dziewczyny. Moje dłonie wspinają się po jej ciepłym brzuchu, ale przerywa nam wstrętny dzwonek telefonu.

– Kolejny alarm? – pytam, kiedy zanurza dłonie w torebce w poszukiwaniu komórki. Ekran jej starego telefonu jest mały, ale wystarczająco duży, żebym zobaczył, że wyświetla imię Noah.

Jej kochanieńki chłopak z liceum dzwoni do niej, kiedy siedzi w samochodzie ze mną, a ja wkładam jej język do gardła. Odrzuca połączenie i uśmiecha się do mnie. Serio? Chyba nie jest taka niewinna, jak myślałem. Dobry orgazm najwyraźniej pozbawił ją moralności, jęk po jęku.

Nagle dochodzi do mnie, że nigdy nie powie mu o tym, co się dzisiaj stało. Ani słowa. Pocałuje mnie, wysiądzie z mojego samochodu i zadzwoni do swojego chłopca z dobrego domu, kiedy tylko dojdzie do pokoju. Powie mu, że go kocha. Odpowie jej tym samym, a ona uśmiechnie się tak samo, jak to zrobiła, gdy ją pocałował.

Oblizuje wargi i pochyla się przez podłokietnik, żeby znów mnie pocałować. Nie, nie.

– Chyba już pojadę.

Wzdycham i wyglądam przez przednią szybę.

– Hardin, odrzuciłam połączenie – mówi defensywnym tonem. – Porozmawiam z nim o tym wszystkim. Nie wiem jeszcze, jak i kiedy… ale na pewno niedługo, obiecuję.

Cóż, myliłem się co do zanikania jej skrupułów, ale to jest gorsze, niż myślałem. Spędziła ze mną jedno popołudnie, a teraz zerwie ze swoim chłopakiem z dzieciństwa w nadziei, że ja go zastąpię?

Nie, nie.

Nie.

Powietrze w samochodzie staje się coraz gęstsze i zaczyna zatykać mi gardło, a Tessa wciąż czeka na odpowiedź.

– O czym chcesz z nim porozmawiać? – pytam, wiedząc, że nie powinienem karmić tego szczeniaczka czymś więcej, niż już nakarmiłem.

– O tym wszystkim. O nas.

Macha dłonią, powodując, że gęste powietrze we wnętrzu samochodu zaczyna się poruszać, a ja jestem pewien, że się nim uduszę. Co ja sobie myślałem, robiąc z nią takie rzeczy? Trzeba było ją po prostu wypieprzyć, a nie prowadzić jakieś urocze lunchowe debaty o keczupie albo gawędzić o planach na przyszłość. Jest całkowicie porąbana, jeśli sądzi, że coś mogłoby między nami być. Używa takich słów jak „nas", co jest zajebiście przerażające.

– O nas? Chyba nie próbujesz mi powiedzieć, że zerwiesz z nim… dla mnie, prawda?

Wydaje się teraz cięższa na moim udzie, co stanowi dobre przypomnienie, dlaczego dziewice to nie moja bajka. Nawet Natalie nie przeżyła ze mną swojego pierwszego razu – oddała dziewictwo chłopcu z kościoła, kiedy „eksperymentowali".

– A ty tego… nie chcesz?

Tessa marszczy brwi, zdezorientowana. Chryste, sytuacja pogarsza się lawinowo.

– Nie, a niby czemu? To znaczy, jasne, jeśli chcesz go rzucić, proszę bardzo, ale nie rób tego dla mnie.

– Ja tylko… Myślałam…

– Już ci mówiłem, że nie umawiam się na randki, Thereso.

Krzywi się, zraniona moimi słowami. Robi się większy bałagan, niż przypuszczałem. Jakaś cząstka mnie chce jej powiedzieć, że nieumyślnie zachowuję się jak kutas, że takie zachowanie jest we mnie głęboko zakorzenione, że to nie moja wina. Ani jej. Tyle że to jest moja wina – to moja wina, że nie mam nawet najmniejszej ilości tej substancji, która sprawia, że ludzie chcą się dobierać w pary i żyć razem, baraszkując w polnych kwiatach. Ja po prostu nie jestem do tego zdolny.

– Jesteś odrażający.

Schodzi z moich kolan i szybko bierze telefon i torbę. Jej nieobecność na moim udzie mi dokucza. Podobnie jak ciemnoszara burza, która zagotowała się w jej oczach.

– Od dzisiaj trzymaj się ode mnie z daleka… Mówię poważnie! – krzyczy.

W głowie słyszę głos zapłakanej Natalie wypowiadający dokładnie te same słowa. Oczy Tessy błyszczą, ale trzyma się ze względu na dumę. Jesteśmy w tej kwestii podobni – ogromna, irracjonalna ilość dumy, którą oboje mamy, mogłaby być niebezpieczna. Tessa otwiera drzwi samochodu i wysiada, nawet na mnie nie patrząc. Trzaska drzwiami tak mocno, jak może, i przebiega przez parking. Potrzebuję hałasu, żeby uciszyć huragan, na który zanosi się w mojej głowie. Dłonie mnie świerzbią, a myśli pędzą jak szalone. Natalie, Theresa, Natalie, Theresa.

Natalie, z podkrążonymi oczami pełnymi wielkich łez, stoi na werandzie domu mojej mamy w Hampstead, przyciskając do piersi torbę na książki pokrytą kwiatowymi wzorami.

– Proszę, Hardin – mówiła z płaczem. – Nie mam dokąd iść.

Błagała mnie. Kłąb pary unosił się w zimnym powietrzu, kiedy mówiła. Nie mogłem się zmusić do tego, by ją wpuścić. Po prostu nie mogłem. Słyszałem o tym, że rodzina i Kościół się jej wyrzekły, wydalając z dwóch miejsc, w których przez całe życie mogła znaleźć schronienie. Wyglądała w tamtej chwili na tak młodą – jej błękitne oczy lśniły w ciemności, kiedy czekała, mając nadzieję, że zmienię zdanie.

A jednak nie zmieniłem. Nie mogłem, kurwa. Nie mogłem pozwolić jej zamieszkać w moim domu. Moja mama prawie tam nie bywała, co by znaczyło, że Natalie cały czas spędzałaby ze mną. Co mógłbym dla niej zrobić? Nie chciałem mieć z nią nic wspólnego, a nawet gdybym chciał, tak naprawdę gówno mogłem zrobić, żeby jej pomóc. Mój tata był pijakiem, który budziłby ją, wtaczając się do śmierdzącego zgnilizną domu, w którego ściany, podobnie jak w wyściełane meble, wniknął smród papierosowego dymu. Gdzie by spała, gdyby nagle wrócił? Nie było go już od kilku lat, ale mój dziecinny umysł wierzył, że może wrócić. Byłem cholernym głupcem.

Teraz, w rzeczy samej, wrócił i ma miłą rodzinę w dużym domu – nie mogę znieść tego, jak często ta myśl zatruwa mój umysł. Przeprowadziłem się już do innego kraju, żeby mieszkać blisko niego, a teraz odciska się na moich myślach chyba przez cały jebany dzień.

Dźwięk klaksonu sprawia, że wracam do rzeczywistości i szybko szarpię kierownicę, sprawiając, że jakiś minivan na mnie trąbi. Nie mogę skupić wzroku – świat za przednią szybą się rozmywa. Mrugam kilkakrotnie i sięgam po pokrętło głośności radia. Muszę zjechać na pobocze. Czuję ból w klatce piersiowej – równe, intensywne skurcze mięśnia w jej wnętrzu. Są tak silne, że dzwonią mi kości. Czuję krople potu, a może łez, od których wilgotnieje moja skóra. Pocieram je, zawstydzony.

– Kurwa! – wykrzykuję w gęste powietrze. Potrzebuję powietrza. Mam wrażenie, że zaciska mi się gardło, kiedy otwieram drzwi. Wnika przez nie zimne jesienne powietrze, które uspokaja mój oddech.

Mam świeżo w umyśle twarz Natalie. Dołącza do niej Tessa – dziewczyny śmieją się ze mnie, parskają i mnie drażnią. Naśmiewają się z tego, jak dużą mają nade mną władzę. Znaczący uśmiech Tessy się rozjaśnia, a Natalie niknie. Co się ze mną, do kurwy nędzy, dzieje? Muszę trzymać się z daleka od Tessy, niezależnie od tego, że zgodziłem się na ten głupi zakład, i tego, jak głupio będę wyglądał, kiedy Zed wygra.

Zed.

Zawsze jest składową tego bałaganu. Nie mogę znieść myśli o tym, że mógłby ją mieć. O jego ciele i kroplach potu na jego skórze, kiedy przytula się do jej ciała.

Zamykam oczy i opieram rozpalony policzek o zimną kierownicę. Wpakowałem się w cholerne szambo.

Kiedy wchodzę na zajęcia, Tessa nie siedzi na swoim miejscu. Jest puste, podobnie jak siedzenie Landona. Siadam i wyciągam telefon. Esemes od Logana, który zaprasza mnie na drinka podczas przerwy na lunch. Odmawiam i wpycham telefon z powrotem do kieszeni czarnych dżinsów. Są trochę ciasne, ale pasują. Mam zbyt długie nogi, żeby nosić luźne spodnie, nie wyglądając przy tym jak klaun. Mam plamę od długopisu – a może to jakiś niezmywalny makijaż – na rękawie mojego białego T-shirtu. Nie chciałem robić prania, a niektóre z substancji, które kobiety kładą na twarz, muszą być w najlepszym razie toksyczne.

Moją uwagę od obrzydliwej prawdy na temat mojej higieny odwraca wejście Tessy. Patrzę prosto na nią i siłą woli usiłuję ją skłonić, by na mnie spojrzała, gdy idzie w kierunku pierwszego rzędu. Jestem zaskoczony, że nie wybrała sobie nowego miejsca. Naprawdę sądzę, że jej nienawiść do mnie jest teraz tak silna.

– Tess? – szepczę przez niewielką przestrzeń dzielącą nasze miejsca.

Ignoruje mnie, ale zauważyłem, że jej ramiona drgnęły, kiedy wypowiedziałem jej imię.

– Tess?

Przełyka ślinę, a jej klatka piersiowa porusza się w nienaturalnie wolnym tempie. Napięcie między nami jest oczywiste – czuję, jak brzęczy, promieniuje z nas.

– Nie odzywaj się do mnie, Hardin.

Prostuje ramiona, by pokazać mi, że nie żartuje.

– Och, daj spokój.

Usiłuję ją udobruchać uśmiechem, ale nic z tego.

Oblizuje wargi i mówi:

– Mówię poważnie, Hardin. Odczep się ode mnie.

– Dobra, jak chcesz.

Jeśli chce być nieznośna, to sam też potrafię być nieznośny. Och, jestem jebanym królem bycia nieznośnym.

Do rozmowy włącza się Landon, który wygląda jak zalękniony szczeniaczek.

– W porządku? – pyta Tessę.

– Tak.

Kiwa głową i odwraca się prawie całkowicie plecami do mnie.

Tydzień mija mi na nieprzespanych nocach i wezwaniach od zakurzonych butelek pod zlewem, którym ciężko się oprzeć. Coraz trudniej ignorować ich syreni śpiew. W piątek jestem już zajebiście wyczerpany. Wyglądam i czuję się beznadziejnie. Kiedy docieram na zajęcia z literatury, Landon siedzi przy swoim stoliku i natychmiast spogląda mi w oczy.

– Musimy pogadać – mówi zdecydowanie.

Rozglądam się, sprawdzając, czy przypadkiem nie mówi do kogoś innego. Przecież niemożliwe, żeby zwrócił się do mnie.

– Tak, do ciebie mówię.

Wygląda na wkurzonego. Siadam na swoim miejscu, ignorując go. Krzyżuję nogi pod stolikiem i opieram plecy o twarde plastikowe krzesło.

– Chciałem cię zaprosić na kolację w najbliższych dniach. Nasi rodzice mają ci coś do powiedzenia.

Chyba zauważa własną głupotę, bo się poprawia:

– Moja mama i twój tata.

Nasi rodzice? Czy on jest, kurwa, niedorozwinięty?

– Nigdy więcej nie mów takich rzeczy, ty dupku.

Próbując wstać, Landon opiera dłonie o blat stolika. Niech się, kurwa, odważy.

– Daj mu spokój, Hardin! – krzyczy Tessa i łapie mnie za ramiona, żeby powstrzymać mnie od rzucenia się na Landona. Naprawdę nie wie, jak dbać o własny zasrany interes. Opuszczam ręce. Pierdolić to. Dlaczego musiała podejść i do nas dołączyć?

– Pilnuj swojego nosa, Thereso.

Tessa pochyla się do swojego psiapsióła i szepcze mu coś. „Psiapsiół" to takie głupie słowo, ale jestem pewien, że te dwie ofermy go używają.

– To po prostu dupek i tyle – oznajmia Landon z najbardziej czarującym ze swoich uśmiechów.

Chichot Tessy głęboko mnie irytuje.

Odwraca się do Landona.

– Mam wspaniałe nowiny!

Ble. Robi dla mnie przedstawienie – pewnie myśli, że jestem zbyt nieświadomy, żeby połapać się w jej dziecinnych wygłupach.

– Naprawdę? Jakie?

– Noah przyjeżdża do mnie dzisiaj i zostanie na cały weekend!

Płomień zazdrości powoli mnie przypala, zatrzymując się, by spopielić każdą moją krawędź po drodze. Z każdym klaśnięciem dłoni Tessy czuję, jak moje rozpalone spojrzenie nagrzewa jej skórę, a każdy wat jasności, który rośnie w jej uśmiechu, sprawia, że moje dłonie trzęsą się na stoliku coraz intensywniej.

– Naprawdę? To wspaniale! – mówi Landon, żeby przypodobać się Tessie, i żadne z nich nie zwraca na mnie uwagi, kiedy udaję, że zbiera mi się na wymioty.

Pukam raz do drzwi Tessy, a później przekręcam gałkę i wchodzę. Są otwarte – jest oczywiste, że ona i jej chłopak nie planują niczego szalonego. Razem z Noah siedzą na łóżku w ciemności, a Tessa delikatnie podskakuje, kiedy mnie widzi, i odsuwa się od niego.

– Co ty tu robisz? – Tessa podnosi głos, gdy tylko uświadamia sobie, kto właśnie wszedł. – Nie możesz tu tak po prostu wpadać!

Częstuję tę uroczą parkę uśmiechem.

– Umówiłem się ze Steph.

Siadam na brzegu łóżka Steph – oczywiście kłamię. W żywe oczy. Odwracam się do Noah, próbując ocenić, jak bardzo jest wkurzony. Czy jest wyluzowany, czy spięty tak jak Tessa? Tessa pewnie się poszcza, kiedy tylko wypowiem jego imię.

– Cześć, Noah, miło cię znów widzieć.

Zastanawiam się, czy nie uścisnąć jego dłoni. Jestem pewien, że jest do tego przyzwyczajony w country clubie, którego jest członkiem.

– Steph jest z Tristanem, prawdopodobnie u ciebie – wypowiada każde słowo z naciskiem, jakby próbowała mi kazać wyjść. Jeszcze nie, Blondyneczko.

– Serio? – gram Tessie na nerwach. – Idziecie na imprezę?

To byłoby znacznie zabawniejsze. Wyobrażam sobie, że ten chłopak dobrze by pasował do domu bractwa – kolesie z takimi samymi blond fryzurami w kilka minut po przyjeździe namówiliby go, żeby pił piwo prosto z beczki, stojąc na rękach. Jego czysta dusza zostałaby zbrukana, a Tessa musiałaby znaleźć sobie kolejnego blond modela z kampanii Abercrombie. Życie to nie bajka.

– Nie… nie idziemy. Próbujemy oglądać film – odpowiada Tessa.

Noah przesuwa dłoń w ciemności, a ja się krzywię, gdy ląduje ona na dłoni Tessy. Widzę jej dyskomfort nawet w ciemności.

– Szkoda. Chyba już pójdę…

Odwracam się i część napięcia znika z mojej piersi.

– Och, Noah. – Przerywam na chwilę i patrzę, jak Tessa się krzywi. – Ładny kardigan.

Tessa wygląda, jakby odetchnęła z ulgą, kiedy sobie uświadamia, że nie zamierzam robić sceny.

– Dzięki. To Gap – odpowiada, nieświadomy, że zabawiłem się jego kosztem.

– Widzę. Bawcie się dobrze – mówię, wychodząc z pokoju.

Kiedy zamykam drzwi, czuję płomień w piersi. Co za debil.

Rozdział osiemnasty

Kiedy docieram do domu Scottów, parkuję na samym środku podjazdu. Nienawidzę tego jebanego pięknego domu. Stoi wysoko na doskonale zielonym trawniku. Ken i Karen muszą płacić sporą sumkę, żeby ich trawnik był tak zadbany – płacą też pewnie spore sumki na to, by dbać o siebie. Kobieta, która niedługo ma zostać żoną Kena, z pewnością uwielbia tu mieszkać. Pewnie uwielbia też wydawać jego pieniądze na dbanie o siebie.

Szaleję z wściekłości. Jestem wkurwiony i niewystarczająco pijany, żeby poradzić sobie z tą gównianą sytuacją. Jak pojebany musi być ojciec, który mówi swojemu synowi, że żeni się z inną kobietą, kiedy dopiero zaczyna go poznawać? Właśnie dlatego nie chciałem mieć z nim nic wspólnego. Wkurza mnie, że miałem tylko ćwierć butelki alkoholu w szafie. Głowa mi pęka, mam sucho w gardle i pragnę palącego smaku szkockiej. Ken Scott ma wiele butelek doskonałej szkockiej, danej mu przez kolegów w swetrowych kamizelkach, którzy właśnie wrócili z wakacji w Szkocji. Mój gówniany ojciec ma się po raz drugi ożenić i oznajmia mi to w taki sposób:

– Mam zamiar poślubić Karen. Niedługo, bardzo niedługo.

Poślubić? Co za bzdurnie wzniosłe określenie! I to podczas jebanej rozmowy telefonicznej?

– Ma zamiar ją poślubić – powtarzam, wbiegając po schodach jego werandy dwoma długimi susami. Facet ma tyle jebanych iglaków, że mam wrażenie, że zagubiłem się w jebanej dżungli Willy'ego Wonki albo fabryce Willy'ego Wonki, albo coś. Cholera, cokolwiek to ma być, jest obrzydliwe.

Przede wszystkim potrzeba mi więcej szkockiej. Pukam do drzwi, ale nikt nie otwiera. Dom Kena jest, kurwa, zbyt ogromny. Głupi idealny dom z cegły na pokaz.

– Hej! – krzyczę w pustkę podwórka, która odpowiada mi jedynie krzykiem świerszczy.

Światła na werandach wszystkich sąsiadów są zapalone, a przed każdym domem stoi SUV, którego zderzak pokryty jest naklejkami WCU. Przy tej ulicy mieszkają sami nadęci naukowcy, zarabiający stanowczo za dużo. Naciągam szarą czapkę mocniej na głowę, mając nadzieję, że dzięki temu wyglądam dla sąsiadów jeszcze bardziej podejrzanie niż zwykle.

Landon otwiera, zanim w ogóle sobie uświadamiam, że walę pięścią w drewniane drzwi. Moje kłykcie są ledwo co zabliźnione – skóra tak naprawdę nie ma szans się zagoić, zanim nie rozerwę jej ponownie, raz po raz.

– Hardin? – mówi cicho, jakbym go obudził.

– Nie – odpowiadam, mijając go w hallu.

Kieruję się prosto do kuchni i podnoszę głos, żeby słyszał mnie, idąc z tyłu:

– To ktoś inny, kto wygląda dokładnie tak samo jak on, tyle że myśli, że jesteś jeszcze większym dupkiem niż ten drugi.

Otwieram szafkę w kuchni, żeby rozpocząć poszukiwania. Mój dawca spermy… to jest Ken… od czasu, kiedy wytrzeźwiał, wyrzucił większość alkoholu, ale wiem, że zatrzymał przynajmniej jedną butelkę rzadkiej szkockiej. Czci ją – uważa wręcz za swój jebany skarb. Słyszałem, jak mówi o tej głupiej butelce z większą przyjemnością, niż mówił o własnym synu przez te dwa lata, które tu spędziłem. Zawsze trzyma ją w innym miejscu – nie wiem, czy sam ją przed sobą ukrywa, czy wykorzystuje jako ciągłe przypomnienie o trzeźwości. Tak czy inaczej, teraz będzie moja.

– Nie ma ich tu. Moja mama i Ken wyjechali z miasta na weekend – Landon wyjaśnia mi to, co już wiem.

Nic nie mówię, nie chcąc gawędzić z facetem, który niedługo będzie moim przyrodnim bratem. Sama myśl o tym sprawia, że zbiera mi się na wymioty. Nie mam mieć rodziny, żadnego rodzeństwa, które by o mnie dbało albo vice versa. Mam być sam i dbać tylko o siebie.

Wciąż szukam – przenoszę się do sypialni Kena i Karen. Pokój jest ogromny, zmieściłyby się w nim trzy łóżka równie ogromne, co to z baldachimem, które stoi na środku. Ich komoda, stoliki nocne i łóżko zrobione są z drewna wiśniowego, podobnie jak biurko Kena w gabinecie.

Obsesyjno-kompulsywny dekiel.

Pokój jest obrzydliwie gówniany, więc mam nadzieję, że Ken i Karen są tu szczęśliwi ze swoim kompletem mebli i doskonałym życiem. Pociągam za sznurek w szafie, żeby włączyć światło, i przesuwam dłonią po półkach. Wyczuwam najpierw odrobinę kurzu, potem pudełko, a wreszcie moje palce trafiają na szkło. Bingo.

Ostrożnie ściągam butelkę na dół i ścieram cienką warstewkę kurzu, która zebrała się na niej od czasu, kiedy Ken ostatnio publicznie ją pokazał. Od razu odkręcam nakrętkę i czuję głęboką satysfakcję, gdy plastik się rozrywa, niszcząc nietkniętą dotąd pieczęć.

Szkocka pali mnie w język, a drobna ranka po wewnętrznej stronie mojego policzka trochę szczypie. Rozkoszuję się smakiem i ostrym, powolnym pieczeniem delikatnego alkoholu. Ken Scott zawsze uwielbiał szkocką – to prawdziwy koneser tego trunku. Smak jest niesamowity – taki delikatny, ale jednocześnie bogaty. Osobiście uważam, że szkocka jest śmieszna i byłem zawiedziony, kiedy się dowiedziałem, że to jedyna whisky, która pochodzi ze Szkocji. Pretensjonalne sukinsyny. Ja też uwielbiam jej smak – to cecha, którą zachowałem z krótkiej listy prawdziwych wkładów Kena w moją egzystencję.

Butelka jest już na wpół pusta, kręci mi się w głowie i myślę, że powinienem ją dokończyć. Dlaczego nie? Mój ojciec na nią nie zasługuje – już nawet nie pije. Kiedy przestał być za pan brat z diabłem, stracił prawo do posiadania tak cudownej butelki.

Poza tym ma już i tak dość cennych, doskonałych rzeczy. Takich jak na przykład jego nowy syn, który teraz wydaje się sądzić, że może mnie powstrzymać od wypełnienia misji sprawienia, by jego nowy tatuś czuł się równie beznadziejnie, co ja. Ken ma doskonałą przyszłą żonę, dzięki której jego spiżarnia i żołądek są pełne. Nie musi pracować na ośmiogodzinnym etacie, a potem jechać do kolejnej pracy. Nie musi układać rachunków na stole kuchennym, któremu brakuje nogi, i wybierać tego, na który w danym miesiącu nie wystarczy. Kiedy z nim rozmawiam, zdaje się myśleć, że dobrze sobie radziliśmy w Hampstead, i częściowo winię za tę iluzję moją mamę, która miała więcej dumy niż rozumu.

Jego dom jest czysty, nawet jego lodówka jest czysta – na stali nierdzewnej nie widać odcisków palców. Liżę palce i przeciągam nimi po metalu.

Landon prycha i przeklina, stojąc za mną.

– Wypiłeś całą? – pyta.

Wytrzeszczonymi oczami patrzy na butelkę kołyszącą się w mojej dłoni.

– Nie, zostało jeszcze pół. Chcesz trochę? – pytam.

Cofa się do jadalni z uniesionymi rękami, a ja idę za nim.

– Nie.

Idealny syn, który nie pije. Jak słodko.

– Myślałem, że już nie pijesz – mówi.

Odwracam się do niego, trzymając się regału pełnego zestawów drogich, lśniących naczyń, żeby nie upaść. Co on, do kurwy nędzy, wie o moim piciu?

Wbijam palce w drewno.

– Dlaczego tak mówisz?

Uświadamia sobie, że nie miał nic takiego mówić przy biednym, zniszczonym dziecku, i znów wytrzeszcza oczy.

– Chodziło mi tylko o to, że… – próbuje wcisnąć mi jakiś kit.

– Dosyć.

Unoszę dłoń trzymającą butelkę, a on cofa się z jadalni do salonu.

– Twój tata mówił…

Zanim może skończyć zdanie, przewracam kredens. Używam całej swojej siły, upuszczając w międzyczasie butelkę. Landon coś krzyczy, ale nie słyszę go przez brzęk roztrzaskującej się na kawałki porcelany.

– Wynoś się! Musisz stąd wyjść! – krzyczy Landon.

Pochylam się i wydobywam butelkę z kupy zbitego szkła, potrzaskanego drewna oraz fragmentów biało-niebieskich naczyń. Zacinam się w opuszkę palca i zlizuję krew, jednocześnie upewniając się, że butelka szkockiej jest szczelnie zamknięta.

– Tessie by to szalenie zaimponowało! – słyszę jego głos, otwierając tylne drzwi.

Tessie? Chcę go spytać, co Tessa ma wspólnego z czymkolwiek, co się tutaj dzieje, ale nie chcę mu dawać satysfakcji płynącej z wiedzy, że może ją wykorzystać przeciwko mnie. Z jakiegoś powodu myśli, że wspomnienie jej imienia sprawi, że się uspokoję i zacznę się przejmować, a ja nie pozwolę utwierdzić się w przekonaniu, że ma rację. Ignoruję go, chociaż nie chcę, i wychodzę na taras na tyłach domu.

Powietrze jest ciepłe, ale spokojne – nadszedł koniec lata i niedługo letnie noce zaczną się zmieniać w chłodne, a później chłód zamieni się w mróz. Następnym razem, kiedy coś spierdolę, wyprowadzam się do jakiegoś ciepłego miejsca.

– Tessie by to szalenie zaimponowało – mówię na głos, przedrzeźniając Landona. Próbował być sprytny i dać mi znać, że nie podobałoby się jej to, że robię bałagan i urządzam scenę.

– Tessa, Tessa, Tessa! – krzyczę w ciemność.

Nawet to podwórko jest doskonałe. Jest prawie tak duże jak boisko do futbolu amerykańskiego i otoczone wysokimi drzewami, dzięki czemu posesja w ciągu dnia jest w doskonałym cieniu, a w nocy ukrywa się za całunem ciemności.

Kręci mi się w głowie, a cisza nie pomaga. Upijam kolejny haust.

Kilka minut później skrzypnięcie drzwi z siatki sprawia, że skaczę na równe nogi. Tessa stoi w progu wraz z Landonem. Podchodzi do mnie, a z każdym jej krokiem butelka w mojej dłoni wydaje się cięższa.

Czy ona jest prawdziwa? Myślę, że tak... jeśli do butelki nie dodano jakiegoś środka halucynogennego, musi tak być.

– Skąd się tu wzięłaś? – pytam ją.

Podążam za jej wzrokiem do Landona i zamieram. Co za skurwiel.

– Landon... on... – zaczyna.

– Kurwa, zadzwoniłeś do niej?

Landon mnie ignoruje, wchodzi do domu i zamyka za sobą drzwi z siatki.

Tessa wskazuje na mnie palcem.

– Daj mu spokój, Hardin... Martwił się o ciebie – broni przyjaciela.

Idealny brat ma idealną przyjaciółkę.

Zazwyczaj mówi łagodnie, ale nie kiedy jest wściekła. Jej oczy są takie piękne, zbyt doskonałe na taką łagodną twarz. Nie mogę wciąż się na nią gapić, głowa zaczyna mnie boleć. Muszę zgadywać, co myśli, a mam już za sobą wystarczająco długą noc. Siadam przy stole na patio i wskazuję jej gestem, żeby zajęła miejsce naprzeciwko. Kiedy siada, upijam kolejny łyk, a ona się na mnie gapi, nie mając w oczach nic oprócz krytyki. Uderzam ciężką butelką o szklany blat stolika, a ona podskakuje na miejscu. Powinna się stąd wynieść. Nie powinno jej tu być. Landon nie powinien był do niej dzwonić i mówić, żeby przyjechała. Dlaczego w ogóle przyjechała? Jej chłopak spędza weekend w mieście i jestem pewien, że ma go wpisanego w kalendarz pod hasłem „przytulanie". Ta myśl sprawia, że się krzywię. Landon nie miał, kurwa, prawa po nią dzwonić.

– Aj, niezła z was parka. Oboje tacy przewidywalni. Biedny Hardin się zdenerwował, więc trzeba się zmówić i sprawić, żeby poczuł wyrzuty sumienia za stłuczenie tej całej gównianej porcelany.

Uśmiecham się do niej, dając jej do zrozumienia, że dziś odgrywam rolę czarnego charakteru.

– Myślałam, że nie pijesz – mówi.

To bardziej pytanie niż stwierdzenie. Próbuje zrozumieć, kim właściwie jestem. Dezorientuję ją, a ona tego nie cierpi.

– Nie piłem. Aż do teraz. Nie traktuj mnie protekcjonalnie; nie jesteś lepsza ode mnie.

Wskazuję na nią palcem, wykorzystując jej starą technikę besztania mnie.

Nie wygląda na przejętą tym, co robię. Podchodzę o krok bliżej do niej i upijam kolejny łyk.

– Nigdy nie twierdziłam, że jestem lepsza od ciebie. Po prostu chcę wiedzieć, co sprawiło, że się upiłeś – mówi.

Nigdy nie zrozumiem, co powoduje, że ta dziewczyna sądzi, że może pytać ludzi, o co tylko chce. Granice? Nie ma żadnych.

– A co to dla ciebie za różnica? Gdzie twój chłopak? – rzucam jej palące pytanie.

Odwraca głowę, nie mogąc wytrzymać mojego spojrzenia.

– Został w moim pokoju. Ja tylko chcę ci pomóc, Hardin.

Tessa sięga po moją dłoń, a ja ją wyszarpuję, zanim może mnie dotknąć. Co ona robi? To musi być jakiś chory żart. Landon pewnie kazał jej tu przyjść i zachowywać się łagodnie, żeby poskromić lwa, albo coś takiego. Nie dotknęłaby mnie bez powodu.

– Jeśli chcesz mi pomóc – nie mogę powstrzymać się od śmiechu – idź sobie.

Macham butelką i dłonią w kierunku drzwi.

– Dlaczego po prostu nie powiesz mi, co się dzieje? – naciska.

Wiedziałem, że tak będzie. Jej włosy są rozpuszczone, opierają się na jej ramionach falami. Ma na sobie swobodne ubranie i wygląda młodziej niż kiedykolwiek. Spuszcza wzrok z moich oczu i spogląda na złożone na kolanach dłonie.

Z przyzwyczajenia zdejmuję czapkę i przeczesuję włosy dłonią. Czuję zapach szkockiej wypływającej z porów mojej skóry i słyszę ciężkie oddechy Tessy, które wydobywają się z niej długimi westchnięciami. Dostosowuję swój oddech do jej oddechu, a później zaczynam się zastanawiać, co, do kurwy nędzy, robię.

Wolę już skłonić ją do mówienia, niż siedzieć tu w tej pełnej napięcia ciszy.

– Mój ojciec właśnie teraz postanowił mnie poinformować, że żeni się z Karen i że ślub jest w przyszłym miesiącu. Mógł mi to powiedzieć dawno temu i nie przez telefon. Jestem pewien, że idealny mały Landon wie już od jakiegoś czasu.

Tessa nagle wbija we mnie wzrok – wygląda na nieco zaskoczoną, że mówiłem do niej tak szczerze. Nie planowałem wchodzić w aż takie szczegóły. Winię szkocką.

– Jestem pewna, że miał swoje powody, żeby ci nie mówić – odpowiada, broniąc go.

Oczywiście, że go broni. Ken Scott jest taki jak ona – wypolerowany i piękny, i zawsze udaje dobrego gościa.

– Nie znasz go; ma mnie w dupie. Wiesz, ile razy rozmawiałem z nim przez ostatni rok? Może dziesięć! Obchodzi go tylko jego wielki dom, nowa przyszła żona i nowy idealny syn. – Upijam łyk i ocieram usta wierzchem dłoni. – Szkoda, że nie widziałaś nory, w której moja mama mieszka w Anglii. Mówi, że jej się tam podoba, ale ja wiem, że to nieprawda. Jest mniejsza niż sypialnia mojego ojca! Moja mama zmusiła mnie, żebym przyjechał tu na studia, żebym był bliżej niego... i teraz widać, co z tego wyszło!

– Ile miałeś lat, kiedy odszedł? – pyta Tessa.

Nie potrafię poznać, czy jest wścibska, lituje się nade mną, czy po prostu się zastanawia.

Namyślam się nad odpowiedzią.

– Dziesięć. Ale zanim odszedł, też go nigdy nie było. Każdego wieczoru lądował w innym barze. Teraz jest Panem Doskonałym i ma cały ten szajs... – Wskazuję w kierunku domu. Donice z jasnymi kwiatami stoją wzdłuż krawędzi werandy, wzmagając atmosferę.

– Przykro mi, że was zostawił, ale...

– Nie, nie potrzebuję twojej litości – powstrzymuję ją. Wciąż wymyśla kolejne wymówki dla wszystkich dookoła siebie. To zajebiście frustrujące. Nie zna mojego ojca, nie musiała radzić sobie z jego zachowaniem, dopóki nie przestała musieć, i nie tęskniła za nim, kiedy odszedł.

– To nie litość. Ja tylko staram się...

Ocenić mnie?

– Co? – naciskam na nią, żeby odpowiedziała.

– Pomóc ci. Być przy tobie.

Brzmi to miło, kiedy to mówi. Szkoda, że nic o mnie nie wie. Nie wie, komu próbuje pomóc. Musi zrozumieć, że nie da się mnie naprawić i że traci tu tylko czas. Musi odejść i nigdy więcej ze mną nie rozmawiać.

– Jesteś taka żałosna. Nie widzisz, że cię tu nie chcę? Nie chcę, żebyś przy mnie była. To, że trochę się z tobą zabawiłem, nie znaczy, że chcę mieć z tobą cokolwiek wspólnego. A mimo to zostawiasz swojego miłego chłopaka... który jest w stanie znosić twoją obecność... i przyjeżdżasz tutaj, żeby spróbować mi „pomóc". To, Thereso, jest definicja słowa „żałosna" – mówię, patrząc, jak jej szare oczy obracają się w kamień.

– Wcale tak nie myślisz.

Nie zna mnie, choć potrafi mnie przejrzeć.

Wymierzam jej ostateczny cios.

– Właśnie dokładnie to myślę. Wracaj do domu.

Unoszę butelkę w geście zwycięstwa i otwieram usta. Nagle butelka zostaje wyrwana z mojego uścisku i rzucona daleko w głąb podwórka.

– Co jest, do cholery? – krzyczę na nią.

Oszalała? Żeby tak rzucać wartościową butelkę szkockiej na trawnik? Spoglądam tam i z powrotem, to na nią, to na butelkę, i postanawiam iść za nią po tym, jak podnoszę butelkę i zostawiam ją na krawędzi werandy niedaleko stołu. Potrzebuję chwili, by odzyskać równowagę, ale udaje mi się stanąć przed Tessą.

– Dokąd się wybierasz?

Spoglądam na nią z góry, powstrzymując od wejścia do domu. Światła werandy padają na jej rzęsy w taki sposób, że wyglądają, jakby dotykały jej kości policzkowych, kiedy wbija wzrok we własne stopy.

– Pomogę Landonowi posprzątać ten bałagan, którego narobiłeś, a potem wracam do domu. – Jej głos jest pełen przekonania i nie zostawia miejsca na dyskusję.

Tyle że ja jestem mistrzem w sztuce odnajdowania drobnych przestrzeni, szpar, nieważne jak niewielkich, żeby znaleźć punkt zaczepienia do kłótni.

– Dlaczego miałabyś mu pomagać?

Najpierw mnie zdradził, dzwoniąc do niej, a teraz ona zostawia mnie, żeby mu pomóc?

– Ponieważ on, w przeciwieństwie do ciebie – jej głos jest niski, spokojny i silny – zasługuje, żeby ktoś mu pomógł – mówi.

Czuję siłę jej słów, które wbijają się w moją klatkę piersiową, podczas gdy ona patrzy mi w oczy wyzywająco.

Ma rację. Landon jest gościem, z którym wszyscy chcą przebywać. Niczego nie psuje ani nie robi awantur, kiedy dostaje złe wieści. Zasługuje na jej czas i uwagę, podobnie jak zasługuje na to, żeby wejść do tego dużego domu, być w nim powitanym i pójść do własnego pokoju. Zasługuje na domowy posiłek, nie powinien musieć jeść żarcia na wynos w pustym pokoju, w domu pełnym nieznajomych, którzy potajemnie go nienawidzą.

Ma rację i dlatego pozwalam jej przejść obok siebie i wejść do domu, nie mówiąc ani jednego słowa.

Spojrzenie, które mi rzuciła, mijając mnie, przepala się przez mój umysł, jakby odtwarzało się raz po raz. Wyciągam telefon i przeglądam kilka zdjęć, które jej zrobiłem. Jedno podczas drogi nad strumień… Jej włosy były tak jasne w promieniach słońca, a jej skóra lśniła. Była cicha – może nerwowa – ale na zdjęciu wygląda na spokojną. Naprawdę jest piękna. Dlaczego miałaby chcieć mi pomóc? Po tym wszystkim, co Landon powiedział jej o moim piciu?

Po kilku minutach nie mogę się powstrzymać od powrotu do środka. Oczy mi płoną, a głowa pęka, kiedy otwieram drzwi.

– Tesso, czy mogę z tobą porozmawiać? – pytam od razu.

Landon klęczy w pobliżu niej i wkłada kawałki rozbitej porcelany do plastikowego pojemnika. Tessa kiwa głową, a ja spoglądam na jej twarz, a później mój wzrok przemierza jej ciało i zatrzymuje się na zakrwawionym palcu, który trzyma pod kranem.

Przechodzę przez kuchnię kilkoma długimi krokami.

– Nic ci nie jest? Co się stało?

– To nic, tylko odrobina szkła.

Rana wygląda na niewielką, ale nie mogę się jej dobrze przyjrzeć. Sięgam po jej dłoń i wyciągam ją z wody. Cięcie ma jakieś półtora centymetra długości i centymetr głębokości. Nic jej nie będzie, po prostu potrzebuje opatrunku. Jej dłoń wydaje się tak miękka w mojej, tak ciepła, i czuję, że mój oddech staje się wolniejszy, kiedy ją trzymam. Puszczam jej dłoń, a ona oddycha głęboko.

– Gdzie są plastry? – pytam Landona.

– W łazience.

Jest na mnie wkurzony. Poznaję to po jego tonie. Z łatwością znajduję pudełeczko plastrów w szafie. Biorę żel antybakteryjny z dolnej półki i wracam do kuchni.

Chwytam dłoń Tessy w swoją po raz drugi i wyciskam żel na czubek jej palca. Patrzy na mnie uważnie... może nie wiedząc, co myśleć? Plastry przypominają mi o mojej mamie i tej popierdolonej nocy dawno temu, więc mrugnięciem oczu oddalam to wspomnienie, przyklejając plaster na palec Tessy.

– Czy mogę z tobą porozmawiać? – pytam po raz drugi.

Kiwa głową, a ja łapię ją za nadgarstek, prowadząc ją znów na patio. Mamy tu więcej prywatności – Landon nie będzie podsłuchiwał.

Kiedy docieram do stołu, puszczam rękę Tessy i wysuwam jej krzesło. Przynajmniej tyle mogę zrobić. Moja dłoń wydaje się zimna, a krew nie szumi mi już w uszach. Czuję spokój i chłód.

Biorę kolejne krzesło i przeciągam je po betonowej stronie patio. Kiedy siadam naprzeciwko Tessy, nasze kolana niemal się stykają.

– O czym ty chcesz ze mną rozmawiać, Hardin? – pyta Tessa, wydając się całkowicie niezainteresowana.

Ściągam czapkę z głowy i rzucam na stolik między nami. Moje palce lądują we włosach. Czuję się jak sukinsyn, zachowałem się jak skończony dupek kilka minut temu. Chcę, by wiedziała, że nie jestem jej projektem charytatywnym, jej zepsutą laleczką, ale teraz, kiedy kończy się mój adrenalinowy haj, zaczynam widzieć, jaki ze mnie kutas.

– Przepraszam – mówię cicho. Słowo to niknie w napięciu między nami, a ona nie przerywa ciszy. – Słyszałaś?

– Tak, słyszałam! – warczy na mnie.

Unosi brodę w wyraźnym geście wyzwania. Jest wkurzona.

Ona jest wkurzona? To ja jestem, kurwa, wkurzony. Przyszła tu, wsadziła nos w dramat mojej rodziny, a teraz nie chce przyjąć moich przeprosin?

Sięgam po butelkę i zdejmuję nakrętkę. Rzuca mi gniewne spojrzenie, kiedy alkohol wpływa do mojego gardła.

– Jesteś taka cholernie trudna.

– Ja jestem trudna? Ty chyba żartujesz! Czego się spodziewasz, Hardin? Jesteś wobec mnie taki okrutny... taki okrutny.

Jej usta drżą, a oczy zaczynają wilgotnieć. Próbuje wyprostować plecy, ale znów się garbi – jest więcej niż zdenerwowana.

Szepczę w odpowiedzi:

– Wcale tego nie chcę.

– Owszem, chcesz, i dobrze to wiesz. Robisz to specjalnie. W całym moim życiu nikt nigdy mnie tak źle nie traktował.

To nie może być prawda. Nawet wobec niej nie jestem taki niemiły. Nic w życiu nie przeszła, jeśli to najgorsze traktowanie, jakiego doznała.

– To po co się koło mnie kręcisz? Dlaczego nie zrezygnujesz? – pytam ją.

Jeśli jestem tak zły, to dlaczego nie przestanie próbować ze mną być?

Ignoruję tę cząstkę mojego umysłu, która pyta, jak bym się czuł, gdyby przestała próbować.

– Gdybym tylko... Nie wiem. Mogę cię jednak zapewnić, że po dzisiejszej nocy z tym kończę. Zrezygnuję z zajęć z literatury, zapiszę się na nie w następnym semestrze – mówi mi.

Trzyma dłonie skrzyżowane na kolanach, a wiatr zawiewa jej włosy za ramiona. Zastanawiam się, czy jej zimno.

Nie chcę, żeby rezygnowała z zajęć – to jedyny czas, który mogę regularnie z nią spędzać.

– Nie, proszę, nie rób tego.

– A co cię to obchodzi? Przecież nie chcesz przebywać w towarzystwie kogoś tak żałosnego jak ja, prawda?

Słyszę ból wyzierający z jej słów, ale nie znam jej wystarczająco dobrze, żeby ocenić, czy jest autentyczny. Żałuję tego. Zastanawiam się, ile osób rzeczywiście ją zna, prawdziwą ją. Mówię o osobie, której brwi marszczą się, zanim się uśmiechnie, tej, która może nawet nie jest tak pozbierana, jak uważa jej mama.

– Nie mówiłem poważnie… to ja jestem żałosny.

Wzdycham i rozpieram się na krześle.

Jej wzrok przeszywa moje oczy.

– Cóż, nie będę z tobą polemizować – mówi, zaciskając usta w prostą linię. Sięga po butelkę, ale tym razem jestem od niej szybszy.

– Więc tylko ty możesz pić?

Spogląda na mnie, skupiając się na kółku w mojej brwi.

– Myślałem, że znów chcesz ją wyrzucić.

Podaję jej butelkę. Nie podoba mi się, że pije, ale ona jest gotowa się ze mną o to kłócić, a ja nie. Po prostu chcę, żeby tu została. Podoba mi się to, jak jest cicho, kiedy siedzi obok mnie.

Krztusi się, gdy tylko szkocka trafia do jej ust.

– Jak często ty pijesz? Dałeś mi do zrozumienia, że w ogóle.

Magluje mnie.

– Do dzisiejszego wieczoru nie piłem sześć miesięcy.

Sześć miesięcy do wyrzucenia. Zajebista robota, Hardin.

– Cóż, w ogóle nie powinieneś pić. Stajesz się wtedy jeszcze gorszym człowiekiem niż zazwyczaj – mówi żartobliwym tonem, ale wiem, że jest poważna.

– Myślisz, że jestem złym człowiekiem?

Nie unoszę wzroku z ziemi, czekając na jej odpowiedź. Powie „tak" – to samo zrobiłby każdy inny.

– Tak.

Nie zaskakuje mnie jej odpowiedź, ale nie mogłem się powstrzymać od nadziei, że będzie inna.

– Nie jestem. Cóż, może jestem. Chcę, żebyś… – zaczynam. Nie jestem złym człowiekiem, prawda? Mógłbym być lepszy, dla niej, gdyby mnie poprosiła. Spoglądam na nią, przyglądam się temu, jak jej usta drżą, czekając, aż skończę wypowiadać moje pogmatwane myśli. Chcę być dobry, chcę, by myślała, że jestem dobry.

– Chcesz, żebym co? – pyta niecierpliwie.

Wpycha butelkę do moich rąk, a ja siadam na stoliku, nie pijąc. Jak mam odpowiedzieć, żeby nie brzmieć żałośnie? Mogę przestać pić. Mogę być milszy dla ludzi, a przynajmniej dla niej.

– Nic.

Nie potrafię znaleźć dla niej odpowiednich słów.

– Muszę już iść.

Staje i w pośpiechu się ode mnie oddala. Porusza się tak szybko, a ja nie chcę, żeby odchodziła. Będę się bardziej starał.

– Nie idź.

Robię krok za nią. Kiedy się zatrzymuje, jej twarz jest tak blisko mojej, że czuję delikatny ślad szkockiej w jej oddechu.

– Dlaczego nie? Chcesz mnie znów obrzucić obelgami? – krzyczy, a jej słowa uderzają mnie boleśniej niż zwykle. Znów się ode mnie odwraca, a ja sięgam w jej kierunku. Chwytam ją za rękę i ciągnę w tył.

– Nie odwracaj się do mnie plecami! – krzyczę.

Nie może tak tu przychodzić, robić bałagan i odchodzić. Jestem zajebiście zmęczony tym, że co chwila ktoś mi coś takiego robi.

– Powinnam się odwrócić do ciebie plecami już dawno temu! – Tessa popycha moją klatkę piersiową. – Nie wiem, po co tu w ogóle jestem. Przyjechałam od razu, gdy tylko Landon zadzwonił! – wrzeszczy na mnie. Jej twarz jest czerwona, a usta poruszają się szybko. Na moment wyciąga język, nawilżając wargi, żeby móc skończyć swoją wściekłą tyradę. – Zostawiłam chłopaka, który, jak sam zauważyłeś, może ze mną wytrzymać, i przyjechałam do ciebie!

Jej słowa wnikają we mnie jedno po drugim. Rzeczywiście zostawiła chłopaka, żeby tu przyjść. Nie miała żadnego powodu, żeby tu być, poza mną. Może nie jestem tak zły, jak sądziłem, a ona to we mnie widzi.

– Wiesz co? Masz rację, Hardin. Jestem żałosna. Jestem żałosna, bo tu przyjechałam, jestem żałosna, bo próbowałam…

Nie myśląc więcej, zbliżam się do niej i przyciskam swoje usta do jej ust. Popycha mnie, próbując ze mną walczyć, ale czuję, jak jej ciało rozluźnia się w moich ramionach.

– Pocałuj mnie, Tesso – błagam.

Potrzebuję jej.

– Proszę, tylko mnie pocałuj. Potrzebuję cię.

Próbuję jeszcze raz, po raz ostatni, sprawić, że mnie pocałuje. Mój język dotyka jej zamkniętych ust, a one się rozszerzają. Poddaje mi się cała naraz, chętnie i całkowicie. Wtula się we mnie, wzdychając w moje usta, a ja unoszę ręce do obu jej policzków, obejmując jej twarz, i wsysam się w smak jej języka.

Mój język muska jej dolną wargę, a ją przechodzi dreszcz. Obejmuję ją i zakotwiczam w jej stałości. Słyszę dźwięk dobiegający z domu, a Tessa się odsuwa. Nie całuję jej już, ale wciąż obejmuję ją ramionami.

– Hardin, naprawdę muszę iść. Nie możemy wciąż tego robić, to nie jest dobre dla żadnego z nas – mówi.

Okłamuje się. Poradzimy sobie z tym.

– Ależ możemy – zapewniam ją. Nie wiem, skąd wziął się ten nagły przypływ nadziei, ale to miłe uczucie, które zadomowiło się w mojej klatce piersiowej.

– Nie, nie możemy. Nienawidzisz mnie i nie chcę być już dłużej twoim workiem treningowym. Przez ciebie mam zamęt w głowie. W jednej chwili mówisz mi, jak bardzo mnie nie znosisz, albo upokarzasz mnie po moim najintymniejszym doświadczeniu...

Zrobiłem to. Spierdoliłem – muszę jej wytłumaczyć, że niekiedy zdarza mi się coś spierdolić specjalnie. Zawsze taki byłem. Moja babcia próbowała kiedyś wyprawić mi przyjęcie urodzinowe, gdy miałem dwanaście lat. Wysłała zaproszenia i zamówiła specjalny tort. W dniu przyjęcia powiedziałem wszystkim, że zostało odwołane, i dąsałem się przez cały dzień w swoim pokoju. Nawet nie tknąłem tortu. Po prostu czasem coś spierdolę... ale mogę znaleźć sposób, żeby z tym skończyć. Jeśli to oznacza, że będę mógł całować Tessę, czuć, jak znów się we mnie zatraca, zrobię wszystko.

Próbuję jej przerwać, ale powstrzymuje mnie, kładąc palec wskazujący na moich ustach. Gdyby nie miała na nim plastra, pocałowałbym go.

– A w następnej mnie całujesz i twierdzisz, że mnie potrzebujesz. Nie podoba mi się to, kim się staję przy tobie, i nie lubię czuć się tak, jak się czuję, gdy mówisz mi te wszystkie okropne rzeczy.

– Kim stajesz się przy mnie? – pytam.

Lubię to, kim jest. Jest lepsza niż większość ludzi.

– Kimś, kim nie chcę być. Kimś, kto zdradza swojego chłopaka i ciągle płacze.

Głos jej się łamie. Wstydzi się tego, jaką osobą się staje, kiedy przebywa w moim towarzystwie. To sprawia, że czuję się beznadziejnie. Chcę, żeby była szczęśliwa, spędzając ze mną czas. Chcę, żeby pragnęła mnie w ten sam nieodparty sposób, w który ja pragnę jej.

– Wiesz, kim według mnie się stajesz, gdy jesteś ze mną? – pytam ją.

Przesuwam kciuk po linii jej żuchwy, a jej oczy zamykają się z drżeniem z powodu mojego dotyku.

– Kim? – szepcze, ledwo poruszając ustami. Powietrze między nami nieruchomieje, kiedy czeka na moją odpowiedź.

Odpowiadam zgodnie z prawdą.

– Sobą. Myślę, że to właśnie prawdziwa ty, ale jesteś zbyt zajęta tym, co wszyscy inni o tobie myślą, żeby to dostrzec. Wiem, co ci zrobiłem po tej palcówce… – Krzywi się z powodu mojego marnego doboru słów. – Przepraszam… po naszym doświadczeniu. Wiem, że to było złe. Czułem się okropnie, kiedy wysiadłaś z samochodu.

– Wątpię. – Przewraca oczami, lekceważąc moje słowa.

– Mówię prawdę, przysięgam. Wiem, że myślisz, że jestem złym człowiekiem… ale przy tobie… – Nie potrafię dokończyć. Wnika we mnie coraz głębiej, a to mnie przeraża. – Nieważne.

– Dokończ zdanie, Hardin, albo sobie pójdę.

Widać po niej, że mówi poważnie. Czeka, trzymając dłoń na biodrze i patrząc na mnie lodowatym wzrokiem.

– Przy tobie… przy tobie chcę stać się dobry, dla ciebie… Chcę być dobry dla ciebie, Tess – szepczę, a ona gwałtownie łapie powietrze.

Rozdział dziewiętnasty

Kiedy zaczęła go naciskać, żeby nazwał ich relację i udowodnił swoje oddanie, spanikował. Czuł się jak dzikie zwierzę, które zagnano w kozi róg. Jego klatką była szczerość, a ona groziła, że zamknie go w niej i zabierze klucz. Nie mógł jej stracić, ale każdego dnia trudniej było ją utrzymać. Odwróciła sytuację i podawała w wątpliwość rzeczy, co do których, jak sądził, nigdy nie miała się połapać. Kiedy chciała więcej, żądała tego, nie przyjmując do wiadomości żadnej odpowiedzi poza „tak", ale kiedy on chciał więcej, opierała się mu kolejnymi wymówkami.

– To się nigdy nie uda, Hardin. Bardzo się od siebie różnimy. Po pierwsze, ty się nie umawiasz, pamiętasz? – wypala.

Mam wrażenie, że nie rozmawiamy teraz o niczym innym poza przyszłością. Małżeństwem, wspólnym mieszkaniem, zerwaniem, niezrywaniem. Tessa czuje ciśnienie, by zaplanować całe swoje życie, ale ja nie. Myślę, że w tej chwili wszyscy już wiedzą, że nieszczególnie dobrze radzę sobie z tego rodzaju naciskiem. Niezależnie od tego wciąż naciska, żebym był dla niej coraz to lepszy i lepszy.

– Wcale się aż tak nie różnimy… Mamy podobne zainteresowania, na przykład oboje kochamy książki – mówię jej.

Zawsze muszę się przed nią tłumaczyć.

– Ty się nie umawiasz – przedrzeźnia mnie.

– Wiem, ale moglibyśmy zostać... przyjaciółmi?

Przyjaciółmi? Serio, Hardin?

Jej oczy błyszczą od frustracji.

– Przecież mówiłeś, że nie możemy się przyjaźnić. Ja nie chcę się z tobą przyjaźnić. Wiem, o co ci chodzi. Chcesz wszystkich korzyści płynących ze statusu chłopaka, ale bez konieczności podjęcia zobowiązań.

Puszczam jej ciało i tracę równowagę. Szybko ją odzyskuję.

– Dlaczego to takie złe? Dlaczego musisz to jakoś zaszufladkować?

Cieszę się, że w końcu jest pomiędzy nami przestrzeń i świeże, wolne od szkockiej powietrze.

– Dlatego, Hardin, że chociaż może ostatnio nad sobą nie panuję, to nie straciłam jeszcze szacunku do siebie. Nie zostanę twoją zabawką, zwłaszcza jeśli w grę wchodzi takie traktowanie. – Wyrzuca ręce w górę w rozdrażnieniu. – A poza tym jestem już zajęta, Hardin.

Wykorzystuje tego gościa jako wymówkę? Bez przesady! Kogo ona próbuje nabrać?

– A mimo to jesteś teraz tutaj – mówię beznamiętnie.

Macha mi swoim chłopakiem przed nosem, drażniąc mnie nim i narzekając, kiedy robię to samo. Nie widzi tu żadnych podwójnych standardów, a alkohol sprawia, że wszystko wydaje się dziś jeszcze gorsze. Jestem wystarczająco mądry, żeby to wiedzieć, ale wystarczająco głupi, żeby powstrzymać się od zachowania jak kutas. Jestem też dostatecznie narąbany, żeby nic mnie szczególnie nie obchodziło. Rozwaliłem jadalnię mojego ojca na drobne kawałeczki.

Jej usta wykrzywiają się w groźnym grymasie – pokazuje zęby i w ogóle.

– Kocham go, a on kocha mnie.

Jej słowa przeszywają moją pierś. Ostatnie wbijają się aż do kości. Odsuwam się od niej i padam na krzesło. Jebany brak równowagi.

– Nie mów mi takich rzeczy.

Unoszę dłoń, jakby mogła mnie ochronić przed jej słowami.

Nie cofa się – jest już całkowicie wkurwiona i ma zamiar zaatakować moje odsłonięte gardło.

– Mówisz tak tylko dlatego, że jesteś pijany. Jutro znów zaczniesz mnie nienawidzić.

Nienawidzić jej? Nienawidzić jej? Jakbym ja mógł w ogóle jej nienawidzić!

Cofam się, sfrustrowany, i próbuję się skupić na tym, jak zielone są drzewa dzięki częstym opadom deszczu.

– Nie nienawidzę cię – mówię w końcu. – Jeśli spojrzysz mi w oczy i powiesz, że chcesz, bym zostawił cię w spokoju i już nigdy więcej się do ciebie nie odzywał, posłucham. – Nie chcę słyszeć tych słów... zabiłyby mnie... ale gdyby tak się czuła, gdyby chciała, żebym się wycofał, zrobiłbym to. – Przysięgam, że od tego momentu więcej się do ciebie nie zbliżę. Tylko to powiedz.

Próbuję wyobrazić sobie swoje życie, gdyby odeszła. Zabrałaby ze sobą wszystkie barwy, którymi z takim trudem pokrywałem moje życie.

Zanim może odpowiedzieć, ciągnę dalej:

– Powiedz to, Tesso. Powiedz, że nigdy już nie chcesz mnie widzieć.

Nie mogę sobie tego wyobrazić. Podchodzę jeszcze bliżej i wyciągam dłoń, żeby musnąć palcami jej nagie ramiona. Na jej rękach pojawia się gęsia skórka, a jej usta się rozchylają.

Pochylam się bliżej i szepczę:

– Powiedz, że nigdy więcej nie chcesz czuć na sobie mojego dotyku. – Przyciskam palce do jej szyi i delikatnie przeciągam ich opuszkami w dół, a później wzdłuż jej obojczyka. Niemal dyszy, nie mogąc wydobyć z siebie słowa. Pochylam się jeszcze bliżej, a moja twarz znajduje się zaledwie cal od jej twarzy. Czuję elektryczność pod jej skórą; jej delikatne brzęczenie odwraca uwagę nas obojga. – Powiedz, że nie chcesz, bym cię więcej całował… – ściszam głos, a ona drży.

– Powiedz to, Thereso. – Nalegam, żeby wypowiedziała słowa, których nie chcę usłyszeć z jej ust.

Ledwo słyszę, kiedy mówi moje imię, ale czuję jej oddech na moich ustach.

– Nie potrafisz mi się oprzeć, Tesso, tak jak ja nie mogę się oprzeć tobie.

Waha się, ale nie jest oburzona tym stwierdzeniem.

– Zostaniesz ze mną tej nocy? – pytam, trzymając wargi przy jej ustach.

Tessa odrywa ode mnie wzrok i spogląda w stronę domu, a później się ode mnie odsuwa. Odwracam się, żeby zobaczyć, co ją przestraszyło. Nic nie widzę. Mówi, że musi iść.

Nie, nie może iść. Nie jestem jeszcze gotów na to, by być w tym domu sam. Nie mogę uwierzyć, że zostanę tu na noc.

– Proszę – mamroczę, przeczesując włosy palcami. – Proszę, zostań. Zostań ze mną dzisiaj, a jeśli postanowisz powiedzieć mi, że nie chcesz mnie więcej widzieć… – Nie chcę, żeby istniała taka możliwość, ale niestety istnieje. – Proszę, zostań. Błagam cię o to, a ja nie błagam, Thereso.

W całym swoim życiu ani razu nie błagałem. Czy to alkohol, czy ona sprawia, że robię się taki szalony? Trudno powiedzieć.

Tessa kiwa głową, a jej oczy lśnią w świetle.

– A co powiem Noah?

Jego imię uderza mnie jak obuch, przypominając mi, że jest moja tylko tymczasowo. Potrzebuję spędzić z nią więcej czasu.

– Czeka na mnie, mam jego samochód – wyjaśnia.

Zostawiła go w swoim pokoju? Dla mnie?

Nie wiem, co o tym myśleć. Rozstali się? Czy on wie, że ona jest tu ze mną? Zastanawiam się, czy ten chłopak w ogóle zna moje imię.

Naprawdę tak bardzo ją obchodzi, co myśli o niej jej chłopak? Spoglądam na tyły budynku. Zielona winorośl obrasta ceglaną ścianę. Światła są takie jasne. Podejrzewam, że zaczyna docierać do niej prawda o tym, co zrobiła.

– Powiedz mu, że musisz zostać, ponieważ... nie wiem. Nic mu nie mów. Co najgorszego może się stać?

Ciekawi mnie, dlaczego Noah wydaje się mieć nad nią tak wielką kontrolę. Tessa wzdycha i wydyma dolną wargę – wydaje się naprawdę zmartwiona. Co mogłoby być tak złe... poskarżyłby na nią mamusi? Ma już osiemnaście lat – nie wie o tym?

– Pewnie już śpi – mówię.

To prawda – wciąż żyje według licealnego planu dnia.

Tessa potrząsa głową. Odchylam się i opieram o barierkę werandy.

– Nie, nie ma jak wrócić do hotelu.

Do hotelu? Ten dzieciak śpi w jebanym hotelu? Czy on w ogóle ma wystarczająco dużo lat, żeby samemu wynająć pokój?

– Do hotelu? Zaraz, nie zatrzyma się u ciebie? – jestem zdumiony.

– Nie, zarezerwował pokój w hotelu.

– Nocujesz tam z nim?

– Nie, on nocuje tam – odpowiada cicho, wyglądając na zawstydzoną. Nie podnosi wzroku i ciągnie dalej: – a ja u siebie.

Nie ma, kurwa, mowy. Czy ona mu się w ogóle podoba? Czy w ogóle lubi kobiety? No przecież spójrzcie na nią!

– Czy on jest hetero? – nie mogę się powstrzymać od tego pytania. Wykluczone. Chyba że ją zdradza, co byłoby pojebane, ale bardzo zwiększyłoby moje szanse.

Nie żeby ona nie robiła tego samego jemu.

Usta Tessy otwierają się szeroko z przerażenia.

– Oczywiście, że tak!

To dla mnie szalone, że nie widzi nic niezwykłego w tym, że jej chłopak nie chce u niej nocować.

– Wybacz, ale coś jest nie tak. Gdybyś była moja, nie zdołałbym trzymać się od ciebie z daleka. Pieprzyłbym cię przy każdej nadarzającej się okazji.

To prawda. Budziłaby się każdego ranka z moją głową między udami. Każdego dnia kołysałbym ją do snu, doprowadzając ją do rozkoszy i sprawiając, że wykrzykuje moje imię.

Twarz Tessy zakrywa całun czerwieni, odwraca wzrok od moich oczu. Uwielbiam to, jaki moje słowa mają na nią wpływ. Ciemność powoduje, że zaczyna mnie boleć głowa. Drzewa zbyt intensywnie się poruszają, ich pnie skręcają się w nienaturalny sposób. Poza tym chcę być już w środku, sam na sam z nią. Szczególnie po tym, jaką miałem noc.

Odwracam się do Tessy – nie mogę nie patrzeć na jej rozchylone usta.

– Wejdźmy do środka. Drzewa się kołyszą, co oznacza, że chyba za dużo wypiłem.

Tessa spogląda na dom, a później znów na mnie.

– Zostajesz tu?

Kiwam głową i sięgam po jej dłoń. Ona też tu zostanie. Wciąż nie mogę uwierzyć, że będę nocował w domu Kena po całym tym gównie, które ten człowiek mi urządził.

– Tak, i ty też. Chodźmy.

Biorę ją za rękę, zanim może znów mi się sprzeciwić.

Wchodzimy do domu, a ona próbuje wyciągnąć swoją dłoń z mojej, idąc szybciej niż ja. Robię dłuższy krok, kiedy przechodzimy przez kuchnię.

Duża część bałaganu wciąż jest na podłodze. Wiele z rozbitych kawałków porcelany znajduje się w wyładowanym po brzegi koszu, a większość szkła została zmieciona z podłogi. Dobrze, Landon potrafi posprzątać taki burdel. W końcu dostanie mojego jebanego tatę. Prawda jest taka, że już go ma. Kena Scotta zawsze miał ktoś lub coś poza mną. Szkocka, bary, Karen, Landon, ten wielki dom. Rozmienia się na drobne, a jednak nie miał dla mnie miejsca w swoim życiu aż do zeszłego roku i myśli, że po prostu się z tym pogodzę? Nie ma, kurwa, mowy.

Ściskam mocniej dłoń Tessy, kiedy przechodzimy przez dom i schody. Jeśli dobrze pamiętam, idziemy do ostatniego pokoju w korytarzu na piętrze. Tam u góry jest tak dużo jebanych drzwi. Nie chcielibyśmy przypadkiem wejść do pokoju Landona i przyłapać go na tym, jak się brandzluje.

Wreszcie docieramy do drzwi na końcu korytarza. Tessa przez większość drogi milczała, ale nie przeszkadza mi to. Nie chcę na nią za bardzo naciskać i wciąż próbuję przestać myśleć o tym, że mój dawca spermy wszystko spierdolił.

W pokoju za drzwiami jest ciemno. Szukam włącznika światła.

– Hardin? – szepcze w ciemności Tessa.

Zasłona jest trochę odsłonięta, pozwalając na to, by światło księżyca odrobinę oświetliło pokój. Puszczam dłoń Tessy i wchodzę dalej do środka. Tego cholernego włącznika światła nie da się znaleźć. Wciąż macam dłonią ścianę, ale nic nie znajduję.

Co, do kurwy nędzy?

Widzę zarys stolika, być może lampy po drugiej stronie pokoju, więc po omacku idę w ich kierunku. Trafiam czubkiem buta w coś twardego i prawie się przewracam.

– Kurwa! – przeklinam przedmiot.

W tym pokoju pewnie nawet nie ma jebanego światła – Ken i Karen prawdopodobnie chcieli po prostu zabawić się moim kosztem.

Kiedy docieram do stolika po omacku, wyczuwam palcami abażur. Bingo!

– Tu jestem – mówię Tessie, ciągnąc za łańcuszek.

Żarówka się zapala, a zaskakująco silne światło z tak niewielkiej lampy oświetla mnie. Kilka razy mrugam oczami i rozglądam się po pokoju. Moim pokoju. Moim pokoju, z którego nigdy jeszcze nie korzystałem. Przenigdy.

Sypialnia wygląda jak zajebiście jarmarczny pokój hotelowy. Ściany pomalowano na jasnoszary kolor, ze śnieżnobiałymi listwami pod sufitem i przy podłodze. Dywan odkurzono tak, że powstały równe linie. Stojące przy ścianie w głębi łóżko jest obrzydliwie duże, a przy szerokim wezgłowiu z drewna wiśniowego ułożono całą górę dekoracyjnych poduszek. Jedynym powodem, dla którego potrzebowałbym tak dużego łóżka, byłoby to, że na środku ciemnoszarej kołdry leżałaby naga Tessa. Niestety nie leży. Stoi obok biurka pasującego do łóżka, na którym znajduje się nowiutki komputer stacjonarny Apple'a. Mają gest, wydymańcy.

Masuję się dłonią po karku.

– To jest mój... pokój.

Nie wiem, co jeszcze mógłbym o nim powiedzieć.

Tessa przygryza dolną wargę i pyta:

– Masz tutaj pokój?

W najmniejszym stopniu nie czuję, żeby to był mój pokój, ale teoretycznie tak właśnie jest. Ken wielokrotnie mówił mi o pokoju, który jest tylko dla mnie. Jakby miały mi zaimponować łóżko z baldachimem albo wielki monitor komputerowy.

– Tak... chociaż nigdy w nim nie spałem... aż do dzisiaj – wyjaśniam z zażenowaniem.

Mam nadzieję, że nie zada mi więcej pytań, ale wiem, że to zrobi.

W nogach łóżka znajduje się skrzynia, która, jak zakładam, może służyć tylko do przechowywania nadmiaru poduszek. Robię z niej lepszy użytek, siadając i zdejmując buty. Tessa przygląda mi się, prawdopodobnie układając sobie listę pytań, które mi zada, jak przystało na wścibską istotkę, którą jest. Ściągam skarpetki i wpycham je do butów. Mam kilka drobnych zacięć na kostce. Pewnie parę odłamków szkła dostało mi się do buta. Zajebiście.

Tessa najwyraźniej skończyła listę. Podchodzi o krok bliżej i otwiera usta.

– Och. A dlaczego?

Biorę oddech i postanawiam odpowiedzieć, zamiast się nad nią z tego powodu znęcać.

– Bo nie chciałem. Nienawidzę tego domu – odpowiadam szczerze.

Naprawdę go nienawidzę. Nienawidzę tego, że moje łóżko w domu mojej mamy miało poplamiony materac i to samo prześcieradło i kołdrę, od kiedy byłem dzieckiem.

Podczas gdy Tessa przetwarza moją prawdziwą odpowiedź i formułuje kolejne pytanie, rozpinam spodnie i zdejmuję je. Wzrok Tessy zmienia się z odległego na skupiony i zaniepokojony po dwóch sekundach od tego, jak staję przed nią w bokserkach.

– Co robisz? – pyta.

– Rozbieram się? – odpowiadam, unosząc przekłutą brew.

Wiem, że lubi zadawać pytania, ale dlaczego tak wiele z nich niepotrzebnie?

– Ale dlaczego?

Gapi się na moje krocze. Jeśli próbuje zachowywać się subtelnie i udawać, że nie myśli o moim kutasie, to ponosi sromotną porażkę.

W końcu spoglądamy sobie w oczy.

– Cóż, nie zamierzam spać w dżinsach i butach.

Włosy opadają mi na czoło, więc zaczesuję je do tyłu.

– Aha – mówi cicho Tessa.

Czekam, aż powie coś więcej, ale nie robi tego. Patrzę na jej oczy, ściągając koszulkę przez głowę. Jej wzrok przemieszcza się z mojej szyi na brzuch – przygląda się dokładnie każdej linii czarnego tuszu. Najdłużej skupia się na drzewie wytatuowanym na moim brzuchu. Zastanawiam się, czy jej się podoba, czy też ta część mnie jest dla niej nieatrakcyjna. To, jak bardzo jest mną zaabsorbowana, sprawia, że czuję się nieswojo. Nie wiem, co robić, podczas gdy ona sprawdza, gdzie jestem uszkodzony. Na każdym calu mojego ciała, którego dotyka jej wzrok, pojawia się gęsia skórka. Zamiast płomienia, o którym zawsze czytam, czuję powolny powiew lodowatego oddechu.

Tess wciąż się gapi, wciąż koncentruje się tylko na moim ciele. Zaskakuję ją, rzucając jej moją koszulkę. Jest zbyt zahipnotyzowana, żeby zdążyć ją złapać. Zastanawiam się, czego byłoby trzeba, żeby sprawić, by ona była naga, żebym mógł przyjrzeć się jej ciału, spokojnym wzrokiem badając każdy cal, każdą skazę, której w sobie nie lubi, ale której ja nie zauważę.

Chciałbym wiedzieć, co myśli. Chciałbym znać ją lepiej. Łapię się na tym, że żałuję, że nie poznałem jej w inny sposób. Mogłaby być moją sąsiadką, która wpada od czasu do czasu coś pożyczyć, a ja mógłbym jej zadać tyle pytań, ile bym tylko chciał. Mógłbym ją spytać o to, dlaczego zadaje tak dużo pytań, dlaczego zawsze marszczy brwi, kiedy jest zdezorientowana albo wściekła, zapytałbym ją, co chce zrobić ze swoim życiem. Spytałbym ją, jak by się czuła, gdyby już nigdy miała mnie nie zobaczyć. Spytałbym ją, czy mogłaby znaleźć w sobie przebaczenie i udzielić mi go.

Ale to rzeczywistość, a w rzeczywistości wciąż jestem dla niej kimś obcym. Prawie nic o mnie nie wie, a gdyby wiedziała chociaż o połowie pojebanych rzeczy, które zrobiłem, nie byłaby mną taka zaintrygowana. Moje tatuaże, a w każdym razie jej reakcja na nie, by wyblakły, a jej odpowiedź na moje podejście do życia zmieniłaby się z sarkastycznej w jadowitą. Muszę na to uważać, bo jeśli zniknie moja zagadkowość, Tessa zniknie wraz z nią.

Kurwa, wszystko to sprawia, że mam zawroty głowy. Trzeźwieję i zaczyna mi się jebać we łbie. Muszę jak najszybciej rozluźnić nastrój.

– Możesz w nim spać – mówię z uśmiechem. – Zakładam, że nie będziesz chciała spać w samej bieliźnie. Chociaż oczywiście nie mam nic przeciwko temu.

– Mogę spać w tym – mówi najmniej przekonującym tonem, jaki w życiu słyszałem. Nie chce spać w swojej szerokiej spódnicy i workowatej koszulce. Nawet mi się podoba jej koszulka, do twarzy jej w błękicie. Nigdy w życiu nie pomyślałem o czymś takim... do twarzy? Co to w ogóle znaczy?

Mam przez nią większy mętlik w głowie niż przez szkocką.

– Dobrze. Jak chcesz. Jeśli wolisz, żeby ci było niewygodnie, proszę bardzo.

Robię krok w kierunku łóżka, biorę pierwszą poduszkę, na którą trafiam, i rzucam na podłogę.

Tessa wydaje się tym oburzona. A może jest oburzona tym, że jestem na wpół nagi. Nie wiem. Podchodzi do łóżka i otwiera ohydną skrzynię.

– Nie rzucaj ich tak. Tutaj się je chowa – mówi mi, jakbym o tym nie wiedział. Czy sądzi, że nigdy w życiu nie widziałem takich poduszek? Myśli, że przez to, że wychowała mnie samotna matka, nie potrafię wsadzić przesadnie drogich zwitków bawełny do pudełka?

Nie, Hardin, ona tylko usiłuje pomóc... – próbuję sam się uspokoić. Mój umysł zawsze od razu sugeruje najgorszą z możliwych interpretacji – zajebiście mnie to wkurwia. Moje kompleksy zżerają mnie żywcem. Chwytam kolejną, jeszcze bardziej falbaniastą poduszkę i rzucam ją na dywan. Tessa jęczy i marudząc, schyla się, żeby ją podnieść.

Podczas gdy Tessa bawi się w pokojóweczkę, odkrywam kołdrę i wchodzę do łóżka. Od razu czuję, że w tym łóżku nikt nigdy nie spał – jest tak, jakbym leżał na chmurze. Nawet lepiej niż w hotelu. Układam dłonie pod głową i przyglądam się Tessie, która mi się przygląda. Wciąż mi się przygląda. Ja wciąż przyglądam się jej.

Krzyżuję nogi w kostkach, kiedy wrzuca ostatnią poduszkę do skrzyni i zamyka wieko. Maniaczka sprzątania.

Czy będzie tak stać całą noc? Wolałbym, żeby zdjęła swoje workowate ubrania i weszła ze mną do łóżka.

– Chyba nie zamierzasz płakać z powodu spania ze mną w jednym łóżku?

– Nie, łóżko jest dostatecznie duże dla nas dwojga.

Jej uśmiech nie wskazuje na to, żeby była zdenerwowana, ale to, że drżącymi dłońmi grzebie w paznokciach, wręcz przeciwnie. Żartuje sobie ze mną. Bardzo mi się to podoba.

– Oto Tessa, którą kocham – żartuję.

Jej oczy odrobinę się rozszerzają, a ja wyganiam z umysłu pytanie o to, dlaczego tak się dzieje. Nie dziś – dziś nawet się do tej myśli nie zbliżę.

Tessa niezręcznie gramoli się na łóżko po zdjęciu butów. Jest wciąż w pełni ubrana i trzyma się brzegu, leżąc tak daleko, jak to tylko możliwe na ogromnym materacu. Kładzie się, a ja się zastanawiam, czy się do niej nie przybliżyć, ale boję się, że ją przestraszę i spadnie. Kiedy wyobrażam sobie, jak leży na podłodze, śmieję się, a ona odwraca się do mnie.

– Co cię tak bawi?

Znów robi to coś z brwiami. Zajebiście urocza.

– Nic – kłamię.

Nie sądzę, że powiedzenie jej, że wyobrażałem sobie, jak spada na łeb na szyję, pomoże mi dzisiaj. Niezależnie od tego nie mogę się powstrzymać od śmiechu, kiedy zaczyna się dąsać.

– Mów!

Spogląda przez chwilę w górę, a później celowo wydyma dolną wargę. Pomimo udawanych dąsów, a może przez nie, jej usta są strasznie ponętne. Nie mogę się doczekać, aż będą się powoli przesuwać po trzonie mojego kutasa. Myślenie o tym, jak jej głowa porusza się na mnie w górę i w dół, sprawia, że wciągam kolczyk w wardze między zęby. Czuję chłód metalu na moim ciepłym języku.

Przewracam się na bok i spoglądając na nią, pytam:

– Nigdy nie spałaś w łóżku z facetem, prawda?

Właściwie to sam również nie spałem jeszcze w tym łóżku z dziewczyną. To nie było w moim stylu. Nie wiem, czy do tego dziś dojdzie, ale jak na razie idzie nieźle.

Czuję ulgę, kiedy odpowiada:

– Nie.

Uśmiecham się, żeby jej pokazać, jak się czuję z tym, że jestem pierwszym gościem, z którym spała w łóżku. Bardzo podoba mi się to, że jest w niej jeszcze tak wiele do zdobycia. W pewnym sensie mam jej również bardzo dużo do dania.

Tessa leży zaledwie kilkadziesiąt centymetrów przede mną, odwrócona w moim kierunku. Wciąż ma na sobie swoje ciężkie ubrania, co doprowadza mnie do szału. Unosi dłoń i dotyka dołeczka w moim prawym policzku. To tak prosty, a jednocześnie czuły gest. Nikt, nawet moja mama, nie dotykał mojej twarzy przez ostatnich dziesięć lat. Nawet podczas seksu, choć czasem całuję dziewczyny, nigdy nie pozwalam, by ich palce pozostawały dłużej na moim ciele.

Patrzę jej w oczy i zauważam w nich panikę. Wycofuje się, ale chwytam ją za rękę i przyciągam do swojego policzka. Dobrze jest czuć, jak mnie dotyka. Jej dotyk jest taki delikatny. Chcę, żeby dotykała mnie wszędzie.

– Nie wiem, dlaczego nikt cię jeszcze nie przeleciał. Pewnie to całe twoje planowanie nauczyło cię naprawdę dobrze się opierać – droczę się z nią. Musi być jakiś powód jej niedoświadczenia. To po prostu nierealistyczne, że jeszcze niczego nie zaznała tak bez przyczyny.

– Nigdy jeszcze nie musiałam nikomu się opierać – mówi.

Nie wierzę w to, co mówi, ale jej oczy wskazują, że to prawda. Niezależnie od wszystkiego i tak trudno mi w to uwierzyć.

– Albo to kłamstwo, albo chodziłaś do szkoły dla niewidomych. – Spoglądam na jej urocze wargi. – Widok twoich ust wystarcza, żebym stwardniał.

To prawda. Wystarczyłoby, żeby sięgnęła w dół, by dotknąć dowodu prawdziwości moich słów. Prawie jej to mówię, ale nie chcę zepsuć chwili.

Tessa zadowala mnie tym, że wydaje cichy okrzyk na dźwięk moich nieprzyzwoitych słów. Śmieję się i myślę o tym, jak mogę ją doprowadzić do jebanego szału. Przebywanie z nią jest jak jazda nowiutkim samochodem, ekscytacja, którą się czuje, po raz pierwszy słysząc niski pomruk silnika. Chcę sprawić, by mruczała – sprawiłbym, że krzyczałaby, gdyby nie było tu Landona. Chcę dziś posuwać się do przodu powoli, ale chcę też pokazać jej coś więcej niż to, co robiliśmy nad strumieniem. To był tylko jeden z moich licznych trików.

Oblizuję wargi i chwytam dłoń Tessy w swoją, a później unoszę obie nasze ręce do ust. Bierze szybki oddech, a ja przeciągam jej dłoń po moich mokrych wargach. Jej ręce się trzęsą, kiedy biorę jej palec wskazujący i delikatnie przygryzam jego wewnętrzną część. Instynktownie jęczy, a mój kutas porusza się w bokserkach. Dłonie Tessy są ciepłe, gdy prowadzę je w dół swojej szyi. Tak dobrze jest być dotykanym – to uczucie przesłania mi zmysły. Alkohol prawie przestał już na mnie działać i teraz jestem całkowicie odurzony upartą, seksowną blondynką. Tessa odsuwa dłoń, a ja opuszczam swoją na udo. Opuszkami palców przesuwa po bluszczu wytatuowanym u nasady mojej szyi. Nie mogę się skoncentrować na niczym poza zimnym, uspokajającym śladem, który zostawia na mojej skórze.

Odzywam się po kilku sekundach ciszy. Jestem ciekawy i napalony, więc zamierzam się z nią zabawić. Unoszę swoją dłoń do jej dłoni.

– Lubisz, jak tak do ciebie mówię, prawda?

Gapię się na nią, dopóki jej klatka piersiowa nie zaczyna się unosić coraz szybciej. Odwraca wzrok, a ja ciągnę dalej:

– Widzę rumieniec na twoich policzkach i słyszę, jak zmienia się twój oddech. Odpowiedz, Tesso, użyj tych swoich pełnych warg.

Chciałbym, żeby zrobiła to na więcej niż jeden sposób. Nie odzywa się jednak. Cholera, myślałem, że to ja jestem uparty. Przysuwam się do niej i biorę jej nadgarstek między palce. Tessa wygląda na taką zarumienioną – cała jej skóra staje się różowa. Można się od niej uzależnić.

Właśnie wtedy, gdy spodziewam się, że powie coś o tym, że ją pociągam, mówi:

– Możesz włączyć wentylator?

Naprawdę, Thereso? Myśli, że już jestem pantoflarzem? Że po prostu wyjdę z tego wygodnego łóżka, kiedy leży tak blisko mnie? Spoglądam na jej twarz, na jej szare oczy.

– Proszę – szepcze, wciąż na mnie patrząc.

Zanim sobie uświadamiam, co robię, wychodzę z łóżka. Cholera, dobra jest. Sprawia wrażenie bardzo zadowolonej z siebie, kiedy znów spoglądam w jej kierunku. Wygląda również na to, że jest jej idiotycznie niewygodnie w tych ciężkich ciuchach. Jej spódnica jest zrobiona z równie grubego materiału, co kołdra.

– Jeśli ci gorąco, może po prostu zdejmiesz te grube ciuchy. Spódnica wygląda, jakby gryzła.

Tessa uśmiecha się do mnie i przewraca oczami.

Ja jednak mówię poważnie… ubiera się okropnie.

– Powinnaś ubierać się tak, żeby podkreślać swoje kształty, Tesso. Te ubrania ukrywają wszystkie twoje krągłości. – Spoglądam na tę część jej klatki piersiowej, którą mogę zobaczyć, czyli prawie na nic. – Gdybym nie zobaczył cię w staniku i majtkach, nigdy bym się nie dowiedział, jakie seksowne i krągłe jest twoje ciało. Ta spódnica wygląda dosłownie jak worek na kartofle.

Śmieje się ze mnie. To poszło lepiej, niż się spodziewałem.

– A co według ciebie mam nosić? Kabaretki i krótkie topy?

Unosi brew i czeka na odpowiedź.

Przez mój umysł przebiega obraz Tessy w obcisłym topie i krótkich dżinsowych szortach.

– Nie, cóż, bardzo chciałbym to zobaczyć, ale nie. Możesz nadal się zakrywać, ale kupuj ubrania w swoim rozmiarze. Ta bluzka ukrywa twój dekolt, a cycków nie powinnaś się wstydzić.

– Przestań używać takich słów!

Potrząsa głową, a ja się śmieję, wchodząc z powrotem z nią do łóżka. Nie wiem, jak blisko mam się położyć, więc powoli zbliżam się coraz bardziej, aż niemal jej dotykam. Siada i wychodzi z łóżka. Czuję palący ból w klatce piersiowej.

– Dokąd idziesz? – pytam, mając nadzieję, że nie wkurzyłem jej tak bardzo, żeby sobie poszła.

Szybkimi krokami przechodzi przez pokój.

– Przebrać się.

Schyla się i podnosi z podłogi mój brudny T-shirt. Uśmiecham się, szczęśliwy, że lubi go nosić tak bardzo, jak bym chciał.

– Odwróć się i nie podglądaj – mówi, jakbym był dzieckiem. Cholernie dobrze wie, że będę podglądał.

– Nie.

Wzruszam ramionami, a ona rzuca mi wściekłe spojrzenie.

– Co to znaczy: nie? – pyta, sfrustrowana.

Szczerze odpowiadam:

– Nie odwrócę się. Chcę cię widzieć.

Zgadza się, ale później zdradza mnie i wyłącza światło. Co za kokietka! Jęczę, ciesząc się pełną flirtu grą, w którą gra. Głośno narzekam, by dać jej znać, że nie zamierzam być fair, jeśli ona oszukuje. Słyszę, jak ciężki materiał opada na podłogę – spódnica. Ciągnę za łańcuszek włączający światło, a Tessa podskakuje. Mówi moje imię na wdechu, jakby przeklinała:

– Hardin!

Wciąż na nią patrzę, od nóg do oczu i z powrotem. Bierze głęboki oddech i unosi dłonie, żeby założyć moją koszulkę. Ma na sobie zwykły biały bawełniany stanik z bardzo małymi poduszkami. Nie żeby ich potrzebowała. Majtki ma do kompletu – materiał zakrywa prawie cały tyłek. Jej tyłek jest doskonały. Okrągły i sprężysty... cudownie byłoby wziąć ją też z tamtej strony.

– Chodź tutaj – szepczę.

Nie mogę czekać ani sekundy, żeby dotknąć jej ciała. Tessa idzie w kierunku łóżka, zmieniając pokój w cholerny pokaz burleski, co mnie zajebiście cieszy. Potrzeba mi lepszego widoku. Podsuwam się do wezgłowia i opieram o nie plecy. Tessa czerwieni się pod ciepłem mojego spojrzenia, co jeszcze potęguje moją przyjemność.

Kiedy do mnie podchodzi, kładzie swoją drobną dłoń w moją, a ja przyciągam ją do siebie. Siada na mnie z kolanami po obu stronach mojego ciała. Uwielbiam mieć ją w ten sposób. Moja wyobraźnia zajebiście szaleje. Tessa się podnosi, żeby nie pozwolić naszym ciałom się zetknąć. Nie ma mowy. Delikatnie łapię jej biodra i ściągam ją na swoje ciało. Przygryza wargę i spogląda mi w oczy. Odwracam wzrok jako pierwszy, bo już czuję, że za chwilę mi stanie. Nogi Tessy są tak gładkie, a to, że moja koszulka jest podniesiona ponad jej uda, jest takie seksowne.

Uśmiecham się do niej, podziwiając to, jak dobrze ją czuć i jak świetnie wygląda.

– O wiele lepiej.

Czekam, aż odwzajemni uśmiech, ale tego nie robi.

– Co się dzieje?

Delikatnie głaszczę jej policzek, wywołując uśmiech na jej twarzy. Jej oczy się zamykają, a ja zastanawiam się, czy to, co robimy, w jakiś sposób narusza zasady Zakładu. Myślę, że teraz już nie ma to dla mnie znaczenia.

– Nic... Po prostu nie wiem, co mam robić – mówi Tessa. Nie patrzy mi w oczy – wiem, że czuje się zawstydzona.

Nie chcę, żeby czuła zbyt dużą presję. Niezależnie od tego, jak mnie dotknie, będzie to na pewno przyjemne. Nie wiem, jak wytłumaczyć cokolwiek, nie pokazując jej.

– Rób wszystko, co tylko chcesz, Tess. Nie myśl o tym tyle.

Tessa unosi dłoń i wydaje się, że zaraz dotknie mojego nagiego torsu. Kiedy tego nie robi, podnoszę wzrok. Patrzy mi w oczy, jakby szukała w nich pozwolenia na to, by mnie dotknąć. Tego również nikt wcześniej nie robił. Kiwam głową, nerwowy, ale podekscytowany, i przyglądam się jej. Powoli przesuwa palcem wskazującym po brzuchu do gumki moich bokserek. Próbuję się nie ruszać, chociaż mam ochotę złapać ją za nadgarstek, odwrócić i pieprzyć tak mocno, że zrobi dziurę w materacu. Zamykam oczy i czuję, jak wodzi palcami po moich tatuażach. Lubię, kiedy to robi. Gdy unosi dłoń, otwieram oczy. Muszę dostać jej więcej. Jestem uzależniony.

– Mogę... hm... cię dotknąć? – pyta Tessa z wahaniem, gapiąc się na moje bokserki.

Kurwa, jasne! – chcę krzyknąć. Zamiast tego próbuję zachować taki spokój, jak to tylko możliwe. Kiwam głową i błagam:

– Proszę.

Tessa wygląda na zdenerwowaną, kiedy opuszcza dłoń na moje krocze. Trzyma ją chwilę nad moim powiększającym się penisem, a później ledwo co go dotyka. Opuszcza dłoń coraz niżej i nadal próbuje go wyczuć. Łagodnie dotyka go palcami, przesuwa nimi w górę i w dół mojego kutasa, sprawiając, że dla niej rośnie.

– Chcesz, żebym ci pokazał, jak to robić? – sugeruję. Chcę, by czuła się komfortowo.

Tessa kiwa głową, a ja delikatnie kładę dłoń na jej dłoni. Moje ręce są o tyle większe od jej rąk, że opuszki jej palców ledwie wystają poza wnętrze mojej dłoni. Prowadzę obie nasze dłonie do mojego ciała i zatrzymuję się przy bokserkach. Pomagam jej złapać mojego kutasa w dłoń. Delikatnie go ściska, a ja jęczę i puszczam jej dłoń. Już załapała. Wyraz jej twarzy, kiedy uświadamia sobie, że ma całkowitą kontrolę, jest zupełnie nieprzyzwoity, choć próbuje udawać niewiniątko. Ma rozszerzone źrenice, rozchylone wargi i zaróżowione policzki.

– Kurwa, Tessa, nie rób tak – mruczę.

Eksploduję, jeśli znów będzie miała ten wyraz twarzy. Tessa, słysząc moje słowa, przestaje ruszać dłonią. Kurwa, zapomniałem, że wszystko rozumie dosłownie.

– Nie, nie, nie to. Nie przestawaj… chodzi mi o to, żebyś tak na mnie nie patrzyła.

Tessa mruga w całkowicie naiwny sposób.

– Jak?

– Tak niewinnie. Gdy tak na mnie patrzysz, mam ochotę zrobić ci mnóstwo nieprzyzwoitych rzeczy.

Tak wiele rzeczy, Thereso.

Jest zdenerwowana, kiedy porusza mnie swoją dłonią. Jej uścisk mógłby być silniejszy, ale nie chcę jej tego mówić. Sama się wszystkiego nauczy. Z pewnością jej w tym pomogę. Przygryza wargę, gdy jej powolne masowanie sprawia, że cicho jęczę jej imię. Gdybym mógł mieć coś na zawsze, to byłoby to.

– Kurde, Tess, dobrze czuć na sobie twoją dłoń – jęczę.

Moje słowa ją zachęcają, może trochę za bardzo. Ściska mnie i czuję przypływ delikatnego bólu.

– Nie tak mocno, maleńka.

Łagodnie ją prowadzę, uważając, żeby jej nie zawstydzić.

Całuje mnie i wraca do powolnego masażu.

– Przepraszam – szepcze przy mojej szyi i dotyka ustami mojej skóry. Przesuwa język w górę mojej szyi w kierunku dolnej części ucha. Kuuuurwa, zajebiste uczucie. Muszę jej dotknąć, nie wytrzymam już długo. Znajduję dłońmi jej klatkę piersiową, a jej stanik wydaje się ścianą pomiędzy jej ciałem a mną.

– Czy. Mogę. Ściągnąć. Ci… Stanik? – błagam.

Chcę zobaczyć więcej jej seksownego ciała. Jej piersi są doskonałe – okrągłe i pełne. Tessa kiwa głową bez tchu, a ja sięgam ku niej. Ręce mi się trzęsą, kiedy szybko odpinam haftki i pozwalam jej piersiom wypaść. Ściągam ramiączka z jej ramion i rąk. Tessa puszcza mnie, żebym mógł całkowicie zdjąć jej stanik. Rzucam go na podłogę, przemieszczam dłonie z powrotem na jej piersi i ukrywam jej usta w swoich. Delikatnie szczypię jej stwardniałe sutki, a ona jęczy w moje usta. Podobają mi się jej pocałunki – są łagodne, ale i gorączkowe. Obejmuje swoją drobną dłonią moją długość i porusza się w górę i w dół, w górę i w dół. Tessa prowadzi mnie do rozkoszy w moim łóżku, mając na sobie moje ubrania.

– Och, Tesso, zaraz dojdę – szepczę.

Tracę panowanie nad własnym ciałem. Tessa stała się władczynią marionetek, zbierając i wyciągając ze mnie wszystkie doznania, jakby ciągnęła za sznurki lalki. Płonę, jednocześnie znajdując się w lodowym oceanie, i ledwo powstrzymuję swoje usta od wykrzyczenia jej imienia. Koncentruję się na tym, że ją całuję, masuję jej słodki język moim. Wciąż dotykam dłońmi jej piersi. Jej jęki pokazują mi, jak bardzo się jej to podoba. Puszczam jej cycki, kiedy dochodzę. Ciepło mojego nasienia rozlewa się po moich bokserkach – czuję ulgę, jakbym tysiąckrotnie wypuścił zbyt długo wstrzymywane powietrze.

Kiedy uczucie szczytowania łagodnieje, odchylam głowę i zamykam oczy. Tessa nadal siedzi na moich udach. Cieszy mnie to. Pomimo tego, co inni o mnie sądzą, jestem przekonany, że umarłem i trafiłem do nieba. Czuję, że Tessa zaczyna się niepokoić, więc otwieram oczy i spoglądam na nią. Robię się trochę nerwowy ze względu na to, jak szybko zaczynam rozumieć jej drobne dziwactwa. Uśmiecha się do mnie, a moje nerwy się uspokajają.

Odwzajemniam uśmiech i pochylam się, żeby pocałować ją w czoło. Wzdycha – podoba mi się ten dźwięk.

– Nigdy wcześniej tak nie doszedłem – wyznaję jej.

Podoba mi się to, że obdarowuje mnie nowymi doznaniami.

– Było aż tak źle? – pyta, wyciągając z przerażeniem niepotrzebne wnioski.

– Co? Nie, byłaś aż tak dobra. Zazwyczaj potrzebuję czegoś więcej niż tylko tego, że ktoś mnie chwyci przez bokserki.

Spogląda w przestrzeń, nie odpowiadając. Coś jest nie tak. Próbuję odtworzyć w głowie ostatnie trzydzieści sekund, żeby sprawdzić, czy ją uraziłem. Nie sądzę, żeby tak było. Postanawiam spytać:

– O czym myślisz?

Nie odpowiada. Oskarża mnie o to, że jestem niekomunikatywny, a sama zachowuje się tak w stosunku do mnie.

– Och, daj spokój, Tessa, powiedz mi – marudzę.

Wciąż próbuje coś przede mną ukryć, ale spodziewa się, że będę jej co chwila wszystko dokładnie tłumaczył.

– Okej… okej! Powiem ci! – piszczy Tessa, przebierając nogami jak koń. Wygląda głupkowato z wykrzywioną twarzą, odsłoniętymi zębami, kopiąc mnie, żebym przestał ją łaskotać. Mam skurczony żołądek od śmiechu.

– Dobry wybór – mówię, czując wilgoć w bokserkach. – Wstrzymaj się z tym. Muszę wziąć szybki prysznic i zmienić bokserki.

Nie wziąłem ze sobą ubrań na zmianę, a w bagażniku mam teraz tylko koszulki. Kiedy wstaję, rozglądam się po pokoju w poszukiwaniu możliwości. W komodzie jest pełno ubrań – Karen już mi o tym mówiła. Nie podobał mi się ten pomysł – to naprawdę obleśne, że wypełniła komodę ubraniami dla kogoś, kto nie chce mieć z nią nic wspólnego.

Jebać to. Nie mam innej opcji, a Karen naprawdę nie jest taka zła. Rozwaliłem jej całą jadalnię na kawałki, mogę chyba ją uszczęśliwić, zakładając jej dary charytatywne. Mam nadzieję na najlepsze, kiedy otwieram szufladę. Moja nadzieja się rozwiewa, gdy zauważam morze bielizny w szkocką kratę. Niebiesko-biała, czerwono-biała, zielono-czerwona, czerwono-niebieska, biało-zielona. I tak bez końca. Chcę zatrzasnąć szufladę, ale jestem zdesperowany. Chwytam najmniej odrażającą parę biało-niebieskich bokserek kciukiem i palcem wskazującym, jakby były zanieczyszczone.

– Co? – pyta Tessa.

Unosi się, podpiera na łokciach i na mnie patrzy. Jestem dla niej rozrywką – dobrze się w tej chwili bawi. Widzę to w jej oczach. Z każdą minutą, którą z nią spędzam, poznaję ją coraz lepiej.

– Są okropne – jęczę. Szkocka krata? Bawełna? Rozmiar XL? Dla kogo ona je kupiła?

– Nie są takie złe – kłamie.

Unoszę ohydztwo w niebiesko-białą kratę i potrząsam głową.

– Cóż, z braku laku... zaraz wracam.

Biorę szkaradne bokserki i wychodzę z pokoju, nie patrząc już na Tessę w łóżku. Po drodze z łazienki mijam pokój Landona. Przykładam ucho do drzwi. Nie dziwi mnie, kiedy słyszę, że jakaś postać z filmu mówi coś o elfach. Pukam delikatnie, by upewnić się, że Tessa mnie nie słyszy. Nasłuchuję odpowiedzi, ale jest późno, więc pewnie zasnął, oglądając *Zmierzch*. Pukam ponownie i drzwi się otwierają. Robię krok w jego kierunku, a on unosi dłonie przed sobą w defensywnym geście.

– Nie przyszedłem tu po to, żeby cokolwiek zaczynać – szepczę.

Co za dupek, że przyjął, że tak jest.

Widzę, że mi nie wierzy – w najmniejszym, kurwa, stopniu.

– W takim razie czego chcesz? – pyta pełnym niedowierzania tonem.

Macham dłonią w powietrzu.

– Mogę? – pytam go, wskazując w stronę pokoju.

Zaglądam do ciemnego wnętrza i zauważam, jak wielki telewizor wisi na jego ścianie – przynajmniej sześćdziesiąt cali. Oczywiście, że tak. Na jednej ze ścian wiszą też podpisane koszulki hokejowe w lśniących ramkach, prawdopodobnie zrobionych przez jakąś miłą panią w sklepie artystycznym. Pewnie skleiła je własnym potem, specjalnie dla Landona. Wydaje się, że dostaje, co tylko chce. Jest zaledwie pięć centymetrów niższy ode mnie i o wiele bardziej umięśniony. Ja jestem wysoki i szczupły, a on niższy i bardziej wysportowany. Wygląda prawie jak młoda, nerdowska wersja Davida Beckhama. Ma na sobie T-shirt WCU i flanelowe spodnie. Nie ma dla niego nadziei.

Mierzy mnie wzrokiem i unosi brew, widząc moje bokserki.

– Odpierdol się… to twoja mama je kupiła – warczę na niego.

Unosi dłoń, zakrywając usta, żeby móc udawać, że się nie śmieje.

– Wiem, dlatego to takie zabawne – śmieje się do siebie, bawiąc się moim kosztem, co przypomina mi, jak bardzo jest wkurzający.

– Nieważne.

Przepycham się obok niego i idę w kierunku mojej sypialni i Tessy. Mogłem przypuszczać, że nie warto z nim gadać.

Unosi dłonie.

– Poczekaj. Przepraszam. Myślałem po prostu, że to zabawne, bo moja mama wciąż mi je kupuje, chociaż ciągle jej mówię, że są okropne.

Nie śmieję się wraz z nim, choć to prawda, że ten pomysł jest odrobinę zabawny.

– Chciałbym porozmawiać z tobą o Tessie.

Przyjmuje obronną postawę. Patrzę, jak się prostuje, a jego usta się zaciskają.

– Co z nią?

Sczesuję mokre włosy z twarzy.

– Chciałem się upewnić, że jest…

Znów unosi dłonie, tym razem by mnie uciszyć.

– Tessa wie, co robi. Nie potrzebuje, żebym zachowywał się, jakby nie potrafiła o siebie zadbać – mówi surowym tonem, ale nie ma w jego głosie złośliwości.

Nie mam pojęcia, co na to odpowiedzieć. Myślałem, że będzie się zachowywał jak dupowaty, nadopiekuńczy przyjaciel, który każe jej uciekać ode mnie jak najdalej.

– Cóż... – zatrzymuję się na chwilę w korytarzu. – Pójdę już do łóżka.

Odwracam się i spoglądam na niego, kiedy zamyka drzwi, i widzę na jego twarzy uśmiech. Cóż, to było niezręczne, ale poszło lepiej, niż się spodziewałem.

Otwieram drzwi i widzę Tessę na łóżku, skuloną jak kotek. Jej wzrok od razu skupia się na bokserkach, które mam na sobie. Ohydztwo.

– Podobają mi się – kłamie.

Są zajebiście obleśne. Nie widać w nich nawet, jak duży jest mój kutas. Rzucam jej nieprzyzwoite spojrzenie, a później ciągnę za łańcuszek lampy i chwytam pilota. Jestem zaskoczony, że fantastyczny pan Scott nie umieścił tu jebanego telewizora holograficznego. Przełączam na przypadkowy kanał, żeby w tle był jakiś hałas, i obniżam głośność tak, że prawie nic nie słychać. Wchodzę do łózka i kładę się obok Tessy, naprzeciwko niej.

– Co zamierzałaś mi powiedzieć? – pytam.

Przygryza wargę.

– Nie udawaj nieśmiałej, skoro właśnie sprawiłaś, że doszedłem w bokserkach.

Śmieję się z tego, jak nie na miejscu jest jej zażenowanie. Obejmuję ją i przyciągam do siebie.

Czekam, aż skończy się teatralny występ Tessy. Uwielbiam to, jak beztroska czasem bywa. Chyba ja to z niej wyciągam i jestem z tego dumny. Kiedy moja dramatyczna przyjaciółka wraca do normalności, ma rozczochrane włosy. Luźne kosmyki okalają jej twarz. Nie myśląc wiele, dotykam jej włosów i zaczesuję za ucho. Ma na sobie maleńkie kolczyki. Przypominają mi o tym, jak chciałem sobie przekłuć uszy, dopóki mój przyjaciel Mark nie dostał zakażenia. Było obrzydliwe i straszliwie śmierdziało.

Muszę pomyśleć o czymś innym.

Całuję Tessę delikatnie w usta, a ona przejmuje władzę nad całym moim umysłem.

– Jesteś jeszcze pijany?

Jej pytanie to kolejny przykład tego, jak wścibska i bezczelna jest.

– Nie, myślę, że nasze wrzaski na podwórku mnie otrzeźwiły.

– Och, cóż, w takim razie miało to jakiś sens.

Nie wiem, co zrobić z ręką. Powinienem położyć ją na jej plecach? Nie jestem pewien.

Odwracam się do niej i dotykam dłonią jej pleców.

– Tak, chyba tak.

Wreszcie opieram rękę na jej plecach, skupiając się na tym, jak jej głowa leży na mojej klatce piersiowej. Porusza się wraz z każdym moim oddechem, jakby już przyzwyczaiła się do tej pozycji. Podoba mi się to.

Uśmiecha się do mnie promiennie.

– Chyba bardziej lubię pijanego Hardina – mówi.

Pijany Hardin…

„Jesteś zwykłym pijakiem, Ken!" – słyszę głos mojej mamy krzyczącej w naszym małym domu. Próbuję odwrócić uwagę od wspomnień, które grożą przebiciem się do mojej świadomości i zepsuciem mi czasu spędzonego z Tessą.

Pewnie i tak się tylko droczyła. Muszę się nauczyć myśleć, zanim coś powiem. Spędzanie czasu z Tessą to bardzo dobre ćwiczenie.

– Czyżby?

– Może.

Robi nadąsaną minkę. Jeśli myśli, że te wygłupy sprawią, że zapomnę, że chcę od niej odpowiedzi, to się grubo myli.

Wracając do właściwego tematu rozmowy, mówię:

– W ogóle nie potrafisz zmieniać tematu; a teraz mów.

– Cóż, myślałam o tych wszystkich dziewczynach, które... no wiesz, z którymi robiłeś różne rzeczy.

Kiedy tylko kończy, próbuje się schować, wtulając twarz w moją klatkę piersiową.

O tym teraz myśli? Ja potrafię myśleć tylko o tym, jak bardzo uwielbiam to, że jej puszyste włosy łaskoczą mnie w nos i że pachnie, jakby wytarzała się w waniliowych perfumach, zanim tu przyszła.

– Dlaczego o tym myślałaś?

Wzdycha, jakbym miał domyślić się, o czym mówi. Ale nie mam pojęcia.

– Nie wiem... bo nie mam dosłownie żadnego doświadczenia, a ty masz go dużo. W tym Steph.

Gorycz w jej głosie jest więcej niż wyraźna. Wyobrażam sobie, że czułbym się tak samo, gdyby miała się pieprzyć z Zedem. Ta myśl jest krótka, ale niesie ze sobą nieprzyjemne, ostre uczucie, którego się nie spodziewałem.

Wyrzucam ją w tej chwili z głowy. Zed nie ma prawa przebywać w tym łóżku z nią. Naprawdę żałuję, że nie widzę, jak Tessa na mnie patrzy, głodna mojej uwagi.

Nie widzę, czy jest niezadowolona, zazdrosna czy zaciekawiona. Czasami potrafię z niej czytać jak z otwartej księgi, ale kiedy indziej księga się zamyka. Nie mogę się tego domyślić, więc postanawiam po prostu ją spytać.

– Jesteś zazdrosna, Tess?

Mam cholerną nadzieję, że tak jest.

– Nie, oczywiście, że nie – kłamie w żywe oczy.

Pobawię się z nią. Właściwie sama się o to prosiła. Jej ciało jest takie ciepłe przy moim. Nigdy nie leżałem w taki sposób w łóżku, przytulając się do dziewczyny po tym, jak doszedłem w bokserkach. Nigdy tego nie robiłem, nigdy też nie byłem z nikim tak blisko podczas jakiejkolwiek aktywności seksualnej, no i z całą pewnością nigdy wcześniej nie spałem z nikim w łóżku.

– W takim razie może chcesz poznać parę szczegółów?

Od razu piszczy:

– Nie! Proszę, nie!

Przytulam ją mocniej ramieniem i delikatnie się śmieję. Podoba mi się to, że jej to przeszkadza. Wolałbym już wywiercić sobie otwory w bębenkach, niż słuchać o tym, że pieprzy kogoś innego. Gapię się na sufit i próbuję sobie przypomnieć, czy kiedykolwiek w ogóle myślałem, jak to by było spędzać noce z kimś innym w moim łóżku. Poza jedną czy dwiema pijanymi nocami to się nie stało. Tessa jest cicho – zbyt cicho. Myślę, że może zasnęła. Sięgam po telefon leżący na stoliku i sprawdzam czas. Ledwo północ.

– Chyba nie idziesz spać? Jeszcze wcześnie – droczę się z nią.

– Tak?

Głos Tessy jest zachrypnięty od snu. Naprawdę niemal odleciała. Szczerze mówiąc, przydałby mi się sen, ale chcę spędzić z nią więcej czasu. Ziewa, a ja przewracam oczami.

Prawie kłamię i mówię jej, że jest dopiero dziesiąta.

– Tak, dopiero północ.

Założę się, że przesypia codziennie osiem godzin, jak każą lekarze. Dlatego zawsze jest taka uśmiechnięta, szczęśliwa i w ogóle.

– To nie jest wcześnie.

Jej drugie ziewnięcie jest jeszcze bardziej urocze.

Zazwyczaj łatwo ją przekonać, więc zobaczę, co da się zrobić.

– Dla mnie jest. Poza tym chcę ci się zrewanżować.

Tessa sztywnieje w moich ramionach. Wyobrażam sobie, jak czerwienią jej się policzki. Pewnie gorączkowo myśli o tym, jak by się czuła, gdyby ciepły, mokry język ślizgał się w górę i w dół jej cipki albo rysował drobne kręgi na jej łechtaczce.

– Ty też tego chcesz, prawda? – pytam najniższym głosem, jaki mogę z siebie wydobyć.

Drży obok mnie – to dla mnie znak. Spogląda na mnie, a jej usta układają się w uśmiech. Obejmuję ją drugą ręką i delikatnie obracam jej ciało, tak, że jestem na górze. Wyobrażam sobie, że jej usta są otwarte w ekstazie. Ciągnie mnie palcami za włosy, a jej słodycz dotyka mojego języka. Tak naprawdę Tessa obejmuje jedną nogą moje plecy i przyciąga mnie bliżej. Przesuwam palce po jej udzie, aż do kolana.

Tak dobrze mieć ją pod sobą. Jej ciało jest takie kuszące. Jestem przekonany, że przysłano ją tu tylko po to, żeby mnie torturować, żeby do cna przetestować moją samokontrolę. Cichy, łagodny głos w mojej głowie przypomina mi, że może – może – wysłano ją tutaj z przeciwnego powodu. Może mam z nią być, pokazać jej nowy sposób patrzenia na życie? To pewnie wierutne bzdury, ale może nie pojawiła się tu, żeby mnie ukarać… tylko żeby mnie uratować.

– Taka miękka…

Znów przesuwam dłonią w górę i w dół jej zmysłowych nóg. Wspomnienie tego, co znajduje się na ich końcu, wypełnia mój umysł i bokserki. Znowu drży, a na jej ciele pojawia się gęsia skórka. Uwielbiam to, jak konsekwentnie na mnie reaguje. Jej pożądanie zdaje się nigdy nie słabnąć, a jej ciało odpowiada na każdy mój dotyk. Zwilżam wargi i przyciskam do wewnętrznej części jej kolana. Jej skóra jest taka miękka i smakuje wanilią. Pożarłbym jej całe ciało w ciągu kilku sekund. Samokontrola… samokontrola…

– Chcę cię posmakować, Tesso.

Przyglądam się jej oczom, czekając na reakcję. Nie ma pojęcia, jak wielką przyjemność mogę jej dać. Mój język doprowadzi ją do szaleństwa – będzie chciała, żebym nigdy nie przestawał.

Pełne usta Tessy rozchylają się i przytula się do mnie, czekając, aż ją pocałuję. Jej niedoświadczenie jest jednocześnie odświeżające i frustrujące.

– Nie. Tam.

Dotykam dłonią jej cipki przez majtki, a ona gwałtownie wciąga powietrze. Jej klatka piersiowa porusza się w górę i w dół, a ja czuję, jak hormony szaleją w jej ciele. Drażnię ją delikatnym głaskaniem, a jej majtki stają się coraz bardziej wilgotne pod opuszkami moich palców.

Już jest zupełnie mokra i mówię jej to. Jest taka piękna, a jej piękno promienieje jeszcze bardziej w takich chwilach, kiedy jest nabrzmiała i mokra dla mnie.

– Mów do mnie, Tesso. Powiedz mi, jak bardzo tego chcesz – nalegam.

To obsesja, słyszeć, jak mnie błaga.

Moje palce wciąż ją masują, skupiając się na łechtaczce.

– Nie chciałam, żebyś przerywał.

Kwili. Uwielbiam to.

– Nic nie powiedziałaś – odpowiadam. – Nie wiedziałem, czy ci się podoba.

– Nie domyśliłeś się?

Podnoszę się i siadam jej na udach. Nie mogę oderwać od niej rąk. Wodzę palcami po gładkiej skórze jej ud, sprawiając, że jej ciało przechodzą spazmy rozkoszy.

– Powiedz to – naciskam na nią. – Żadnego potakiwania głową. Powiedz mi, czego pragniesz, maleńka – zachęcam ją. Uwielbiam słyszeć, jak gorąco mnie pragnie.

– Chcę tego.

Przysuwa się o kilka centymetrów do mnie. Próbuję trzymać ręce przy sobie i pozwolić jej przyjść do siebie i powiedzieć, czego chce.

Unoszę brew.

– Czego chcesz, Thereso? – pytam.

– No wiesz… żebyś mnie pocałował.

Dwukrotnie całuję ją w usta. Marszczy brwi.

– Tego chciałaś? – droczę się z nią.

Żartobliwie uderza mnie w ramię. Chcę usłyszeć, jak błaga o mój język.

– Pocałuj mnie… tam.

Kiedy tylko robię ruch, żeby wykonać jej prośbę, Tessa zakrywa twarz i potrząsa głową. Nie mogę się powstrzymać od śmiechu, sięgając po jej dłonie i opuszczając je. Wygląda na bardzo niezadowoloną.

– Celowo próbujesz mnie zawstydzić.

Jest naprawdę zła. Kiedy to się stało?

Przewraca oczami, gdy próbuję jej wyjaśnić, że nic nie poradzę na to, że chciałem usłyszeć te słowa.

– Nieważne, Hardin.

Przykrywa się kołdrą, żeby się przede mną ukryć. Cholera. Odwróciła się w drugą stronę i gapi się w ścianę.

To wstrętne, że sprawiłem, że seksualne doświadczenie wydało jej się okropne. Przebywanie w łóżku ze mną powinno stanowić jej schronienie, miejsce, gdzie może wyłączyć wszystkie myśli i zapomnieć o wszystkim poza przyjemnością, którą jej daję. Spierdoliłem, a teraz to doświadczenie będzie ją wkurzało za każdym razem, gdy je sobie przypomni. Nie powinienem był na nią tak naciskać. Jest w tym taka niedoświadczona, a ja jestem cholernym głupcem.

– Hej, przepraszam – mówię w jej włosy.

Nienawidzę się z nią kłócić. Tylko się z nią droczyłem – po prostu nie wiem, kiedy przestać. Jestem czasem idiotą, jakby nie zauważyła.

– Dobranoc, Hardin – odpowiada hardym głosem. Nie jest w nastroju grać ze mną w gierki, więc muszę ze wszystkich sił postarać się zostawić ją w spokoju. Ostatnie, co powinienem zrobić, to dalej naciskać na nią.

Widzisz, uczę się – chcę powiedzieć.

– Dobra, ty uparta oślico – mamroczę w odpowiedzi.

Patrzę, jak oddycha coraz wolniej, a później obejmuję ją ramieniem i próbuję zasnąć. Wzdycha kilkakrotnie, mrucząc bezładnie. Kiedy zasypia, siadam i patrzę na nią przez chwilę, zastanawiając się, jak długo będzie na mnie zła i czy kiedykolwiek uda mi się zrozumieć, jak być dobrym chłopakiem.

Rozdział dwudziesty

Wszystko w jego życiu zmieniało się tak szybko, że ledwo udawało mu się nadążyć. Był szczęśliwy... wreszcie zrozumiał, co znaczy to słowo. Każdy dzień mijał mu zbyt szybko, by mógł sobie uświadomić, co się dzieje. Kiedy się przed nim otworzyła, wszedł do środka i urządził sobie w jej wnętrzu dom. Dobrowolnie oddała mu całą swoją niewinność, a on ją wziął, wiedząc, że nie powinien był tego robić, chociaż kłamałby, gdyby powiedział, że nie miał nadziei, że ona nigdy się o tym nie dowie. Kochał ją i wykorzystywał, i nie był pewien, jak może pogodzić obie te rzeczy. Kochał ją i wiedział, że to nie była wymówka dla wszystkich błędów, które popełniał jeden po drugim, ale miał nadzieję, że będzie się mógł rozkoszować czasem, który był mu z nią dany, i być może zdoła przekonać ją, że jest godny przebaczenia.

Wjeżdżam na parking przed akademikiem Tessy i zastanawiam się, jaki mam, do kurwy nędzy, plan. Wiedziałem to doskonale, kiedy wyjeżdżałem od siebie. Miałem pójść do jej pokoju, powiedzieć jej wszystko i błagać o przebaczenie. Nie był to całkowicie dopracowany plan, ale innego nie mam. Poczucie winy mnie zżera, ściska mi trzewia i prosi o to, by je zaspokoić. Przeraża mnie to, co się stanie, kiedy jej powiem, ale zasługuje, by wiedzieć. Musi wiedzieć.

Wypiłem tylko odrobinę. Kilka łyków, żeby złagodzić ból.

Nie mogę jej oszukać pocałunkiem ani odwrócić uwagi dotykiem jeszcze przez godzinę. Przed budynkiem B zawsze są jakieś wolne miejsca, a ja parkuje na tym, które znajduje się najbliżej chodnika. Jej akademik przypomina mi stary blok mieszkalny, ale ciemnoczerwona cegła sprawia, że wygląda niepokojąco, trochę jak więzienie. Jej budynek jest najsłabiej pilnowany przez ochronę uniwersytetu. Wiem coś o tym – wyganiano mnie już z budynków A i D. Piszę szybkiego esemesa do Steph, żeby kazać jej trzymać się z dala od pokoju. Nie odpowiada w ciągu minuty, więc wychodzę z samochodu, mając nadzieję, że jej nie będzie. Poniżej tej wiadomości znajduje się esemes od Tessy, która życzyła mi dobrej nocy. Trzeba było odpowiedzieć. Dlaczego jestem takim dupkiem?

Korytarz jest pusty, a ja ze zdenerwowania staję przed pokojem B20 zamiast B22, nie zauważając tego przez przynajmniej pięć minut. Nie mogę się zdecydować, czy powinienem zapukać do drzwi. Nie do końca się mnie spodziewa, ale jestem pewien, że jest w środku. Nie, nie powinienem pukać. Nie ma powodu. Dłonie mi drżą, kiedy przekręcam gałkę. Gdy drewniane drzwi otwierają się ze skrzypnięciem, wchodzę prosto do środka, mając nadzieję, że nie przywita mnie lecący w kierunku mojej głowy but albo kutas w ustach Steph.

Moje oczy przyzwyczajają się do ciemnego pokoju, kiedy włącza się lampa.

– Co robisz? – pyta mnie Tessa.

Siedzi prosto, mrużąc oczy w ostrym świetle.

Mijam łóżko Steph i zatrzymuję się kilkadziesiąt centymetrów od łóżka Tessy.

– Przyszedłem się z tobą zobaczyć – mówię, a teraz, kiedy ją widzę, coś we mnie się zmienia i uspokaja. Odwraca się na bok i kładzie dłoń na biodrze. Kiedy siada, jej nagie stopy zwisają z krawędzi łóżka, a jej blond włosy są pofalowane i przykrywają większą część jej pleców. Bawełniany T-shirt, który ma na sobie, wygląda tak miękko. Chcę do niej sięgnąć i dotknąć miękkiego materiału, który przywiera do jej skóry. Pragnę przeciągnąć kciukiem po jej czole, by odgarnąć jej luźno opadające włosy. Muszę dotknąć jej nadąsanych ust.

Marszczy czoło, ściskając je brwiami – wygląda jak rozgniewany kociak.

– Dlaczego? – jej głos jest wysoki i bardzo marudny.

Nie wiedząc, co ze sobą zrobić, siadam na krześle przy jej schludnym drewnianym biurku. Po chwili zawahania odpowiadam zgodnie z prawdą:

– Bo za tobą tęskniłem.

Wyraźnie widzę jej niedowierzanie i złość, kiedy przewraca oczami. Czy ona za mną tęskniła? Czy daję jej ukojenie podczas snu, tak jak ona daje je mnie, czy też prześladuję ją w snach? Nie mam jebanego pojęcia.

Wzdycha i garbi się.

– W takim razie dlaczego wyszedłeś?

Mówi łagodnie. Daję sobie chwilę na rozejrzenie się po pokoju Tessy. Chociaż raz łóżko jest w nieładzie – pognieciona kołdra leży w jego nogach, a jedna z poduszek zwisa z niewielkiego materaca. Strona pokoju należąca do Steph jest zabałaganiona jak zwykle, a ja muszę przygryźć język, żeby się nie roześmiać na myśl o tym, że to musi doprowadzać Tess do szału. Jestem zaskoczony, że nie sprząta całego pokoju, kiedy jest tu sama. Chociaż równie dobrze może to robić.

Wzruszam ramionami, a ona zaplata ręce na piersiach. Mam ci dużo do powiedzenia, Tesso, proszę, zamilcz chociaż raz…

– Bo mnie wkurzałaś.

Prycha i kopie nogami w powietrzu jak uczennica z podstawówki.

– Okej, idę spać; jesteś pijany i pewnie znów będziesz wredny.

Potrząsa głową, a jej oczy się zamykają. Klatka piersiowa piecze mnie od jej złości, a kłykcie od mojej.

Próbuję ją przekonać, że nie jestem wredny, że jestem tylko trochę pijany i chciałem się z nią zobaczyć. Desperacko usiłuję powstrzymać się od tego, by usiąść obok niej na łóżku. Chcę, żeby się położyła i pozwoliła mi się dotykać. Dalej rzucam czułe słówka i usiłuję sprawić, że się uśmiechnie.

Nie kupuje tego.

– Powinieneś już iść – mówi.

Kładzie się tyłem do mnie, odwracając się twarzą do ściany. Jest małym, upartym dzieckiem. To na wpół irytujące i na wpół urocze.

Jeśli chce się zachowywać jak dziecko, tak właśnie będę ją traktował.

– Oj, maleńka, nie gniewaj się.

Jej ramiona się napinają i żałuję, że nie widzę jej twarzy. Chociaż powiedziałem to, żeby ją wkurzyć, używając słowa „maleńka" w stosunku do niej, czuję się tak dobrze.

– Naprawdę mam sobie iść? Wiesz, co się dzieje, kiedy śpię bez ciebie.

Mam nadzieję, że moja wrażliwość poruszy w niej czułą strunę.

Wzdycha teatralnie, a ja wstrzymuję oddech. Nie chcę wychodzić. Nie chcę, żeby chciała, bym wyszedł.

– Dobrze, możesz zostać, ale ja idę spać.

Nie odwraca się. Zastanawiam się, jak mocno by mnie spoliczkowała, gdybym położył się za nią, albo chwycił za ramię i odwrócił, żeby na mnie spojrzała.

Nie przeszkadza mi to, że śpi, ale wolałbym cieszyć się jej towarzystwem. Miałem pół planu, kiedy się tu pojawiłem, ale teraz nie ma już mowy, żeby się powiódł. Już jest wkurzona – nie będzie się dało z nią rozmawiać, jeśli teraz zrzucę na nią to wszystko.

– Dlaczego? Nie chcesz ze mną posiedzieć? – pytam ją.

Znów mi mówi, że jestem wredny i pijany. Odpowiadam, że ani jedno, ani drugie nie jest prawdą, a ona zachowuje się jak dziecko.

– To jest właśnie wredna uwaga. Zwłaszcza że tylko zapytałam o twoją pracę – mówi.

Kręci mi się w głowie – ona nie przestaje kręcić się w kółko.

– O Boże, tylko nie to. Daj spokój, Tessa, po prostu to zostaw. Nie chcę teraz o tym rozmawiać.

Uświadamiam sobie, że jeśli tylko się przyznam, większość naszych kłopotów zniknie. Problem w tym, że ona zniknie razem z nimi.

– Dlaczego dzisiaj piłeś? – pyta Tessa.

Wydawało mi się, że to dobry pomysł. Byłem spięty i nieszczęśliwy, a kiedy próbowałem wpaść na jakąś jasną myśl, nie udawało mi się. Alkohol w moim oddechu sprawia, że moje wyznania są mniej ważne, mniej obraźliwe. Mogę po pijaku gadać, co chcę, a jeśli będzie oburzona, mogę jutro zaprzeczyć własnym słowom.

Kurwa, nie potrafię przestać kłamać.

– Ja... Nie wiem... Miałem ochotę na drinka... cóż, drinki. Czy możesz już przestać się na mnie gniewać? Kocham cię.

Naprawdę ją kocham i potrzebuję być przy niej. Nienawidzę, kiedy jest na mnie zła, ale w jakiś niezdrowy sposób to, że się o mnie martwi, uspokaja mnie.

Jej gniew mięknie z każdą mijającą sekundą.

– Nie jestem na ciebie zła, po prostu nie chcę się cofać w naszym związku. Nie podoba mi się, kiedy mnie denerwujesz bez powodu, a potem wychodzisz. Jeśli jesteś o coś zły, chcę, żebyś ze mną o tym rozmawiał.

Co to, terapia małżeńska? Dopiero po chwili uświadamiam sobie, że mówi do mnie, jakbyśmy spotykali się w normalnym układzie. Jesteśmy od tego jak najdalsi. Wygaduje coś o komunikacji, a sama tylko przewraca się na łóżku i robi mi cichą kurację.

Staram się dla tej dziewczyny ze wszystkich sił, a ona wciąż nie jest zadowolona. Próbuję być racjonalny i nie pozwalać, by mój gniew zapłonął, ale to takie trudne z kimś takim jak Tessa, kto uderza we wszystkie moje czułe punkty.

– Po prostu nie podoba ci się, gdy nie kontrolujesz wszystkiego – wypalam w odpowiedzi.

Wciąż nie mogę uwierzyć, że próbuje dawać mi rady na temat tego, jak sobie radzić. Jakby wiedziała wszystko – właśnie tak zresztą myśli.

– Słucham?

Mówię jej, że ma świra na punkcie kontroli. Zaprzecza.

Pyta, czy mam jej jeszcze coś obraźliwego do powiedzenia, a ja proszę, żeby ze mną zamieszkała. Wygląda na równie zaskoczoną, jak sądziłem. Ja czuję się podobnie – zaskakuje mnie to, że moje usta wybrały akurat tę chwilę, by podjąć ten temat. Przygląda się uważnie mojej twarzy, jakby zapamiętywała to, co mówię jej o mieszkaniu. Widzę, że jest podekscytowana. Ale jest też niepewna i nie potrafi tego za dobrze ukryć. Pokażę jej, że nie ma się czego bać. Mogę nadal być dla niej coraz lepszy i uszczęśliwiać ją. Wiem, że to potrafię. Energia pomiędzy nami zmieniła się drastycznie – ona zagryza dolną wargę, droczy się ze mną, a ja nie mogę się doczekać, aż razem zamieszkamy.

Huragan prawd przelatuje nad nami, kręcąc się i przybierając na sile, gotowy, by w każdej chwili spuścić deszcz. Udaję, że jesteśmy bohaterami powieści i że ona wybaczy mi tak, jak Elizabeth wybaczyła Darcy'emu. Gdybyśmy byli słowami na papierze, znów znalazłaby się w moich ramionach, niezależnie od powagi mojego błędu, dokładnie tak jak Catherine. Pragnęłaby elementu przygody, który wprowadzam do jej życia, i nie potrafiłaby trzymać się ode mnie z daleka, dokładnie tak jak Daisy. Katastrofa nie może nas dotknąć, jeśli będziemy bezpieczni w naszym własnym świecie, własnym mieszkaniu, własnej powieści.

Obiecuję jej cicho, że to miejsce będzie fortecą, a nie więzieniem. Słowa zamierają na moim języku i znów odwracam się do niej. Gapi się na mnie szklistymi oczami pełnymi kontrolowanej ekscytacji.

– Zamieszkasz ze mną?

Zgódź się. Proszę, zgódź się.

Garbi się i przez moment widzę ramiączko różowego stanika. Miałem wrażenie, że ma tylko białe i czarne komplety bawełnianej bielizny. Nie spuszczam oka z jej ramienia, czekając, aż znów uda mi się coś zauważyć.

– Jezu, może jednak zastosujemy metodę małych kroków? Na razie przestanę się na ciebie gniewać – mówi, co stanowi jej wersję pójścia na kompromis. – Chodź do łóżka.

Kładzie się na materacu i klepie miejsce, gdzie mam się położyć. Nagle jestem jak dyszący z radości pies, któremu właścicielka pozwoliła wejść ze sobą do łóżka. Rozpinam dżinsy, ściągam je z nóg i rzucam na stertę podręczników przy łóżku Steph. Spoglądam na Tessę, która koncentruje się na mojej koszulce, milcząco sugerując, żebym ją zdjął. T-shirt z cienkiej bawełny jest dość seksowny, ale nic nie może się równać z patrzeniem, jak ma na sobie moje koszulki. Całkowicie ubóstwiam to, jak nosi je w łóżku.

Kiedy zdejmuję podkoszulek i kładę go przed nią, jej twarz rozpromienia się pięknym uśmiechem, a ona unosi swoją bluzkę. Jej gładka skóra jest taka seksowna, a brzuch cudownie łączy się z miękkimi piersiami. Moje oczy niemal wypadają na podłogę, gdy widzę jej komplet koronkowej bielizny. Jestem przyzwyczajony do miękkiego, bawełnianego, bezkształtnego stanika, który trzyma jej cycki, a nie biustonosza typu push-up z fiszbinami i koronką okalającą materiał.

– Kurwa – wyrywa mi się. – Co ty masz na sobie?

Ta dziewczyna jest tak zajebiście seksowna i nawet nie ma o tym pojęcia. Jej policzki pokrywają się intensywną, głęboką czerwienią.

Niemalże szepcząc, mówi:

– Ja… kupiłam dzisiaj nową bieliznę.

Wstydzi się, mimo że wygląda jak bogini ze swoimi długimi blond włosami, gładkimi nogami i wydętymi ustami, które wprost błagają, żebym wepchnął w nie kutasa…

Natychmiast zaczynam się zastanawiać, co jeszcze kupiła i jak trudno byłoby ją przekonać, żeby zaczęła wszystko przymierzać, robiąc mi mały, prywatny pokaz. Żadna kobieta w całym moim życiu nigdy mnie tak nie podnieciła. Jest tak zajebiście seksowna, nawet nie próbując, i nie ma pojęcia, jak wiele kobiet zabiłoby, żeby być nią, mieć jej seksowne, krągłe ciało.

– Widzę… Kurwa.

Tessa potrząsa głową.

– Już to mówiłeś.

Ale uwielbia tego słuchać. Tessa rozkwita pod moimi komplementami, co jest bardzo, bardzo satysfakcjonujące. Każdego dnia dziwi mnie to, że nie widzi siebie taką, jaka naprawdę jest. Powtarzam, że pięknie wygląda, a ona uśmiecha się jeszcze promienniej. Nie mogę oderwać wzroku od jej cycków, które unoszą się ku niej, i nie mogę powstrzymać mojego kutasa od pulsowania pod moimi bokserkami. Oczy Tessy skupiają się na tym miejscu, na moim nabrzmiałym kutasie napierającym na czarną bawełnę mojej bielizny.

Oczy Tessy są wygłodniałe, kiedy przykłada kciuk do dolnej wargi, a później delikatnie go przygryza. Mówi coś do mnie, ale nie byłbym w stanie tego powtórzyć, nawet gdyby moje życie od tego zależało.

– Mmm – zgadzam się z tym, co mówi, cokolwiek to jest. Nie potrafię myśleć o niczym innym poza tym, jak jej ciało mnie wzywa, jakby została dla mnie stworzona. Opieram swój ciężar na kolanie i przyciskam wargi do jej pełnych, mokrych ust. Jej język jest jak aksamit i szkocka, miękki i ostry, kiedy muska mój, przecinając mnie i jednocześnie lecząc.

Gram w niebezpieczną grę. Idę po najdelikatniejszej z lin, ale rozwinąłem w sobie talent do balansowania na granicy. Jeśli ze mną zamieszka, zobaczy, jak bardzo gotów jestem stać się dla niej lepszy. Zobaczy, że jeden błąd to bardzo mało w porównaniu z tym, jak bardzo ją kocham, w porównaniu z tym, kim mogę się dla niej stać.

Jej usta wpijają się łapczywie w moje. Jest w tym ekspertką – jej język porusza się razem z moim, a wraz z każdym jej dźwiękiem, który połykam, staję się coraz bardziej odurzony. Wsuwam dłoń w jej miękkie włosy, desperacko próbując jakoś się do niej zbliżyć. Przyciskam ciało do jej ciała, potrzebując trochę tarcia na moim kutasie, zanim wystrzelę. Ulga, jaka mnie ogarnia, kiedy się o nią ocieram, przeraża mnie. Kontroluje swój umysł i ciało, a ja nie wiem, co z nimi zrobi.

Podnoszę się na łokciu i rozkoszuję jej pięknem. Jej usta są teraz ciemnoróżowe, a ja wertuję w głowie całą księgę rzeczy, które chciałbym jej zrobić. Drugą ręką wodzę po miękkiej różowej koronce na jej piersiach – ledwo się mieszczą pod cienkim materiałem.

Cierpliwie i jak najdelikatniej przesuwam palcami po miseczce aż pod ramiączko i wyczuwam twarde jak kamyczki sutki. Kurwa, jakby przyleciała do mnie z nieba.

– Nie potrafię się zdecydować, czy chcę, żeby to zostało...

Mógłbym spędzić każdą godzinę każdego dnia, patrząc, jak leży i czeka na mój dotyk. Delikatnie ściskam jej sutki, a ona jęczy zaskoczona.

Chcę czuć jej nagie piersi w dłoniach.

– W takim razie zdejmujemy – dyszę.

Jestem napalony i niecierpliwy, a kiedy wygina plecy w łuk, gdy rozpinam haftki, niemal dochodzę w bokserkach. Ujmuję w dłonie jej jędrne cycki, pchając je w górę i w dół tylko po to, żeby zobaczyć, jak doskonale się poruszają. Jej cycki są doskonałe – ta dziewczyna to mój żywy fetysz.

– Czego pragniesz, Tesso?

Ja chcę z nią zrobić, kurwa, wszystko. Chcę robić rzeczy, których nigdy dotąd nie robiłem, i przeżyć rzeczy z przeszłości na nowe sposoby.

– Już ci powiedziałam – jęczy, napierając piersią na moją dłoń. Ale z niej napalona świruska.

Jesteśmy gotowi? Czy ona jest gotowa? Chyba tak. Dyszy, a ja widzę, że krok jej majtek lśni pod światłem lampy.

Wiodę dłonią w dół jej brzucha do gumki jej koronkowych majtek. Próbuję się kontrolować, ale jęczy, a ja muszę usłyszeć więcej moich ulubionych odgłosów. Niech mnie diabli, owinęła mnie sobie wokół palca.

Moje palce przesuwają się do jej cipki i delikatnie poklepuję nabrzmiały wzgórek, czując, jak bardzo zamoczyła majtki. Jej słodki zapach wypełnia powietrze, a ja chcę ją posmakować. Wpycham w nią palce, wbijając się aż po kłykcie. Wydaje z siebie okrzyk i ten dźwięk wnika we mnie, kiedy obejmuje mnie, żeby uspokoić drżące ciało. Tak ciasno obejmuje moje dwa palce i wzdycha za każdym razem, gdy wchodzą do jej cipki.

Rozgorączkowanymi dłońmi znajduje moją erekcję, dotykając, ściskając i głaszcząc mnie dłonią przez bokserki.

– Jesteś pewna? – pytam ją.

Potrzebuję, żeby była o tym całkowicie przekonana. To musi być dla niej tak samo doskonałe, jak będzie dla mnie.

Tessa dopiero po chwili uświadamia sobie, że coś do niej mówię. Ma rozchylone usta i szeroko otwarte oczy.

– Tak, jestem pewna. Przestań tyle nad tym myśleć.

Pochylam głowę i chichoczę przy jej szyi. Dobija mnie ironia tej sytuacji. To ona zazwyczaj za dużo o wszystkim myśli, a teraz ja to robię. Jestem tak bliski tego, by wreszcie ją mieć, i jest to skażone przez głupi Zakład. Wzbiera we mnie poczucie winy, które w sobie miałem od czasu, kiedy ją pokochałem. Toczę wewnętrzną bitwę: dobry chłopak, który kocha dobrą dziewczynę, i zły chłopak, który jest zbyt złamany, by kogokolwiek kochać, walczą na miecze. Każdy z nich chce czegoś innego od księżniczki. Chłopak w czerni zostaje przewrócony na ziemię.

– Kocham cię. Wiesz o tym, prawda? – mówię jej w usta.

Czy czuje smak mojej paniki?

Jeśli tak, to nie pokazuje tego po sobie.

– Tak… – Całuje mnie powoli i delikatnie. – Kocham cię, Hardin.

Nogi Tessy przeszywają delikatne skurcze, jakby jej ciało ledwo mogło wytrzymać przyjemność płynącą z tego, jak moje palce zanurzają się i wynurzają z jej ciasnej cipki. Sprawiam, że jęczy i nie panuje nad sobą, podczas gdy przez mój umysł przebiegają obrazy jej ciała wijącego się pode mną, kiedy przeszywam jej skórę i biorę jej ciało na własność. Ale musi wykonać pierwszy krok… stworzyłem granicę, której muszę się trzymać. Przenoszę usta na jej szyję, żeby wziąć ją w inny sposób. Ssę delikatną skórę, czując ciepło krwi przepływającej pod powierzchnią. Jest moja.

– Hardin… jestem… – szlocha, kiedy pozostawiam ją pustą.

Jest tak zajebiście dojrzała, tak gotowa, żeby ją pożreć. Nagle czuję się, jakbym umierał z głodu. Muszę poczuć ją ustami. Cofam się na łóżku, ściągam jej majtki i rozchylam uda. Zapach jest tak słodki, tak odurzający, że nigdy nie doświadczyłem czegoś, co nawet zbliżałoby się do ryczącego we mnie głodu. Moje usta odciskają czuły ślad na jej brzuchu. Jest cała mokra. Nie mogę się powstrzymać od tego, by na nią dmuchnąć i rozkoszować się jej jękiem, unosząc jej tyłek z materaca. Nurkuję.

Jej smak wypełnia moje zmysły, kiedy szerokimi ruchami liżę ją w górę i w dół. Z każdym jęknięciem mój język pracuje mocniej, dokładniej, a ona zaciska pięści na białym prześcieradle, by powstrzymać krzyki.

– Powiedz, jakie to uczucie – mówię, pilnując, żeby wydychać na nią każde moje słowo.

Wykrztusza z siebie:

– Takie…

Ssę ją i liżę, aż cała staje się drżeniem i jękiem.

Chcę zachęcić ją tak bardzo, jak tego potrzebuje.

– Tak, maleńka, dojdź dla mnie, muszę to poczuć na języku.

Wykonuje moje polecenie. Jestem na haju, kiedy ma dla mnie orgazm. Już nie jestem pijany alkoholem – teraz upajam się władzą.

Wspinam się na jej ciało – mój kutas bodzie ją w brzuch – i całuję ją. Otrząsa się z zaspokojenia i mocno mnie całuje. Jest już na mnie gotowa. Jestem pod wrażeniem.

– Czy ty… – pytam, żeby się upewnić.

Gorączkowo kiwa głową, unosząc swoje usta do moich.

– Sza… Tak, jestem pewna – odpowiada błagalnym tonem.

Ostre koniuszki jej paznokci wbijają się w moje plecy, kiedy znów wpija się w moje usta. Ssie moje wargi i wpycha między nie język, a ja znów jestem na haju. Ściąga mi bokserki z tyłka i nóg, a uczucie płynące z tego, że jestem nagi i tak zajebiście twardy przy jej skórze, sprawia, że szaleję.

Muszę znaleźć się w środku – jej ciało musi należeć do mnie.

To zmieni wszystko. Żadne z nas już nigdy nie będzie takie samo. Nie będzie już niewinną dziewczyną, tylko kobietą mającą życie seksualne. U lekarza będzie musiała zaznaczyć pole „seksualnie aktywna". Kiedy pewnego dnia wyjdzie za mąż, będzie musiała powiedzieć temu facetowi, że się ze mną pieprzyła. Każda rozmowa o jej przeszłych doświadczeniach seksualnych będzie dotyczyła mnie. Ogarnia mnie wielkie poczucie winy, ale i ekstremalna satysfakcja. To zarazem wyzwalające i przerażające doświadczenie.

– Tessa, ja.. – Muszę jej powiedzieć. Moje ciało rozrywa się na dwa kawałki.

– Sza... – szepcze. Nie ma pojęcia, co mówi. Czuję ciężar swojego ciała na jej ciele – cóż za doskonałe dopasowanie. Spoglądam na jej twarz, próbując zatrzymać tę chwilę na zawsze.

– Ale, Tessa, muszę ci coś powiedzieć...

– Cicho. Hardin, proszę, przestań gadać – teraz już mnie błaga.

Jej oczy są pełne miłości i ekscytacji. Moje życie się zmienia i w tej chwili zmienię wszystko. Przejmuje kontrolę, zanim mogę wydobyć z siebie słowo, i przyciska swoje usta do moich. Jej dłoń obejmuje mojego kutasa i zaczyna przesuwać się po nim w górę i w dół, kusząc mnie i uciszając. Biorę nagły wdech, kiedy jej kciuk przesuwa się po kropli płynu na jego czubku.

– Dojdę, jeśli znów to zrobisz – jęczę.

Chcę czuć, jak jej delikatne opuszki palców przesuwają się po główce mojego kutasa, drażniąc mnie i sprawiając, że błagam o więcej.

Ale najbardziej muszę się w niej zatopić. Natychmiast.

Przyjmuję, że nie ma prezerwatyw, i czuję tylko drobny wstyd, że zawsze mam przy sobie jedną z przyzwyczajenia. Mam niewiele zasad, jeśli chodzi o seks, ale używanie prezerwatywy to dla mnie nieprzekraczalna granica.

Tessa patrzy na mnie z łóżka, kiedy zbieram dżinsy z podłogi i przekopuję się przez kieszenie. Czuję się jak zboczeniec, nosząc ze sobą prezerwatywę, spodziewając się, że mogę się z kimś pieprzyć.

Jedno spojrzenie w oczy Tessy wystarczy, by przegnać tę myśl, i wchodzę z powrotem na łóżko z kondomem w dłoni. Czekam chwilę, aż weźmie go ode mnie, ale nie robi tego. Nic dziwnego, Sherlocku, pewnie widziała prezerwatywy tylko na zajęciach z wychowania seksualnego.

– Czy... – Nie wiem, jak ją spytać, czy chce spróbować mi ją założyć. Niektóre kobiety to lubią, inne nie.

Podnosi głos:

– Jeśli mnie zapytasz, czy jestem pewna, zabiję cię.

Wierzę jej.

Nie, nie. Postanowiłem wybrać opcję numer dwa, czyli cieszyć się tą chwilą, póki mam Tessę. Potrząsam głową i macham przed nią prezerwatywą.

– Chciałem zapytać, czy pomożesz mi to nałożyć, czy może sam mam to zrobić.

Z pewnością to drugie rozwiązanie byłoby szybsze.

Tessa wygląda na zdenerwowaną, przygryzając wargę. Pragnę jej tak bardzo, że mój kutas aż boli. Kusi mnie, żeby po prostu przelecieć ją bez gumki.

Muszę sobie przypominać, że to przejebany pomysł.

– Och, chciałabym... ale musisz mi pokazać jak.

Jest taka nieśmiała i tak cholernie seksowna. Jej cycki, takie ciężkie i krągłe, odwracają moją uwagę. Muszę przyspieszyć ten proces.

– Dobrze – zgadzam się.

Tessa przysuwa się do mnie bliżej i krzyżuje nogi. Cieszę się, że mogę jej to pokazać, ale jestem tylko jedną nogą w rzeczywistości. Druga część mnie leży już na niej i w nią wchodzi. Jęczy i wbija paznokcie w moje plecy i ramiona. Błaga o więcej, dochodzi, a ja biorę ją w posiadanie.

– Nieźle jak na dziewicę i pijanego – mówi z udaną złośliwością Tessa, kiedy zadanie zostaje wykonane, a kondom założony.

Przypominam jej, że nie jestem pijany, i wyjaśniam, że otrzeźwiałem przez jej hardą buźkę.

– Co teraz? – pyta, naprawdę się zastanawiając.

Prowadzę jej dłoń, by chwyciła mojego kutasa.

– Gotowa? – pytam ją.

Kiwa głową.

– Ja też – mówię.

Jestem gotowy. Nigdy nie chciałem niczego bardziej.

Wciąż mnie masuje – moja erekcja tkwi w jej dłoni. Układam się pomiędzy jej nogami i rozszerzam je kolanem.

Raz jeszcze jej cipka lśni dla mnie.

– Ociekasz wilgocią, więc będzie nam o tyle łatwiej.

Znów czuję jej zapach. Tak cudownie odpowiada na moje ruchy, doprowadzając mnie do szaleństwa. Całuję ją w usta i cmokam ich kąciki, nos i znów usta. Tessa obejmuje mnie ramionami, a ja nabieram powietrza, kiedy przyciska mnie do siebie bliżej. Ocieram się o jej wilgoć i niemal eksploduję. Jest niecierpliwa i przyciąga mnie coraz mocniej.

Ostrzegam ją:

– Powoli, maleńka, musimy to robić powoli.

Całuję ją w skroń. Nie chcę jej skrzywdzić. Nie zrobiłbym tego, gdybym nie musiał.

– Na początku zaboli, więc powiedz mi, gdybyś chciała, żebym przestał. Mówię poważnie, dobra?

Spoglądam na nią. Ma rozszerzone źrenice i zaczerwienione policzki, a jej włosy leżą w nieładzie na poduszce.

– Dobra.

Nerwowo przełyka ślinę. Przyglądam się jej, w milczeniu przypominając jej, jak bardzo ją kocham, jak jej potrzebuję i jak bardzo się o nią troszczę. Biorę głęboki oddech, znajduję odpowiednie miejsce i przeciskam się, zatrzymując, kiedy zaciska powieki.

– Wszystko w porządku? – pytam, nie mogąc dobyć tchu.

Kiwa głową. Ma zaciśnięte usta. Jest taka ciepła, taka ciasna dla mnie.

– Kurwa – jęczę, kiedy ona się krzywi i znów zaciska. – Czy mogę się poruszyć?

Kurwa, muszę się poruszyć. Wiedziałem, że będzie w niej jak w niebie, ale nie miałem pojęcia, jak bardzo ekstrawaganckie będzie to niebo.

Bierze kilka oddechów, a później odpowiada:

– Tak – zgadza się.

Poruszam się wolno, nie chcąc zrobić jej krzywdy. Czuję, że rozluźnia uścisk na moich ramionach wraz z każdym moim pocałunkiem. Całuję jej szyję, jej piękne usta, jej nos. Kocham każdy centymetr jej ciała. Każdy centymetr mojego ciała.

Powtarzam jej, jak bardzo ją kocham, powoli wchodząc w nią i wychodząc. Jej oczy wciąż są zamknięte, ale nie pokazuje już żadnych śladów niezwykłego dyskomfortu. Kiedy mija dwadzieścia sekund, a ona nie odpowiada, przestaję.

– Chcesz... kurwa, Tess... chcesz, żebym przestał?

Potrząsa głową, a ja znów zamykam oczy. Potrafię sobie wyobrazić pod sobą każdy centymetr jej ciała. Jej gładką skórę, jej ciało wpasowujące się w moje. Jest moja teraz i na zawsze, nawet po tym, jak opuścimy to łóżko. Utrzymuję tempo, a ona wciąż mnie obejmuje. Czuję, jak serce bije mi w piersi i ożywa, kiedy zbliżam się do krawędzi. Nigdy nie czułem nic podczas seksu.

Czuję, że żyję – to cudowne – a gdy spoglądam na moją ukochaną, patrzy na mnie z promiennym podziwem i wiem, że jakimś cudem wszystko będzie dobrze.

Siła Tessy znów mnie zaskakuje, kiedy po jej policzku spływa milcząca łza. Scałowuję ją i chwalę Tessę tak, jak na to zasługuje:

– Tak dobrze ci idzie, maleńka. Tak bardzo cię kocham.

Zanurzam palce w jej włosach i wpijam się w pokrytą potem skórę na jej szyi.

– Kocham cię, Hardin – wyznaje Tessa.

Wystarczy, żebym doszedł.

Całuję jej usta, liżę jej wargi i język rozgorączkowany i wygłodniały.

– Och, maleńka, zaraz dojdę. Dobrze?

Kręgosłup mi płonie, jej skóra lśni od potu – szalejemy.

Tessa kiwa głową, zachęcając mnie do tego, żebym w niej skończył. W tej chwili nienawidzę bariery między nami. Chcę ją wypełnić – chcę sprawić, że jest moja na każdy sposób. Ssie ustami moją szyję, a ja napinam się, moje ciało poddaje się przyjemności i wyduszam z siebie jej imię przez zaciśnięte zęby, kiedy osiągam rozkosz. Kładę się na jej piersi, łapiąc oddech, a ona leniwie pieści moją skórę.

Wszystko się teraz zmieniło. Zmieniłem wszystko między nami. Przytulam ją i ignoruję ciągły napór prawdy, która grozi tym, że spali mnie żywcem. Biorąc ją w ramiona, modlę się do kogokolwiek, kto mnie słucha, o to, żeby mój świat nie obrócił się w proch.

Rozdział dwudziesty pierwszy

Wszystko zaczęło iść nie po jego myśli, a wątły domek z kart, który zbudował, co dzień stawał się coraz mniej stabilny. Na każde wspomnienie swoich kłamstw panikował, gorączkowo usiłując opracować jakiś plan. Towarzyszyła mu pewność, że kiedy był dzieckiem, ktoś rzucił na niego urok... Nie istniało inne wytłumaczenie dla cierpienia, które go spotkało. Zaczynał się zastanawiać, czy Tessa była jego ratunkiem, czy największym przekleństwem. Miał ją, każdą jej część, a jednak wymykała mu się z każdą mijającą sekundą.

Tessa jest na stażu, kiedy kilka dni później zaglądam do jej pokoju. Molly opowiadała mi, że Steph kompletnie wariuje. Przebąkiwała coś, że Steph może niedługo całkowicie postradać zmysły, a ja muszę z nią porozmawiać, zanim to się stanie.

Kiedy docieram do pokoju, Steph leży rozwalona na łóżku, a jej gęste rude włosy są w całkowitym nieładzie. Pospinała swoje loki byle jak wsuwkami. Ma ciemny makijaż – dymna szarość ocienia jej powieki, sprawiając, że wygląda jak makabryczna wersja dziuni z przedmieścia. Jest blada i ma ciemnoczerwone usta.

– Nie ma jej – oznajmia Steph i zatrzaskuje ekran laptopa Tessy. Co on tu robi? – Tylko oglądam filmy. Uspokój się, psycholu.

Zabieram laptop z jej łóżka i wkładam pod ramię.

– Wiem, że jej nie ma. Chciałem pogadać z tobą – mówię jej.

Podnosi się na łokciu, a jej cycki wypychają ciasną sukienkę, pokazując całkiem sporo.

– O czym pogadać?

Wbija we mnie zimny wzrok, czekając na odpowiedź. Zawsze wiedziałem, że ma nie po kolei w głowie, ale nie miałem pojęcia, jak bardzo to niebezpieczne. Wszystkim brakuje po kilka klepek, ale Steph czasem sprawia wrażenie, jakby miała jeszcze większe niedobory. Kiedyś myślałem, że to spoko laska, jednak teraz przypomina mi raczej rudą wersję tej psychopatki Amy Dunne.

– Wiesz co?

Siadam na łóżku Tessy i odwracam się do Steph.

– Molly do ciebie dzwoniła – odpowiada, łącząc kropki. – Robi się z niej wkurzająca suczka, co nie? – Steph odwraca głowę i siada. – Nic nie powiem Tessie. Wiem, że jesteś tu tylko po to, żebym jej nic nie powiedziała. Nie powiem.

– I mam w to uwierzyć? – dopytuję, a ona przesuwa językiem po zębach.

– Wierz albo i nie. Ja się już zabawiłam. Teraz mi się to znudziło i zaczynam jej trochę żałować.

Słowa Steph mnie zaskakują.

– Naprawdę?

Przesuwam się na brzeg materaca Tessy i opieram łokcie o kolana.

Zaczyna się śmiać szalonym, piskliwym śmiechem, a ja wzdycham. Mogłem się tego spodziewać.

– Nie, jasne, że nie. Chociaż naprawdę mnie to znudziło.

Patrzę, jak obciąga sukienkę w dół, żeby pokazać mi więcej piersi. Odwracam wzrok.

To dla Tessy. Nie wolno mi robić sceny.

– Poza tym na pewno lada chwila z nią skończysz.

Lada chwila skończę? Zupełnie ją pojebało?

– A nie? Przeleciałeś ją, więc teraz z nią skończysz. Tak to już z tobą jest.

Najdziwniejsze jest to, że Steph nic mi nie zarzuca, tylko stwierdza fakt. Zważywszy na moją historię, jej ocena jest słuszna, chociaż pracowałem nad nią znacznie dłużej niż nad którąkolwiek inną.

Tessa kazała mi o siebie walczyć, ponieważ była tego zajebiście warta. Szkoda, że wszystko zepsułem.

– Nie... – Chrząkam. – Nie skończyłem z nią.

Steph przewraca oczami i oblizuje wargi.

– Wiedziałam. Ile razy już ją przeleciałeś? Czy w ogóle jest jeszcze ciasna? Wiesz, w końcu wszystko niszczysz.

Oczy chyba wychodzą mi z orbit, kiedy na mnie spogląda, bo odsuwa się dalej ode mnie.

– Jest? – powtarza Steph. – Jestem pewna, że jest już całkiem zjechana. Teraz możesz żyć jak dawniej, a ona może zniknąć. I tak widuję ją zbyt często.

– Naprawdę jej nie lubisz.

Masuję kark. Tessa uważa Steph za przyjaciółkę, a ja nie chcę się mieszać w tę sytuację, jeśli nie będę musiał. Ale gdyby Steph próbowała wywinąć Tessie jakiś numer, będę musiał się tym zająć.

– Nie, tak naprawdę jej nie lubię. Zostawmy to. Po prostu ją rzuć i wróć do lodów od Molly co drugi dzień.

– Nadal będę się widywał z Tessą.

Nie wiem, jak jej to powiedzieć. Nie chcę, żeby miała nade mną większą władzę, niż już ma, ale nie chcę też, by sądziła, że Tessa nie jest kimś stałym w moim życiu.

Nie jest kimś stałym, choć wciąż modlę się o to, by odnaleźć sposób, żeby to zadziałało.

Ale Steph nic do tego. Kurwa, ale burdel. Zajebisty burdel.

– Dlaczego tu przyszedłeś, Hardin? Wiem, że nie tylko po to, żeby sprawdzić, czy za dużo nie paplam.

Znów oblizuje wargi i ściska piersi łokciami w najmniej subtelny z możliwych sposobów.

Natychmiast rozpala się we mnie złość i zrywam się na równe nogi.

– Do końca cię pojebało, jeśli sądzisz, że bym cię dotknął!

– Tessa to nic specjalnego. Nie wiem, dlaczego razem z Zedem macie na jej punkcie taką obsesję.

– Zed jest nieistotny dla tej rozmowy.

Trzęsą mi się dłonie i widzę, że Steph robi się coraz bardziej zadowolona z siebie i reakcji, jaką wywołało we mnie wspomnienie Zeda.

Nie daj się sprowokować, Hardin.

Celowo mnie wkurza, a ja jej na to pozwalam. Jak to mówiła moja babcia?

Cholera, nie pamiętam.

– Zed to dość istotny…

– Dosyć.

Przyciskam złożone dłonie do twarzy. Opuszkami palców chwytam się za grzbiet nosa i robię kilka wdechów i wydechów.

Przyszedłem porozmawiać o zmartwieniach Molly, żeby się upewnić, że Tessa nie zostanie mi wyrwana przez żadne szalone albo złośliwe działanie Steph, ale ona zachowuje się jak wyjątkowo okropna istota ludzka i, szczerze mówiąc, mam po prostu ochotę postąpić jak kutas.

Spoglądam na Steph i uśmiecham się najszerzej, jak potrafię.

– Może powinnaś przejmować się własnym chłopakiem i tym, jak gapi się na Molly. Widziałem ich parę razy sam na sam… Tak tylko mówię.

Jeszcze zanim moje kłamstwo wybrzmi do końca, jej oczy zaczynają się robić mokre i lśnić na czerwono na znak mojego tryumfu.

– Kłamiesz.

Próbuje powstrzymać łzy. Mam ją.

– Nie, jaka szkoda – odpowiadam.

Wstaję i wkładam laptopa Tessy do górnej szuflady jej komody. Muszę jak najszybciej sprawić, żeby wyprowadziła się z tego pokoju.

Wychodzę, zanim Steph udaje się wypowiedzieć kolejne słowo. Kiedy docieram do samochodu i odzyskuję zdrowy rozsądek, uświadamiam sobie, że wykonałem kolejne zajebiście głupie posunięcie. Steph nie przypomina większości dziewczyn. Nie będzie ukrywała gniewu w oczekiwaniu na odpowiednią chwilę, by uderzyć. Jest nieracjonalna, już widzę, jak opowiada Tessie o każdym szczególe Zakładu, przesadzając, jak tylko się da. Powinienem po prostu jej powiedzieć – wyznać Tessie całą obrzydliwą prawdę, zanim się dowie. Zżera mnie to żywcem.

Wychodzę z samochodu i idę z powrotem do pokoju w akademiku, żeby spróbować podejść Steph jakoś inaczej.

Kiedy tylko dochodzę do drzwi, dobiega mnie głos Tessy. Kurwa.

Opieram się o nie, słuchając rozmowy dziewczyn.

– Nie sądzę, żeby Tristan dał się na to złapać. Widzę, jak na ciebie patrzy. Naprawdę mu na tobie zależy. Myślę, że powinnaś do niego zadzwonić i to obgadać – mówi Tessa.

Przyciskam ucho mocniej do drzwi, mając nadzieję, że nikt nie przyjdzie.

– A jeśli jest z nią? – pyta Steph.

Naprawdę uwierzyła w ten szajs?

– Nie jest – uspokaja współlokatorkę Tessa.

– Skąd wiesz? Czasami myślisz, że kogoś znasz, ale to nieprawda – zaczyna Steph. Jebać to. – H… – Otwieram drzwi.

– Cześć… – mówię, wchodząc do pokoju.

Wydaje się, że zbliżają się do siebie. Ktoś z zewnątrz mógłby się dać oszukać.

– Hmm… mam wrócić później?

– Nie, idę poszukać Tristana i go przeprosić – mówi Steph, wstając. – Dziękuję, Tesso.

Przytula Tessę i rzuca mi spojrzenie, które oznacza, że jeszcze ze mną nie skończyła.

Potrzebuję czegoś, co odwróci ich uwagę.

– Jesteś głodna? – pytam Tess, kiedy Steph przygotowuje się do wyjścia.

– Owszem, jestem – mówi, głaszcząc się dłonią po brzuchu. Jest teraz rozkojarzona i nie wydaje się zauważać niezręcznego i pełnego nienawiści wzroku, który Steph we mnie wbija.

Biorę Tessę do centrum handlowego, gdzie moje beznadziejne szczęście trwa dalej, podczas gdy siedzimy w strefie jadalnej, żeby postanowić, do których sklepów pójść. Paranoja zdaje się mnie prześladować i podążać za mną krok w krok, gdziekolwiek idę.

– To chyba znaczy, że najpierw poszukamy twojego stroju? – proponuję, odnosząc się do ślubu Kena i Karen.

Tessa odpowiada, że sama nie wie, co na siebie włożyć. Wciąż nie mogę uwierzyć, że zgodziłem się iść na wesele. To będzie dla mnie zajebiście niezręczna sytuacja, a jedynym planem, jaki mam w tej chwili, jest to, żeby skupić się na Tessie i nie pamiętać o niczym, co wydarzyło się wcześniej niż trzy miesiące temu.

– Cóż, masz ten luksus, że wyglądasz pięknie niezależnie od tego, co masz na sobie.

Jej policzki czerwienią się wskutek mojego pochlebstwa.

– Nieprawda. To ty jesteś mistrzem strategii „nie obchodzi mnie, jak wyglądam, ale zawsze wyglądam idealnie".

Śmieje się – kiedy to widzę, ból w piersi odrobinę ustępuje.

– To akurat fakt – uśmiecham się do niej.

Ona też jest dobra w tej strategii. Znacznie lepsza niż ja – a zupełnie się nie stara. Telefon Tessy wibruje na stole.

– To Landon – mówi, kiedy odczytuję jego imię na ekranie. – Okej, cóż, zrobię, co w mojej mocy, żeby kupić mu krawat – mówi do telefonu, i jest oczywiste, kogo ma na myśli.

Przyciska dłoń do głowy, opierając się łokciem na stole. Jej arogancja jest rozczulająca. Krawat? Powodzenia.

Tessa zaczyna rozmawiać z Landonem o czymś innym, ale ja kieruję uwagę na środek pomieszczenia, gdzie stoją Zed, Jace i Logan. Każdy z nich ubrany jest inaczej – za pomocą garderoby usiłują pokazać światu, kim są. Logan to lalusiowaty punk o twarzy dziecka, ma mniej drapieżny look niż pozostali. Zed, wysoki i ciemny, cały ubrany w skórę – wygląda jak model, chociaż jest w średniej klasy centrum handlowym. Nie pasuje do tego miejsca. Jace przywodzi na myśl młodocianego przestępcę – to gość, od którego nastolatki powinny się trzymać z daleka.

– Zaraz wracam.

Wstaję od stołu, zostawiając jedzenie. Dzięki Bogu Tessa rozmawia przez telefon, więc za mną nie pójdzie. Nie od razu.

Kiedy się do nich zbliżam, Logan smaruje usta pomadką ochronną w tubce. Jace wygląda na zajebiście zadowolonego z siebie, a Zed na dość zestresowanego.

– Ciebie też miło widzieć – mówi Logan, uderzając stopą o linoleum, a Jace wydaje z siebie chrapliwe, ćpuńskie prychnięcie.

Cała trójka ma rozszerzone źrenice, a na białkach ich oczu widać cienkie czerwone żyłki. Pachną trawą i zastałym dymem papierosowym. Czy gdyby Zed i Tessa się całowali, odpowiadałby jej smak tytoniu na jego języku?

– Co tu robicie? – pytam, kątem oka obserwując Tessę.

– Gdzie? W publicznej galerii handlowej? – kpi Jace.

Biorę głęboki oddech, milcząco mu grożąc. Jeśli dziś to spierdoli, nie będę miał problemu z tym, żeby zrobić mu krzywdę.

– Po prostu byliśmy w okolicy – wyjaśnia Logan.

Wzrusza ramionami i spogląda na mnie z pewnego rodzaju zrozumieniem. Wie, o co się martwię, i na swój sposób mówi mi, że to nie dlatego tu przyszli.

– Naprawdę – mówi z naciskiem, a ja odrobinę się uspokajam.

– Gdzie twoje zwierzątko?

Jace obrzydliwie mlaska językiem. Zed się krzywi, a Logan ignoruje nas wszystkich i wbija wzrok w popękany ekran iPhone'a.

– Ach, tam jest! – Jace podnosi głos, a ja prawie się na niego rzucam. To gość najgorszego sortu, trochę jak mój stary przyjaciel Mark, który bawił się ludźmi jak zabawkami i nie miał wyrzutów sumienia z powodu swoich gównianych akcji. Ale ja chyba jestem taki sam w kwestii Zakładu, a na koniec tej gry, którą toczyliśmy całą grupą, to ja trzymałem zwycięski pionek.

– Daj spokój z tym szajsem – mówię, robiąc krok do przodu, a Jace uśmiecha się demonicznie. Uwielbia to, jak bardzo może mnie podkurwić. Nawet w tej chwili ciągnie za sznurki jak lalkarz. On to wie, ja to wiem i niedługo również Tessa będzie to wiedziała.

– Idzie tu.

Logan wciąż gapi się w telefon, ale ostrzega nas, że zbliża się Tessa. Moje ręce są lepkie od potu, a skóra na knykciach napina się boleśnie za każdym razem, kiedy wbijam paznokcie w dłoń. Za chwilę zrujnują mi życie, tu, w tym centrum handlowym w gównianym amerykańskim miasteczku.

– Cześć, Tessa, co słychać?

Zed podchodzi do Tessy, a ja robię krok do przodu. Otacza ją ramionami – mógłbym z łatwością mu je pourywać, widząc to.

– Hardin, nie przedstawisz nas swojej przyjaciółce?

Jace gapi się na mnie, a w jego nabiegłych krwią oczach igra rozbawienie.

– Hm, no tak. – Macham dłonią pomiędzy nimi, odliczając, ile sekund pozwoliłem tej sytuacji się przeciągać. – To jest moja kumpela Tessa. Tessa, to jest Jace.

Brwi Tessy łączą się gniewnie, a ja rozglądam się, zdezorientowany. Dlaczego jest zła? Przyglądam się jej twarzy i czekam, aż na mnie spojrzy. Nie robi tego.

– Studiujesz na WCU? – pyta Jace'a.

Dlaczego zawsze musi prowadzić z innymi te grzeczne pogaduszki? To jasne, że nie ma za dużo doświadczenia w sytuacjach towarzyskich – wydaje się, że w ogóle nie zna etykiety.

– No coś ty. College to nie dla mnie. – Jace śmieje się, a Tessa odrobinę się rozluźnia. – Ale jeśli wszystkie studentki wyglądają tak jak ty, to chyba zmienię zdanie.

Tessa wygląda na trochę przestraszoną, a ja w milczeniu robię sobie przegląd odcieni błękitu, na który mógłbym zabarwić twarz Jace'a, dusząc go.

– Idziemy dzisiaj do doków. Wy też powinniście wpaść – mówi Zed.

Wpaść? Jeb się, Zed.

– Nie możemy. Może następnym razem – ucinam rozmowę.

– Czemu nie? – pyta Jace, wyraźnie rzucając mi wyzwanie przy Tessie i Zedzie.

– Tessa musi jutro pracować. Pewnie mogę wpaść później. Sam – informuję wszystkich bardzo jasno.

Nigdy więcej nie będą już przebywać w tym samym miejscu. To będzie trudne, ale jestem wystarczająco głupi, by sądzić, że może mi się to udać. Wygrałem Zakład, dziewczyna jest moja, a Zed może sobie zgnić.

– Szkoda.

Jace uśmiecha się do Tessy, a ja z trudem trzymam ręce przy sobie. Kpi ze mnie. Macha mi przed oczami tą diabelską grą, na którą się zgodziłem, jakbym był szczurkiem, a on miał dla mnie ładny kawałek sera.

– Tak, dam ci znać, jak będę w drodze – kłamię.

Muszę wymyślić, co, do kurwy nędzy, z nim zrobię. Aż go świerzbi, żeby znaleźć chwilę na powiedzenie Tessie o Zakładzie –

taki z niego skurwysyn. Ale wiem, że jeśli przy nim o tym wspomnę, tylko go to zachęci, żeby otworzyć gębę, albo podsunie mu pomysł powiedzenia jej, jeśli jeszcze sam na niego nie wpadł. Cała trójka odchodzi, a Tessa rzuca za nimi spojrzenia ostre jak sztylety.

W milczeniu idę za histeryzującą Tessą przez Macy's. Drobi szybciej, jak dziecko strzelające focha – chce mi coś udowodnić i zrobić scenę.

– Co się stało? – pytam.

Wydaje się, że cały czas coś jej nie pasuje. Coś zrobiłem, coś powiedziałem, czyjś kot spojrzał na nią nie tak, jak trzeba... zawsze coś.

– Och, no nie wiem, Hardin!

– Ja też nie! To ty obściskiwałaś się z Zedem! – krzyczę na nią. Jej ramiona oplatające Zeda to jedyne, o czym mogę teraz myśleć, a ona chce zaczynać awanturę?

– Wstydzisz się mnie czy co? To znaczy, rozumiem, nie jestem wyluzowaną laską, ale myślałam...

– Co? Nie! Oczywiście, że się ciebie nie wstydzę. Zwariowałaś?

Prawda jest taka, że to wariatka. Oboje jesteśmy wariatami.

– Dlaczego przedstawiłeś mnie jako swoją kumpelę? Wciąż powtarzasz, że powinniśmy razem zamieszkać, a potem mówisz im, że się przyjaźnimy? – Głos Tessy staje się coraz głośniejszy z każdym słowem. – Co zamierzasz zrobić, ukrywać mnie? Nie będę niczyją tajemnicą. Jeśli nie jestem dość dobra, żeby twoi znajomi wiedzieli, że jesteśmy razem, to nie chcę być z tobą.

Jak mogę nazywać ją czymś więcej niż kumpelą? Będzie mnie nienawidziła bardziej niż wroga, kiedy mój czas z nią się skończy. Jest dla mnie kimś znacznie więcej niż sekretem. Nie próbuję jej ukrywać. Nie chcę, żeby nadal pozostawała w jebanym ukryciu. Chcę dumnie się nią chwalić i dać każdemu skurwysynowi do zrozumienia, że jest moja. Tylko moja, a ja jestem za głupi, by udało mi się sprawić, że nam się powiedzie, i dlatego muszę ukrywać to, co najpiękniejsze w moim życiu, jedyny skarb, który mam. Muszę ją ukrywać, zamiast pozwolić jej kwitnąć w świetle dnia, i zżera mnie to żywcem od środka.

– Tessa! Do ciężkiej cholery… – urywam, a ona spogląda w kierunku przebieralni w damskiej części sklepu. – Wejdę za tobą – ostrzegam ją.

Mówię poważnie. Chciałbym wejść za nią do tej przebieralni i pieprzyć ją, podczas gdy ona opiera się o duże lustro.

Unosi brwi i sznuruje usta. Doskonale wie, że za nią pójdę. Poszedłbym za nią do najgłębszych otchłani piekieł, gdyby tylko mnie poprosiła.

– Odwieź mnie do domu. Natychmiast – żąda.

Odwieźć ją do domu? Wszystko przez głupią kłótnię? Tessa dowodzi, że mówi poważnie, idąc daleko przede mną ze sklepu i z powrotem do samochodu. Kiedy już jesteśmy na zewnątrz, chcę jej otworzyć drzwi, ale mi nie pozwala.

– Skończyłaś już się złościć?

– Złościć się? Ty chyba nie mówisz poważnie! – teraz już przeszła do wrzasku.

– Nie wiem, dlaczego to taka wielka sprawa, że nazwałem cię kumpelą; nie to miałem na myśli. Po prostu mnie zaskoczyłaś.

To półprawda.

– Jeśli się mnie wstydzisz, nie chcę się dłużej z tobą spotykać.

Głos jej się łamie. Próbuje się powstrzymać od płaczu. Znam już wystarczająco dobrze jej zwyczaje, by wiedzieć, że wbija sobie paznokcie w uda, a jej szare oczy wypełniają się łzami.

– Nie mów tak. – Przeczesuję przetłuszczone włosy palcami, chcąc je wyrwać jeden po drugim. – Tessa, skąd pomysł, że się ciebie wstydzę? Przecież to pieprzony idiotyzm.

Nie mam żadnego powodu, żeby się jej wstydzić – jeśli już, jest dokładnie odwrotnie. Moi znajomi traktują ją jak żart – każdy jebany moment, który spędziłem z tą dziewczyną, został teraz zniweczony. Zaprzepaściłem wszystko, a ona wkrótce się o tym dowie, i nie ma nic, co mógłbym zrobić, żeby powstrzymać ten pociąg przed rozjechaniem mojego życia raz jeszcze. Dopiero co zacząłem je budować, a teraz wszystko spierdoliłem.

– Baw się dobrze na imprezie dziś wieczorem.

– Proszę cię, nigdzie nie idę, powiedziałem tak tylko po to, żeby Jace się odczepił.

To prawda. Nie chcę iść na jakąś głupią imprezę. Chcę przez całą noc być zanurzony pomiędzy udami Tessy.

– Jeśli się mnie nie wstydzisz, zabierz mnie na imprezę.

Trzeba było wiedzieć, że rzuci taką propozycję. Wszystko zawsze jest dla niej grą, wszystko.

– Nie ma, kurwa, mowy – odpowiadam.

W końcu poszliśmy na tę jebaną imprezę, bo raz jeszcze Tessa Young postawiła na swoim.

W miarę upływu dni zaczynam się czuć z własnym kłamstwem bardziej komfortowo, niż jestem gotów przyznać. Udaję, że nic się nie rozpada, że drobne kawałeczki wszystkiego, co trzyma nas razem, nie odpadają z każdą mijającą minutą, kiedy nie mówię jej prawdy. Nie mogę jej powiedzieć. Nie mogę otworzyć tej puszki z robakami i pozwolić, by nas zniszczyły. Prawda nas zatopi, nie ma innej możliwości. To nieuniknione, w ten sam sposób, tak samo jak nieunikniona jest moja miłość do Tessy.

– Cóż… witaj w domu? – wołam z drugiej strony mieszkania, kiedy agent nieruchomości wreszcie zostawia nas samych. Myślałem, że nigdy już, kurwa, nie wyjdzie. Tessa śmieje się, przykrywając usta wierzchem dłoni, i robi krok w moim kierunku. Obejmuję ją, dziękując temu, kto mi ją dał, za to, że pozwolił jej zostać chwilę dłużej, zanim zostanie wyrwana z mojego życia. Zasługuję na strzęp szczęścia, póki trwa, prawda?

– Nie mogę uwierzyć, że teraz tu mieszkamy. To nadal wydaje się nieprawdopodobne.

Patrzy rozgorączkowanym, zaciekawionym wzrokiem – jest podekscytowany i ożywiony, jak nie był jeszcze nigdy, odkąd ją poznałem. Dałem jej wolność jednym dużym gestem. Dałem jej piękne mieszkanie, gdzie może być sobą, wersją siebie, której nikt nie może oceniać i od której nikt nie może niczego żądać. Nie ma tu jej matki, która mogłaby jej kazać się czesać, ani Steph, która wymyślałaby manipulanckie sposoby na to, żeby nas zranić.

– Gdyby dwa miesiące temu ktoś mi powiedział, że będę z tobą chodzić, ba, że z tobą zamieszkam, wyśmiałbym go, walnął... albo i to, i to.

Śmieję się i biorę jej twarz w dłonie. Jest taka ciepła, a jej policzki płoną od ekscytacji.

– Ależ jesteś słodki!

Kładzie mi dłonie na biodrach i przytula się do mnie. Ciężar jej głowy na mojej piersi jest dla mnie jak kotwica. Moje życie jest doskonałe po raz pierwszy, odkąd pamiętam. Całkowicie ignoruję katastrofę, która się do mnie zbliża, w tej chwili moje życie jest doskonałe.

– To jednak ulga mieć własną przestrzeń. Koniec z imprezami, koniec ze współlokatorami i wspólnymi prysznicami – dodaje Tessa.

Moje serce wali przy jej policzku i zastanawiam się, czy wyczuwa narastającą we mnie paranoję.

– Nasze własne łóżko! – Maskuję to uczucie humorem. – Będziemy potrzebowali paru rzeczy, garnków i tak dalej.

Im więcej rzeczy będzie tu miała, tym trudniej będzie, kiedy przyjdzie czas odejść. Kurwa, jestem zamknięty w pułapce tego kłamstwa i z każdą chwilą coraz ciaśniej związuję Tessę. Ta piękna dziewczyna na pewno nigdy mi nie wybaczy. Pomyślę o tym później. Coś wykminię.

Unosi dłoń do mojego czoła i delikatnie przyciska.

– Dobrze się czujesz? – Szczerzy się. – Jesteś dziś szalenie skłonny do współpracy.

Jej sarkastyczne poczucie humoru sprawia, że jeszcze bardziej mi na niej zależy.

Unoszę jej dłoń do ust i pokrywam jej grzbiet pocałunkami.

– Chcę po prostu się upewnić, że jesteś z tego wszystkiego zadowolona. Chcę, żebyś czuła się jak w domu… ze mną.

Tak właśnie jest. Nigdy nie czułem, żebym miał dom, dopóki Tessa nie podpisała tych wykropkowanych linii, żeby się tu ze mną wprowadzić. Budzenie się na dźwięk jej wkurzającego budzika stało się czymś, czego potrzebuję, czymś, za czym tęskniłem, nawet o tym nie wiedząc.

– A co z tobą? Czujesz się tu jak w domu?

Jej głos jest pełen nadziei. To jednak wątła nadzieja… Czeka i spodziewa się tego, że bezlitośnie skomentuję naszą sytuację mieszkaniową. Widzę to w jej oczach: ma nadzieję, ale spodziewa się po mnie najgorszego, bo to właśnie zawsze dostaje.

– Zdumiewające, ale tak – odpowiadam jej szczerze, próbując sprawić, by mój głos brzmiał tak przekonująco, jak to tylko możliwe. Naprawdę bardzo mi się tu podoba, z nią.

– Powinniśmy jechać po moje rzeczy – sugeruje, a później mówi mi o książkach i ubraniach, którymi już się zająłem.

– Gotowe.

Uśmiecham się.

Pochyla głowę, zdezorientowana.

– Słucham?

– Zabrałem wszystkie twoje rzeczy z twojego pokoju; są w bagażniku.

Nie mogłem się doczekać. Chciałem, żeby zobaczyła to mieszkanie i już nigdy go nie opuściła. Potrzebuję tego, by nigdy stąd nie odchodziła, więc musiałem sprawić, że poczuje się tak komfortowo, jak tylko się da.

– Skąd wiedziałeś, że podpiszę? A gdyby nie spodobało mi się mieszkanie?

Zbliża do mnie twarz, którą wypełniają ciekawość i wyzwanie.

– Gdyby nie spodobało ci się to, znalazłbym takie, które by ci się spodobało – odpowiadam.

Kiwa głową, uznając, że mówię całkowicie poważnie.

– Okej... A co z twoimi rzeczami? – pyta.

– Jutro je zabierzemy. Ubrania mam w bagażniku.

– A właśnie, o co z tym chodzi?

– Sam nie wiem. Po prostu nigdy nie wiadomo, kiedy się przydadzą.

Jest wścibska, strasznie wścibska. Trzymam ubrania w bagażniku z wielu powodów – nie chciałaby poznać większości z nich.

– Jedźmy do sklepu i kupmy ten cały szajs potrzebny do kuchni, i trochę jedzenia – proponuję.

Tessa odwraca się do mnie, kiedy wychodzimy na klatkę.

– Okej. Czy mogę znów poprowadzić twój samochód?

– Sam nie wiem... – droczę się z nią.

Oczywiście, że może poprowadzić.

– Polakierowałeś mój bez mojego pozwolenia. Myślę, że zasłużyłam na ten przywilej.

Moja arogancka dziewczyna wyciąga ręce. Uśmiecha się do mnie znacząco, a kiedy kładę jej kluczyki na dłoni, zmieniam temat i pytam, czy podoba jej się mój samochód.

Rozdział dwudziesty drugi

Ogarniała go paranoja, sprawiająca, że coraz bardziej się od niej oddalał. Próbował chwycić się okruszynki nadziei, że mógłby z nią żyć, tak jak chciał. Próbował opracowywać kolejne plany, jak uratować jedyną dobrą rzecz, która kiedykolwiek mu się przydarzyła. Błagał swoich wrogów o milczenie i prosił o nie przyjaciół. Żaden z jego planów nie mógł zadziałać, żaden nie mógł ukryć tego, co jej zrobił, i wiedział, że wszystko to wypali mu prosto w twarz.

Jace mieszka przy gównianym porcie towarowym, jakieś pół godziny drogi od kampusu. Nie cierpię tam parkować – jakiś ćpun mógłby mi ukraść znaczek z maski i sprzedać w lombardzie, żeby mieć na worek tabletek. W powietrzu czuć intensywny zapach ryb pomieszany z brudem i desperacją. Budynek, w którym mieszka Jace, jest stary, a wspinając się po schodach, widzę gnijące, poplamione na żółto ściany i śmieci porozrzucane po korytarzu. Kiedy otwieram drzwi, w pokoju unosi się biała chmura marihuanowego dymu. Jace siedzi na kanapie, a do jego nogi tuli się pijana dziewczyna, która nie może mieć więcej niż szesnaście lat.

– Co ty tu, do kurwy nędzy, robisz?

Głos Dana rozbrzmiewa głośno z drugiej strony pokoju. Naprawdę nie jestem w nastroju na ten szajs.

– Muszę z tobą pogadać – mówię Jace'owi, całkowicie ignorując Dana. Jego poplamiona koszula sprawia, że zbiera mi się na wymioty, ale najwyraźniej zupełnie inaczej działa na uczepioną go blondynkę, ponieważ ona patrzy na niego, jakby chciała od razu na niego wskoczyć. Ego Dana walczy w nim z potrzebą zamoczenia kutasa. Jeśli zacznie ze mną jakąś gównianą akcję, da o sobie znać to, że blondyneczka potrafi skupić uwagę tylko przez cztery sekundy, i straci zainteresowanie.

– Możemy pogadać później. Napijmy się.

Jace mówi coś do dziewczyny stojącej obok niego, a ona kiwa głową i wstaje.

– Chodź, siadaj.

Klepie dłonią puste miejsce obok siebie.

Jest najgorszym rodzajem chuja, takim, którego tak naprawdę się nie boisz i wiesz, że możesz sobie z nim dać radę, ale też on jest zdolny zniszczyć cię jednym ruchem nadgarstka. To przypomina sytuację, kiedy jako dziecko chciałem powiedzieć mojemu gównianemu ojcu, że go nienawidzę, ale bałem się, że odpowie mi tym samym.

Przebłyski gniewu podgryzają mnie w kręgosłup, gdy przechodzę przez pokój i siadam na skórzanej kanapie. Przez dziury w czarnym materiale wydostają się kłębki bawełny.

Jace opiera się i odwraca do mnie.

– Cóż, nie mogę powiedzieć, że zaskakuje mnie to, że cię tu widzę. Przylepa się z ciebie zrobiła.

Śmieje się i z jego ust wydobywa się chmura dymu, przez którą kaszlę.

Uśmiecha się, ciesząc się, że ma nade mną przewagę, kiedy łapię oddech.

– Już od kilku dni wydzwaniasz do mnie w środku nocy.

Obniżam wzrok, żeby na niego spojrzeć.

Dan siada naprzeciwko nas na podłodze, a zebrani dookoła ludzie wydają się zauważać, że dzieje się coś ciekawego, więc zbliżają się i siadają na podłokietnikach kanapy albo na podłodze.

– Chciałem się tylko spotkać, to wszystko – mówię, a kilku z jego zjebanych znajomych wybucha śmiechem.

Zaciskam pięść, żeby zachować spokój. Bawi się moim kosztem, ale tym razem mnie to nie obchodzi. Może sobie mówić, co chce, jeśli tylko przestanie się wpierdalać w mój związek. Mogę być pośmiewiskiem na tej imprezie, dopóki wciąż mogę wrócić do domu do Tessy.

Postanawiam, że gówno mnie będzie obchodziło to, co którykolwiek z nich ma mi do powiedzenia albo o mnie myśli, i biorę się w garść.

– Cóż, teraz tu jestem.

Zmuszam się do uśmiechu.

Wyraz twarzy Jace'a, kiedy na niego spoglądam, i gówniany uśmiech Dana sprawiają, że warto było tu przyjść. Jace jest zaskoczony moim spokojem, spodziewał się, że stracę panowanie nad sobą.

Nie dziś.

– No to się napij.

Nie pyta, czy mam ochotę. Pochyla się, sięga po rączkę przenośnej lodówki i przeciąga ją po dywanie. Otwiera i podaje mi butelkę wódki. Kawałki lodu spadają na podłogę, ale je ignoruje – jestem pewien, że kolejna plama z wody nie zaszkodzi.

Czy to ma być fajka pokoju? Czy jeśli wezmę butelkę, da sobie spokój ze swoją dziecinną grą?

– Przynajmniej daj mi whisky.

Odpycham wódkę i uśmiecham się do niego. Nie pamiętam, co stało się później, ale kiedy obudziłem się następnego ranka, miałem sześć nieodebranych połączeń od Tessy.

część trzecia

PO

Wreszcie stawał się mężczyzną, jakim nawet nie przypuszczał, że mógłby być. Przekuł swoją wściekłość w pisarstwo i stawał się dumny z tego, jaką osobą był. Ona stanowiła jedyny powód, dla którego jego życie potoczyło się w taki sposób, padałby jej do stóp i dziękował w każdej sekundzie, gdyby tylko mógł. Pozostała przy nim, dopóki nie przestało to być dobre dla nich obojga, a później dała mu czas na to, by uporządkował swoje życie. Każdego miesiąca wspierała jego wybory i wciąż zachęcała go, żeby starał się osiągnąć więcej.

W tamtym czasie, kiedy był trzeźwy, co miesiąc dostawał kartkę pocztową, po staroświecku, z jej imieniem i sercem. Znał ją wystarczająco dobrze, by wiedzieć, że dwa lata, które spędzili z dala od siebie, nie były dla niej łatwe. To było dla niej piekło, a dla niego wieczny czyściec.

Kiedy ręcznie napisane słowa z jego segregatora stały się linijkami drukowanego tekstu, nie dzwoniła przez tydzień. Wiedział, że przeczytała książkę, i był pewien, że spędziła ten czas na chodzeniu tam i z powrotem po mieszkanku, które dzieliła z jego bratem. On wtedy mieszkał już w nowym miejscu i przyzwyczajał się do wietrznego miasta z wysokimi budynkami i nadmiarem hot dogów i baseballu. Nie czuł się tam jak w domu, chociaż odwiedzała go częściej, niż na to zasługiwał. Tak właśnie upływały mu dni – na pracy i oczekiwaniu na jej telefon albo e-mail, planowaniu kolejnego razu, kiedy będzie się mógł z nią zobaczyć. W miarę jak coraz bardziej na nią zasługiwał, zaczął lubić mężczyznę, którego co rano widział w lustrze.

Kiedy ten tydzień się zakończył i wreszcie zadzwoniła, głos załamał jej się przy pierwszym słowie, a on nie potrafił wpaść na to, co powinien jej powiedzieć. Chciał, by zrozumiała, że nie było dwojga ludzi bardziej odpowiednich dla siebie. Pogratulowała mu książki, ale z zimnym dystansem. Ta sytuacja zaczynała go męczyć – zastanawiał się, czy jego życie zawsze będzie polegało na siedzeniu w samotności w mieszkaniu na wysokim piętrze, jedzeniu żarcia na wynos i oglądaniu powtórek *Przyjaciół*.

Kilka tygodni później nie mógł powstrzymać drżenia serca, kiedy zadzwoniła, by mu powiedzieć o wizycie w jego mieście – potrzebowała osoby towarzyszącej na ślub. Tańczyła z nim przez całą noc i leżała pod nim w łóżku przez trzy dni...

A potem wyjechała, zabierając ze sobą jego serce.

Później to on ją odwiedził, w chaotycznym Nowym Jorku, i zaimponowało mu jej nowe życie. Ale tęsknił za tym, by mieć w nim swoje miejsce. Dobrze jej się powodziło, miała przyjaciół i rodzinę. On wiódł z nią życie tylko w marzeniach i czekał, aż Tessa zmieni zdanie i sprawi, że staną się one rzeczywistością. Pokładając w tym jedyną nadzieję na dobre życie, nadal pokazywał jej, że jest lepszym człowiekiem niż kiedyś. Znacznie lepszym. Że naprawdę żyje.

W którymś momencie jego rozwój jako człowieka i to, jak uwidocznił się on w jego stosunku do innych osób, zaczął sprawiać, że poczuł się wartościowy – tej zmianie towarzyszyło pojawienie się ważniejszych obowiązków. Jego brat przeżył zawód miłosny, a on upewnił się, że zawsze może z nim porozmawiać i w ten sposób mu pomóc. Odkrył, że może być przydatny dla swojej rodziny na różne duże i małe sposoby.

Był drużbą na ślubie brata. Ona również tam była, promieniejąc miłością do niego, i w jakiś sposób szczęśliwie oboje sobie uświadomili, że ich separacja spełniła już swoje zadanie. Oboje dorośli i byli bardziej zdolni do tego, by razem stawić czoło światu. On przestał być takim egoistą, a ona uświadomiła sobie, kim jest. Czas spędzony z dala od siebie dał im dużo dobrego, ale teraz byli już gotowi rozpocząć wspólne życie.

Razem przeszli trudne chwile – gorsze niż jakakolwiek krzywda, którą wyrządzili sobie we wcześniejszych latach – i niekiedy nie wiedzieli, czy zdołają iść dalej. W najbardziej samotnym ze wszystkich dni, kiedy zlikwidował pokój dla dziecka, które stracili, zastanawiał się, czy ktoś go karze, czy jego grzechy z przeszłości były powodem, dla którego musieli radzić sobie z taką stratą.

Kiedy urodziło się jego pierwsze maleństwo, on również narodził się na nowo. Poczuł, że znowu żyje. Przeszedł długą drogę i zmienił się. Stało się dla niego możliwe osiągnięcie głębszego i wyższego poziomu miłości i zrozumienia. Paluszki dziewczynki były maleńkie, ale złapała go za serce. Obserwował, jak dziewczyna, którą kochał przez lata, zmieniła się w kobietę, a potem matkę jego dziecka. Nie było nic piękniejszego...

Dopóki nie została matką po raz drugi, wydając na świat chłopca.

Kiedy ich dzieci dorastały, ten nowy mężczyzna i jego kobieta... w jakimś sensie czuli się młodsi i zakochiwali się w sobie coraz bardziej każdego dnia.

Czuł się taki szczęśliwy, tak obdarowany przez los, tak cudownie dumny z życia, które razem zbudowali – nie mógł uwierzyć, jakim był szczęśliwym sukinsynem.

Zed

Każda powieść prezentuje inną wersję bohatera romantycznego. Większość książek wykorzystuje klasyczny trop, którym wszyscy się już zmęczyliśmy – Miłosny Trójkąt. Wickham skłamał na temat ojca Darcy'ego, żeby zdobyć uczucie Elizabeth. Jay Gatsby karmił i poił Daisy Buchanan winem, oferując jej życie, którego nie mógłby jej dać mąż Tom. Linton był bezpiecznym wyborem dla mojej ulubionej bohaterki, Catherine Earnshaw, która postawiła na niego, a nie destrukcyjną namiętność łączącą ją z Heathcliffem. Nawet opalony wilkołaczek z gołą klatą próbował zdobyć serce sprytnej Belli Swan i odebrać ją jej kochankowi, świecącemu staruszkowi-wampirowi.

Działo się to raz po raz, a on przeżył każdą z tych historii, więc uznał za śmiechu warte to, że znalazł się we własnym, prawdziwym miłosnym trójkącie. W jego historii zły chłopak mający problemy z ojcem, który zmienił się w kogoś, kto chce zostać świętym, próbuje utrzymać upartą, niewinną dziewicę z dala od modnego i uczuciowego chłopaka, który chce uratować kwiatki i planetę w ciągu jednego dnia pracy. Klasyczne opowieści zazwyczaj kończą się śmiercią większości wspomnianych bohaterów albo narodzinami na wpół wampirzych dzieci, ale wszystkie łączy to, że jeden z dwóch mężczyzn nigdy nie ma szans, a co do jego związku z nią, nie wiedział, czy to, że bardzo jej na nim zależało, oznacza, że na koniec to on zwycięży.

Tak czy inaczej, facetom, którzy wracają do gry po tym, jak przegrywają z oczywistym kandydatem, należy się szacunek.

Kolejna impreza. Kolejna impreza, na której jest za dużo ludzi i wszyscy robią dokładnie to samo co zwykle. Ktoś nalewa drinki do jednorazowych kubków, a muzyka dobiega z kolejnych pokojów. Każdy, kogo mijam, kiedy idę korytarzem, wygląda na jeszcze bardziej znudzonego niż poprzedni, więc wydaje mi się dziwne, że na pierwszą imprezę w tym roku przyszło znacznie więcej osób niż na zeszłoroczną. Skąd się biorą ci wszyscy ludzie? Czy nudzą się tak bardzo w samotności, że przyczepiają się do dużej grupy innych osób, udając, że mają cudowne życie towarzyskie? Zaczynam rozumieć, że college właśnie na tym polega. Waszyngton jest zupełnie inny niż Floryda, gdzie dorastałem, ale college'e są takie same, gdziekolwiek się jedzie.

– Muszę się wyszczać – oznajmiam w przestrzeń, opierając się o ścianę przy drzwiach łazienki.

Kilka chwil później wychodzi z niej drobna dziewczyna z blond włosami do ramion. Kiedy mnie mija, opuszcza wzrok. Ma na sobie koszulę z długim rękawem, która sięga tak daleko, że obejmuje doskonałe krągłości jej bioder pomimo luźnych, wręcz workowatych dżinsów.

– Przepraszam – mówi i uśmiecha się do dywanu, mijając mnie i idąc korytarzem.

Wchodzę do łazienki i zamykam drzwi. Niewielkie pomieszczenie pachnie jak sztuczny waniliowy spray. To dość denerwujące, więc szybko szczam, myję ręce, otwieram drzwi… i wchodzę w tłum dziewczyn. Jedna z nich mierzy mnie z góry na dół, a jej oczy się rozszerzają, gdy mi się przygląda. Prawie czytam jej w myślach. Otwiera usta, żeby coś powiedzieć, ale kiedy spoglądam ponad jej głową, widzę, że blondynka z zabójczymi biodrami stoi na szczycie schodów. Patrzę, jak wyciąga telefon z tylnej kieszeni i przykłada go do ucha. Oblizuje usta i przewraca oczami. Nawet stąd czuję, że ma charakterek. Postanowiłem nie szukać nikogo przez pewien czas po tej sprawie z Tessą, lecz mimowolnie idę za dziewczyną korytarzem. Nie szukam niczego poważnego, ale przydałaby mi się w tej chwili ciekawa rozmowa.

Kiedy dociera na szczyt schodów, jej drobna dłoń bardzo delikatnie chwyta metalowy słupek. Podchodzę kilka kroków bliżej, żeby na nią spojrzeć, a ona schodzi po stopniach powoli i ostrożnie, chociaż ma na sobie trampki. Jej gęste włosy sięgają jej do połowy pleców. Patrzę, jak rozgląda się po tłumie. Zwraca uwagę na otoczenie – widzę to po tym, jak uważnie przypatruje się każdej twarzy. Szuka kogoś? Patrzę, jak wciąga górną wargę pomiędzy zęby, i postanawiam do niej podejść. Nogawki jej dżinsów są trochę podwinięte i zauważam kształt gwiazdki przy jej kostce.

– Szukasz kogoś? – pytam.

Kiedy odwraca się do mnie, dostrzegam, że jej brązowe oczy są duże, niemal za duże w stosunku do jej twarzy, co sprawia, że wydaje się nieco przerażona.

– Szukałam moich znajomych, ale chyba sobie poszli.

Marszczy brwi.

– Aha. Może chcesz, żebym pomógł ci ich odnaleźć? – proponuję.

Nadal rozglądając się po pomieszczeniu, sięga obok mojej twarzy i zabiera czapkę baseballówkę przechodzącemu obok nas facetowi. Marudzi, a ona się uśmiecha, tylko trochę zawstydzona i sprawiająca wrażenie dosyć zdesperowanej.

Patrzę na nią, zastanawiając się, dlaczego to zrobiła.

– Mój znajomy John też ma czapkę – wyjaśnia.

Jeszcze nie wiem, czy jest nieśmiała, czy agresywna, ale chcę się dowiedzieć.

– Nie możesz do nich zadzwonić? – pytam.

– Nie, mój telefon jest w torebce znajomej – mówi, wzdychając. – Nie chciałam brać torebki. Wiedziałam, że trzeba tu było nie przychodzić. Nie przepadam za imprezami. – Jej głos staje się głośniejszy, a ona zaczyna gestykulować. – A jednak Macy błagała i błagała. Mówiła, że będzie fajnie, obiecywała, że zostaniemy tylko na godzinę.

Delikatnie prycha, a jej nos się marszczy, ja tymczasem przygryzam dolną wargę, żeby się nie roześmiać.

Czerwieni się, zawstydzona.

– Co?

– Nic – kłamię. Cholernie urocza. – Chcesz się napić albo coś?

– Rzadko piję – mówi cicho.

– Rzadko czy w ogóle?

– Czasami, ale z pewnością nie na pełnych ludzi imprezach z masą nieznajomych.

– Cóż, to pewnie ma sens.

Uśmiecham się, dając jej znać, że uważam za fajne to, że nie czuje potrzeby nawalenia się jak reszta dziewczyn, które się tu pojawiły. Albo chłopaków, jeśli o to chodzi.

– Mogę się przecież dobrze bawić, nie chlejąc do nieprzytomności.

– Okej.

Kiwam głową. Z każdą sekundą wydaje mi się coraz bardziej pociągająca.

– Cóż, mogę nalać ci wody albo jakiegoś napoju, i możesz pobawić się ze mną i moimi znajomymi, dopóki nie znajdziesz swoich?

– Hmm, nie jestem pewna. – Rozgląda się po pełnym nieznajomych salonie. – Nikogo tu nie znam, a imprezy takie jak ta są zazwyczaj dość podejrzane.

Przenosi wzrok na dwóch pijanych gości okrążających grupkę ubranych w krótkie spódniczki dziewczyn z pierwszego roku.

Ma trochę racji.

Nate macha do mnie z drugiego końca pokoju, a ja raz jeszcze spoglądam na tę intrygującą dziewczynę.

– Cóż, jeśli stwierdzisz, że jednak nie chcesz tu sama stać, bardzo się ucieszymy, jeśli dołączysz do nas tam. – Wskazuję w kierunku grupy i patrzę, jak jej oczy się rozszerzają, kiedy widzi, że w sumie mamy co najmniej sto tatuaży.

– Są milsi, niż się wydaje – droczę się z nią. Gdy uśmiecha się niepewnie, dodaję: – Cóż, przynajmniej niektórzy z nich.

Zaskakuje mnie, śmiejąc się krótko, a później idąc za mną do mojej grupki znajomych. Tristan wstaje, ustępując jej miejsca na kanapie, a ona dziękuje mu uprzejmie. Nie widywałem go ostatnio za często, ale cieszę się, że wrócił z Luizjany – rozstali się ze Steph i oficjalnie nie musi już sobie radzić z jej problemami.

– Za ostatni rok tego gównianego college'u.

Unosi kubek i stuka się z Loganem. Molly przyłącza się do nich i poprawia pozycję na kolanie Logana.

– Ech, nie dla mnie... mi zostały jeszcze dwa – marudzi Nate.

Dziewczyna, z którą się spotyka, zdaje się Briana, przewraca oczami, mruczy coś, co brzmi jak żartobliwe „dramatyzujesz", i bierze jego kubek, żeby się napić.

– Trzeba było iść do zawodówki. – Odchyla głowę, a dziewczyna patrzy na niego z rozbawieniem. – College ssie pałę.

– Mówiłam ci, żebyś wziął ten staż w salonie tatuażu – beszta go. On przewraca oczami i ciągnie za cienkie ramiączko jej koszulki. Widać połowę jej ciemnobrązowej skóry, ale zupełnie mi to nie przeszkadza.

– Wciąż się nad tym zastanawiam.

Szczerze mówiąc, wydaje mi się to niezłą zagrywką, skoro ma taki problem ze skończeniem college'u.

– No, dość już tego nudziarstwa z planowaniem kariery. Kto to? – Molly wskazuje na dziewczynę, którą poznałem na korytarzu.

– To jest... – Spoglądam na nią, czekając na podpowiedź. Zapomniałem spytać o jej cholerne imię.

– Therise – mówi, a ja zauważam ślad akcentu, którego wcześniej nie słyszałem.

Cholera.

– Jaja sobie robisz.

Molly się śmieje i opiera o Logana.

– Ładne imię – mówi Jace z uśmieszkiem, oblizując krawędź gilzy.

– Chcesz w coś z nami zagrać, Therise? – pyta Molly tonem, który rozpoznaję. – „Prawda czy wyzwanie"?

Spogląda na mnie, a ja potrząsam głową.

– Nie, nikt nie chce grać w to gówno – mówię, rzucając Molly wściekłe spojrzenie.

Therise nie ma pojęcia, co się dzieje, wygląda na zaniepokojoną i najwyraźniej czuje się dość niezręcznie.

– Oj, przestań. Założę się, że będzie fajnie – przekonuje Jace.

Molly kiwa głową.

– Tak, jak tak na nią patrzę, to może mógłbyś wygrać...

Logan wyciąga dłoń i przykrywa usta swojej dziewczyny. Wciąż nie mogę uwierzyć, że ci dwoje są razem.

– Przestań – strofuje ją.

Przewraca oczami, ale nic już nie mówi, kiedy on zdejmuje dłoń z jej rozpaplanych ust.

– Nie zamierzam w żaden sposób powtarzać zeszłego roku. Za dużo dramatyzmu.

Logan całuje nagie ramię Molly, a ona się uśmiecha, tym razem naprawdę, wyglądając przy tym znacznie mniej demonicznie.

Therise spogląda na mnie ze zmarszczonymi brwiami, a później patrzy na resztę z tą ich dziwną energią.

– Co się stało w zeszłym roku? – pyta.

– Nic – ogłaszam i spoglądam na znajomych, mając nadzieję, że będą trzymać gęby na kłódkę. Dopiero poznałem tę dziewczynę… za wcześnie na to, by bombardować ją tymi bzdurami.

– Taki jeden gość, Hard…

Molly nie potrafi nie otwierać ust.

– Nie będziemy już rozmawiać o Hessie! – jęczy Logan. – Są jak para z reality show, o której nikt nie miał wspominać.

– Co to, do cholery, jest Hessa? – chce wiedzieć dziewczyna Nate'a.

Molly z dumą unosi dłoń.

– Ja to wymyśliłam! – niemal krzyczy. – To wszystko dzięki mnie. Nazwałam tak tych szalonych pojebów i spodziewam się zaproszenia na ich ślub.

Śmieje się. Jej włosy mają kolor spranego różu. Bardzo wyblakły, a ona od pewnego czasu ich nie farbowała. Jest teraz prawie blondynką i nosi fryzurę trochę na elfa.

– Nie biorą ślubu – warczę.

Mam już dość słuchania o tych dwojgu. Dosyć oglądania postów Tessy na Facebooku. Jest taka szczęśliwa w Nowym Jorku; Hardin jest taki szczęśliwy; wszyscy są tacy cholernie szczęśliwi.

Dobrze im.

– Nie w tej chwili, ale założyłabym się, że to zrobią. – Uśmiecha się. – No i ja bym wygrała.

Ma oczy pomalowane kredką i kiedy mruga do mnie okiem, wygląda jak kot.

Logan sypie sól na moją ranę, kiwając głową z wyrazem mądrości na twarzy. Jakby to było takie oczywiste dla wszystkich.

Molly macha ręką, żeby uciszyć grupę.

– Tak czy inaczej, zanim wszyscy tu przyszliście, przeżywaliśmy na nowo wielką opowieść o byłej dziewczynie Zeda.

– Nie była moją dziewczyną – mówię przez zaciśnięte zęby.

– Cholera – odzywa się ktoś. Może Jace?

– Cóż…

Therise wstaje i strzela knykciami, czując się niezręcznie.

– Idę sobie.

Uśmiecha się z wahaniem i odchodzi.

Muszę mieć zbolały, wkurzony lub zły wyraz twarzy – czuję to wszystko jednocześnie – bo Logan słabym głosem mówi:

– Możesz równie dobrze dać jej spokój. Zrobisz sobie tylko kolejnego wroga. Pewnie ma chłopaka, który poprzecina ci opony w ciężarówce.

Najwyraźniej wszyscy moi znajomi zdecydowali już, że przez cały tydzień będą się nabijać z moich drogich błędów z przeszłości. To oczekiwanie, że moje życie uczuciowe na zawsze pozostanie ciągiem kolejnych katastrof, odrobinę koi mój gniew. Nie mam energii, by się tak naprawdę złościć, kiedy cały czas jest tak samo.

– Nie wiedziałem, że ta laska była zaręczona, i jestem całkiem pewien, że to ona sama, a nie jej narzeczony, narobiła tego szajsu – mówię i wzdrygam się, gdy przypominam sobie, co Jonah Soto zrobił z moim samochodem. Kolesiowi nie powinno się pozwalać tu być profesorem. Skończony psychol.

Nate wzrusza ramionami i upija spory łyk drinka.

– W takim razie przestań sypiać z przypadkowymi laskami.

– To było ponad rok temu. Skąd miałem wiedzieć, że jej narzeczony będzie tu profesorem?

Cały ten weekend był katastrofalny. Gdybym wiedział, że laska przyszła do klubu na wieczór panieński, nie poszedłbym z nią do domu. Są przecież powody, dla których tradycja każe im nosić te kiczowate boa z piór, sztuczne diademy i szarfy, na których jest napisane „panna młoda" albo coś. To jak uczciwe ostrzeżenie, żeby faceci nie zrobili czegoś głupiego – albo żeby one nie zrobiły czegoś głupiego. Szarfa to pierwsza rzecz, którą należałoby zdjąć, więc stanowi ważne przypomnienie, że, o właśnie, panna wychodzi za mąż. W tym przypadku następnego dnia. Takie już mam zezowate szczęście, że jedyny raz w życiu, kiedy załapię się na jednonocną przygodę, wychodzi z tego takie coś (możliwe, że moi znajomi, ze względu na kilka rzeczy, które im powiedziałem, wierzą w nieco przesadzoną wersję mojego życia seksualnego, ale nie muszą tego wiedzieć). Facet zachowywał się w porządku, bardziej w porządku, niż ja bym się zachował, dopóki nie zaczął próbować sprawić, by usunięto mnie ze studiów, i walczyć o to, by nie wyrzucano Hardina. Nikomu nie przyszło do głowy, żeby się zastanowić, dlaczego młody profesor miałby stanąć po stronie sprawiającego problemy studenta, którego nawet nie zna. To była beznadziejna sytuacja, ale ostatecznie cieszę się, że Hardin mógł zostać na studiach.

– I w ogóle uważaj, z kogo się nabijasz. – Macham dłonią, wskazując na całą grupę. – Bo siedząca tu Molly pieprzyła się z połową z was.

– Uważaj – ostrzega Logan, a wszyscy się spinają.

Ale zamiast się z nim kłócić, postanawiam iść za nową dziewczyną.

Nie znam jej, ale wydaje się spoko i jest morderczo piękna. Tak, przypomina mi Tessę, i tak, zajęło mi dużo czasu, żeby pogodzić się z jej utratą, więc może to zły pomysł – ale czy nie da się tego powiedzieć o większości rzeczy?

Wszystkie te myśli krążą mi po głowie, kiedy wstaję, by ją odszukać.

Nie chciałem, żeby sytuacja z Tessą tak się potoczyła. Tak, zależało mi na niej, ale dałem się złapać w głupią zazdrość i małostkową potrzebę tego, by w jakiś sposób zemścić się na Hardinie za to, że przespał się z Samanthą. Bardzo lubiłem Tessę, lecz moje uczucia do niej nawet nie zbliżały się do tego, co czuł do niej Hardin.

Samantha była cudowna – była zabawna i miała kilka lat więcej ode mnie. Kręciło mnie to, ale ona była szalona. Od czasu kiedy historia z Tessą się zakończyła, często myślałem o tym, że jej związek z Hardinem to odpowiednik tego, co łączyło mnie z Samanthą. Jednak Samantha przespała się z Hardinem i nie widziała w tym wielkiego problemu. Zachowywała się, jakby przespanie się z moim przyjacielem było czymś normalnym. Oczywiście jego też to nie obchodziło. Mnie obeszło. Byłem zdruzgotany i wkurzony i pozwoliłem, by te uczucia dojrzewały we mnie, w oczekiwaniu na odpowiedni moment, aby się na nim odegrać. Tessa mi ufała, nawet pomimo mojego początkowego udziału w Zakładzie. To ja powiedziałem jej o jego szczegółach, a ona zawsze przychodziła do mnie, kiedy mnie potrzebowała. To jednak był problem – przychodziła do mnie tylko wtedy, gdy on ją odrzucał, a ja nie lubię takich sytuacji. Nie chcę zawsze być drugim wyborem. Poza tym za dużo było w tym wszystkim dramatyzmu, a nawet po początkowym sukcesie, czyli zalezieniu Hardinowi za skórę, zaczęło mnie już męczyć ciągłe bieganie jej na ratunek i nadążanie za ich dziecinnym związkiem.

Trzeba było zostawić ją w spokoju po tym, jak jej chłopak psychol uderzył mnie po raz pierwszy. Ale nie, jego gniew nakręcał mnie tylko, żeby walczyć dalej i zwyciężyć. Dlaczego jemu wolno było przespać się z Samanthą, później wziąć udział w Zakładzie, a ostatecznie zdecydować, kiedy wszystko jest już w porządku, role rozdane, koniec gry, a ja muszę przestać się przejmować?

To było takie dziecinne. Teraz to widzę. Nie powinienem był próbować jej uwodzić tej nocy w domu jej mamy i nie powinienem był mówić połowy tego szajsu, który powiedziałem. Moja głupota sprawiła, że od tego czasu jestem singlem i od miesiąca nie miałem wieści od Tessy. Najsmutniejsze jest to, że brakuje mi naszych rozmów.

Podobno przeprowadziła się do Nowego Jorku ze swoim przyjacielem Landonem, ale wiem, że nie minie dużo czasu, a Hardin pojedzie tam za nią. Choć trudno mi to przyznać, łączy ich coś wyjątkowego. Chociaż są dysfunkcyjni, nigdy nie widziałem, by dwoje ludzi walczyło o siebie tak jak oni. Hardin z całą pewnością na nią nie zasługiwał, ale nic mi do tego, już nie.

Wychodzę na zewnątrz i rozglądam się po podwórku w poszukiwaniu Therise, a później zauważam ją na popękanym kamiennym murku, co sprawia, że wraca do mnie kolejne wspomnienie. Wydłubuje odpadające kamienie, a kiedy do niej podchodzę, robi ruch, żeby zeskoczyć.

– Czekaj. – Podnoszę dłoń i macham nią w pokojowym geście. – Mogę ci pomóc odnaleźć znajomych albo kogoś, kto podwiezie cię do domu.

– No nie wiem.

Przygląda mi się uważnie, może szukając oznak tego, że jestem potencjalnym seryjnym mordercą.

– To tylko podwózka do domu. Moi znajomi dużo gadają, ale żaden z nich nie zrobi ci krzywdy. Pojadę z wami, jeśli chcesz. Sam piłem, więc nie mogę cię zawieźć.

Unoszę brew, a ona potrząsa głową.

– Wow, więc uroczy punk jest obdarzony zdrowym rozsądkiem?

Uśmiecha się, słodko sobie ze mnie żartując.

– Niekiedy – przyznaję, wzruszając ramionami. Wyciągam do niej rękę. – Jestem Zed.

Przez chwilę się waha, a później przyjmuje moją dłoń.

– Miło cię poznać, Z-ed – wypowiada moje imię, jakby trudno jej było je przełknąć.

– Ciebie również miło poznać, Therise.

Landon

Nienawidził doskonałego chłopaka, zanim w ogóle go poznał. Jego tata powiedział mu, że będzie miał nowego brata, takim tonem, jakby spodziewał się, że on będzie się z tego cieszył. Miał nagle zacząć się przejmować takimi rzeczami jak rodzina, wspólne obiady i wypieki, żeby nadążyć za nowym synem swojego ojca.

Kiedy poznał to drugie dziecko, jego nienawiść tylko wzrosła. Wiedział, że poza czystą zazdrością nie ma powodu, by go nienawidzić, ale i tak nienawidził. Nie znał nazwisk zawodników ani nie wiedział, co dzieje się w świecie sportu, jak nowy syn jego ojca, i nie potrafił oczarować gości przy stole na przyjęciu. Wiedział, że nie zdoła konkurować z tym chłopakiem, ale zmieniając swoje życie, uświadomił sobie, że nigdy tak naprawdę nie musiał. Walczył tak mocno – zbyt mocno – żeby trzymać się na dystans od Złotego Chłopca, który ostatecznie stał się jego najbliższym przyjacielem.

Pierwsze trzy myśli, które codziennie przechodzą mi przez głowę, to:

Są tu mniejsze tłumy, niż sądziłem.

Mam nadzieję, że Tessa dziś nie pracuje i będziemy mogli spędzić razem trochę czasu.

Tęsknię za mamą.

Tak, studiuję na drugim roku na Uniwersytecie Nowojorskim, ale moja mama jest jednym z moich najlepszych przyjaciół.

Bardzo tęsknię za domem. Pomaga mi to, że Tessa jest niedaleko – jest dla mnie jedyną namiastką rodziny, jaką tu mam.

Wiem, że studenci college'u robią to prawie zawsze – wyjeżdżają z domu i nie mogą się doczekać, aż opuszczą rodzinne miasta, ale ja taki nie jestem. Tak się złożyło, że mnie podobało się w moim rodzinnym mieście, nawet jeśli to nie tam dorastałem. Miałem plan, kiedy aplikowałem do NYU, po prostu nie wyszło tak, jak miało wyjść. Miałem się tu przeprowadzić i zacząć życie z Dakotą, moją dziewczyną z czasów szkoły średniej. Nie miałem pojęcia, że postanowi spędzić pierwszy rok college'u jako singielka.

Byłem zdruzgotany – wciąż jestem – ale chcę, żeby była szczęśliwa, nawet jeśli nie ze mną.

Wrzesień jest tu zimny, lecz w porównaniu z Waszyngtonem prawie nie pada. To zawsze coś.

W drodze do pracy sprawdzam telefon – robię to jakieś pięćdziesiąt razy dziennie. Moja mama jest w ciąży z moją siostrzyczką i chcę mieć pewność, że jeśli tylko coś się stanie, będę mógł wsiąść do samolotu i szybko znaleźć się obok niej. Jak na razie jedynymi wiadomościami od niej były obrazki wspaniałości, które ugotowała.

To nie nagłe wypadki, ale cholernie brakuje mi jej kuchni.

Przebijam się przez zatłoczone ulice. Czekam z tłumkiem ludzi na przejściu dla pieszych – to głównie turyści z ciężkimi aparatami zawieszonymi na szyjach. Śmieję się do siebie, kiedy nastoletni chłopak podnosi wielkiego iPada, żeby zrobić sobie selfie.

Nigdy nie zrozumiem tej obsesji.

Kiedy światło zmienia się na czerwone, a znak przechodzącego pieszego zaczyna mrugać, podkręcam głośność na słuchawkach.

Tutaj noszę słuchawki właściwie przez cały dzień. Miasto jest znacznie bardziej hałaśliwe, niż się spodziewałem, i pomaga mi, jeśli mam coś, co blokuje część dobiegających do mnie dźwięków, albo przynajmniej przekształca je w coś, co lubię.

Dziś to Hozier. Noszę słuchawki nawet podczas pracy – przynajmniej w jednym uchu, żebym mógł słyszeć wykrzykiwane do mnie zamówienia kawy. Dziś jestem nieco rozkojarzony – moją uwagę zwraca dwóch mężczyzn ubranych w stroje piratów i krzyczących na siebie. Kiedy wchodzę do sklepu, wpadam na Aidena, mojego najmniej ulubionego znajomego z pracy.

Jest wysoki, znacznie wyższy ode mnie, i ma jasne blond włosy, które sprawiają, że wygląda nieco jak Draco Malfoy, więc trochę się go boję. Na dodatek niekiedy bywa nieuprzejmy. Dla mnie jest miły, ale widzę, jak patrzy na dziewczyny, które wchodzą do Grind. Zachowuje się tak, jakby nazwa kawiarni pochodziła od nazwy klubu, a nie ziaren kawy.

Kiedy uśmiecha się do nich z góry, flirtując z nimi i sprawiając, że kulą się pod jego spojrzeniem „przystojniaka", trochę mnie to odrzuca. Tak naprawdę nie jest aż taki przystojny – może gdyby był sympatyczniejszy, dostrzegłbym w nim jakiś urok.

– Uważaj, stary – mruczy Aiden, klepiąc mnie w ramię, jakbyśmy razem przechodzili przez boisko futbolowe w takich samych koszulkach.

Dziś w rekordowym tempie udało mu się mnie wkurzyć...

Ale ignoruję to, idę na zaplecze, zakładam żółty fartuch i sprawdzam telefon. Po tym, jak odbijam kartę, znajduję Posey, dziewczynę, którą mam szkolić przez dwa tygodnie. Jest miła. Nieśmiała, ale ciężko pracuje i podoba mi się, że zawsze bierze darmowe ciastko, którym częstujemy ją każdego dnia treningu, żeby trochę osłodzić jej zmianę. Większość szkolonych osób odmawia, a ona zjadła po jednym każdego dnia tego tygodnia, testując wszystkie rodzaje: czekoladowe, czekoladowe z orzechami makadamia, cukrowe i dziwne, zielonkawe, które chyba są przeznaczone dla osób żywiących się bezglutenowo, ekologicznie i lokalnie.

– Cześć – witam się, uśmiechając się do niej, kiedy opiera się o maszynę z lodem.

Jej rude włosy są zaczesane za uszy i czyta tylną etykietę jednej z toreb z mieloną kawą. Gdy spogląda na mnie, uśmiecha się szybko na powitanie, a później wraca do etykiety.

– Wciąż nie rozumiem, jak mogą brać piętnaście dolarów za taką małą torebkę kawy – mówi, rzucając ją w moim kierunku.

Ledwo ją łapię, a później prawie mi wypada, ale chwytam ją mocno.

– My – poprawiam ją ze śmiechem i kładę torebkę na stole w pokoju socjalnym, skąd ją wzięła. – My tyle bierzemy.

– Nie pracuję tu jeszcze wystarczająco długo, żeby obejmowało mnie „my" – droczy się ze mną.

Zdejmuje gumkę do włosów z nadgarstka i unosi kręcone rudawobrązowe pukle do góry. Ma naprawdę gęste włosy – wiąże je dokładnie, a później kiwa głową na znak, że jest gotowa do pracy.

Posey idzie za mną na salę i czeka przy kasie. W tym tygodniu ma opanować przyjmowanie zamówień, a później pewnie zacznie przygotowywać napoje. Ja najbardziej lubię przyjmować zamówienia, ponieważ wolę rozmawiać z ludźmi, niż parzyć sobie palce tą maszyną do espresso, co przytrafia mi się na każdej zmianie.

Porządkuję wszystko na moim stanowisku pracy, kiedy słyszymy dzwonek oznaczający, że ktoś wszedł. Spoglądam, co u Posey – oczywiście już jest ożywiona i gotowa na powitanie porannej grupy osób uzależnionych od kofeiny. Do kontuaru podchodzą dwie głośno rozmawiające dziewczyny. Jeden z głosów wydaje mi się znajomy i kiedy patrzę za siebie, zauważam Dakotę. Jest ubrana w sportowy stanik, luźne szorty i jasne adidasy. Pewnie właśnie skończyła biegać – gdyby szła na zajęcia z tańca, miałaby na sobie trochę inny strój. Body i ciaśniejsze spodenki. Ale wyglądałaby równie dobrze. Zawsze tak jest.

Dakoty nie było tu od kilku tygodni – jestem zaskoczony, widząc ją teraz. To sprawia, że robię się podenerwowany, dłonie mi się trzęsą i łapię się na tym, że kompletnie bez powodu uderzam palcami w ekran komputera. Jej przyjaciółka Maggy widzi mnie pierwsza. Klepie Dakotę w ramię, a Dakota, która, tak się składa, jest moją byłą, odwraca się do mnie z szerokim uśmiechem. Jej ciało pokrywa delikatna warstewka potu, a jej czarne loki są związane w bezładny kok na czubku głowy.

– Miałam nadzieję, że będziesz pracował.

Macha do mnie, a potem do Posey.

Naprawdę? Nie wiem, co o tym sądzić. Wiem, że zgodziliśmy się być przyjaciółmi, ale nie potrafię rozpoznać, czy to tylko przyjacielskie pogaduszki, czy coś więcej.

– Cześć, Landon.

Maggy też do mnie macha. Uśmiecham się do obu i pytam, czego chciałyby się napić.

– Mrożonej kawy z dodatkową śmietaną – mówią jednocześnie.

Są ubrane prawie identycznie, ale Maggy pozostaje w cieniu lśniącej karmelowej skóry i jasnobrązowych oczu Dakoty.

Wchodzę w tryb automatyczny – chwytam dwa plastikowe kubki, płynnym ruchem zanurzam je w pojemniku z lodem, a później wyciągam dzban z przygotowaną wcześniej kawą i nalewam ją do kubków. Dakota mi się przygląda. Czuję na sobie jej wzrok. Z jakiegoś powodu czuję się przez to dość niezręcznie, więc kiedy zauważam, że Posey również mi się przygląda, uświadamiam sobie, że mógłbym – pewnie nawet powinienem – wyjaśnić jej, co do cholery robię.

– Po prostu wlewasz to na lód; ludzie z wieczornej zmiany przygotowują kawę wieczorem, żeby zdążyła wystygnąć i nie roztopiła kostek – mówię.

Przekazuję jej naprawdę podstawowe informacje i czuję się prawie głupio, mówiąc to przy Dakocie. Nie jesteśmy w złych stosunkach, ale nie spędzamy ze sobą tak dużo czasu i nie rozmawiamy tyle co kiedyś. Całkowicie zrozumiałem to, że chciała skończyć nasz trzyletni związek. Była w Nowym Jorku z nowymi przyjaciółmi i w nowym otoczeniu. Nie chciałem być dla niej ciężarem, więc dotrzymałem obietnicy i pozostałem jej przyjacielem. Znałem ją od lat i zawsze będzie mi na niej zależało. Była moją drugą dziewczyną, ale jak dotąd to był mój pierwszy prawdziwy związek. Spędzam trochę czasu z So, kobietą trzy lata starszą ode mnie, chociaż tak naprawdę jesteśmy tylko przyjaciółmi. Bardzo dobrze potraktowała też Tessę – pomogła jej się zatrudnić w restauracji, w której pracuje.

– Dakota? – głos Aidena zagłusza mój, kiedy zaczynam je pytać, czy mam dodać bitej śmietany, jak to robię w przypadku swojej kawy.

Zdezorientowany, patrzę jak Aiden sięga przez kontuar i chwyta Dakotę za rękę. Podnosi jej dłoń w górę, a ona z szerokim uśmiechem robi przed nim piruet.

Później, zerkając na mnie, cofa się odrobinę i bardziej neutralnym głosem mówi:

– Nie wiedziałam, że tu pracujesz.

Spoglądam na Posey, żeby odwrócić własną uwagę i nie podsłuchiwać ich rozmowy, a potem udaję, że przyglądam się harmonogramowi wiszącemu na ścianie za nią. To zupełnie nie moja sprawa, z kim się przyjaźni.

– Chyba wspomniałem o tym wczoraj wieczorem? – mówi Aiden, a ja kaszlę, żeby odwrócić uwagę wszystkich od dźwięku, który z siebie wydałem.

Na szczęście zdaje się, że nikt nie zauważył, poza Posey, która z całych sił próbuje ukryć uśmiech.

Nie patrzę na Dakotę, chociaż wyczuwam, że czuje się niezręcznie – w odpowiedzi na słowa Aidena śmieje się tak samo jak wtedy, kiedy zobaczyła prezent od mojej babci na zeszłoroczne święta. Co za uroczy dźwięk... Dakota tak bardzo uszczęśliwiła moją babcię, gdy ucieszyła się z kiczowatej śpiewającej ryby przytwierdzonej do drewnopodobnej deski. Kiedy znów się śmieje, wiem, że teraz czuje się już naprawdę niezręcznie. Chcąc sprawić, by cała ta sytuacja stała się mniej krępująca, z uśmiechem podaję jej dwie kawy, a później mówię, że mam nadzieję zobaczyć ją wkrótce.

Zanim może odpowiedzieć, uśmiecham się jeszcze raz i idę na zaplecze, podkręcając głośność w słuchawkach.

Czekam, aż znów odezwie się dzwonek, sygnalizując wyjście Dakoty i Maggy, i uświadamiam sobie, że prawdopodobnie zagłuszy go wczorajszy mecz hokejowy, który gra mi w uchu. Chociaż mam tylko jedną słuchawkę, wiwatująca publiczność i uderzenia kijów są głośniejsze od starego mosiężnego dzwonka. Wracam na salę i widzę, jak Posey przewraca oczami, obserwując Aidena, który pokazuje jej swoje umiejętności spieniania mleka. Wygląda dziwacznie z chmurą pary przy swoich jasnych blond włosach.

– Powiedział, że razem studiują na akademii tańca – szepcze Posey, kiedy podchodzę.

Zamieram i spoglądam na Aidena, który niczego nie zauważa, zagubiony w swoim najwyraźniej cudownym świecie.

– Pytałaś go? – mówię, będąc pod wrażeniem i nieco niepokojąc się tym, jakich odpowiedzi mógłby udzielić na inne pytania dotyczące Dakoty.

Posey kiwa głową i bierze metalowy kubek, żeby go opłukać. Idę za nią do zlewu, a ona puszcza wodę z węża.

– Widziałam, jak się zmieszałeś, kiedy złapał ją za rękę, więc pomyślałem, że po prostu spytam, co jest między nimi.

Wzrusza ramionami, wprawiając w ruch masę swoich kręconych włosów.

Jej piegi, jaśniejsze niż u większości dziewczyn, są rozsypane po górnej części jej policzków i grzbiecie nosa. Ma duże i nieco wydęte usta i niemal dorównuje mi wzrostem. To wszystko zauważyłem chyba trzeciego dnia jej szkolenia, kiedy na chwilę wzbudziła moje większe zainteresowanie.

– Spotykałem się z nią przez jakiś czas – przyznaję mojej nowej przyjaciółce i podaję ręcznik, żeby wytarła kubek.

– Och, nie sądzę, żeby się spotykali. Musiałaby zwariować, żeby chodzić na randki ze Ślizgonem.

Kiedy Posey się uśmiecha, czerwienię się i śmieję wraz z nią.

– Też to zauważyłaś? – pytam.

Sięgam pomiędzy nas, biorę pistacjowo-miętowe ciasteczka i podaję jej.

Uśmiecha się, bierze ciastko z mojej dłoni i zjada połowę, zanim zdążę odłożyć pokrywkę na słoik.

Christian

Z rodziną ma nas łączyć związek dusz. Mamy kochać naszych rodziców, rodzeństwo i całą resztę po prostu dlatego, że w naszych żyłach płynie ta sama krew. Jako dziecko podawał to w wątpliwość. Miał kochać zataczającego się mężczyznę, którego głos regularnie budził go wieczorami nawet w dni powszednie, kiedy musiał wstawać do szkoły? Mężczyznę, którego prowadził do dużego pokoju i obserwował, jak opiera się o gzyms kominka, próbując zdjąć buty. Chłopiec chował się za ścianą i patrzył, jak mężczyzna chwieje się i pada na ziemię. Później czym prędzej wracał do pokoju, a w ścianę obok jego głowy trafiał but mężczyzny.

Nienawidził tych nocy i odliczał dni, kiedy przyjdzie przyjaciel mamusi, który dużo się śmiał. Żałował, że to nie on był jego tatą. Myślał kiedyś, że ten inny mężczyzna mógłby go zabierać w różne miejsca. Pamiętał, że mężczyzna zawsze miał za pazuchą książkę. Rozmawiał z chłopcem o książkach – opowiadał mu o wątkach i tematach przewodnich, sprawiając, że chłopak czuł się mądry i dorosły.

Zawsze będzie pamiętał pierwszą książkę, którą dał mu przyjaciel mamy. Ta książka szybko stała się pierwszym prawdziwym przyjacielem chłopca, któremu zapadło w pamięć, że kiedy mężczyzna zaczął przychodzić coraz rzadziej, tęsknił za nim i za książkami. Niezależnie od tego, nawet w buntowniczych nastoletnich latach chłopca, gdy mężczyzna przyjeżdżał, zawsze miał ze sobą książki. Chłopiec wiedział, że mama kocha swojego przyjaciela, ale nie miał pojęcia, w jak wielkim stopniu jego życie było z tego powodu kłamstwem.

Dom jest cichy. Spoglądam na Kim, która śpi na kanapie z Kariną na brzuchu – rączki dziewczynki trzymają sweter mamy. Kim zasnęła, mówiąc jej o mnie i moim akcencie, mówiąc naszej córeczce, że będzie miała przecudowny głosik, miksturę słodkich tonów mamusi i diabelskiego akcentu tatusia. „Diabelskiego", powiedziała. Niech mówi za siebie. Jest najbardziej upartą, diabelską kobietą na tym świecie i kocham ją do bólu.

Kimberly zaczynała jako moja sekretarka, a teraz jest wspólniczką i ma dobre oko do odnajdywania ludzi o dużym potencjale. Być może dlatego za mnie wyszła. A może po prostu bardzo, bardzo lubi mojego syna Smitha. Trudno byłoby go nie lubić.

Przede mną na blacie leży stosik kartek – to kontrakt dotyczący przyszłorocznego otwarcia restauracji w Nowym Jorku. Choć to ekscytujące, nie da się porównać z moją nowo narodzoną córką. Inwestuję w restauracje od Waszyngtonu do Nowego Jorku i Los Angeles, ale to nic wobec radości obserwowania, jak ta dziewczynka rośnie na moich oczach – nie miałem tego szczęścia w przypadku moich pozostałych dzieci.

Znów zerkam na żonę – chrapie głośniej niż zwykle. Więc robię to, co zrobiłby każdy słodki i kochający mąż – wyciągam telefon, żeby ją nagrać. Kontrakt poczeka do jutra. Tęsknię za żoną. Patrzę, jak oddycha. Hałas jest niewiarygodny.

Naciskam „nagrywaj" i cicho podchodzę do kanapy. W ciągu pięciu sekund otwiera oczy, natychmiast rzuca gniewne spojrzenie na telefon w mojej dłoni, a ja od razu czuję się jak dupek, przerywając jej sen, na który ostatnio prawie nie może sobie pozwolić.

– Nie powinieneś pracować? – szepcze moja miłość łagodnym i sennym głosem, wyciągając rękę nad głowę i przyglądając się Karinie.

– Tak, moja droga, ale robienie sobie z ciebie jaj jest przyjemniejsze – śmieję się, a ona próbuje mnie kopnąć.

Karina porusza się na jej piersi i otwiera świdrujące oczka, żeby spojrzeć na swoich nieznośnych rodziców.

– No i narobiłeś – gani mnie Kimberly z uśmiechem.

Siada, jednocześnie podnosząc Karinę, a kiedy sięgam po córkę, Kimberly delikatnie wkłada mi miękkie zawiniątko w ręce.

– Moja piękna dziewczynka – mówię cicho córeczce, głaszcząc ją nosem po policzku. Ziewa, a ja widzę w jej twarzy tyle mojego uśmiechu. Smith i Hardin też mają dołeczki w policzkach, gdy się uśmiechają.

Pamiętam, jak Anne i Ken dyskutowali o imionach dla chłopca pewnego wieczoru, kiedy wszyscy staliśmy w kuchni. Brzuch Trish był tak nabrzmiały, że nie mogła zawiązać butów.

– Podobają mi się imiona Nicholas i Harold – zasugerował Ken.

Harold? Nie.

Nicholas. Nie ma mowy.

Trish uśmiechnęła się łagodnie, głaszcząc się ręką po brzuchu.

– Harold. Nawet mi się podoba.

Oczywiście nie było tak, żebym nie mógł znieść tego imienia – po prostu nie wydawało mi się właściwe. Ten chłopak obchodził się brutalnie z ciałem Trish – kopał ją przez całe noce i rósł tak szybko, że niewiarygodnie rozciągał jej skórę. Ten dzieciak był wojownikiem… imię Harold – Harry – było zbyt słodkie, zbyt spokojne.

– Zbyt zwyczajne – wtrąciłem się, zanim Ken mógł cokolwiek powiedzieć. – A co sądzicie o imieniu Hardin?

Było to imię, które wybrałem dla mojego pierwszego dziecka jeszcze jako nastolatek. Będąc młodym chłopakiem w Hampstead, myślałem, że pewnego dnia napiszę wielką powieść, a jej główny bohater będzie miał na imię Hardin. To nietypowe, ale bardzo przekonująco staroangielskie imię.

Trish wypróbowała, jak brzmi jej na języku.

– Hardin. Nie jestem pewna…

Ale kiedy spojrzała na swojego męża – któremu w tamtej chwili tak bardzo zazdrościłem – po prostu wzruszył ramionami, niezainteresowany, lecz próbujący zachować się uprzejmie.

– Brzmi dobrze – powiedział cicho.

Wzruszył ramionami po raz kolejny, a Trish uśmiechnęła się niepewnie.

– Hardin?… Hardin.

– No to mamy – oznajmił Ken, wyglądając, jakby ogarnęła go wielka ulga.

Trish nie wydawała się zaskoczona ani nawet zaniepokojona jego mdłą reakcją na wybór imienia ich pierworodnego. Ja jednak się tym przejąłem i wiem, że Trish również.

Chciałbym myśleć, że Ken normalnie by się tym przejął, ale był w college'u i wciąż miał masę zajęć – przynajmniej tak wtedy myślałem. Studiował tak dużo, że zaczęły się pojawiać plotki, iż podczas nauki do egzaminów z prawa zaczął brać koks. Jego źrenice były zazwyczaj rozszerzone, lecz musiał dużo się uczyć, więc to rozumiałem. Nie miałem prawa go oceniać, ale wiedziałem, że zakładał maskę doskonałego ojca dla malucha, wypróbowywał ją niepewnie, na długo zanim ten mały nicpoń w ogóle pojawił się na świecie. Przeszkadzało mi to bardziej, niż powinno, zważywszy na sytuację, w którą się wplątałem.

Dwie dekady temu...

Słońce grzeje wyjątkowo mocno jak na Hampstead w kwietniu. Trish leży obok mnie na trawie, wiatr smaga jej brązowymi włosami moją twarz, co uważa za najzabawniejszą chwilę podczas całych szesnastu lat na tym globie. Przez większość czasu jest dojrzała jak na swój wiek i rozprawia o świecie i jego przywódcach, ale w tej chwili postanawia być jedenastoletnią wersją samej siebie.

Po raz dziesiąty zdejmuję sobie jej włosy z twarzy.

– Nie miałaś obciąć tej gargantuicznej grzywy? – pytam bezczelnie, odsuwając się kilka cali od jej ciała. W zeszłym tygodniu twierdziła, że planuje obciąć włosy, żeby coś udowodnić, ale nie pamiętam, o co właściwie chodziło.

Park Hampstead Towne jest dziś niemal pusty, więc śmiech Trish odbija się echem od drzew otaczających polanę, na której leżymy. Często tu przychodzimy, ale Ken najczęściej przegapia nasze spotkania, bo jest zbyt zajęty.

– Zastanawiałam się nad tym, ale za dobrze się z nimi bawię – odpowiada.

Trish turla się bliżej mnie i znów zarzuca brązowe włosy na moją twarz. Pachną kwiatami i odrobinę miętą. Ten zapach zawsze mnie przyciąga. Jej ciało przyciska się do mojego, kładzie jedną nogę na mojej.

Powinienem się poruszyć, ale tego nie robię. Za dobrze się tu czuję.

– A co by było, gdyby dzieci rodziły się z długimi włosami?

Jej pytanie jest przypadkowe, lecz zupełnie mnie nie zaskakuje. Trish Powell jest znana ze swoich pytań. A co by było, gdyby to? A co by było, gdyby tamto? To jej styl, który wydaje mi się w równym stopniu dziwaczny i fajny. Tak bardzo różni się od wszystkich dziewczyn z mojej szkoły – nie przypomina nawet tych z miejscowego uniwersytetu. Burza jej włosów to pierwsze, co zauważyłem, kiedy ją poznałem, a teraz stały się moim największym problemem we wtorkowe popołudnia.

– Czy naprawdę uciekliśmy z zajęć po to, żeby rozmawiać o dzieciach, które wychodzą z ciał swoich mam z włosami rockmanów? – pytam.

Otwieram oczy i przewracam się na brzuch, żeby dobrze się jej przyjrzeć. Ma tak dużo piegów. Chcę połączyć wszystkie czubkami moich palców i patrzeć, jak jej oczy zamykają się z zachwytu.

– Nie, chyba nie.

Chichocze, a ja podążam za jej wzrokiem do cienia, który się do nas zbliża. Na trawie siada Ken, a ja patrzę, jak jego oczy zmieniają się z księżyców w słońca, kiedy spogląda na twarz Trish.

Odwzajemnia jego uśmiech, a Ken wygląda, jakby wygrał na loterii, i podchodzi jeszcze bliżej przez wysoką trawę. Nie wiem, czy widzi, jak on na nią patrzy. Ja zawsze to zauważałem – i przyzwyczaiłem się do udawania, że nie pali to moich żył jak kwas.

Wszyscy wiedzą, że z nas dwóch to on jest tym lepszym człowiekiem.

Słońce zaczyna zbyt mocno parzyć moją skórę, więc wstaję, zasłaniając oczy dłonią.

– Pójdę już… mam randkę – mówię i wycieram dłonie o dżinsowe szorty. Widząc ciemny odcień moich rąk na tle spranego dżinsu, znów się dziwię, w jaki sposób zdążyłem się tak opalić przez lato. Trish wspomina to prawie codziennie. Pewnie to dlatego, że spędzam z nią tyle czasu. Przewraca oczami i układa usta w dość nieprzyzwoite słowa. Przypominające jabłka policzki Kena delikatnie się czerwienią. Jego włosy są coraz dłuższe i wyglądają na skołtunione w miejscach, gdzie pokrywają jego kark. Ma ciemne worki pod oczami, bo studiuje jak szaleniec, żeby przygotować się do egzaminu wstępnego na studia prawnicze. Ken Scott to najporządniejszy uczeń w całym roczniku moim i Trish – nie mam pojęcia, jak ktoś taki jak on został naszym najlepszym przyjacielem. Myślę, że Trish jest trochę porządniejsza ode mnie. Jest jak fajerwerki i światło słoneczne, ale też jak zimne kamienie i spokojne fale. Wie, kiedy puścić wodze fantazji, a kiedy zachować się ostrożnie i mądrze. Zawsze w niej to uwielbiałem.

– Możemy pogadać przez chwilę? – pyta Ken, gdy wstaję. Podchodzi trochę bliżej do mnie – przewyższa mnie o kilka cali. Kiwam głową, czekając, aż zacznie, ale później, widząc to, że skupia wzrok na Trish, rozumiem, że chodzi mu o samotną rozmowę, i gestem wskazuję, żeby prowadził. Idę z nim przez jakieś dwadzieścia metrów, a później zatrzymuje się przy starej metalowej ławce. Siada pierwszy i poklepuje puste miejsce obok siebie.

Zachowuje się tak poważnie – czy powinienem się przejmować? Mija nas młoda para trzymająca się za ręce. Ken czeka, aż przejdą, a moje zaniepokojenie się zwiększa; później wreszcie zaczyna mówić.

– Chciałem z tobą o czymś pogadać.

Marszczy brwi, co sprawia, że wygląda na znacznie starszego niż swoje siedemnaście lat.

– Chyba nie umierasz? – Szturcham go ramieniem, a on odrobinę się rozluźnia.

Potrząsa głową.

– Nie, nie o to chodzi.

Wydaje z siebie odgłos będący w połowie śmiechem, a w połowie nerwowym chichotem.

Czemu jest taki spięty? Chciałbym, żeby już zaczął gadać.

– Chcę-poprosić-Trish-żeby-była-moja – wypowiada te słowa na jednym wydechu.

Teraz żałuję, że nie mogę wepchnąć tych słów z powrotem do jego zalęknionego gardła i może że nie umiera. Okej, może nie aż tak ostro, ale chciałbym, żeby chodziło o coś innego. O cokolwiek innego.

– Była twoją… czym?

Z trudem utrzymuję spokój.

Ken przewraca oczami.

– Moją dziewczyną, debilu.

Chcę mu powiedzieć, że nie może jej mieć, że to nie fair, że to ja muszę ją spytać pierwszy. Chcę mu powiedzieć, żeby dał jej wybór. Zawsze miała być moja – chcę się upierać.

– Dlaczego mi to mówisz? – wyduszam tylko.

Mój przyjaciel rozpiera się na ławce i opiera dłonie o kolana.

– Chciałem się tylko upewnić... – zaczyna, ale słowa więzną mu w gardle.

I w tej nagłej ciszy uświadamiam sobie, że zostałem pochwycony pomiędzy szczerością z moim najlepszym przyjacielem i uszczęśliwieniem go. Niemożliwe jest, by zrobić i jedno, i drugie naraz.

Rozszerzam usta w uśmiechu, stawiając jego szczęście wyżej od mojego.

Nie byłem zaskoczony, kiedy Trish przyjęła propozycję Kena, ale kłamałbym, gdybym powiedział, że nie trzymałem się jakiegoś ułamka nadziei, że może i ona mnie kocha. Bardziej jednak kochała stabilność, więc w ciągu następnego roku unikałem myśli o tym, że Trish może być kimś innym niż dziewczyną mojego najlepszego kumpla. Niekiedy – po tym, jak całowali się na moich oczach – łapałem ją na tym, że spoglądała ku mnie w poszukiwaniu aprobaty. Trzymałem się tego strzępka nadziei, co sprawiło, że ten rok był bardzo trudny. Kiedy się pieprzyłem, myślałem o niej. Kiedy się całowałem, czułem jej smak.

Musiałem z tym skończyć.

Z początku było to proste zadanie. Przestaję porównywać do niej wszystkie dziewczyny, z którymi się spotykam. Ona przestaje wkładać dłoń w moją dłoń, gdy rozmawiamy. Zaczynam widzieć świat inaczej, kiedy już nie myślę o niej jako o cumie, którą jestem uwiązany do domu. Już mnie tu nie trzyma. Nic mnie tu nie trzyma.

Wyrosłem już z Hampstead. Wiem o tym. Trish o tym wie. Nawet miejscowy piekarz zaczął coś podejrzewać z powodu mojego zachowania i tego, że skończyły się cotygodniowe wycieczki po słodkości.

Nagle zaczynam pragnąć od świata czegoś więcej, niż może mi dać mieszkanie w tym mieście. Chcę przeprowadzić się do Stanów, z dala od durnych kumpli bez planów na przyszłość – a jeszcze dalej od dwojga moich ulubionych kochanków. Szybko stałem się piątym kołem u wozu przy Kenie, Maksie i ich towarzyszkach. Chcę się dowiedzieć czegoś więcej o świecie, o ludziach w ogóle, i nie mogę się osiedlić tutaj. Wszyscy dookoła mnie już zapuścili tu rodzinne korzenie. Pootwierali konta bankowe i wybrali miejscowy uniwersytet. Już widzę, że ich ambicje się skończą, kiedy przyjmą pierwszą pracę na takim samym stanowisku, na jakim pracowali ich rodzice. Pogodzą się z tymi rolami i nigdy nie pójdą na kolejną rozmowę kwalifikacyjną.

Trish stała się jedną z nich. Zaczynała jako podekscytowana studentka sztuk wyzwolonych, a teraz prawie nie chodzi na zajęcia. Przeprowadzili się z Kenem do niewielkiego mieszkania naprzeciwko kampusu jego uniwersytetu, żeby zyskać na czasie. Ostatnio tyle pracuje, że wygląda beznadziejnie. Za każdym razem, kiedy go widzę, ma przed sobą stertę podręczników. Trish jest teraz raczej jak jego matka niż kochanka. Co wieczór nastawia mu budzik. Upewnia się, że ma czyste ubrania przygotowane na łóżku na rano. Robi mu kawę, śniadanie i pakuje lunch. Czeka, aż wróci do domu, przygotowuje ciepły posiłek i jest ignorowana na rzecz książek, a później następnego dnia ten nudny cykl się powtarza. Nie jest już rozedrganym, niebojącym się ryzyka dzieckiem kwiatem, którym kiedyś była. Jest przepracowaną i niewyspaną kobietą, która czeka i obsługuje. Dzięki jej staraniom jej mieszkanie jest tak samo czyste, jak małe, i udało jej się sprawić, że ma odrobinę czaru. Trish wzięła nawet bezdomnego kociaka i dała mu na imię Gat, na cześć jednego z moich ulubionych bohaterów. Podejrzewam, że Kena nie obchodzi ani zwierzak, ani to, jak go nazwała.

Z dnia na dzień coraz rzadziej bawi się w „co by było gdyby", co tak mi się podobało, a coraz częściej wyraża się w sposób, który można nazwać nieokreślonym lękiem. Nie pozwala już sobie na szalone pomysły, które sprawiały, że oboje dobrze się bawiliśmy – zamiast tego martwi się drobiazgami, a ja nie jestem już towarzyszem zabaw na łące, ale kimś, kto musi ją podnosić na duchu, chociaż nie zajmuję w jej sercu pierwszego miejsca.

Jednakże nawet w tej trudnej sytuacji zachowuje poczucie humoru, a ja modlę się co noc, żeby nie straciła go całkowicie. Im częściej do niej zaglądam, tym jaśniej wydaje się płonąć. Staram się wpadać do niej co tydzień, a później dwa razy w tygodniu, kiedy mnie prosi. Dzieli ze mną swoje troski i szepce najmroczniejsze wątpliwości w mroku pokoju. Udaję, że znam wszystkie odpowiedzi, i jak dobry przyjaciel obojga zachęcam ją do podzielenia się zmartwieniami z kochankiem.

Szybko zaczynam tego żałować. Pewnego wieczoru, kiedy Ken wyjątkowo jest w domu i się nie uczy, wszyscy siedzimy przy stole w kuchni – każde z nas ze szklaneczką whisky w dłoni. Podczas przerwy w niezręcznej rozmowie, podczas której opowiadamy sobie, co dzieje się ostatnio w naszym życiu, Ken znów napełnia szklankę. Nie przejmuje się nawet szukaniem lodu – już w ogóle tego nie robi.

Trish głośno wzdycha i wstaje tylko po to, żeby iść do ich małego salonu i usiąść na podłokietniku kanapy.

– A co by było, gdyby cały świat istniał w szklanym terrarium w sypialni jakiegoś dzieciaka kosmity jak jakaś farma mrówek?

Przysiągłbym, że akcent Trish robi się wyraźniejszy za każdym razem, kiedy pije.

– Co za pojebane pytanie – prycham, a whisky pali moje nozdrza.

Ken się nie uśmiecha – kąciki jego ust ani odrobinę się nie podnoszą. Wstaję, żeby się rozciągnąć i nie siedzieć z nim samemu przy stole.

– Dobrze. A co by było, gdyby świat skończył się jutro, udowadniając nam, że wszyscy marnujemy czas, kiedy pracujemy tak ciężko i tak mało śpimy?

Jej oczy świecą jasno w przyćmionym pokoju. Gat wchodzi na jej udo, a ona głaszcze palcami futro w kolorze spalonej pomarańczy.

Zaczynam myśleć o jej pytaniu. Czy gdybym umarł jutro, wiedziałaby, jak bardzo jej pragnę? Jak bardzo ją kocham?

Ken wreszcie zaczyna się śmiać, ale jego komentarz to nie to, czego się spodziewałem:

– Ciężko pracujemy? Jakbyś cokolwiek o tym wiedziała.

Uśmiecha się i demonicznie przekrzywia głowę, pochylając się nad stołem. Gat najwyraźniej wyczuwa zagrożenie, kiedy Trish bierze głęboki oddech. Nigdy nie widziałem, żeby się kłócili, ale jeśli to się zdarza, to stawiam, że Trish wygrywa. Kot zeskakuje i wybiega na korytarz. Powinienem pójść za jego przykładem – powinienem wyjść i trzymać się od tego z daleka – ale nie potrafię.

Ken unosi szklankę do ust i przełyka resztkę brązowego alkoholu, który w niej pozostał.

– Przepraszam, chyba niemożliwe, że dobrze usłyszałam – mówi Trish przez zęby.

Ignoruję to, jak moje dłonie trzęsą się pod stołem, kiedy Ken wstaje i zaczyna podnosić głos. Ignoruję instynkt, by rzucić się na niego i potrząsać, aż nie wybudzi się z tego stanu lunatykowania, w który ostatnio zaczął wpadać, stanu, w którym na nią krzyczy, wyzywa ją okropnie i mówi o niej koszmarne rzeczy. Ignoruję to, że czuję się, jakbym miał lawę w żołądku, gdy ona wymierza mu policzek. Ignoruję to, jak jej łzy parzą skórę moich ramion, kiedy przytulam ją na kanapie – Kena od pół godziny już nie ma, wyszedł pijany w sztok i gdzieś pojechał, mimo że ledwo trzymał się na nogach – ale po tym, jak wybiegł, nie odwróciwszy się nawet, kiedy za nim zawołałem, cieszę się, że go nie ma.

– A co by było, gdyby nigdy nie wrócił? – Usta Trish drżą, gdy wreszcie zaczyna się uspokajać, trzymając głowę na mojej klatce piersiowej.

– A co by było, gdyby wrócił? – pytam.

Wzdycha i ściska moją dłoń w swoich. Spoglądam w dół na jej twarz i czuję ukłucie w sercu. Jest taka piękna, nawet kiedy jej usta są czerwone od przygryzania, a oczy napuchnięte od łez. Teraz już się uspokoiła i skupia wzrok na moich ustach.

– A co by było, gdybym straciła z oczu mężczyznę, którego myślałam, że znam? – Trish zadaje to pytanie szybko, a kolejne jeszcze szybciej: – A co by było, gdybym wolała czyjąś uwagę od stabilnego życia?

Wydaje się rozgorączkowana i przeczesuje palcami gęste, brązowe włosy. Patrzy prosto na mnie, wyprostowując ramiona.

– A co jeśli pomyliłam przyjaźń z miłością? Myślisz, że to dotyczy mnie i Kena?

Spogląda na moje dłonie, które sięgają w jej kierunku, choć nie zdawałem sobie z tego sprawy.

– Nie wiem – mówię, cofając dłonie, przygładzając nimi włosy, a później opierając się na kanapie. Sam pomyliłem przyjaźń z miłością, kiedy uznałem tę pierwszą za ważniejszą niż moje uczucia do Trish, ale teraz moi najlepsi przyjaciele ułożyli sobie razem życie. Problem, z którym się zetknęli, nie jest brakiem miłości, lecz brakiem czasu. To wszystko. On ją kocha, a jeśli ona kochałaby mnie, a nie jego, powiedziałaby mi dawno temu.

Zmienia pozycję i klęka na kanapie tylko po to, żeby mnie dosięgnąć. Unosi dłoń do moich włosów i przeczesuje je.

– A co jeśli to nie takie proste?

Czy wie, co do niej czuję? Czy właśnie dlatego przysuwa się coraz bliżej z każdym oddechem?

Kiedy jej twarz znajduje się tylko kilka centymetrów od mojej, spogląda mi prosto w oczy.

– Myślisz o mnie czasem?

Zapach whisky dobiegający z naszych ust wisi w powietrzu, chociaż oboje wypiliśmy znacznie mniej niż Ken. I znów wspominam o Kenie – jakby jego obecność dało się odczuć w całym tym mieszkaniu. Oznaczył ciało Trish jako swoje – śpi z nią co noc. Może poczuć jej piersi w swoich dłoniach. Może dotykać bladej skóry jej brzucha, jej ud. Jej usta dotykają go. Może jej posmakować…

A ja nigdy jej nie posmakuję.

– Nie powinienem… – mówię.

Ale byłbym głupcem, gdybym nie myślał o jej szczupłych biodrach i doskonałej skórze. Patrzyłem, jak dorasta, i fantazjowałem o niej codziennie, bez przerwy.

Trish jest bardzo zadowolona z mojej odpowiedzi. Widzę to po tym, jak oblizuje wargi, wpatrując się w moje, jak delikatnie otwiera usta. Czy to znaczy, że ona…. cóż, że myślała o mnie? Jeśli nie, to dlaczego miałaby pytać?

Kiedy, mrugając powiekami, spogląda mi w oczy, a później znów patrzy na usta, zdrowy rozsądek i samokontrola znikają z mojego słownika, zanurzam dłoń w jej włosach i przyciągam jej usta do swoich. Wpijam się w nie powoli, biorąc w posiadanie każdą cząstkę jej języka, ust. Jest w tej chwili moja i oboje w pełni z tego korzystamy. Szybko zaczyna być gorliwa i agresywna w swoich ruchach, spycha mnie na podłogę i wspina się na mój tors. Ma na twarzy wyraz głębokiej ulgi, kiedy wsuwa język z powrotem do moich ust. Jęczę i unoszę biodra, by zetknęły się z jej biodrami. Jestem dla niej twardy i chcę, żeby to poczuła.

Zaplata palce z moimi i prowadzi je pomiędzy swoje nogi. Jest podekscytowana, że może mi pokazać, jak bardzo jest mokra – jest gotowa przyznać, że mnie potrzebuje. Ja również jestem gotowy i pokazuję jej to, ocierając się o jej biodra. Przeklina i błaga mnie, żebyśmy przenieśli to na kolejny poziom.

Czy możemy...

– A co by było, gdyby nas przyłapał? – pyta, cofając się tylko o kilka milimetrów.

Nie wiem, czy obchodzi mnie to tak bardzo, jak sobie zawsze wyobrażałem.

– A co by było, gdyby nie przyłapał? – mówi wtedy do siebie i ucisza wszelkie pytania, które mogłyby przyjść do głowy któremukolwiek z nas, wkładając mi język do ust i rozpinając mi spodnie.

Jej dłoń wślizguje się do środka, chwyta mnie, a ja rozpływam się w niej. Strach, że mógłby nas przyłapać rozwścieczony Ken, wiedza, że Trish nie jest moja, lęk, który mnie wypełnia, kiedy myślę, że będę musiał opuścić to miejsce – wszystko to się rozpływa. Potrafię się skupić jedynie na tym, by się w niej zatopić – pragnę każdej jej cząstki.

Szarpnięciem ściągam spodnie razem z bokserkami. Jej usta smakują mnie, język bada i muska nabrzmiałą żyłkę na środku. Zamyka oczy, rozkoszując się tym, jak bierze mnie rytmicznym ruchem, aż do gardła i z powrotem. Staje się mniej ostrożna, kiedy mnie pożera, szybko, ale skutecznie. Pieści mnie, jakby miała mnie nigdy więcej nie posmakować. Na pewno nie posmakuje.

– Połóż się na plecach i rozłóż szeroko nogi. Chcę na ciebie patrzeć – mówię jej.

Muszę na nią patrzeć, kiedy wreszcie mam pod sobą to, co chcę. Trish przenosi się na środek dywanu, przesuwając ciemnowiśniowy stolik na bok. Rozbiera się szybko, ale nie przeszkadza mi to, bo cudownie się na nią patrzy. Jej długa bawełniana sukienka opada na podłogę przy jej stopach, a dłonie już unoszą ramiączka prostego białego stanika. Podążam wzrokiem za krągłościami jej ciała – jej sutki są twarde jak kamyczki, kiedy na nie patrzę. Ma płaski brzuch, a mięśnie torsu rysują się aż do kości biodrowych.

Czuję własne pulsowanie i ciężar, trzymając swoją twardą męskość w dłoni. Trish leży na dywanie, rozkładając dla mnie nogi. Mój kutas ciężko wisi między nami i czuję wilgoć jej cipki. Przysięgam, że już wiem, jaka będzie ciasna. Zbliżam się bardziej, napieram na nią i powoli zaczynam ją wypełniać. Pasuję do niej jak dłoń do cholernej rękawiczki, kiedy gwałtownie się wsuwam i wysuwam. Nie sądzę, żebym mógł kiedykolwiek przestać. Już pragnę jej bardziej. Trish przewróciła oczami i wiem, że nie zdołam już dłużej wytrzymać. Kołyszę biodrami, a ona obejmuje mnie udami w talii. Mówi, że dochodzi, „tak mocno", jęczy, wbijając mi paznokcie w ramiona, gdy pieprzę ją coraz intensywniej.

Wylewam się w nią, żałując, że to pierwszy i ostatni raz, kiedy będę mógł cieszyć się w ten sposób jej ciałem. Ciężko oddycha przy moim ramieniu, a ja całuję mokre ślady poprzednich pocałunków na jej piersi.

Kilka minut później wracamy do rzeczywistości dzięki bolesnej pobudce zafundowanej nam przez obolałe ręce i nogi, pot i wyczerpane oddechy. Trish siedzi na podłodze ze skrzyżowanymi nogami, a ja jestem na kanapie, tak daleko od niej, jak to tylko możliwe.

– A co by było, gdybyśmy nie mogli przestać? – mówi, patrząc najpierw na mnie, a później w kierunku stołu w kuchni.

Nie jestem pewien, co robić. Nie wiem, czego chcę, czego ona chce. Nie jestem pewien, co jest możliwe.

– Musimy – odpowiadam głupio. – Wyjeżdżam za miesiąc.

Mimo że słyszała, jak o tym mówię – mimo że sama pomagała mi zarezerwować lot – nagle odwraca głowę w moim kierunku, wyglądając, jakby usłyszała te wieści po raz pierwszy.

Później bez słowa kiwa głową i oboje czujemy przypływ poczucia winy, ulgi i utraty czegoś, czego tak naprawdę nigdy nie mieliśmy.

Cudowna współczesność...

Ken był moim przyjacielem – powiedziałbym, że najbliższym przyjacielem – a ja byłem obsesyjnie zakochany w jego żonie. Kochałem tę szaloną kobietę i ogień, który towarzyszył jej obecności. Była wyzywająca i błyskotliwa – to moja słabość. To, co robiliśmy, było nie do zaakceptowania, a ona o tym wiedziała. Wiedziała to, ale żadne z nas nie mogło nic na to poradzić. Byliśmy w potrzasku, padliśmy ofiarą braku wyczucia chwili i okropnych wyborów. Za każdym razem, kiedy z dyszeniem padałem wyczerpany na jej nagie ciało, przekonywałem sam siebie, że to nie nasza wina. Po prostu nie potrafiliśmy się powstrzymać – to nie była nasza wina. To wina wszechświata i okoliczności.

Tak mnie wychowano. Jako chłopiec zostałem nauczony, że nic nie jest moją winą. Mój tata miał zawsze rację, nawet jeśli jej nie miał, i nauczył swojego najstarszego syna, żeby myślał w ten sam sposób. Byłem rozpieszczonym dzieckiem, ale nie przez pieniądze. Dzięki chwilom spędzonym z ojcem przyswoiłem sobie jego arogancję. Ojciec nigdy nie przyznawał się do żadnego ze swoich błędów – nigdy nie musiał. Nauczyłem się, że w życiu zawsze można obwiniać kogoś innego. Próbowałem być innym ojcem niż on, lepszym.

Kimberly mówi, że dobrze sobie z tym radzę. Chwali mnie znacznie bardziej, niż na to zasługuję, ale przyjmę to. Potrafi też mi dokopać – przebiera w słowach jeszcze mniej niż moi znajomi ze studiów po dwunastopaku taniego piwa chrzczonego wodą.

– Połóż Karinę do łóżka, będę na ciebie czekać.

Kimberly całuje mnie w policzek i delikatnie klepie mnie w tyłek, a później z szerokim uśmiechem, w podskokach idzie do naszej sypialni.

Kocham tę kobietę.

Karinie delikatnie odbija się we śnie, a ja głaszczę ją po pleckach. Unosi dłoń i chwyta moją.

Wciąż nie mogę uwierzyć, że znów jestem tatą. Zestarzałem się już. Przybywa mi siwych włosów.

Po tym, jak Rose odeszła i zostałem sam ze Smithem, nigdy nie spodziewałem się, że będę miał kolejne dziecko. Ani że odkryję, iż mam już dziecko. Jeszcze mniej – zwłaszcza biorąc pod uwagę to, jak wszystko się zaczęło – nigdy nie spodziewałem się, że w moim życiu pojawi się dwudziestojednoletni syn, którego będę traktował jako przyjaciela i mężczyznę. Hardin przeistoczył się z mojego największego wyrzutu sumienia w największą radość. Obawiałem się o jego przyszłość tak bardzo, że zatrudniłem go w Vance tylko po to, by mieć pewność, że ma pracę.

Nie spodziewałem się, że okaże się cholernym geniuszem. Jako nastolatek miał takie problemy, że myślałem, iż zniszczy albo zakończy swoje życie, zanim ono się tak naprawdę rozpocznie. Był taki wkurzony przez cały czas, no i jako gówniarz naprawdę dawał się we znaki swojej biednej mamie.

Patrzyłem, jak Hardin przeistacza się z samotnego chłopca z problemami w autora bestsellerów wspierającego młodzież z problemami. Stał się wszystkim, co mógłbym dla niego wymarzyć. Smith podziwia Hardina na wszystkie możliwe sposoby, poza oczywiście jego tatuażami, o które obaj uwielbiają się kłócić. Smith uważa, że są kiczowate, a Hardin uwielbia pokazywać bratu każdy nowy tatuaż, który w jakiś sposób udaje mu się wcisnąć na swoją już i tak szczelnie pokrytą nimi skórę.

Spoglądam na śpiącą królewnę w łóżeczku i włączam lampkę nocną na komodzie, szeptem obiecując tej słodkiej, drogiej dziewczynce, że będę najlepszym ojcem, jakim tylko można być.

Smith

Jako młody człowiek nie wiedział, jak być wzorem do naśladowania. Nie miał jebanego pojęcia, dlaczego ktokolwiek mógłby chcieć być taki jak on, ale chłopiec chciał. Mały chłopiec z dołeczkami w policzkach chodził za nim za każdym razem, kiedy ich odwiedzał, a w miarę jak chłopiec dorastał, dorastał również on. Chłopiec stał się ostatecznie jednym z jego najbliższych przyjaciół, a gdy zrównał się z nim wzrostem, naprawdę stał się jego bratem.

Hardin dziś znowu wpadnie, a ja jestem tym bardziej podekscytowany niż zwykle, bo nie było go tu już od kilku miesięcy. Myślałem, że już nigdy nie wróci. Kiedy się przeprowadził, obiecał, że na pewno będzie nas odwiedzał od czasu do czasu – powiedział, że tak często, jak będzie mógł. Podoba mi się to, że jak na razie dotrzymał słowa.

Od kilku dni mój tata wciąż każe mi robić różne rzeczy, żeby mnie rozerwać – takie jak zadania z matematyki, rozładowywanie zmywarki albo zabieranie psa Kim na siusiu. Lubię wyprowadzać Teddy'ego – jest fajny i mały, więc mogę go nieść, kiedy robi się zbyt leniwy, żeby iść. Ale i tak bardzo rozprasza mnie to, że przyjeżdża Hardin.

Dziś miałem długi dzień: szkoła, lekcje gry na pianinie, a potem czas na pracę domową. Kimberly śpiewa w pokoju obok. Jejku, ale głośno. Czasem myślę, że sądzi, że dobrze brzmi, więc nie powiem jej, że tak nie jest. Kiedy śpiewa wysoko, piesek czasem się boi.

Za każdym razem, gdy Hardin nas odwiedza, przynosi mi książkę. Czytam wszystkie, a później rozmawiamy o nich albo trochę esemesujemy. Czasem daje mi trudne książki, w których nie rozumiem pewnych słów, albo takie, które zabiera mi tata, bo myśli, że jestem za młody, żeby je czytać. Zawsze wtedy bije Hardina książką po głowie, a potem odkłada ją na „kiedyś".

Myślę, że to zabawne, kiedy Hardin przeklina i wyzywa mojego tatę. To zawsze dzieje się wtedy, gdy dostaje książką po głowie.

Tessa powiedziała mi kiedyś, że Hardin uczył mnie przekleństw, kiedy byłem mały, ale ja tego nie pamiętam. Tessa zawsze opowiada mi o tym, co się działo, jak byłem mały. Mówi więcej niż wszyscy, poza Kim – nikt nie mówi tak dużo ani tak głośno jak ona. Ale Tessa za bardzo od niej nie odstaje.

Kiedy mijam frontowe drzwi, system alarmowy piszczy kilka razy, a ja widzę, jak na telewizorze w salonie pojawia się niewielki ekran. Widać na nim twarz Hardina z jego wielkim nosem. Widać też jego szyję – tatuaże sprawiają, że wygląda, jakby coś narysował na ekranie. Śmieję się i naciskam guzik mikrofonu.

– Czy twój tata znów zmienił kod? – pyta Hardin. To zabawne, bo jego usta poruszają się szybciej na ekranie, niż jego głos przechodzi przez głośnik.

Ma prawie taki sam głos jak mój tata, tylko mówi wolniej. Mój dziadek i babcia też tak mówią, bo wszyscy urodzili się w Anglii. Tata mówi, że byłem tam cztery razy, ale pamiętam tylko ostatni rok, kiedy pojechaliśmy na ślub jego przyjaciółki.

Mój tata zrobił sobie krzywdę podczas tej podróży – pamiętam, że jego noga wyglądała jak mięso z krowy, które ktoś zmielił, żeby usmażyć i zjeść. Była trochę jak z serialu *Żywe trupy* (ale nie mówcie im, że udało mi się obejrzeć kilka odcinków). Pomagałem Kim zmieniać mu bandaże – rany, były obleśne, fuj, ale zostało trochę fajnych blizn. Kim musiała przez miesiąc pchać go na wózku – mówiła, że robi to, bo go kocha. Gdyby mi się kiedyś coś stało i musiałbym jeździć na wózku, jestem pewien, że mnie też by woziła.

Wpuszczam Hardina i idę do kuchni; słyszę, jak tupiąc ciężkimi butami, przemierza salon.

– Smith, skarbie – zwraca się do mnie Kim, kiedy wchodzi do kuchni. – Chciałeś coś do jedzenia?

Dziś jej włosy są zakręcone dookoła twarzy – wygląda trochę jak jej piesek, Teddy, który ma włosy wszędzie. Potrząsam głową i dołącza do nas Hardin.

– Ja chcę – mówi. – Jestem głodny.

– Nie pytałam ciebie, tylko Smitha – strofuje go i wyciera dłonie o błękitną sukienkę.

Hardin śmieje się głośno. Potrząsa głową i spogląda na mnie.

– Widzisz, jak mnie traktuje? Jest okropna.

Ja też się śmieje. Kim mówi, że Hardin jej dokucza. Oboje są prześmieszni.

Kim otwiera lodówkę i wyciąga dzbanek soku.

– Gadaj zdrów.

Hardin znów się śmieje i siada na krześle obok mnie. Ma w dłoniach dwa małe pakunki owinięte białym papierem. Bez kokardek ani napisów. Wiem, że są dla mnie, jednak nie chcę być niegrzeczny.

Przyglądam się i usiłuję przeczytać tytuły książek przez papier, ale nie udaje mi się. Odwracam się do okna i udaję, że przez nie wyglądam, żeby nie wyjść na niemiłego.

Hardin kładzie pakunki na blacie, a Kim podaje mi kubek soku, a później otwiera szafkę, żeby wyjąć z niej trochę czipsów.

Mój tata zawsze mówi Kim, żeby nie pozwalała mi ich jeść za dużo, ale ona nie słucha. Tata mówi, że nigdy nie słucha.

Sięgam po torbę, ale Hardin zabiera ją i trzyma mi przez chwilę nad głową.

Uśmiecha się do mnie z góry.

– Myślałem, że nie jesteś głodny.

Dziurka pod jego wargą wygląda, jakby ktoś narysował kropkę na jego twarzy. Pamiętam, że kiedyś miał tam kolczyk – zawsze mu mówię, żeby włożył go z powrotem. Odpowiada, żebym przestał słuchać Tessy.

– Teraz już jestem.

Podskakuję i wyrywam mu torbę, która głośno chrupie w moich dłoniach. Hardin wzrusza ramionami i wygląda na szczęśliwego. Myśli, że jestem zabawny. Co chwila mi to powtarza.

Zdejmuję klamerkę z torby, a on bierze garść czipsów i wsadza je do swojej wielkiej buzi.

– Zamierzasz otworzyć prezenty, zanim napchasz sobie pełno czipsów do paszczy?

Kiedy mówi, z buzi wylatują mu okruchy jedzenia, a Kim robi minę, jakby była obrzydzona.

– Christian! – woła mojego tatę.

Śmieję się, a Hardin udaje, że się boi.

Chowam paczkę czipsów.

– No, skoro już pytasz, to chcę najpierw otworzyć książki.

Hardin podnosi obie paczki i tuli je do piersi.

– Książki, co? Dlaczego niby sądzisz, że przyniosłem ci książki?

– Bo zawsze to robisz.

Sięgam po grubszą z nich, a on przesuwa ją do mnie po blacie.

– *Touché* – mówi… cokolwiek to znaczy.

Trochę zapominam o manierach i rozrywam papier, odkrywając kolorową okładkę. Widnieje na niej chłopiec w czapce czarodzieja.

– *Komnata tajemnic* – czytam na głos tytuł.

Cieszę się na tę książkę. Właśnie skończyłem poprzednią z tej serii.

Kiedy spoglądam na Hardina, odgarnia włosy z twarzy. Zgadzam się z moim tatą – powinien się ostrzyc. Jego włosy są już tak długie jak u Kim.

Wskazuje na książkę.

– To znów od Landona. Lubi tego małego czarodzieja.

Tata wchodzi do kuchni i przeklina na widok Hardina. Hardin klepie go w ramię, a Kim nazywa ich dziećmi. Twierdzi, że ja zachowuję się doroślej niż oni.

– Cóż, to miło z jego strony – mówi mój tata. – Smith, pamiętaj, żeby podziękować przyjacielowi Tessy.

Hardin odpowiada szyderczo:

– Przyjacielowi Tessy? To mój brat.

Uśmiecha się i drapie tatuaże na ramionach. Chciałbym mieć takie tatuaże jak on, kiedy dorosnę. Tata zabronił, ale Kim powiedziała, że kiedy już wyfrunę z domu, nie będzie mógł mnie powstrzymać. Jak dorosnę, będę mógł mieć, co tylko zechcę.

– Nie jest twoim prawdziwym bratem – mówię mu.

Tata wytłumaczył mi, że Landon nie jest jego prawdziwym bratem.

Uśmiech znika z ust Hardina, który kiwa głową.

– Jasne. Ale i tak jest moim bratem.

Kiedy zastanawiam się, co przez to rozumie, Kim pyta mojego tatę, czy jest głodny, a Hardin rozgląda się po kuchni. Nagle wydaje się trochę smutny.

– Twój tata to mój tata. Więc czy mama Landona to twoja mama? – pytam.

Hardin potrząsa głową, a tata całuje Kim w ramię, co oczywiście wywołuje uśmiech na jej twarzy. Chyba zawsze udaje mu się wywołać u niej uśmiech.

– Czasem ludzie mogą być rodziną, chociaż nie mają wspólnych rodziców.

Hardin wpatruje się w moją twarz, jakbym miał coś odpowiedzieć. Tak naprawdę to nie wiem, co ma na myśli, ale jeśli chce, żeby Landon też był jego bratem, to dla mnie okej. Landon jest naprawdę fajny. Mieszka w Nowym Jorku, więc nie widuję go za często. Tessa też tam mieszka. Tata ma tam biuro – jest lśniące i pachnie jak szpital.

Hardin dotyka mojej dłoni, a ja na niego patrzę.

– To, że Landon jest moim bratem, nie znaczy, że ty nim nie jesteś. Wiesz to, prawda?

Jestem trochę zawstydzony, bo Kim robi minę, jakby miała się rozpłakać, a mój tata wygląda na przestraszonego.

– Wiem – mówię mu i spoglądam na książkę o Harrym Potterze. – Landon też może być moim bratem.

Hardin wygląda na szczęśliwego, kiedy się uśmiecha, a ja podnoszę wzrok i widzę, że Kim znów robi tę samą minę.

– Tak, jasne, że może. – Spogląda na Kim i mówi: – Przestań już, droga pani! Z tym całym płaczem można by pomyśleć, że ktoś umarł.

Mój tata nazywa Hardina brzydko, a Kim odskakuje z drogi, kiedy Hardin rzuca jabłkiem w jego klatkę piersiową. Tata wygląda jak baseballista, gdy chwyta je w powietrzu... i odgryza kawałek, sprawiając, że wszyscy się śmiejemy.

Hardin przesuwa po blacie drugą książkę, a ja ją łapię. Tym razem papier trudniej jest rozerwać i delikatnie się zacinam na jednym z rogów. Krzywię się trochę, ale mam nadzieję, że nikt tego nie zauważy. Jeśli komukolwiek powiem, Kim każe mi od razu umyć otarcie i przyklei mi plaster, a ja naprawdę chcę wiedzieć, co to za książka.

Kiedy ostatni kawałek zostaje oderwany, widzę na okładce książki duży krzyż.

– Dra...kula? – sylabizuję.

Słyszałem już coś o tym. To książka o wampirach.

Tata odsuwa się od Kim i obchodzi blat.

– Drakula? Jaja sobie robisz? On nie ma nawet dziesięciu lat!

Wyciąga rękę po książkę.

Patrzę na Kim, szukając pomocy. Zaciska usta i niemiło patrzy na Hardina.

– Zazwyczaj staję po twojej stronie – mówi. Hardin nazywa ją kłamczuchą, ale ona mówi dalej. – Ale Drakula? Dlaczego akurat on? Harry Potter i Drakula... co za połączenie.

Tata kiwa głową i staje nieruchomo jak wielki pomnik – zawsze tak robi, kiedy chce pokazać, że ma rację.

Po chwili Hardin przewraca oczami i szarpie za kołnierzyk swojego czarnego T-shirtu.

– Sorry, stary, twój ojciec zachowuje się jak debil. Możesz teraz przeczytać *Komnatę*, a następnym razem, jak przyjadę, przywiozę ci inną książkę.

– Bez przemocy – przerywa mój tata.

Hardin wzdycha.

– Dobra, dobra. Bez przemocy – mówi zabawnym głosem.

Znów się śmieję. Tata się uśmiecha, a Kim go przytula.

Zastanawiam się, jak dużo czasu minie, zanim znów zobaczę Hardina.

– Kiedy wrócisz? – pytam.

Hardin drapie się po brodzie.

– Hmm, nie jestem pewien. Może za miesiąc?

Miesiąc wydaje się bardzo długim czasem, ale książka o Harrym Potterze jest chyba dość gruba...

Hardin pochyla się trochę bliżej mnie.

– Ale będę wracał i za każdym razem przynosił ci nową książkę – szepcze.

– Tak jak mój tata robił dla ciebie? – pytam go, a on spogląda na mojego tatę. Naszego tatę. Tyle że Hardin nie mówi do niego „tato". Nazywa go Vance, to nasze nazwisko. Ale nie nazwisko Hardina, on nazywa się Scott. Jak jego fałszywy tata.

Kiedy próbowałem nazwać mojego tatę Vance, powiedział mi, że będę miał szlaban do trzydziestki, jeśli znów tak się do niego zwrócę. Nie chcę mieć szlabanu tak długo, więc nazywam go tatą.

Hardin porusza się na krześle.

– Tak, jak on dla mnie.

Znów wydaje się smutny, ale nie wiem na pewno, czy rzeczywiście tak jest. Hardin się smuci, potem złości, a potem śmieje – cały czas.

Jest naprawdę dziwny.

– Skąd o tym wiedziałeś, Smith? – pyta mój tata.

Hardin cały się czerwieni, a później mówi mi bezgłośnie „Nie mów mu".

Podnoszę dłonie i sięgam po czipsy.

– Hardin każe nie mówić.

Hardin klepie się w czoło, potem mnie, a Kim uśmiecha się do nas obu. Tak dużo się uśmiecha, przez cały czas. Lubię też, kiedy się śmieje – ładnie to brzmi.

Tata podchodzi do nas bliżej.

– Cóż, pamiętaj, że to nie Hardin ustala zasady.

Kładzie mi dłonie na ramionach i masuje. Dobrze mi, kiedy to robi.

– Powiedz mi, co powiedział Hardin, to zabiorę cię na lody i kupię nowe tory do twojego pociągu.

Pociąg to moja ulubiona zabawka. Tata cały czas kupuje mi nowe tory, a w zeszłym miesiącu Kim pomogła mi przenieść wszystkie do pustego pokoju, więc teraz mam cały pokój tylko na pociągi.

Hardin wygląda, jakby się pocił. Ale nie wygląda na rozzłoszczonego, więc stwierdzam, że mogę powiedzieć tacie.

Poza tym dostanę nowe rzeczy do pociągu.

– Powiedział, że kupowałeś mu książki, takie jak te. – Unoszę wyżej ciężkie tomy. – I że to go uszczęśliwiało, kiedy był małym chłopcem, takim jak ja.

Hardin odwraca głowę, a tata wygląda na zaskoczonego moimi słowami. Jego oczy są teraz lśniące i gapi się na mnie.

– Tak powiedział? – upewnia się tata dziwacznym głosem.

– Tak, właśnie tak – potwierdzam, kiwając głową.

Hardin wciąż milczy, ale spogląda na mnie. Ma czerwoną twarz, a jego oczy lśnią jak u mojego taty. Patrzę na Kim, która zakrywa usta dłonią.

– Powiedziałem coś nie tak? – pytam ich.

Tata i Hardin jednocześnie mówią:

– Nie, nie.

– Nie powiedziałeś nic nie tak, mały mężczyzno.

Tata kładzie jedną dłoń na moich plecach, a drugą na plecach Hardina.

Zazwyczaj kiedy próbuje to robić, Hardin się odsuwa.

Dziś tego nie robi.

Hessa

Lato, kiedy Tessa rodzi Audena, jest w Nowym Jorku jednym z najcieplejszych w historii. Jest wtorek, dzień premiery mojej najnowszej książki, i leżymy z Tessą na dywanie, spoglądając na wiatrak, który zainstalowaliśmy na suficie w zeszłym tygodniu.

Z jakiegoś szalonego powodu co chwila zmieniamy wystrój naszego małego mieszkanka. Wiemy, że nie zostaniemy tu na zawsze, a jednak wciąż pompujemy w nie pieniądze. Nasza bardzo impulsywna decyzja, by zrobić generalny remont w pokoju naszego syna, kiedy miał zaledwie osiem miesięcy, okazała się znacznie trudniejsza do zrealizowania, niż się spodziewaliśmy. Łóżeczko Audena jest przez to w naszym pokoju, w nogach naszego łóżka. Jest mi duszno i ciasno, jakbyśmy byli uchodźcami w małej łódce, którzy postanowili oddać pięcioletniej córce Emery główną kajutę, a sami płyną ściśnięci na tratwie bezpieczeństwa.

Tessa nie posiada się z radości.

W niektóre noce zasypia ze stopami przy zagłówku i trzyma syna za rękę, kiedy oboje śpią. Niekiedy budzę ją i skłaniam do zmiany pozycji, skubiąc ją ustami w uszy i masując napięte ramiona. Innym razem obejmuję jej nogi i po prostu tak zasypiam. Muszę jej dotykać. Zawsze rano i tak jest przy mnie – tym razem to ona skubie mnie w ucho albo masuje mi krzyż.

Czuję się już jak staruszek – plecy bolą mnie od gównianej pozycji do pisania: siedzę zgarbiony na kanapie albo na podłodze, ze skrzyżowanymi nogami i laptopem na kolanach.

Tessa wskazuje na wiatrak.

– Jest przekrzywiony. Powinniśmy przemalować pokój.

Obecnie pokój dziecięcy jest pomalowany na jasnożółty kolor, który pasuje i dla chłopca, i dla dziewczynki. Zdecydowaliśmy się na jasny odcień po tym, jak z pierwszej ręki dowiedzieliśmy się, jak dużym błędem – a później problemem – było założenie, że naszej córce spodobają się bladoróżowe ściany. Pomalowaliśmy je, zanim się urodziła. Ale kiedy tylko Emery nauczyła się, że nie przepada za różem, potrzebowaliśmy trzech popołudni i trzech warstw zielonej farby, żeby pokryć ten cholerny kolor. Dostaliśmy nauczkę na przyszłość, a Tessa poznała dzięki mnie kilka nowych przekleństw. Więc uparliśmy się, że zgaszona pastelowa żółć jest na topie, i zdecydowaliśmy się na nią. Wszyscy wiemy, że nie mogę pozostać w tyle za sąsiadami i muszę zadowolić moją panią. A poza tym ten kolor będzie łatwo zmienić, kiedy Auden zacznie wyrażać swoje zdanie.

W pokoiku jest kilka różnych odcieni żółci. Nie wiedziałem, że żółty ma odcienie ani że mogą one tak bardzo się ze sobą gryźć. Każdy ze znajdujących się tu przedmiotów został zdobyty podczas jednej z wycieczek Tessy do IKEA albo do Pottery Barn – przysięgam, robi je co najmniej trzy razy w tygodniu. Znajduje różne rzeczy, które jej się podobają, przytula je do piersi i krzyczy coś w rodzaju: „Ta poducha będzie wyglądała tak dobrze!" albo „Ta zabawka jest tak urocza, że mogłabym ją schrupać!". A później wpycha wzmiankowany przedmiot pod poduszkę na sofie albo do jakiejś skrytki w pokoju, której jeszcze nie zapełniła.

Pokój zmienił się w wielką kulę falującego światła słonecznego i Tessa nie może w nim przebywać dłużej niż dziesięć minut, ponieważ robi jej się niedobrze. Kazała mi złożyć obietnicę, że nigdy więcej nie pozwolę jej urządzić pokoju – a już zwłaszcza dla dziecka. A teraz chce, żebym znów go przemalował.

Czego ja nie robię dla tej kobiety.

I będę robił więcej. Będę robił, co w mojej mocy.

Jedną z rzeczy, które mógłbym dla niej zrobić, jest sprawienie jakimś magicznym sposobem, żeby mogła brać mniej pracy do domu. Jest ostatnio taka zmęczona, że doprowadza mnie to do jebanego szału. Nie chce zwalniać i widzę, jak bardzo kocha swoją pracę. Kariera to jej trzecie dziecko. Pracuje niewiarygodnie ciężko, żeby stworzyć najwspanialsze wesela, jakie tylko można sobie wymarzyć. Jest w tej branży zupełnie nowa, ale zajebiście sobie radzi.

Tessa była przerażona, kiedy wspomniała mi, że moglibyśmy się zamienić obowiązkami. Chodziła tam i z powrotem po naszej niewielkiej kuchni. Właśnie załadowałem zmywarkę i „skończyłem" malować paznokcie Emery. Myślałem, że dobrze sobie radzę podczas tej zamiany ról, ale Emery kazała Tess wyrzucić mnie z pracy, kiedy zacząłem twierdzić, że bałagan, jaki zrobiłem na jej drobnych dłoniach, jest w porządku, że czerwony lakier wygląda po prostu tak, jakby właśnie kogoś zabiła.

Nie miałem świadomości, że moja siedmiolatka może mieć taki słaby żołądek i kiepskie poczucie humoru.

– Więc... chciałabym odrzucić awans u Vance'a i wrócić do szkoły – powiedziała swobodnym głosem Tessa zza kuchennego stołu. Albo tonem, który wziąłem za swobodny. Emery siedziała w ciszy, nie mając pojęcia, jaki wpływ tego rodzaju dorosłe wybory mają na życie wszystkich dookoła.

– Naprawdę?

Przetarłem ścierką mokry talerz.

Tessa przygryzła dolną wargę, a jej oczy się rozszerzyły.

– Myślałam o tym ostatnio bardzo dużo i jeśli tego nie zrobię, oszaleję.

Nie musiała mi tego tłumaczyć. Każdemu czasem przydaje się przerwa. Nawet ja się nudzę pomiędzy książkami, więc Tessa wpadła na pomysł, żebym w zastępstwie uczył dwa czy trzy dni w miesiącu w Valsar, podstawówce Emery, gdzie, tak się składa, pracuje Landon. Oczywiście rzuciłem tę robotę po trzech dniach, ale to był zabawny eksperyment i zarobiłem kilka punktów u mojej dziewczyny.

Jak zwykle zachęcałem Tessę do zrobienia tego, co chce. Chciałem, żeby była szczęśliwa, a nie potrzebowaliśmy pieniędzy. Właśnie podpisałem kolejny kontrakt z Vance, trzeci w ciągu dwóch lat. Pieniądze z *After* poszły prosto na konto dla dzieciaków. Cóż, w każdym razie to, co zostało po tym, jak kupiłem Tessie prezent z okazji „proszę, wybacz mi, że wielokrotnie byłem jebanym idiotą". Był prosty – bransoletka z talizmanami zrobiona z metalu, która miała zastąpić poprzednią, zrobioną z przędzy. Przez lata przędza zdążyła się zerwać, ale Tessa zatrzymała talizmany i była przesadnie podekscytowana tym, że w nowej bransoletce mogła dodawać i zmieniać talizmany, kiedy tylko chciała. Mnie się to wydaje dość głupim pomysłem, ale ona się do tego zapaliła.

Następnego ranka Tessa spotkała się z Vance'em i grzecznie odrzuciła awans, a później przepłakała godzinę po powrocie do domu. Wiedziałem, że będzie się czuła winna z powodu odejścia z pracy, ale nie potrwa to długo. Wiedziałem też, że Kim i Vance będą ją podnosić na duchu codziennie przez cały dwutygodniowy okres wypowiedzenia.

Kiedy znalazła pierwszego klienta, któremu miała zorganizować wesele, zapiszczała z radości i widziałem, że ożywa bardziej niż kiedykolwiek wcześniej. Wciąż nie wiedziałem, dlaczego ta szalona kobieta została ze mną po tym całym szajsie, na który ją naraziłem w młodości, ale zajebiście się cieszyłem, że to zrobiła – nawet zobaczenie, jak jest podekscytowana, wystarczyło.

Oczywiście Tessa doskonale poradziła sobie z tym pierwszym ślubem i otrzymywała jedną rekomendację po drugiej, co pozwoliło jej zatrudnić dwóch pracowników po zaledwie kilku krótkich miesiącach. Byłem z niej dumny, a ona była dumna z siebie. Z perspektywy czasu wydaje się głupie, że kiedykolwiek martwiła się tym, że mogłoby jej się nie udać. Tessa jest jedną z tych wkurzających osób, które dotykają kupy gówna i zmieniają ją w złoto.

Mniej więcej to wydarzyło się ze mną.

Pracowała i pracowała, a po narodzinach Audena znów zaczęła się przepracowywać.

Szturcham ją.

– Przyda ci się wolny wieczór. Prawie zasypiasz na podłodze, patrząc na wiatrak na suficie.

Czuję na biodrze żartobliwe uderzenie łokciem.

– Nic mi nie jest. To ty ledwo sypiasz po nocach – szepcze w moją szyję.

Wiem, że ma rację, ale gonią mnie terminy i nie mam czasu nagradzać się snem. Poza tym, kiedy utknę na jakimś fragmencie, nie mogę o tym zapomnieć i nie daje mi to spać. Tak czy inaczej, nie podoba mi się to, że zauważyła, że nie sypiam, ponieważ zawsze będzie się o mnie martwić znacznie bardziej, niż sam martwię się o siebie.

– Mówię poważnie. Musisz sobie zrobić przerwę. Wciąż jeszcze zbierasz się po tym, jak ten mały potwór cię rozerwał – mówię, a moja dłoń wślizguje się pod jej koszulkę i głaszcze ją po brzuchu.

Krzywi się.

– Nie rób tego – jęczy, próbując zepchnąć moje dłonie ze swojej miękkiej skóry.

Nie podoba mi się to, jak dużych nabawiła się kompleksów po urodzeniu syna. Urodzenie Audena bardziej dało się we znaki jej ciału, niż to było w przypadku Emery, ale dla mnie jest seksowniejsza niż kiedykolwiek. To okropne, że dotyk mojej dłoni sprawia, że czuje się tak skrępowana.

– Maleńka…

Odsuwam dłoń, ale tylko dlatego, żeby móc oprzeć się na łokciu. Spoglądam na nią i potrząsam głową.

Przyciska dwa ciepłe palce do moich ust i się uśmiecha.

– Znam tę część książki. Tu właśnie wygłaszasz heroiczne mężowskie przemówienie o tym, jak zarobiłam swoje blizny, i twierdzisz, że jestem z nimi jeszcze piękniejsza – mówi Tessa, dramatycznie podkreślając ostatnie słowa.

Zawsze była z niej mądrala.

– Nie, Tess, tu właśnie pokazuję ci, jak się czuję, kiedy na ciebie patrzę.

Przenoszę dłoń na jej pierś i ściskam dokładnie tak mocno, jak trzeba, żeby ją rozpalić, pozwalając jej ciału się do mnie przekonać. Reaguję na jej jęk, zanim jeszcze go wydaje, a ona delikatnie piszczy, kiedy odnajduję jej twardą sutkę i szczypię ją pod jej ubraniem.

To jej koniec. Wiem to i ona to wie. Akceptuje to otwarcie, a ja reaguję tak szybko, jak mogę.

Moje dłonie odnajdują nogawkę jej szortów i wślizgują się pod materiał. Oczywiście na przedniej części jej majtek jest już mokre miejsce. Uwielbiam dotykać jej wilgoci i pragnę jej smaku na języku. Zabieram palce i unoszę do warg. Tessa jęczy, przyciąga mój palec wskazujący i środkowy do swoich ust i ssie ich opuszki.

Do diabła, ta kobieta mnie pogrąży.

Jej oczy wpatrują się w moje, kiedy jej zęby skubią moje palce. Przyciskam ciało do jej ciała, pozwalając jej poczuć, jak twardy zrobił się mój kutas od festiwalu jej pieszczot. Ciągnę za pas jej bawełnianych szortów i ściągam je w dół jej ud aż do kostek. Kopie z furią, gdy majtki nie chcą zejść. Ssę skórę na jej szyi i czuję, jak dłonią łapie mojego kutasa. Jest równie rozgrzana, jak ja, kiedy mnie rozbiera. Gdy na mnie wchodzi, jestem już w samych skarpetkach. Kompleksy Tessy wydają się znikać, kiedy obniża swoje ciało do mojego i zbliża mokre usta do mojej twardej skóry. Jej ciepły język prześlizguje się po czubku mojego kutasa, za co zostaje wynagrodzona kroplą mnie na języku. Porusza ustami w równym tempie, biorąc mnie coraz bardziej, kiedy jęczę jej imię.

Odchylam głowę, opierając ją o podłogę, i sięgam do góry, by dotknąć jej piersi. Są wciąż jeszcze powiększone od karmienia – tę zmianę w swoim ciele uwielbia, a ja z całą pewnością nie będę narzekał na to, że mam jej jeszcze więcej do zabawy.

– Kurwa, uwielbiam twoje cycki – mówię, kiedy prześlizguje ustami po mojej długości.

Usta Tessy obejmują mnie mocniej, a ja czuję wzrost napięcia na plecach. Gdy zanurzam dłonie w jej włosy, odchyla się i oblizuje usta, wciąż wbijając wzrok w moje oczy. Podnosi się na łokciu i zbliża piersi do mojego krocza. Dyszę jak pies czekający, aż właściciel go pogłaszcze po dniu spędzonym w samotności w klatce. Tessa ściska swoje cudowne piersi i wślizguje między nie mojego kutasa. Po trzech ruchach spuszczam się na jej skórę. Kiedy łapię oddech, Tessa szybko oblizuje wargi i obdarza mnie nieśmiałym uśmiechem – od tego, jak jej ciało reaguje na dawanie mi przyjemności, ma zaczerwienione policzki.

Podnosi się, a później, spoglądając na swoje piersi, mówi:

– Będę musiała wziąć prysznic.

Wciąż dysząc, chwytam mój czarny T-shirt i unoszę go do jej piersi. Odpycha go ręką, robi minę i zaczyna iść w kierunku drzwi. Przez te wszystkie lata coraz mniej chętnie pozwalała mi na wycieranie jakichkolwiek płynów ustrojowych moimi T-shirtami. Najwyraźniej jest to nieodpowiednie, no i po to są ręczniki, jak mnie za każdym razem poucza.

Idę za nią do łazienki, w myślach robiąc listę sposobów, w jakie się jej odwdzięczę pod prysznicem.

Jej przyciśnięte do szyby piersi wyglądają cudownie. Lustro na ścianie naprzeciwko prysznica to zdecydowanie jedna z najlepszych rzeczy w tym mieszkaniu.

Hessa

Wielkanoc

– Hardin, Auden się obudził. – Głos Tessy przebija się przez senną chmurę. – Musimy obudzić Emery i pozwolić im poszukać wielkanocnych koszyczków.

Potrząsa moje ramię, błagając, żebym wstał.

– Hardin, no dalej – mówi cicho, ale w jej ledwo kontrolowanych szeptach wyraźnie dźwięczy ekscytacja.

Jeśli tak mam być budzony do końca życia, to jestem pieprzonym szczęściarzem.

Jęczę, ledwo otwierając oczy i przyciągając ją do piersi.

– Co to za hałasy? – pytam, przytykając usta do jej skroni.

Jej włosy lepią mi się do twarzy i odsuwam kosmyki. Jest na wpół naga, a jej miękkie piersi przyciskają się do mojego boku.

Wzdycha i kładzie swoją niegoloną od kilku dni nogę na moją. Żartobliwie się wzdrygam i cofam, a ona mnie szturcha.

– Dzieciaki muszą znaleźć koszyki, a ja chcę zacząć robić śniadanie, więc musisz wstać.

I tak po prostu, jakby mnie w ogóle nie podniecała, wyswobadza swoje ciało z mojego i przewraca się na bok, żeby wyjść z łóżka.

– Ej, maleńka – mówię zrzędliwym tonem, tęskniąc za ciepłem jej ciała.

Kiedy otwiera komodę, zerkam na jej nagie piersi. Mimowolnie jęczę i żałuję, że nie obudziłem się wcześniej, żeby móc mieć ją obok w łóżku. Byłbym teraz w niej, zatopiony w jej ciepłej, mokrej…

Dostaję poduszką w twarz.

– Wyłaź z łóżka! Wiesz przecież, że mamy dziś dużo do zrobienia.

Wzdycham, gramolę się z naszego ogromnego łoża i zarzucam na siebie T-shirt, zanim rzuci we mnie czymś jeszcze. Zaledwie kilka miesięcy temu spędziła dłuższy czas na renowacji tego mieszkania, więc jestem pewien, że nie chce zniszczyć żadnego z bezcennych elementów wystroju, które wybrała z obłąkanym projektantem wnętrz – jakoś mnie przekonała, że takiego potrzebuje. Facet był pojebem: najpierw pomalował salon na kolor łososiowy, a tydzień później znów go przemalował na nieco mniej mdlący odcień.

– Wiem, najdroższa. Koszyki, zajączki, jajka i inny szajs.

Zerkam na swoje odbicie w lustrze wiszącym na ścianie i przeczesuję palcami włosy. Związuję je gumką, którą miałem na nadgarstku, i odwracam się do przeszywającej mnie wzrokiem Tessy. Usiłuje utrzymać kąciki ust w neutralnej pozycji, ale widzę, jaką toczy walkę.

– Tak, inny szajs. – Wybucha wreszcie śmiechem i sięga po szczotkę do włosów. – Mamy być o drugiej u Landona. Karen i Ken przylecieli, a ja jeszcze nawet nie zrobiłam sałatki ziemniaczanej, którą mieliśmy przynieść.

Kiedy kończy ze swoimi długimi włosami, podaje mi szczotkę ze złośliwym uśmieszkiem.

Potrząsam głową. Nie muszę ich czesać – palce mi wystarczają.

– Przygotuję ziemniaki, gdy będziesz się szykować – proponuję. – A teraz chodźmy patrzeć, jak dzieciaki szukają koszyków.

Robi minę, oceniając moją zdolność do przygotowania ziemniaków jako co najmniej wątpliwą. Jestem w pełni kompetentnym kucharzem… no, może nie licząc zeszłych świąt, kiedy przypaliłem kurczaka.

Tessa ma na sobie białe bawełniane spodnie i granatowy T-shirt. Jej skóra jest odrobinę opalona od spędzania czasu na patio, gdzie zajmuje się ogródkiem. Uwielbia nasze podwórko na Brooklynie – to jej ulubiona część nowego domu, który jej kupiłem, żeby uczcić podpisanie umowy na najnowszą książkę.

W korytarzu zatrzymuje się przy pokoju Emery.

– Obudź ją i przyprowadź do salonu.

Całuje mnie w policzek i woła syna. Klepię ją w tyłek, kiedy się rozstajemy, a ona jak zwykle przewraca oczami.

Gdy wchodzę do pokoju Emery, leży bezładnie na łóżku – jej długie nogi zwisają z krawędzi prześcieradełka z wzorem z postaciami Disneya.

– Em.

Delikatnie potrząsam ją za ramię.

Porusza się, ale nie otwiera oczu.

Kiedy robię to ponownie, jęczy „nieee", przewraca się na brzuch i chowa twarz w poduszce.

Mała lubi dramatyczne sceny.

– Maleńka, musisz wstać. Auden zabierze ci wszystkie wielkanocne słodycze, jeśli zostaniesz w łóżku…

I jak na komendę wyskakuje z pościeli – jej blond włosy są w dzikim nieładzie. Są gęste jak u jej matki i falowane jak u mnie.

– Niech tylko spróbuje! – woła, wkładając kapcie i wybiegając z pokoju.

Kiedy ją doganiam, otwiera po kolei wszystkie szafki kuchenne.

– Gdzie moje słodycze? – krzyczy.

Tessa się śmieje, a Auden nieporadnie otwiera czekoladowe jajko swoimi pulchnymi paluszkami, po czym wciska całe do ust. Chwilę żuje, a potem szeroko otwiera buzię.

Tessa pochyla się do niego i zdejmuje mu z języka kawałek folii aluminiowej, a on się uśmiecha – jego szczerbate zęby są pokryte czekoladą. Stracił w zeszłym tygodniu przedni ząb i wygląda zajebiście uroczo. Naśmiewam się z jego dziury, bo to jedna z zalet bycia rodzicem – mogę się drażnić z dzieciakami, kiedy tylko mi się podoba. To rytuał przejścia.

– Mamo! – marudzi Emery z szafy w przedpokoju. – Tata schował moje, prawda? Dlatego nie mogę znaleźć!

Śmieję się z tego, jak dramatyzuje.

– Tak, to ja je schowałem.

To urocza dziewczynka, tyle że już jako jedenastolatka jest bardzo arogancka i musi mieć własne zdanie. Dlatego nie ma wielu przyjaciół.

Emery dalej przeszukuje dom, a Auden pożera połowę swojego kosza słodyczy, rzucając źdźbła sztucznej trawy na podłogę.

– Jest tam też bęben – mówię mu.

Kiwa głową z ustami wciąż pełnymi słodyczy – wydaje się niezainteresowany niczym, co nie jest zrobione z czekolady.

– Tatusiu. – Emery wchodzi do kuchni z pustymi rękami. – Proszę, powiedz mi, gdzie schowałeś mój koszyk. To za trudne. Trudniejsze niż w zeszłym roku.

Staje obok stołka barowego, na którym siedzę, i obejmuje mnie w talii. Jest bardzo wysoka jak na swój wiek i próbuje mnie nabrać.

– Proooooszę – błaga.

– Nie zrobisz mnie w konia, moja droga. Mogę ci podpowiedzieć, ale przytulanie mnie i mówienie słodkim głosem nie wystarczą, żeby mnie przekupić. Musisz sama na wszystko zapracować, pamiętasz?

Sznuruje usta i przytula mnie mocniej.

– Wiem, tatusiu – mówi w moją klatkę piersiową.

Kwituję tę nową taktykę uśmieszkiem i spoglądam na Tessę, która mierzy Emery podejrzliwym wzrokiem.

– Jest gdzieś, gdzie nigdy, przenigdy nie chodzisz. Tam, gdzie są twoje ubrania, których nie chcesz pomagać nam składać.

Masuję dłonią jej plecy, a ona puszcza moją szyję.

– Pralka! – krzyczy Auden, a Emery piszczy.

Podbiega do brata i dotyka czubka jego głowy. Uśmiecha się – kiedy siostra go chwali, wygląda zupełnie jak szczeniaczek.

Po minucie Emery wbiega do kuchni ze swoim koszyczkiem. Małe czekoladowe jajeczka spadają na podłogę. Ignorując je, przekopuje się przez pełen koszyk. Tessa wstaje i pomaga jej sprzątnąć bałagan, który wydaje się zupełnie nie interesować córki.

Emery siada na podłodze. Koszyk leży na jej skrzyżowanych nogach, a ona pochłania garść kolorowych fasolek. Odwracam się do Tessy i Audena. Przytula się do niej, obejmując ją za szyję. W jej ramionach wygląda na prawie tak dużego jak mama. Nie mam jebanego pojęcia, kiedy upłynął cały ten czas, ani jak ja – pojebany i zbuntowany gówniarz – wyprodukowałem takie empatyczne i spokojne dzieci.

Oczywiście Emery miała swoje chwile szału. Na przykład raz rzuciła doniczką z kwiatem w ścianę. Ale łatwo było sobie z tym poradzić – zdjąłem jej drzwi z zawiasów. Nie bawię się w ten szajs z gniewem rozpieszczonego dzieciaka. Nie ma na co być zła jako jedenastolatka, nie tak jak ja. Ma dwoje rodziców, którzy ją kochają i zawsze są blisko.

Naprawdę, to dwa świetne dzieciaki.

Tessa i ja zawsze jesteśmy przy naszych dzieciach. Nigdy nie musiały iść spać bez przytulania, buziaka i przynajmniej dwóch ckliwych „kocham cię". Emery ma trochę popularnych zabawek, które jej rodzice kupują ze względu na panujące w jej szkole trendy. Nigdy nie chciałbym, żeby moje dzieci były takie jak ja – chłopak z dziurami w butach. Chcę, żeby wiedziały, jak to jest chcieć takich rzeczy jak zabawki, a później nauczyć się na nie zasłużyć, robiąc proste rzeczy, takie jak przytulanie, całowanie w policzek i zachęcanie – tego wszystkiego nigdy tu nie zabraknie. Postanowiliśmy tak w chwili, kiedy się urodziły. Nie zamierzałem być jak mój ojciec – jak żaden z moich ojców. Miałem wychować dzieci, które wiedzą, że są kochane, i nigdy nie muszą zgadywać ani przyjmować, że są same na świecie. Świat jest za duży, żeby być w nim samemu, zwłaszcza dla dwojga małych Scottów.

Przestałem powielać wzorzec beznadziejnego ojca, żeby nie zrujnować dwóch małych żyć.

Godzinę później Emery znów śpi z jedną nogą wystającą prosto w górę nad oparcie kanapy i z jednym ramieniem zwisającym z boku. Auden leży na swojej ulubionej kanapie, która, choć ma być „miniaturowa", zajmuje za dużo miejsca, ale Tessa i tak przywiozła ją do domu mimo moich protestów. Kanapa była w komplecie z ładnym i obrzydliwie drogim podnóżkiem, który również zajmuje za dużo miejsca jak na salon na Brooklynie. Zostałem przegłosowany w dyskusji o meblach, więc teraz siedzę i patrzę na mojego sześciolatka, który leży bezładnie w śpiączce spowodowanej słodyczami i wciąż ma kawałki czekolady rozmazane na kwadratowej bródce. Ma w sobie więcej mnie niż swojej mamy.

– Zobacz, jakie są słodkie – mówi Tessa zza moich pleców.

Kiedy się do niej odwracam, zauważam, że wygląda na wyczerpaną – ma zamglony wzrok i nieco bladą skórę.

Dotykam ustami jej policzków, mając nadzieję wcałować w nie trochę życia. Wzdycha, a ja czuję dotyk jej dłoni na moim brzuchu.

– Co planujesz robić podczas leżakowania? – pytam.

Zawsze udaje się jej wykorzystać każdą bezcenną minutę drzemki dzieciaków – która i tak staje się coraz krótsza – na produktywne zajęcia. Ta kobieta jest wciąż zbyt zajęta, ale nie słucha ani słowa z tego, co jej mówię, więc nic na to nie poradzę.

Patrzę, jak mentalnie przegląda swoją listę rzeczy do zrobienia.

– Cóż… – mówi powoli, a później zaczyna wyrzucać z siebie zdania takie jak „zadzwonić do Fee w sprawie ciasta" i „kazać Posey sprawdzić te bukiety", i coś jeszcze, czego nie słyszę, kiedy zbliżam dłoń do jej luźnych spodni. Uważnie mierzy mnie wzrokiem, gdy ciągnę za sznurek i wkładam jej palce w majtki.

– Nie rozpraszaj mnie – marudzi, ale zbliża swoje ciało do mojego, sprawiając, że przybliżam się mocniej.

– Za dużo pracujesz – mówię jej po raz trzydziesty w tym tygodniu. Ona przewraca oczami po raz trzydziesty pierwszy.

Łapie mój wolny nadgarstek i unosi moją dłoń do swojej piersi.

– Mówi to facet, który nie sypia przez kilka dni, jak ma termin.

Dziś jest otwarta na to, żebym ją rozpraszał – to dosyć niezwykłe, ale nie będę narzekał. Dotykam jej dość mocno i patrzę, jak jej cycki unoszą się na wysokość szyi i wracają w dół. Jęczy, pragnąc więcej mnie. Zaraz zaspokoję jej apetyt.

Biorę ją za rękę i prowadzę wzdłuż korytarza. Idzie szybko, pragnąc już być w naszym pokoju. Kiedy przechodzimy przez próg, Tessa trzaska ciężkimi drzwiami, prawie zrzucając ze ściany wielki obraz przedstawiający nasze dzieci. Wydawał mi się trochę dziwaczny i przerażający, ale Tessie bardzo spodobał się pomysł, żeby je sfotografować, wydrukować i powiększyć zdjęcie do rozmiarów cholernego billboardu. Jedyną rzeczą, którą udało mi się wynegocjować, było to, żeby wisiał naprzeciwko naszego łóżka. Nie ma mowy, żebym wgapiał się w abstrakcyjną, malowaną neonowymi farbami wersję mojego potomstwa, pieprząc moją żonę. Nie ma, kurwa, mowy.

– Chodź tu – mówię jej, zapraszając ją na moje kolano.

Siedzę na brzegu naszego wielkiego łóżka. Przez ostatnie kilka miesięcy czasem dzieliliśmy łóżko z dziećmi. Auden przeszedł przez fazę koszmarów – sam wtedy nie mogłem spać, zastanawiając się, czy nie odziedziczył tego po mnie. Emery miała coś podobnego, ale z zazdrości o młodszego brata – przychodziła prosić szeptem o to, żeby przepędzić „złe sny", które, jak wiedziałem, wcale jej nie nękały. Tarła oczy, jakby miała sześć lat, i w ogóle.

Oboje kładli się między nami.

Było ekstra, mówię wam.

– Hardin? – Tessa łagodnym i lekko zachrypniętym głosem wyrywa mnie z zamyślenia, wbijając we mnie wzrok. – O czym tak dumasz? – pyta.

Przesuwa palcami w górę i w dół mojego brzucha, delikatnie drapiąc mnie paznokciami.

– O dzieciach i o tym, jak spały w naszym łóżku.

Wzruszam ramionami i uśmiecham się do niej.

– To dziwaczne – stwierdza, potrząsając głową. Ale na jej usta wkrada się uśmiech.

– Uważasz to za dziwaczne tylko dlatego, że tym razem to ja jestem rozkojarzony, a nie ty, kochana.

Drażnię jej stwardniałe sutki, a ona jęczy. Zdejmuję jej bluzkę przez głowę. Spada na podłogę, a Tessa odchyla się w tył i potrząsa włosami – wygląda wspaniale z zaczerwienionymi policzkami i różowymi ustami. Szalonymi blond włosami i głodem w oczach. Sięgam po nią i wiodę palcem po krawędzi jej stanika z czarnej koronki. Ta kobieta nosi najseksowniejsze koronkowe staniki na świecie. Zanurzam dłonie pod materiał i ciągnę za jej sutki.

– Połóż się, maleńka – instruuję ją.

Ściąga spodnie i majtki kilkoma ruchami nóg i kładzie się na łóżku. Sięga po poduszkę i wkłada ją sobie pod głowę. Jej wzrok mówi mi dokładnie, czego chce – chce, żebym ją lizał, ostatnio to właśnie najbardziej lubi.

Jest zmęczona, wyczerpana i bolą ją stopy, więc po prostu chce, żeby ktoś ją rozpieścił. Oczywiście odwzajemnia mi tę przysługę, biorąc mojego kutasa do gardła, jeśli tylko dzieciaki pozwalają nam spać dłużej niż do siódmej rano. Tessa podnosi nogi i je zgina, a później szeroko rozkłada uda tuż przed moją twarzą. Przygryzam wargę, próbując powstrzymać jęk, zanim wydobędzie się z moich ust.

Jest całkiem mokra i lśni w świetle, a ja nie mam samokontroli, jeśli o nią chodzi. Prawie skaczę do przodu, przyciskając otwarte usta do jej miękkiej, mokrej skóry. Przesuwam po niej jednym mocnym pociągnięciem języka, ssąc delikatnie.

Zmienia pozycję bioder i przyciska swoje ciało do mnie. Łapię ją za uda i gwałtownie ściągam na brzeg łóżka. Wydaje uroczy, cichy okrzyk, łączący zaskoczenie z ekscytacją. Ściskam dłońmi jej dupę, pożerając ją ustami, kiedy jęczy moje imię zmieszane z „tak" i „ojejku", i tysiącem nieprzyzwoitych słów.

Uwielbiam jej drobne okrzyki mające mnie zachęcić. Każą mi sprawiać, że jej nogi drżą, a obie dłonie ściskają prześcieradło. Teraz trzyma mnie garścią za włosy. Zajebiście to uwielbiam.

– Har...din – głos jej się łamie, a ja zbliżam palec do jej cipki, wsuwam go i doprowadzam ją do szału.

Okrążam jej łechtaczkę językiem, mruczę i okrążam, mruczę i okrążam. Smakuję ją, jak dochodzi – to najsłodszy smak.

Podnoszę się, żeby zaczerpnąć powietrza, i kładę głowę na jej brzuchu, podczas gdy ona łapie oddech. Przyciąga mnie do siebie za włosy. Wciąż jestem twardy, a leżenie na niej nago sprawia, że moja lista pragnień i potrzeb ogranicza się do seksu. Tessa doskonale o tym wie i dlatego znów podnosi się z materaca i zaczyna się o mnie ocierać.

– Chcesz, żebym cię przeleciał? Nie masz jeszcze dość? – pytam, przyciskając swoją twardość do jej wilgoci.

– Nigdy nie będę miała dość... – jęczy, a ja niemal piszczę, kiedy łapie mnie dłonią za kutasa i wprowadza go w siebie. Wchodzę w nią długim ruchem aż do oporu i patrzę w zachwycie, jak przewraca oczami. Jej cycki są przyciśnięte do mojej klatki piersiowej, a udami obejmuje mnie w talii.

– Jeszcze – błaga, chcąc, żebym się w niej poruszał.

Zgadzam się i zaczynam wbijać się w nią szybciej. Jedna z jej dłoni jest zanurzona w moich włosach, a druga chwyta skórę moich pleców.

Nie wytrzymam długo.

Właściwie to wcale.

Czuję, jak jej nogi zaciskają się na mnie, i w tym samym momencie osiągam szczyt, wykonując kilka ostatnich ruchów, kiedy jej ciało stapia się z moim. Nie otwiera oczu, a ja padam obok niej. Gdy mój oddech spowalnia, zerkam na Tessę. Jej niebieskoszare oczy są zamknięte, wargi rozwarte i jest równie piękna, jak tego dnia, kiedy się poznaliśmy.

Ledwo pamiętam dzieciaka, którym byłem, gdy ją zobaczyłem, ale każdy szczegół naszego wspólnego życia przelatuje przeze mnie niczym pieśń.

Ta uparta kobieta wciąż odmawia poślubienia mnie, ale jest moją żoną na wszystkie sposoby, które się liczą, i jest matką moich pięknych dzieci. Chcemy mieć co najmniej jeszcze jedno, kiedy będzie mniej zapracowana.

Trochę się boję powoływać kolejne dziecko na świat. Za każdym razem jestem odrobinę zmartwiony.

Odpowiedzialność płynąca z wychowania dzieci na dobrych ludzi bardzo mi ciąży, ale Tessa dźwiga połowę tego ciężaru i zapewnia mnie, że jesteśmy świetnymi rodzicami. Nie jestem taki jak mój ojciec. Jestem sobą. Oczywiście, popełniłem wiele błędów. Ale odprawiłem pokutę i zostały mi wybaczone. Nie jestem szczególnie religijny, lecz coś potężniejszego niż Tess i ja musiało tu odegrać jakąś rolę. Mój świat przeistoczył się z nicości w pełnię i czuję się dumny z tego, jakim człowiekiem teraz jestem. Widzę moje własne światło w oczach moich dzieci i słyszę radość w ich śmiechu.

Jestem dumny z tego, że zmieniam życie miejscowych nastolatków dzięki akcjom zbierania pieniędzy na dom kultury. Poznałem tysiące osób, których życie zostało zmienione przez słowa spisane na kartkach. Walczyłem tak długo, żeby zatrzymać wszystko dla siebie, ale kiedy przestałem walczyć, moje serce się otworzyło. Byłbym strasznym egoistą, gdybym nie podzielił się swoim doświadczeniem i nie pomagał nastolatkom, które cierpią z powodu uzależnień i zaburzeń psychicznych. Przez lata nauczyłem się nie skupiać na przeszłości, ale patrzeć w przyszłość. Wiem, jak banalnie i wręcz kiczowato brzmią moje myśli, ale to moja prawda.

Tak długo żyłem w ciemności, że chcę pomóc przynieść innym światło.

Zostałem pobłogosławiony rodziną, o której nie mógłbym nawet marzyć, i wychowuję dzieci, które będą lepsze, niż ja kiedykolwiek byłem.

Głowa śpiącej Tessy opada na bok i sczesuję włosy z jej twarzy. Była moim spokojem, moim ogniem, moim oddechem, moim bólem i nieważne, jak dużo przeszliśmy, każda sekunda była warta życia, które teraz mamy.

Przeciągnąłem Tess i siebie przez piekło, ale udało się – po wszystkim stworzyliśmy sobie naszą własną wersję nieba.

Podziękowania

Mam wrażenie, że podziękowania w tej książce brzmią dokładnie tak samo jak w ostatniej, ale po prostu pomagali mi ci sami wspaniali ludzie – więc dziękuję Wam wszystkim!

Adamie Wilsonie, raz jeszcze dziękuję Ci za to, że tak ciężko ze mną pracowałeś. Ogromnie dużo się od Ciebie nauczyłam i jestem wdzięczna za Twoją cierpliwość do mnie. Stworzyliśmy pięć książek (które tak naprawdę mają długość dziesięciu) w rok – to kompletnie porąbane. Nie mogę się doczekać kolejnych trzech :).

Kristin Dwyer, bombowa z Ciebie laska. Dzięki Tobie jestem zorganizowana (w takim stopniu, w jakim to możliwe, w końcu dopiero niedawno zaczęłam zapisywać sobie wszystko w kalendarzu). Dzięki za wszystko!

Wattpad, dziękuję, że wciąż mogę się u Was czuć jak w domu, zachowujecie integralność i dajecie milionom ludzi miejsce, w którym mogą robić to, co kochają.

Ursulo Uriarte, to szalone myśleć, że pojawiłaś się w moim życiu jako blogerka, której spodobały się moje książki, a teraz jesteś jedną z moich najbliższych przyjaciółek. Chociaż nadal nie pamiętam, jak się zapisuje Twoje nazwisko, jesteś bardzo, bardzo ważna dla mnie, dla Hardina i dla Tessy. Kochasz ich tak samo jak ja, a to bardzo dużo dla nich znaczy (sami mi mówili!).

Vilmo i RK, kocham Was obie i bardzo cenię waszą przyjaźń. To dzięki rozmowom z Wami przetrwałam kolejne fazy pisania tej książki; wysłuchiwałyście mnie, kiedy panikowałam. Kocham Was obie.

Ashleigh Gardner, dziękuję Ci za to, że jesteś najlepszą przyjaciółką-agentką, jaką mogłabym mieć.

Dziękuję korektorom i pozostałym osobom pomagającym przy powstawaniu książki, które włożyły w nią bardzo dużo pracy przy bardzo krótkich terminach.

Wielkie podziękowania dla wszystkich moich zagranicznych wydawców, redaktorów, specjalistów od reklamy i pozostałych osób. Wszyscy pracujecie bardzo ciężko, żeby przetłumaczyć moje książki i zainteresować nimi ludzi na całym świecie – to bardzo dużo znaczy dla mnie i dla czytelników. Świetnie się bawiłam, odwiedziłam wiele miejsc i poznałam rzesze fanów z całego świata.

IMAGINATOR1D, SENSACJA wattpad
ANNA TODD
BEFORE
CHROŃ MNIE PRZED TYM
CZEGO PRAGNĘ
HISTORIA MIŁOŚCI #HESSA WEDŁUG
PONAD MILIARD ODSŁON ONLINE